© B. P. Montaz

Jim Grimsley, geboren 1955 in North-Carolina/USA, lebt jetzt als Schriftsteller in Atlanta/Georgia.

Das Leben zwischen den Sternen. Dan Crell ist der Verwaltungsmanager im Grady-Krankenhaus in Atlanta im amerikanischen Bundesstaat Georgia. Ein sympathischer Kerl, der seinen Job im Griff hat, und an Weihnachten für die Kinderstation im Krankenhauschor mitsingt. »Wenn Sie hier irgendwas erledigt haben wollen, Danny kriegt es hin«, sagt Mrs. Newcob über ihn. Sie sagt es zu dem Kinderarzt Dr. Ford McKinney, dem Dan bereits aufgefallen war.
Ford McKinney stammt aus einer konservativen, wohlhabenden Südstaatenfamilie. Der Vater ist ein anerkannter Chirurg, die Mutter beschäftigt sich hauptsächlich damit, nach einer passenden Partie für ihren hochgewachsenen, schwarzhaarigen, blendend aussehenden Sohn zu suchen.
Die Herkunft von Dan Crell ist da weitaus bescheidener. Seine Mutter hatte alle Hände voll zu tun, sechs Kinder in ihrer Resopalküche durchzubringen.
Das Grady-Krankenhaus ist ein großes Krankenhaus. Dan und Ford laufen sich nicht oft über den Weg. Beim nächsten Mal, in der Cafeteria sagt Dan: »Sie sind mir schon viel früher aufgefallen, als Sie noch Student waren.«
Nach anfänglichem Zögern, nach viel innerem Hin und Her werden Ford und Dan ein Paar.
Was ihre Beziehung wert ist, zeigt sich allerdings erst, als sie an Weihnachten gemeinsam ihre Familien besuchen wollen.

Jim Grimsley

Das Leben zwischen den Sternen

Roman

Aus dem Amerikanischen
von Frank Heibert

Fischer Taschenbuch Verlag

Ungekürzte Ausgabe
Veröffentlicht im Fischer Taschenbuch Verlag GmbH,
Frankfurt am Main, März 1996

Lizenzausgabe mit freundlicher Genehmigung
der Edition diá, St. Gallen / Berlin / Sâo Paulo
Titel der amerikanischen Originalausgabe
›Comfort and Joy‹

Druck und Bindung: Clausen & Bosse, Leck
Printed in Germany
ISBN 3-596-12646-0

Gedruckt auf chlor- und säurefreiem Papier

Für Carlos Daniel Schröder

God rest ye merry gentlemen
let nothing you dismay
remember Christ the Saviour
was born on Christmas Day
to save us all from Satan's power
when we were gone astray
O tidings of comfort and joy
comfort and joy
O tidings of comfort and joy

Dan

1 Ein Versteck finden. Die Haustür schließen, abschließen, klick. Am Ende der Einfahrt kauerte das Gepäck zwischen den Büschen, grünes Laub im Dezember. Das Haus hinter der blaßblauen Tür lag leer und still. Die Reise begann. Dan suchte ein Versteck. Eine Zuflucht. Doch er ging auf die Straße, wo ein Wagen wartete. Der Fahrer, Dreadlocks und wollige Ballonmütze, stieg aus, lud das Gepäck in den Kofferraum. Dan hatte ein Taxi bestellt. Das ihn zu seinem Versteck bringen sollte. Er reichte dem Fahrer seine letzte Tasche, der nickte ihm höflich zu, Gentleman mit wippendem Wollzylinder und wippendem Haar. Dan glitt auf den Rücksitz.

Dreadlocks, breite Schultern und Wollmütze ließen sich hinter dem Steuer nieder, und der dunkle Mann lächelte samtweich. »Wo soll's hingehen?« Stimme von sonnigen Inseln. Dan antwortete, und das Taxi fuhr an. Das Haus verschwand, verdeckt von den verschlungenen Ästen der Pekanbäume, vom dunkelgrünen Schleier der Magnolien.

Zum Flughafen. Dan verfolgte den Rhythmus der Mütze, schwarzgrün-rote Farben der Befreiung, die gegen das Wagendach hüpften. Das krause Wollgewebe verlockte zur Berührung. Dan zum Flughafen. Mit Gepäck. Vorkehrungen für eine Reise. Der Taxifahrer hatte alles verstanden, jetzt sang er leise in seinem tropischen Bariton. Dan fing Fetzen der Melodie auf.

Von Druid Hills die Ponce de Leon Avenue hinunter gen Süden, Richtung Flugplatz. Dan hörte das leise Lied wie ein Schnurren und antwortete, noch leiser, mit seinen eigenen Tönen, während die Schatten der Brücken und ausholenden Autobahnauffahrten über sein Gesicht und seine Arme schwenkten. Sie schwebten durch Atlanta in einem Kokon aus Glas und Licht, ringsum billiges Blech, geordneter Verkehr auf acht Spuren, Türme und Canyons der City hinter sich lassend.

»Sie fahren über die Feiertage nach Hause«, sagte der Taxifahrer.

»Ja.«

Der Fahrer grinste und nickte. »Alle wollen sie zum Flughafen. Schon den ganzen Tag.«

Der Wagen rauschte dahin. Einmal gab es ein Wettrennen mit einem silbernen Pendlerzug, der unbeirrbar seinem Gleis folgte, bis die künstliche Krümmung ihn außer Sicht beförderte. Dan sah das Gefälle des Asphalts neben dem geschwungenen Nacken des Taxifahrers, und er hatte das Gefühl, daß die ganze Welt zur selben Zeit in Bewegung war. Daß es gut war, über steile Abhänge zu reisen. Daß es gut war, überhaupt auf Reisen zu gehen. Manchmal. Jetzt war Weihnachten, und Dan fuhr nach Hause.

Am Flughafen. Der Doktor stand in all dem Rummel, ruhig wirkte er, in seinem schwarzen Mantel. Groß wie ein Leuchtturm. Ohne Hut. Schwarzes, glänzendes Haar. Da stand er am Bordstein inmitten von Reisenden und Gepäck. Dan hatte geglaubt, er würde sich bestimmt verspäten, das Krankenhaus würde ihn aufhalten.

Ein Versteck. Eine Zuflucht. Dan legte die Hand auf den Türgriff. Lauschte auf die Entfernung. Der Taxifahrer machte seine Tür auf und stieg aus. Dan machte seine Tür auf und stieg aus. Ein Windstoß überflutete sein Gesicht mit Kälte, während er wartete, daß der Fahrer den Kofferraum öffnete. Der Fahrer hob den Kleidersack an, der Doktor griff danach, der Fahrer warf Dan einen Blick zu, und der sagte: »Lassen Sie nur. Die Sachen gehören ihm.«

Nun grinste der Doktor und trug das Gepäck zum Check-in-Schalter direkt auf dem Bürgersteig. Dan bezahlte das Taxi, den Doktor immer im Auge, der sich geschmeidig durch die Menge bewegte. Das Gepäck war verschwunden, noch bevor Dan sein Wechselgeld eingesteckt hatte. Er nickte zum Abschied, und der Taxifahrer nickte zurück.

Der Doktor faltete die Tickets zusammen und ließ sie in den Tiefen seines Mantels verschwinden. Fröhlich erwartungsvoll stand er da, und Dan speicherte dieses Bild, den stämmigen jungen Mann mit den ausgeprägten Gesichtszügen, das schwarze Haar perfekt gekämmt, die grauen Augen ruhig. Das Unmögliche, wartend.

»Hättest nicht gedacht, daß ich schon da sein würde, stimmt's?«

»Nein.«

»Ich habe natürlich nicht an mir gezweifelt«, verkündete der Doktor, und sie tauchten ein in den Flughafen. Unglückliche, die keinen Doktor hatten, der ihnen die Reise organisierte, mußten Schlange stehen, um einzuchecken. »Wenn ich etwas will, dann kriege ich es auch hin.«

»Das merke ich mir.«

»Tu das.« Er lotste Dan am Ellbogen durch einen Strom von Marines auf Urlaub, enge Hosen, die verwirrt durch die Abflughalle stolperten, auf der Suche nach ihrer Fluggesellschaft.

Berührung am Ellbogen. Untypisch, in der Öffentlichkeit. Der Doktor ließ wieder los, aber es war absichtlich geschehen.

Ihr Flug ging in einer Stunde, keine Eile. Der Doktor zog seine Handschuhe aus, und starke Hände kamen zum Vorschein; er strich schwarze Härchen auf dem Handrücken glatt. Gelassen umherschlendernd, hatte der Doktor die Menge im Blick, die ganze Mittelhalle des Flughafens Hartsfield. Dan hielt sich an seiner Seite und musterte ebenso alles.

Rückzug oder Perspektivwechsel. Die Menge beobachten, darauf den Doktor beim Beobachten der Menge. Oder sich selbst beim Beobachten des Doktors, wenn es not tat. Heute war nicht einmal Dan sicher, welche Stufe der Abwehr gerade in Kraft war. Der Doktor wußte das schon gar nicht. Trotz dieser Ungewißheit, in Wahrheit ein Dauerzustand zwischen ihnen, bewegten sie sich selbstsicher, jeder auf seine eigene Weise; zwei große, düstere Männer, ihre Hände perfekt plaziert. Der Doktor arrangierte es jetzt so, daß Dan vor ihm herlief, und Dan spielte mit, im vollen Bewußtsein dieser Absicht, im vollen Bewußtsein des Jungen im Doktor. Der ihn im Gehen fragte: »Hast du daran gedacht, das Haus richtig abzuschließen?«

»Der Taxifahrer mußte zusehen. Ich dachte mir schon, daß ich einen Zeugen brauchen würde.«

»Seine Haare haben mir gefallen«, meinte der Doktor.

»Mir auch.« Der Blick im Nacken.

Im Strom der Menge verließen sie die Abflughalle mit ihrer weihnachtlichen Note, unübersehbar dezent, schlenderten an Kübeln mit wohlgehegten Farnen vorbei, an Geschäften, die nichts Besonderes zu erhöhten Preisen verkauften. Schlangen bildeten sich, wo die Reisenden Sicherheitskontrollen passierten, um zum Bahnsteig des Zubringerzuges zu gelangen, der zu den Abfluggates führte. Der Doktor dirigierte sie in Warteposition. Dan beschäftigte sich mit dem Riemen seiner Umhängetasche. Spürte den Doktor hinter sich. Schließlich fragte dieser, in jener Tonlage, die nur bis zu Dans Gehör reichte, keinesfalls weiter: »Wie viele Dans sind heute anwesend?«

»Nur zwei, glaube ich.«

»Zwei, das ist gar nicht so übel.«

»Könnte schlimmer sein.«

Dan legte seine Tasche flach aufs Band. Stellte sich Stifte, Pastillen, Kamm und Kaugummipapierchen unter radiologischer Bestrahlung vor. Hinter der Kontrolle hob der Doktor die Tasche vom Band. Berührte Dans Ellbogen von neuem, schob ihn durch das Gewirr der Stimmen und Körper vorwärts, unauffällig. In aller Öffentlichkeit.

»Ford.«

Und der Doktor: »Ja?«

Dan betrachtete Fords Hand. Abwärts nun auf der Rolltreppe, umschloß sie das schwarze Laufband. »Nichts«, meinte Dan. »Ich habe nur deinen Namen gesagt.«

»Hattest du vergessen, wer ich war?«

»Nein.«

Die Stimme entfaltete sich, näher, in Dans Ohr. »Sag es nochmal.«

»Ford.«

Der Doktor lachte. Die Menge bewegte sich wie ein Wesen mit vielen Mänteln und Schals. Der Doktor schaute dem Aufmarsch der Urlaubsmenschheit amüsiert zu. Kühle Weihnachtsmusik, tausendfach destilliert zu kristallklaren Streichersätzen, umspülte sie. Der Doktor rollte die Augen gen Himmel, zu einem verborgenen Lautsprecher an der Decke, aus dem die Klangkaskade herniederrieselte, und Dan amüsierte sich. Der andere meinte: »Es weihnachtet sehr«, und sie erreichten ihr Gate, gleich hinter der Musikfontäne.

Dan wartete, nah an der Schulter des Doktors, und hörte den Mann vom Bodenpersonal fragen: »Sie reisen zu zweit?«, nach der Frau Doktor Ausschau haltend.

»So ist es.« Der Doktor blickte ihm direkt in die Augen. »Alles in Ordnung«, sagte er zu Dan, während der Mann am Schalter ihnen zusah. »Hast du Durst?«

»Allerdings.«

Der Doktor murmelte: »Reisen Sie. Zu zweit.«

Die scharlachrote Plüschbar war gut besucht, aber nicht überfüllt. Dan bemerkte zahlreiche Stoppelschnitte, als er sich in einen Stuhl mit silbernen Armlehnen sinken ließ. Der Doktor bestellte, bevor er an den Tisch kam.

Dan im Blick, zog er den Mantel aus und hängte ihn über den dritten, leeren Stuhl. Der Doktor trug kein Jackett, nur das weiße Hemd mit Krawatte. Dan genoß die Nähe. Lächelte Ford an.

Der fragte: »Bin ich schon angekommen?«

»Beinahe.«

Die Kellnerin brachte die Drinks, und der Doktor streckte sich auf seinem Stuhl. »Nur gut, daß du gar nicht erst ins Krankenhaus gekommen bist. Wie ausgestorben war es heute.«

Dan spielte mit seinem Glas. »Ist doch immer so, an Weihnachten.«

Sie stießen an und tranken. Klarer Gin, Wacholdergeschmack, Nachhitze in der Kehle. Ford gähnte, warf den Kopf zurück, sein Hals eine kraftvolle Kurve. Er schloß die Augen. »Langsam habe ich das Gefühl, hier zu sein. Oder?«

»Doch.«

»Kein Doktor mehr?«

»Nein.«

Der junge Mann lächelte. Und der Junge in ihm auch. Die Augen geschlossen, der Hals auf eine Berührung wartend, dort, am Puls. »Ich hab's geschafft.« Er fuhr sich mit der Hand durchs Haar.

»Hast du überhaupt geschlafen letzte Nacht?«

»Nein. Aber geduscht.«

»Ich dachte, es wäre nichts los gewesen.«

Ford gähnte wieder. »War es auch nicht. Aber ich hatte ein krankes Kind.«

»Schlimm?«

»Hmm.« Ein Schluck. Der Tonfall sagte: keine Fragen. »Kleiner Bursche. Neun Jahre.« Er sah Dan an, flüchtig. »Keine Sorge, mir geht's gut.« Bloß müde, sagte der Tonfall. Der Junge wird schon durchkommen.

Die Bar füllte sich mit Servicepersonal, das über die Feiertage nach Hause fuhr, junge Paare, Familienväter, die für ein Bierchen Urlaub von ihren Lieben genommen hatten. Zwei Buchhalter diskutierten die faszinierenden Bilanzprozeduren zum Abschluß des Steuerjahres. Über den Fernsehschirm oberhalb des Tresens flimmerten die einlullenden Bilder intensiver weihnachtlicher Nächstenliebe. Weißes Rauschen.

»Hast du mich gestern nacht betrogen?« Ford räkelte sich immer noch auf seinem Stuhl herum.

»Sitz gerade, wenn du mit mir reden willst.«

»Antworte. Hast du mich letzte Nacht betrogen?«

»Mehrfach.«

»Ich hab dich um zwei Uhr früh angerufen, und du bist nicht drangegangen.« Ford hob den Kopf und schlug die Augen auf. »Hab's mindestens vierzigmal klingeln lassen, also geschlafen hast du nicht.«

»Arschloch. Ich kauf uns einen Anrufbeantworter.«

»Untersteh dich.«

»Hast du mich wirklich angerufen?«

»Nein.« Leises Lachen. »Ich hatte genug damit zu tun, mich um mein Kind zu kümmern.«

»Ich habe gepackt, wie verabredet. Warum kontrollierst du mich dauernd?«

»Ich kontrolliere dich gar nicht dauernd.« Ford hob sein leeres Glas in Dans Richtung. »Ich habe immer noch Durst. Was meinst du, reicht die Zeit noch?«

»Ich glaube nicht.«

Ford rollte das leere Glas hin und her und lehnte sich über den Tisch. Dan schob sein Glas auf Fords Hand zu, und dieser nahm mechanisch an, nicht als bekäme er etwas geschenkt, sondern als übernähme er eine kleinere Firma. Der Gin wurde gekippt. Sie standen auf. Dan ließ Geld liegen. Ford ließ Geld liegen. Ford sah Dan an. »Du hättest dich ruhig von mir einladen lassen können.« Dan tat so, als hätte er nichts gehört. Der Augenblick ging vorüber, sie durchquerten die Halle, und der Lautsprecher verkündete, der Flug nach Raleigh-Durham sei fertig zum Einsteigen; Passagiere, die besondere Hilfe brauchten, und solche, die mit Kleinkindern reisten, sollten sich bitte jetzt melden.

Ford ging Dan voraus, beide Bordkarten in der Hand. »Wir sind zu zweit«, sagte er zu der ersten Stewardeß im Flugzeug und trat an ihr vorbei.

Ford hatte, als McKinney, First Class gebucht. Dan hegte den Verdacht, daß die McKinneys aus Savannah, Georgia, für jede Art von Verkehrsmittel seit der Arche Noah Erster-Klasse-Tickets hatten. Und Ford war nicht nur ein McKinney, er war Ford McKinney der Dritte. Wohingegen die Crells aus North Carolina erst in jüngster Vergangenheit zur Fortbewegung auf dem Luftwege übergegangen waren, im Grunde wenig vertraut mit den meisten Formen, ja, der Vorstellung des Reisens überhaupt.

Der Doktor brachte Dan am Fenster unter und machte es sich selbst am Gang bequem. Der breite Sitz überraschte Dan, mit einem Seufzer ließ er sich in die weiche Umarmung sinken. Er spürte noch immer die warme Woge des Gins und schloß die Augen. Von ganz nah Fords Stimme. »Hier ist deine Bordkarte. Ich rufe schnell im Krankenhaus an. Fliegt ja nicht ohne mich los.«

Das Einsteigen nahm gemächlich weiter seinen Verlauf. Unverkennbar machte der leere Sitz neben Dan die Flugbegleiter nervös. Schließlich schickten sie einen los: »Kommt Ihr Bekannter zurück?«

»Ja.«

»Glauben Sie, er kommt bald? Wir schließen gleich die Türen.«

»Er mußte nur einen Anruf machen.«

»Sind Sie sicher?« Der hilfsbereite, braungebrannte Blondling mußte dringend seinen gestreiften Kragen in Ordnung bringen.

»Haben Sie schon den letzten Aufruf durchgegeben?«

»Nein.« Er dachte nach. »Meinen Sie, das sollten wir tun?«

»Auf jeden Fall«, sagte Dan.

Der Blonde schlenderte von dannen. Nach einer angemessenen Schamfrist war er zurück, während die anderen Stewards die Passagiere zum zweitenmal durchzählten, und blickte nicht minder hilfsbereit auf den leeren Sitz. »Nun. Er ist immer noch nicht da.«

»Er ist Arzt. Er hat in seinem Krankenhaus angerufen.«

»Wegen eines Patienten?«

»Ich nehme es an.«

»Sie meinen also, es wird nicht mehr lange dauern?«

»Sicher nicht, wenn er den letzten Aufruf hört.«

»Nun, den haben wir durchgegeben.« Ein Zögern. »Aber Sie gehen davon aus, daß er zurückkommt.«

Dan und der Blonde musterten einander. Dan erwiderte, eine Spur unterkühlt: »Ja. Da bin ich ganz sicher.«

»Entschuldigung, ich wollte Sie nicht verärgern.«

In diesem Augenblick schlüpfte Ford an dem Steward vorbei in seinen Sitz, er roch nach dem kalten Wind der Einstiegrampe. »Ich bin durchgekommen«, berichtete er. Der Steward blinzelte. Ford rieb sich die Hände. »Es wird kalt draußen.«

Die Crew verschloß jetzt die Kabinentüren, und Ford lehnte sich zu Dan hinüber, während sich das blonde Stewardwesen zurückzog. »Siehst du? Ich hab es noch bequem geschafft.« Seine Stimme war laut genug, daß jeder ihn hören konnte.

Er war fröhlich. Das hieß, es war ein gutes Telefonat gewesen, und dem Kind ging es wahrscheinlich gut. Dan hatte gelernt, nicht nachzufragen. Doch diesmal beugte der Doktor sich ein zweitesmal herüber und sagte leise: »Dem Jungen geht es prima. Prima.«

Ford legte den Kopf an die Rückenlehne und schloß die Augen. Erschöpfter Mann, fast ein kleiner Junge, hungrig nach jedem kleinen Moment des Ausruhens.

2

Die Lichter wurden für den Abendflug gedämpft. Draußen auf dem finsteren Asphalt paradierten geheimnisvolle Lichter in Blau und Orange an dem Flugzeug vorbei, kryptische Ziffern und Buchstaben. Irgendwo in der Nähe, auf der Interstate-Autobahn, zogen Flüsse von rotem und weißem Licht Bahnen und geschwungene Bögen unter den suppigen Wolken, in die sich die Maschine gleich aufschwingen würde. Der Jet rumpelte zu seinem Startpunkt, mit aufheulenden und wieder nachlassenden Motoren.

Am Ende der Startbahn drehte der Pilot die Nase in die Beinahe-Dunkelheit. Absprungbereit. Die Maschine tat den Schritt in die Wolken, das Stöhnen des Metalls ließ nach, die Fahrgestelle knirschten an ihren Platz zurück. Das Flugzeug testete die Luft, fand, daß seine plumpe Gestalt bei dieser Geschwindigkeit ihren Sinn hatte, und stieg empor. Über die Dächer von East Point in den Himmel.

3 Kurz darauf brachte der Steward ihnen Drinks. »Die hab ich bestellt, als ich vom Telefonieren zurückkam.«

»Aha.«

Ford beäugte die Ginfläschchen, dann Dan. »Hab ich was falsch gemacht?«

»Nein.«

»Alles in Ordnung«, sagte Ford. »Oder?«

Dan streifte Fords Handflächen mit den Fingerspitzen.

Der Jet war durch die Wolken gebrochen, in einen friedlichen Himmel; Reiseflughöhe zweiundzwanzigtausend Fuß, Flugzeit etwa vierzig Minuten, und das Wetter in Raleigh-Durham war klar und kalt.

»Hast du deine Mom angerufen?« fragte Ford.

»Sie hat mich angerufen. Heute früh.«

»Glaubt sie, daß ich wirklich komme?«

»Ich weiß nicht mal, ob ich es selber glaube.« Im gedämpften, warmen Kabinenlicht konnten sie einander anschauen. Das Gesicht des anderen. Fords klare Kiefer, die dunkle Bartlinie, sein verletzlicher Mund mit der vollen Unterlippe und die kräftige, gerade Nase. Dunst und Nebel als Augen. Dans Weichheit, darunter Stahl, kindlich und tödlich zugleich. Moosaugen. Üppige Lippen, Widerspruch zur Strenge des übrigen.

»Du machst dir doch keine Sorgen, alter Junge?« erkundigte sich Ford.

»Nenn mich nicht alter Junge.«

»Deine Mutter mag mich. Du brauchst dir nicht die geringsten Sorgen zu machen.«

»Ich bin nur vier Jahre älter als du, also bitte. Deine Mutter hat übrigens auch angerufen.«

»Ach ja?« Ford war auf der Hut. »Hat sie mit dir geredet oder wieder so getan, als wüßte sie nicht, wer du bist?«

»Eigentlich war sie ganz nett. Sie fragte, wie es mir geht und so. Das hat sie noch nie.«

»Aber sie hat nichts wegen Weihnachten gesagt.«

Diesmal beugte sich Dan zu Ford hinüber. Der kahlwerdende Herr im Gang gegenüber schaute schnell weg. »Ich glaube, sie hat getan, was sie konnte. Sie meinte, ich wüßte ja, daß du Weihnachten nicht nach Hause kämst.« Die Stille neben ihm gefror. Dan sprach weiter. »Ich habe gesagt, so einfach wäre es wohl nicht. Aber ich wüßte, daß du nicht hinfahren wolltest.«

Ford berührte geistesabwesend seine Unterlippe mit dem Ginglas. Dan sprach weiter. »Als nächstes hat sie gefragt, ob ich wüßte, wo du wärst, und ich antwortete, du kämst mit mir nach Hause.«

Ford setzte das Glas ab, und das Gewicht seiner Hand legte sich auf Dans Arm. »Und sie?«

»Gar nichts. Tat so, als hätte sie es nicht gehört, und sagte, sie hoffte, du würdest zu Weihnachten wenigstens anrufen. Dann hat sie mir ein frohes Fest gewünscht und behauptet, das Hausmädchen würde sie rufen, und das war's.«

Der Mann auf der anderen Seite des Gangs beobachtete sie aus den Augenwinkeln. Ford ließ seine Hand liegen und sah den Mann direkt an; der wandte seinen Blick schnell wieder ab. Ford brummte: »Geschieht ihr recht, daß sie es weiß.« Er überlegte. »Ob sie es wohl meinem Vater erzählt?«

Die Frage erforderte keine Antwort. Der junge Mann spielte mit den Fingerspitzen am Ärmel von Dans Pullover herum. Berührungen. Nie zuvor in der Öffentlichkeit. Der Junge im Mann hatte wohl Angst. Der Junge, der zu Weihnachten immer nach Hause gefahren war, nach Savannah, fragte sich wohl, wer sich jetzt um ihn kümmern würde. Jemand muß doch für den Jungen sorgen. Doch wo war der Junge zu finden? Wo sollte man ihn zu fassen kriegen? In diesem großen Körper.

Ford kippte seinen Sitz weiter nach hinten, streckte sich aus, lauschte dem monotonen Heulen der Turbinen. Und bald gab der Flugkapitän bekannt, man werde in wenigen Minuten in Raleigh-Durham landen. Ford warf einen Blick auf seine Armbanduhr und sagte: »Wir brauchen doch nicht heute abend zu fahren, oder? Wir holen einfach den Wagen ab und legen uns schlafen.«

»Wie du willst.«

»Das will ich.« Ford drehte sich auf die Seite, zu Dan. Dan dachte, das ist mein Versteck. Diese McKinney-Mauer. Doch irgend etwas gab ihm ein unbehagliches Gefühl. Und so schaute er zum Fenster hinaus, während das Flugzeug sank, und Ford fragte: »Was war das eben?«

»Was?«

»Was du gerade gedacht hast. Das gefiel mir nicht.«

»Nichts«, antwortete Dan. »Ein bißchen Angst.«

»Heb dir die für morgen auf.«

Baumwipfel, Dächer, die sich zum Fenster emporreckten.

»Hey.« Fords Stimme in seinem Ohr, hungrig. »Ich sagte, heb sie dir für morgen auf. Geht das nicht? Heute nacht brauchst du doch keine Angst zu haben. Stimmt's?«

»Stimmt.«

»Nur wir beide. Heute nacht. Ja?«

»Ja.«

Fords Atem auf seiner Wange. »Wie viele Dans sind da? Jetzt gerade?«

»Einer«, antwortete Dan und sah Ford in die Augen, gerade als die Stewardeß um Fords Oberkörper herum nach den beiden Gläsern griff. Sie war deutlich verblüfft über ihre Nähe. »Nur einer«, wiederholte Dan. Und dachte, Zuflucht. Nicht Versteck. Diese Mauer, Ford, war Zuflucht und würde es bleiben. Das hatte nicht gestimmt an dem Gedanken.

Ein übermütiges Lächeln spielte über Fords Gesicht, als er zum Fenster sah, auf die Lichter am Boden, auf die Hand seines Gefährten. Er schwelgte in ungehörigem Verhalten, öffentlicher Annäherung. Und lächelte das neue Lächeln, bis sie gelandet waren.

4

Der Mietwagen war reserviert, Ford kümmerte sich um die Formalitäten, während Dan auf das Gepäck wartete. Eine Zeitung klatschte gegen die Glaswand der Gepäckausgabe, flachgepreßt vom scharfen Wind. Das Gepäck rollte so langsam wie erwartet heran, doch selbst nachdem er es bekommen hatte, wartete Dan noch lange an dem verabredeten Ausgang, bis Ford, wieder ganz förmlich in seinem schwarzen Mantel, eine blaue Limousine auf der anderen Seite der Glasscheibe parkte.

Dan ließ sich auf dem Beifahrersitz nieder, den Geruch von neuem Vinyl in der Nase, und öffnete Ford die Tür. Zwei Herren in mittleren Jahren kamen vorbei, eindeutig Geschäftsleute auf dem Weg nach Hause; hinter ihnen, zögernd, ein einzelner, schlaksiger Mann in ihrem Alter, der in der windigen Nacht verloren wirkte.

Ford schwang sich hinters Steuer, strich sich über die Haare, suchte nach den Schlüsseln. Obwohl er am liebsten den Wagen irgendwo abgestellt und geschlafen hätte, ignorierte er seine Müdigkeit und verließ den Flughafen in Richtung Highway, ein Muster an Disziplin, mit vorgerecktem Kinn.

»Bist du überhaupt wach genug zum Fahren?« fragte Dan.

»Wenn es nicht so weit ist.« Ford griff in seine Brusttasche und gab Dan einen zusammengefalteten Zettel. »Hier, da haben wir ein Zimmer, wo immer das ist. Unser Freund von der Autovermietung sagt, es liegt an der I-40 Richtung Osten, zwischen hier und Raleigh.«

»Klingt ziemlich schickimicki.«

»Es ist ein Bett zum Schlafen. Und sie haben meine Kreditkartennummer. Laß uns bitte nicht diskutieren, wenn wir ankommen.«

Trotzdem schwang mit, daß er mit einer Auseinandersetzung rechnete, aus Erfahrung. Wie in der Bar des Flughafens beim Hinlegen des Geldes. Doch Dan sagte nur: »Ich hab auch keine Lust zu streiten.«

Die nächtliche Fahrt dauerte lange genug, um sie in einen merkwürdig dämmrigen Zustand zu versetzen, schläfrige Sprachlosigkeit, die anhielt, bis sie auf dem Hotelparkplatz ankamen. Ford erledigte die Anmeldung, Dan trug das Gepäck zwischen zwei Reihen junger Magnolien hindurch in die Eingangshalle, einen weiträumigen, luftigen Käfig aus Glas und Stahl; die Fenster waren vollgehängt mit grünen Kränzen samt roten Schleifen, und kleine weiße Lämpchen umrahmten die Spiegel. Der gebremste Weihnachtsschmuck machte den Raum sogar eine Spur gemütlich. Dan hegte keinen Zweifel, daß diese Sorte Hotel der Mindeststandard war, den die McKinneys niemals unterschritten. Um die Rezeption zu erreichen, überquerte man ein Teppichbodenmeer, vorbei an einer hohen, vollen Douglaskiefer, die ebenfalls mit weißen Lämpchen und mit goldenen Kugeln behängt war. Der Empfang war in strahlendes Licht getaucht. Doch der Doktor hatte der Rezeption schon den Rücken zugekehrt und kreuzte die Halle, knapp am Baum vorbei, »Weihnachten ist die Hölle«, und griff nach seinem Teil des Gepäcks.

Ihr Zimmer lag im dritten Stock, geräumig und pfirsichfarben, gesichtslose Kommoden, Sessel und funktionale Lampen, aber das Bett war McKinney-Format, ein Hektar Matratze unter karierter Tagesdecke. Nur ein Bett, registrierte Dan, und erwischte Ford dabei, wie er ihn verstohlen beobachtete: »Ich habe verlangt, was wir brauchen. Ein King-size-Bett.«

»Aha.«

»Bist du stolz auf mich?« Ein ganz kleines Lächeln.

»Allerdings.« Dan setzte sein Gepäck ab. Die Tür schloß sich schützend hinter ihnen. Dan warf seinen Mantel über einen Stuhl. Ford nestelte an den Mantelknöpfen, den Zimmerschlüssel in der Hand. In seinem Gesicht spiegelte sich, wieviel ihm dieser Augenblick bedeutete. »Ich muß das Auto wegfahren. Hast du Hunger?«

»Wenn ich anfange, darüber nachzudenken, bestimmt.«

»Ich schau mal, was es unten gibt.« Aber sie blieben reglos stehen. »Warst du das, im Flugzeug?« fragte Dan.

»Ja. Das war ich.«

»Und jetzt? Hier?«

»Ja. Gefällt er dir, der neue Ford?«

»Das einzige, was mir nicht gefällt, ist die Vorstellung, daß du mir noch lieber werden könntest als sowieso schon.«

»Na, dann kann ich ja beruhigt das Auto wegfahren. Leg mir doch was raus, was ich anziehen kann.«

Die Stille, nachdem er draußen war, bot sich als Versteck an. Dan entfaltete sofort Aktivitäten, hievte den teuren Koffer auf einen Sessel und suchte Sachen aus, die das Jungenhafte betonen sollten, schwarze Jeans und ein Sweatshirt von der Uni Chapel Hill, Turnschuhe. Er hängte den Kleidersack in den Schrank und öffnete das Gewirr aus Riemen, Reißverschlüssen und Druckknöpfen, packte aus, was sie für die Nacht brauchten. Ford traf Dan beim Arrangieren von Jacken und Hemden auf Kleiderbügeln an.

Dan berührte die weiche Wolle des Mantels. Ford hielt ganz still, fast ohne zu atmen. Schmale Hände strichen über seine runden Schultern, der schwere Mantel glitt über den kräftigen Rücken. Ford erstattete Bericht: »Unten ist ein Restaurant. Und eine Bar, die haben aber nur Sandwiches. Etwas weiter weg, an der Einfahrt, liegt ein Café, wo es Waffeln gibt.«

»Ich finde bestimmt was im Restaurant, und du?«

»Sowieso.«

Dan zog die Krawatte aus dem Kragen. Ford machte den obersten Hemdknopf auf.

»Mußt du im Krankenhaus anrufen?«

»Nicht sofort.«

Dan betrachtete diesen Oberkörper und zeichnete den Umriß der Brust nach. Er wußte, dort drinnen war der kleine Junge und sagte: Such mich. Ford lachte behaglich und kam näher: »Wen haben wir denn da?«

»Danny Crell.«

»Netter Kerl«, sagte Ford. Danach nichts mehr. Er schloß die Arme um seinen Freund. Dan hatte sich gefragt, ob Ford ihn wohl küssen würde – manchmal mochte er das nicht, aber heute tat er es. Jetzt konnte Dan die Verkrampfung spüren, den Schmerz, der tief in seinem Freund steckte, der mit jedem Atemzug aus ihm strömte, ohne nachzulassen. Heute abend kam der verwirrte Junge zum Vorschein, gegenwärtiger als der Doktor, gegenwärtiger noch als der Freund. Dan berührte ihn im Nacken, übernahm die Führung.

»Ich habe dir was zum Anziehen aufs Bett gelegt.«

Einen Augenblick lang wollte Ford ihn nicht loslassen, hielt sein Gesicht weiter an das andere gepreßt. Dann trat er ans Bett und beugte sich über das zusammengelegte Sweatshirt. Als sich Ford wieder umdrehte, die Hand an seinen Hemdknöpfen, starrte er auf den Boden, als wäre der Doktor irgendwo in dieser Kehrtwendung verlorengegangen. Langsam knöpfte er das Hemd auf.

Unter dem weißen Stoff des T-Shirts zeichneten sich Schultern, Brust und Bauchmuskeln ab: Produkt langen Trainings. Ford streckte die Arme und stand da, leise lachend, mit leicht geöffnetem Mund, auffordernd. Der Anblick dieses Körpers beschleunigte Dans Pulsschlag.

Als Ford ihn näherkommen sah, zerrte er das T-Shirt über den Kopf und zog den anderen zu sich heran. Dan schmiegte sich an die warme bloße Brust mit den weichen schwarzen Härchen im Tal zwischen den beiden Muskelflächen und den aufgerichteten, dunklen Brustwarzen. Früher hatte ihn diese Landschaft erschreckt, diese vollkommene Ausprägung McKinneyscher Eigenschaften, unverhüllt durch Kleidung. Und immer noch war er gebannt, wenn er Fords nackten Körper berührte, die Bewegung innerhalb der Bewegung seiner Muskeln verfolgte. Dieser Körper wollte ihn.

Ihre Nähe war von Anfang an hart erkämpft. Immer wieder, wenn sie Brust an Brust dastanden, empfanden sie Frieden an allen Fronten, fast unerwartet. Diese Nähe, die zugelassene Berührung, die Liebe mit den Fingerspitzen, das waren Siege, jedesmal. »Kein T-Shirt«, flüsterte Ford, »und das bei diesem Wetter«, ließ Dans Hemd fallen und zog ihn an sich. Dans Lachen pustete Ford in den Nacken. Der umschlang den schmaleren Freund mit seinen Armen. Dan fühlte Fords Hände an seinem Rücken hinuntergleiten, in seine Hosen hinein, streichelnd. Die beiden standen da, eine Masse, ein Gleichgewicht.

Der erste, lange Akkord verklang, sie ließen los und schlugen die Augen auf. Hitzige, feuchte Gesichter. Alles sagte, keine Eile, ihr bewegt euch in einer anderen Zeit. »Oh«, stieß Dan leise hervor, »das hast du mit jemand geübt.«

»Stimmt«, sagte Ford, »und es hat doch was gebracht, findest du nicht?« Er strich sich durchs Haar, holte tief Luft.

»Haben wir Kondome da?«

»Dumme Frage.«

Ford gluckste und machte einen Schritt am Koffer vorbei, ohne Ziel, wandte sich wieder um. Sein nackter Oberkörper, bloße Spannung und Bewegung, und der halb aufgerichtete Schwanz, unter dem Stoff der Hose pulsierend.

Dan ließ die Hose zu Boden rutschen und trat aus den Hosenbeinen. Als er mit einem Streicheln die Härchen auf seinen Beinen glättete, fühlte er sich einen Augenblick lang schön. Seine Finger glitten über Ford, hinab bis zur kühlen Schnalle des Gürtels. Ford zuckte zusammen, seine Nasenflügel weiteten sich, als nehme er Witterung auf. Dan kniete nieder und liebkoste Fords Schenkel, die Wölbung seiner Erektion unter dem Stoff, richtete sich, am Körper des anderen entlang, wieder auf, ließ seine Lippen kurz über Brustwarzen und weiche Härchen spielen. Seine Hand schlängelte in Fords Hose, fand den warmen Schwanz und knetete ihn. Ford riß Dan an sich, ihr Atmen wurde schärfer. Sie lehnten sich an die Wand, Fords feuchter Mund an Dans Schlüsselbein, atemlos, dann auflachend, so sacht, wie sein Körper sich bewegte, wie Dan ihn streichelte. Elektrisiert. Schweißgebadet, schaukelnd und drängend, verloren sie sich, die Zeit sprang nurmehr in Herzschlägen und Atemstößen voran. Sie keuchten in ihren Zärtlichkeiten wie spielende Kinder, befreiten sich schließlich von den restlichen Kleidern, erkundeten ungezügelt den Körper des anderen.

Und sie erprobten, nicht länger behutsam zu sein, es nicht länger bei leichter Berührung zu belassen. Sie lagen auf dem Bett. Ford ausgestreckt, die Arme ausgebreitet, einladend, der Schwanz, leicht gebogen in die Luft gereckt. Dan erhob sich über dem anderen, nahm Fords Ständer in die Hand, liebkoste die Spitze langsam und ausgiebig; der Schaft wurde härter, und Ford streckte sich ihm entgegen, lachte das Lachen, das sich nicht einüben läßt. Sie fanden Gleitgel und Kondome, verzögerten und erhitzten sich. Murmellaute der Lust. Neues Terrain, immer noch. Was sie daran erinnerte, warum sie heute nacht hier waren, warum Ford Dan nicht ein weiteres Mal allein fortlassen wollte über Weihnachten. Für dieses Gefühl, und für das Recht darauf, hatten sie im Feuer beieinander gelegen, Seite an Seite. Heute nacht bumsten sie wie die Wilden und kamen, und es war gut.

5 Ford hatte sich an Dan gekuschelt, den Kopf an seine Brust geschmiegt. Lange lag er dort, dösend, murmelnd, schließlich wach, mit einem Ruck. Er reckte und streckte sich über Dan hinweg: »Wenn wir nicht gleich das Licht anmachen, schlafe ich ein.«

»Das Restaurant hat bestimmt schon zu, wetten?«

»So spät ist es gar nicht«, sagte Ford, »es fühlt sich bloß so an.«

Nur ungern entwirrten sie ihre Glieder. »Ich muß im Krankenhaus anrufen«, sagte Ford, blieb aber trotzdem liegen. Dan merkte, wie er nach Worten suchte. »Dieses Jahr haben wir es richtig gemacht.«

»Allerdings.«

Die Dusche tat gut. Während Dan sich abtrocknete, hörte er, wie Ford mit Russell Cohen, einem Kollegen, die Behandlung diskutierte. Ein angespanntes Gespräch über Einschnitte und Drainagen. Morgen sollte bei dem Kind eine zweite Computertomographie des Kopfes vorgenommen werden.

»Ein Glück, daß Russell Dienst hat«, meinte Ford nachher. »Der Junge ist okay. Nicht berauschend im Augenblick, aber okay.« Er stellte das Telefon weg. »Ich sollte nicht davon reden.«

»Mich stört es nicht.«

»Das hat mein Vater immer mit Mutter gemacht, seine Fälle erörtern.« Ford griff nach den schwarzen Jeans. Das Sweatshirt behielt er in der Hand. »Hast du meinen neuen Seidenpulli eingepackt?«

Den hatte Dan ihm geschenkt. Ford streifte das weiche Blaßblau über. »Was hast du eigentlich mit den Katzen gemacht?«

»Beim Tierarzt in Pension gegeben.«

Ford setzte sich hin, um seine Turnschuhe zuzubinden. »Ich verstehe nicht, warum du nicht einfach was zu fressen für sie stehenlassen kannst.«

Hätte es die Katzen nicht gegeben, wäre Dan schon sechs Monate früher in Fords Haus in Druid Hills eingezogen, jedenfalls behauptete Ford das.

»Beim Tierarzt sind sie sicherer.«

»Und was kostet das?« fragte Ford, als er seine Brieftasche einsteckte.

»Nicht viel.« Kleine Schärfe im Ton. »Das kann ich mir leisten.«

Schweigen. Ford schlang seine Arme um Dan und flüsterte ihm ins Ohr: »Ich kann's mir auch leisten. Das meinte ich doch gar nicht.«

Die Wärme des Körpers, die Dan umhüllte, erinnerte ihn daran, daß er laut Verabredung in Sicherheit war. »Einen Zehner die Nacht«, antwortete er. »Sie sitzen in einem Käfig.«

Die einsame Kellnerin lud sie, mit einem schweifenden Blick über die leeren Tischreihen, ein, sich ihren Lieblingsplatz im Restaurant selbst auszusuchen. Ford entschied sich für einen Tisch am Fenster, wo der Wind gegen die große Glasscheibe anblies, durch die Baumwipfel peitschend. Unter ihnen, im Golfstrom des Highways, strömte der Verkehr gemächlich dahin. »Wir müssen in der Nähe von Raleigh sein«, meinte Dan.

»Am Stadtrand.« Ford lehnte sich zurück und rieb sich unter der Seide den Bauch. »Wie lange fahren wir von hier?«

»Drei Stunden ungefähr.« Dan schlug die Speisekarte auf.

»Wir könnten ausschlafen.«

Dan hörte es kaum. Der Gedanke an das, was drei Stunden entfernt lag, traf ihn wie ein kalter Schlag. *Morgen fahren wir zum Haus meiner Mutter.* Morgen. Dan suchte nach etwas Ablenkendem und nahm sein Wasserglas zu Hilfe.

Bald war die gertenschlanke Kellnerin zurück, und Ford bestellte sein Abendessen. Marlene mit der komplizierten Frisur – gebürstet, geliert, gesprayt und glasiert – schrieb langsam und verschaffte Dan auf diese Weise genügend Zeit, selbst auszuwählen. Nach einigen Erläuterungen zu den Salatsoßen stach Marlene wieder in See, die Frisur im Kielwasser.

Dan gefiel, wie die Seide Fords Oberkörper betonte; die Ärmel waren über die Ellbogen hochgeschoben und legten lange, haarige Unterarme frei. Einen Augenblick lang tauchte die Vision dieses großen McKinney im Haus seiner Mutter wieder auf, lebhaft. Winzige Zimmer, einfache Stühle.

Doch er hatte versprochen, bis morgen nicht daran zu denken. Die Belohnung für diesen stoischen Aufschub saß unübersehbar im Seidenpulli vor ihm. Und sagte: »Einer der Jungs auf Station hat heute von dir gesprochen.«

»Ach ja?«

»Die Schwestern haben ihn mitgenommen, um dich singen zu hören. Beim Weihnachtskonzert. Es hat ihm sehr gut gefallen.«

»Ich hatte das Gefühl, es klang fürchterlich.« Dan freute sich trotzdem.

»Die Krankenschwestern haben gesagt, du hättest gut gesungen. Ich hatte ein so schlechtes Gewissen, daß ich es nicht mehr geschafft habe.«

»Dafür konntest du doch nichts.«

»Aber da habe ich dich zum ersten Mal gesehen. Vor Ewigkeiten, als ich noch Student war. Kaum zu glauben, daß das drei Jahre her ist.« Das historische Datum, das sich am Silvesterabend zum zweiten Mal jähren würde, hatte erst recht keiner von ihnen erwähnt: ihre erste gemeinsame Nacht, ein Jahr später. »Du hast ›God Rest Ye Merry Gentlemen‹ gesungen. A cappella. Aber alles in Moll. So einen traurigen Klang hatte ich noch nie gehört. Du bist mir unter die Haut gegangen.« Das kam mit einem Gesichtsausdruck tiefen Schmollens. Etwas darunter versuchte, an die Oberfläche zu kommen. »Ich glaube, schon an dem Tag habe ich etwas über dich begriffen.«

»Was denn?«

»Es hat damit zu tun, wo du herkommst. Was du leisten kannst. Meine Leute könnten sich nie da hinstellen und eine neue Melodie für ein Lied erfinden, wie du es getan hast. Wir hätten es sauber vom Blatt gesungen. Aber du hast etwas genommen, das ich mein Leben lang kannte, und hast etwas Neues daraus gemacht. Niemand, den ich kannte, konnte sowas. Deshalb habe ich mich an dich erinnert.«

Es hat damit zu tun, wo du herkommst. Der Satz hallte nach, als Marlene das Abendessen servierte. Ford faltete seine Serviette mit beiläufiger Präzision auseinander und hielt beim Essen seine Ellbogen in tadelloser Position. In solchen Momenten fühlte sich Dan wie eine schlechte Imitation. Trotz des Kompliments hatte er das Gegenteil gehört. Es gab so viele Dinge, die Ford und seine Familie nicht tun konnten, nicht tun wollten. Man wußte doch nie, wann man übereinander stolpern würde.

Doch heute abend beunruhigte ihn selbst dieser Gedanke kaum. Sie aßen ihren Salat und tranken ihr Mineralwasser. Zufrieden. »Ich wünschte, ich wüßte, warum es manchmal so leicht ist. Sich so nahe zu sein.«

»Für uns sollte es leicht sein«, meinte Ford, »nach zwei Jahren.«

»Für meine Eltern war es nach achtzehn Jahren nicht leicht.«

Ford schob seinen Salatteller in die Mitte des Tisches. »Wir sind nicht deine Eltern. Oder meine. Außerdem«, jetzt ganz vorsichtig, »bin ich auch nicht Ross. Ich bin kein bißchen wie er. Und es würde mich sehr wundern, wenn ich es jemals würde.«

Dan unterdrückte die körperliche Reaktion, die dieser Name augenblicklich in ihm hervorrief. »Du weißt überhaupt nichts von Ross.« Nonchalant Salat aufspießend.

»Deine Mutter und ich haben einmal von ihm gesprochen, am Telefon. Sie hat mir genug erzählt, daß ich verstehen konnte, warum du nicht über ihn sprichst. Sie sagte, er hätte sie an deinen Vater erinnert. Und du hättest ihr genau das auch mal gesagt. Sie meinte, sie wäre froh gewesen, als du dich von ihm getrennt hättest.«

Es dauerte einen Moment, bis Dan antwortete. »Du bist erstaunlich.«

»Warum? Weil deine Mutter mit mir redet? Sie ist erstaunlich. Du siehst ja, wie meine Mutter dich behandelt.«

»Nun gut, dann wollen wir mal festhalten, daß ich nicht finde, daß du Ross oder meinem Vater auch nur ein bißchen ähnelst. Abgesehen davon, daß sie beide groß und gutaussehend waren.«

Ford errötete und lachte. »*Die* Gemeinsamkeit macht mir wohl nichts aus.« Er blickte hinaus. Wind in den Bäumen. Luft, die Luft bewegte. »Ich wünschte, ich fühlte mich immer so«, setzte er wieder an. »Ich möchte Ford sein, wenn ich bei dir bin. Nicht der Doktor, nicht Ross, nicht dein Vater. Nur Ford.«

Dan brachte es nicht fertig, seinem Freund in die Augen zu sehen, und studierte statt dessen, wie das Öl von einem ganz bestimmten Salatblatt auf den eckigen Salatteller herabtropfte. Schließlich sagte er: »Jetzt bist du auch Ford.«

»Ich weiß. Und oben im Zimmer war ich Ford. Und auf dem Flug die ganze Zeit. Es ist ein unbeschreibliches Gefühl.«

»Weißt du, warum ich manchmal Angst vor dir habe? Es liegt an deiner Familie.«

Fords Kiefer rückte in eine störrische Haltung. »Meine Familie kann uns überhaupt nichts anhaben.«

»Doch. Natürlich kann sie das. Wenn sie ihre Meinung über mich nicht ändert. Es tut dir auch jetzt weh, an diesem Weihnachtsfest.«

Wie recht er hatte, war unübersehbar in Fords Zügen. Schweigend saßen sie da, während die wundersame Marlene die Hauptspeisen brachte, garniert mit einer Entschuldigung für die Verspätung: Der Koch sei an Feiertagen lustlos. Als sie weg war, sagte Ford: »Ich weiß nicht, was ich machen soll. Wirklich nicht. Was du und ich miteinander tun, ist einfach nicht Teil ihrer Welt.«

Es hat damit zu tun, wo du herkommst. »Es wird wohl nicht viel geben, das dich und mich verändern könnte, wenn wir nicht verändert werden wollen. Das habe ich bisher noch nie von jemandem sagen können. Ich habe es jedenfalls noch nie gesagt. Aber wir kommen aus so unterschiedlichen Familien.«

»Ach, und das heißt, eines Tages werden wir auch etwas anderes wollen? Ich heirate zum Beispiel eines dieser Mädchen aus Savannah, von denen mein Vater andauernd redet?«

»Ich weiß nicht, was es heißt. Ich sage es nur.«

»Dan, du machst da zuviel draus. Mein Vater ist reich, klar, meine Familie hat Geld, klar. Jetzt, wo mein Großvater gestorben ist, habe ich auch Geld. Aber das heißt doch nicht, daß ich einen Blick auf das Haus deiner Mutter werfe und schreiend die Flucht ergreife.«

»Es ist kein Haus. Es ist ein Wohnwagen. Sie haben was angebaut, ein paar Zimmer und eine kleine Terrasse. Aber es ist ein Wohnwagen.«

»Na und?«

Dan spürte, wie er rot wurde. Ford beobachtete ihn aufmerksam. Dan sagte: »Ich glaube, das ist es. Ich glaube, ich habe Angst, du wirfst einen Blick auf meine Familie und bist im Nu über alle Berge. Oder auf hoher See. Oder im Hinterland oder wo.«

»Das werde ich nicht tun. Kindskopf.«

6 Während der Fahrt im Aufzug lehnte sich Ford an Dan und schloß die Augen. Dan führte ihn bei der Hand durch den leeren Korridor, angelte den Zimmerschlüssel aus seiner Tasche. Ford stolperte dramatisch zum Bett und ließ sich quer darüberfallen. Das Schlafbedürfnis des Doktors war seit je ein beliebter Anlaß für Witze zwischen ihnen. Im Krankenhaus kam er kaum zur Ruhe, auch nicht bei Schichten von zweiunddreißig oder achtundvierzig Stunden; wenn er zu Hause war, schlief er fast nur. Dan setzte sich neben Ford, beobachtete ihn, lauschte den Veränderungen seines Atems; bald würde er einschlafen. Dan machte Ford die Schuhe auf, und Ford rührte sich mit einem Murmeln. Dan zog ihn mit eingeübten Bewegungen aus. Mit blinzelnden grauen Augen murmelte Ford gute Nacht, eine Entschuldigung, eine Liebkosung, und legte seine Hände einen kurzen Augenblick lang auf die Schultern des Freundes. Dan las noch eine Weile. Als Fords Atem das Gleichmaß eines Wellengangs erreicht hatte, legte sich Dan zu ihm.

Im Dunkel des frühen Morgens, aus dem Tiefschlaf erwacht, hörte Dan, wie Ford gedämpft mit Russell telefonierte, der immer noch Dienst hatte. Fords Stimme, kühl und klar, verriet nichts von seiner Müdigkeit. Der Junge hatte eine beträchtliche Menge Blut verloren. Dan konnte nicht alles verstehen, was gesagt wurde, aber er hatte ein Gefühl, daß dieses Kind Bluter war und Ford sich auch deshalb solche Sorgen machte.

»Alles in Ordnung?«

»Der Junge hat eine schlimme Nacht gehabt. Aber Russell sagt, er schafft es.«

Dan schloß die Augen und kehrte in das Land der Schatten zurück, die friedliche Wärme und Nähe lullten ihn wieder ein, fort aus der Welt von 8:37 morgens. Während es draußen dämmerte, dösten sie in den Tag hinein, die ungewohnte Ruhe genießend, ohne Wecker. Vormittage im Bett waren selten. Dan ließ sich treiben, mal träumend, mal halbwach; zuweilen war er sicher, in Fords Haus zu sein, wo der kranke Junge weinte, ganz in der Nähe, in einem Zimmer, das er noch nie gesehen hatte und nicht finden konnte, obwohl er das Kind deutlich hörte; in diesem Halbschlaftraum war er selbst es, Dan, der blutete und seine Spritze brauchte, doch Ford war schon ins Krankenhaus aufgebrochen...

Bald sank Dan tiefer ins Reich der Träume.

Die Bilder wurden lebhafter, deutlicher. Er stand in Fords Haus, wartend, kurz nach Sonnenaufgang, und der Junge weinte. Aus seiner hellen Stimme klang hohle Kälte und Einsamkeit, ein Vibrieren, immer wieder abgerissen durch leise Schluchzer. Auf der Arbeitsplatte in der Küche lagen die Apparaturen eines Bluters, die Ampullen mit Gerinnungsmitteln, Spritzen, Alkoholtupfer, Butterflykanülen, eine Abbindemanschette – für den Jungen? Für Dan?

Das Schluchzen ließ nicht nach, und Dan durchsuchte das ganze Haus, folgte dem Klang der Stimme. Eine Zeitlang vermutete er, es sei sein Bruder Grove; plötzlich war er sich sicher, es sei Ford; dann Ross; schließlich war er überzeugt, er selbst sei es, der irgendwo weinte, ein kleinerer, jüngerer Danny, und Dan der Ältere müsse ihn finden. Doch der Junge und sein Weinen waren immer im nächsten Raum, und Dan irrte von Zimmer zu Zimmer durch das kinderleere Haus.

Endlich wachte er auf. Große Arme umschlangen seine Hüften, und etwas Vertrautes, Fleischiges preßte sich gegen seinen Rücken. Keine Worte. Aber der weiche, langsame Druck von Fords Schenkeln gegen Dans Rücken machte deutlich genug, daß Dan heute nicht zusehen mußte, wie Fords Morgenständer im Badezimmer verschwand, ein Opfer des krankenhäuslichen Dienstplans.

Die beiden frühstückten am selben Tisch im Restaurant, belgische Waffeln und Kaffee, und fragten sich, wie Marlenes Frisur wohl die Nacht überstanden hatte. Doch die Frühstücksschicht war mit einem matten koreanischen Teenager unter einem glänzenden Pagenschnitt besetzt.

»Hast du deine Medikamente eingepackt?« fragte Ford bei der zweiten Tasse Kaffee. »Ich habe sie im Koffer nicht gesehen.«

»Sie sind in einem Extrakoffer«, sagte Dan. »Im Schrank. Warum?«

»Nur um sicherzugehen«, meinte Ford.

Auf dem Highway wimmelte der Verkehr, Automobile aller Farbschattierungen und Marken verschmolzen zu gleichen Stromlinien, wanden sich innerhalb der Asphaltgrenzen der Autobahn, nur hochglanzpoliert, nicht mehr durchströmt von leuchtenden magischen Lichtflüssen wie in der Nacht. Ford war voll morgendlicher Ruhe, ein lässiger junger Mann in Jeans und Sweatshirt. Das war der richtige Ford für die erste Begegnung mit seiner Mutter. Er hatte noch einmal im Krankenhaus angerufen, was er Dan verschwiegen hatte, aber Dan wußte es trotzdem. Der kranke Junge hatte die Nacht überlebt.

Ford

7 Östlich von Raleigh waren sie unterwegs, ihr Wagen rollte wie schwerelos durch das flache Farmland mit seinen armseligen Bauernhäusern und winterkargen Kiefernwäldchen. Doch Ford kam es so vor, als läge Savannah am Ende dieser Reise, nicht Wickham in North Carolina und Dans Familie. Die ebene, spröde Landschaft erinnerte ihn an das Revier seiner eigenen Kinderjahre. Über ihnen gleißte weiß und kahl der Winterhimmel, die Morgensonne darin ein sengendes Zyklopenauge, in das der Wagen sich kopfüber bohrte. Am Straßenrand, hinter den schmucklosen, Fast-food-übersäten Vorstädten von Raleigh, standen die Indizien des untergegangenen Handels früherer Generationen – die kleinen hölzernen Läden an den Straßenkreuzungen, befleckt mit gemalten Pepsi-Cola-Werbungen; die allgegenwärtigen, verrosteten Schilder der Quaker State-Ölgesellschaft, nahezu verschwunden hinter braunem Unkraut; hölzerne Scheunen zum Tabakbeizen, die sich halbverrottet über die ordentlichen, metallischen Silos neigten, durch die sie ersetzt worden waren. Das stille Land erzählte Ford mehr von Kargheit als von Frieden. Während er das Auto immer tiefer in die Wälder des Ostens steuerte, behielt er Dan im Auge.

Wie selten hatten Dan und er solche frühen Morgenstunden bisher gemeinsam erlebt, nur sie beide, ohne Fords Rufbereitschaft oder Dans bevorstehende Überstunden. Im weißgewaschenen Licht lag auf Dans Zügen die gleiche Klarheit wie damals, als sie zum ersten Mal die Nacht zusammen verbracht hatten: Dan lag schlafend in der Morgensonne, und Ford beobachtete ihn in seinem Schlaf, versuchte, diesen seltsamen Verführer zu ergründen.

Hatte er Dan schon von jenem Zeitpunkt an begehrt, da er ihn zum ersten Mal sah, drei Jahre vor dieser Nacht, während er ihn beim Weihnachtskonzert im Krankenhaus »God Rest Ye Merry Gentlemen« singen hörte?

Es war der Klang der Stimme, der Ford in der Eingangshalle innehalten ließ, das klare, reine, unheimliche Mollvibrato, a cappella, das im Nacken prickelte. Ford, Medizinstudent im vierten Jahr, war damals nur undeutlich bewußt, daß man im Grady Memorial Hospital so ein Konzert überhaupt veranstaltete, aber nun fand es statt und durchflutete das ganze Haus und brachte den Verkehr zum Erliegen. Curt Robbins, der Assistenzarzt, der sich in jenem Monat um Ford kümmerte, verfluchte das Gedränge. Ford wandte sich von ihm ab, näherte sich der ausfransenden Menge, spürte die Stille ringsum, während das Lied im Raum schwebte. Die Stimme hallte von den gekachelten Wänden und den Bodenfliesen wider. Der Sänger stand auf einem kleinen Podest, ein merkwürdiger, großer Mann, eckig, mit Kindergesicht, einer hohen, lichten Stirn, dunklen Haaren und einem vollen, weichen Mund. Seine Lippen und seine Zunge liebkosten jede Silbe, die seine Stimmbänder erschallen ließen. Kein anziehender Mann, fand Ford zuerst, aber nachdem er eine Zeitlang zugehört hatte, war er sich nicht mehr so sicher.

Das Lied hielt ihn fest. Es verspottete milde den Versuch, mit Immergrün und Samtdekoration eine Adventsstimmung in die von eingetopften Weihnachtssternen verzierte Eingangshalle zu zaubern. Es drückte die Traurigkeit des Weihnachtsfestes aus, und dessen war sich der Sänger auch bewußt, er erfüllte den Saal und alle Anwesenden mit dieser Gewißheit. *Tidings of comfort and joy.* Ford war fasziniert.

Das Lied endete, und der Sänger nahm den Applaus entgegen. Ford hatte den Eindruck, daß einige wie er die Wahrheit aus der veränderten Melodie herausgehört hatten und gleichfalls viel heftiger klatschten, als es der üblichen höflichen Anerkennung entsprach. Der Mann stieg mit seiner schlanken Gestalt und seinem seltsamen Gesicht vom Podest und verschwand gelassen in einem Knäuel gratulierender Freunde. Ford stand starrend da, bevor er den Kopf schüttelte, um sich von dem Echo der Stimme, des Liedes zu befreien. Curt Robbins hatte ebenso gebannt wie er zugehört. Als der Fahrstuhl aufging und Curt gerade fragte: »Hast du das gehört?«, bemerkte Ford ein verknicktes Konzertprogramm im Aschenbecher neben dem Aufzug. Er nahm die leuchtend rotgrüne Einladung und überflog die Namen der Sänger, allesamt Angestellte des Krankenhauses bis auf die Bell Ringers von der Coral Baptist Church – bis er den Interpreten der letzten Darbietung fand: Dan Crell, aus der Verwaltung. Ford faltete den Zettel zusammen und steckte ihn einfach mit seinen Behandlungsnotizen in die Brusttasche. Im Fahrstuhl meinte er zu Curt: »Weihnachten nervt sowieso.«

Am selben Abend fand er in der Wohnung, die er sich mit seinem Hund Hammond und einem Freund namens Allen Greenfield teilte, das Programm wieder, mitten zwischen den Ergebnissen der Blutuntersuchungen eines seiner Neuzugänge. Die Karte, auf die er die Blutwerte gekritzelt hatte, gehörte zu einem Kind mit Leukämie im Endstadium, und Ford sollte diesen Patienten bei der morgigen Frühbesprechung vorstellen. Das Konzertprogramm wirkte fehl am Platze. Trotzdem legte er die Notizen beiseite, faltete das rotgrüne Leporello auf und las den Namen noch einmal.

Er summte ein paar Töne des Weihnachtsliedes vor sich hin, begleitet nur vom Summen des Kühlschranks. Dann warf er das Programm zusammen mit den anderen Papieren, die er aus seinen Taschen aussortiert hatte, in den Mülleimer. Doch das Lied wollte ihm nicht aus dem Kopf gehen, zum Verrücktwerden, es verfolgte ihn den ganzen Tag schon, spulte sich immer wieder ab. Er holte den bunten Zettel wieder aus dem Müll und strich ihn sorgfältig auf der Arbeitsplatte glatt. Als er das Ding endlich wegwarf, wußte er den seltsamen Namen schon auswendig. Dan Crell.

8

Einige Monate später hatte Ford das Haus an den Clifton Heights in Druid Hills bezogen, einen hübschen Ziegelbungalow mit einem großen Garten, der sich bis zu einem kleinen Gehölz und einem meistens ausgetrockneten Bachbett ausdehnte. Hier lebte er allein mit seinem Hund Hammond. Er hatte das Haus von dem Geld gekauft, das sein Großvater für ihn angelegt hatte. Ford war nunmehr Ende Zwanzig, und seine Eltern erinnerten ihn regelmäßig daran, daß er sich Gedanken übers Heiraten machen sollte. Sie würden mit ihren Predigten nicht ermüden, in der Annahme, es sei nur zu seinem Besten. Doch Ford konnte sich nur schwer vorstellen, verheiratet zu sein.

In der letzten Zeit machte Ford sich zunehmend Sorgen über die einander ablösenden Allen Greenfields in seinem Leben. Er hatte drei Monate mit Allen zusammengelebt. Anfangs hatten sie zweimal, an zwei aufeinanderfolgenden Sonntagnachmittagen, in Fords Schlafzimmer miteinander Sex gehabt, ohne darüber zu sprechen, weder vorher noch nachher noch währenddessen. Das hatte eine Besessenheit und Heftigkeit, die Ford nicht mehr losließ, auch als der Augenblick selbst längst vorüber war. Ford war von seinem sonntagmorgendlichen Workout im Fitneßraum der Uni zurückgekehrt, sein Körper strotzte vor Energie vom Training. Allen folgte ihm ins Schlafzimmer, wo sie sich unterhielten. Er bewunderte Fords Statur, und Ford führte weitere Muskeln zur weiteren Bewunderung vor. Es wurde still. Ford spürte, daß Allen ihn verführen wollte, und reagierte im entscheidenden Moment mit Aggression. Zog sich vor Allen aus. Baute sich ganz nah vor ihm auf. Und befahl Allen schließlich, was er tun sollte, wie er es tun sollte. Er nahm den Kopf des schmächtigeren Mannes in einen festen Griff und zwang ihn auf die Knie. Dann wälzten sie sich heftig auf Fords breitem Bett hin und her, und als es vorbei war, verschwand Ford augenblicklich unter der Dusche.

Das war nichts Neues. Er hatte die Macht seiner Attraktivität schon oft und mühelos ausgeübt, und er verließ sich inzwischen darauf, daß ein bestimmter Typ Junge oder Mann ihm einfach nicht widerstehen konnte.

Doch am dritten Sonntag kam Ford vom Training nach Hause und fand Allens Tür verschlossen vor; Allen schlief oder tat so.

Als Ford die Anzahlung auf das Haus in Druid Hills leistete, empfand er den Gedanken, von Allen wegzukommen, als erleichternd. Zwischen ihnen fiel kein Wort über ihren Sex, doch manchmal spürte Ford Allens hungrigen Blick auf seinem Körper, augenblickslang, wenn er vom Schlafzimmer zur Dusche ging. Ford wußte, in diesen Momenten hätte er mehr aus Allens schuldbewußter Bewunderung werden lassen können. Aber er widerstand, aus einem Gefühl der Verachtung heraus.

Während des letzten Monats im alten Haus war Ford vollauf beschäftigt, die Angelegenheiten und Einzelheiten rund um Haus und Geld zu regeln; seine Eltern und ihre Anwälte kamen von Savannah nach Atlanta, um ihn die notwendigen Verträge, Kreditunterlagen und Urkunden unterschreiben zu lassen. Da außerdem seine Assistenzarztzeit immer näher rückte, wechselte Ford schließlich kaum noch ein Wort mit Allen.

Die Bewunderung der anderen war ihm immer zugeflogen, und er hatte sich nie für deren Nebenwirkungen verantwortlich gefühlt. Als Junge hatte er einmal mit einem gewissen Scott Elliot, der älter war als er, in den Duschkabinen der Savannah Country Day School gerungen, was zu einer ausgewachsenen Erektion bei Scott und einer gegenseitigen Fummelei geführt hatte; am Ende hatte Scott, vollkommen außer sich, auf Fords Oberschenkel abgespritzt. Ford selber fühlte sich dabei merkwürdig unbeteiligt. Das einzige, woran er sich später erinnerte, war das Gefühl der Macht über den älteren Jungen. Als sich solche Szenen mit Scott in unregelmäßigen Abständen wiederholten, nahm Ford diese Form der Huldigung entgegen, als stünde sie ihm zu. Der selbstverliebte Aspekt seiner frühen Vergnügungen beeinträchtigte die Lust kein bißchen und bot zudem den Vorteil, daß Ford diese halbsexuellen Episoden ohne große Probleme mit seinem freitagabendlichen Gefummel unter den Röcken der Debütantinnen von Savannah in Einklang bringen konnte.

Während seiner Schulzeit fiel ihm nie auf, daß er körperlich mit Scott viel freizügiger war als mit irgendeiner dieser Freundinnen. Das dämmerte ihm erst später, als er im Studentenwohnheim der University of North Carolina in Chapel Hill tatsächlich zum ersten Mal mit einem Mädchen richtig Liebe machte. Er hatte Susan Wariner bei einer studentischen Methodistengruppe kennengelernt, und ein paar Monate später gab sie sich ihm inbrünstig hin, nachdem sie ihm zuvor aus der Bibel vorgelesen und ihn aufgefordert hatte, gemeinsam zu beten. Nach einem unvorstellbar herzigen Gebet legten sie sich auf Fords karierte Bettdecke, und sie seufzte und gab ihren Geist auf, während seine Hand unter ihre Kleider glitt, rein und raus. Susans Gläubigkeit hatte ihre körperliche Entwicklung nicht behindert, und sie verfügte durchaus über eine gewisse Experimentierlust. Doch sie glaubte schlicht, daß es reichte, sich einem Mann nicht zu verweigern. Ford dagegen war inzwischen an den Sturm und Drang gewöhnt, mit dem andere Jungen ihn begehrten, und wenn Susan seine breiten Schultern und großen Bizepse lobte, schlug das nicht ganz die gleiche Saite in ihm an.

Bald darauf tauchte beim Sport ein schlanker, ansprechender Blondling namens Tucker auf, der sich unter der Dusche besonders viel Zeit ließ, um Ford nach seinem Training zu beobachten. Ford nahm den Knaben mit aufs Zimmer, und sie betätigten sich dort in einer Weise, die mehr nach Fords Geschmack war. Tucker bewunderte diesen Körper, und Ford schwelgte in Tuckers hitziger Lust, heizte sich an ihr auf, lehnte sich zurück und ließ den anderen sich festsaugen. Die Jungen rollten auf derselben Karodecke herum und richteten ein einziges Chaos an. Als Tucker ging, war Fords normalerweise aufgeräumtes Zimmer ein Schlachtfeld; Susan und er dagegen hätten sofort, nachdem sie ihre Garderobe wieder in Ordnung gebracht hatten, an Ort und Stelle Tee servieren können.

Tucker traf er aber nur noch zweimal, während er sich mehr als ein Jahr lang ab und zu mit Susan verabredete. Sie machten auch Fortschritte bei der Liebe, aber mit Susan erreichte er keine Höhenflüge aus Adrenalin und Fieber. Da er instinktiv begriff, daß es an ihm lag und mit ihr nichts zu tun hatte, sprach er nie mit ihr darüber. Er hätte die Liebelei mit ihr noch wesentlich länger fortsetzen können als die zwei Jahre, die sie letztlich hielt. Doch eines Tages wurde ihm klar, daß Susan möglicherweise auf lange Sicht mehr von ihm erwartete, und allmählich distanzierte er sich von ihr. Bald kamen sie überein, sich gar nicht mehr zu sehen, obwohl Ford nicht hätte sagen können, warum er das richtig fand.

Seine Eltern hielten mit ihrer Erleichterung nicht hinterm Berg, als das, was ihnen nach einer zählebigen Uniromanze aussah, endlich auseinanderging. Susan Wariner war alles andere als das Mädchen, das sie ihrem Sohn wünschten – weder stammte sie aus Savannah noch aus besonders guter Familie, und Fords Eltern legten Wert darauf, daß diese beiden Bedingungen erfüllt waren, wenn der Prinz des Hauses an Vermählung denken wollte. Doch beim Training schleppte er weiterhin Jungs ab, und sein Vergnügen an diesen Eroberungen und ihren Folgen war ungebrochen.

Kurz vor dem Abschluß seines Studiums – seine Eltern wunderten sich zunehmend, warum er so wenig Interesse an der für eine Verbindung geeigneten Sorte Frauen zeigte – entdeckte er McKenzie Donnelly. Der wohnte in einem Bungalow in der Wyrick Street, gleich neben Ford; das Haus war schon an so viele Generationen von Studenten vermietet worden, daß es die Atmosphäre eines Studentenwohnheims an sich hatte. McKenzie besaß einen Hund namens Hammond, eine plumpe Promenadenmischung mit pampelmusengroßen Pfoten und einer dermaßen langen Zunge, daß sie auf dem Boden schleifte, wenn er durchs Viertel stromerte und Mülltonnen auf der Suche nach kleinen Leckerbissen umkippte.

Ford hatte sowohl den unansehnlichen Hund als auch seinen attraktiven jungen Besitzer bemerkt, war McKenzie aber erst begegnet, als er an einem Herbstmorgen seine eigene, umgestürzte Mülltonne wieder aufrichtete und den verstreuten Inhalt aufsammelte. Währenddessen leckte Hammond ihm die Hände und Unterarme in einem heftigen Anfall von Zuneigung. Irgend etwas an dem tolpatschigen Vieh rührte Ford, und er kraulte ihm die riesigen Ohren. Es war früh am Morgen, kurz bevor mit der Müllabfuhr zu rechnen war, und Ford war ohne Hemd aus seiner Küche gesaust, um den Abfall schnell wieder zusammenzuräumen.

So traf ihn McKenzie an. Der blonde junge Mann, das Haar verwuschelt, als wäre er gerade eben aus dem Bett gestolpert, tauchte plötzlich am Ende von Fords Einfahrt auf und rief: »Komm, ich helfe dir. Schließlich war ja mein Hund der Täter.«

Die beiden machten sich bekannt, und Ford erfuhr, daß McKenzie bei dem Hauptmieter des roten Klinkerhauses untergekommen war, einem Doktoranden, den Ford bisher nur von weitem gesehen hatte. »Ich glaube, Keith ist Hammond ein bißchen leid«, meinte McKenzie, griff den unförmigen Kopf des Hundes bei den Ohren und schüttelte ihn zärtlich hin und her. »Und mich wohl auch«, fügte er glucksend hinzu und kratzte seinen Schopf. »Gestern nacht, als ich heimkam, haben wir den Marschbefehl gekriegt.«

»Er hat euch rausgeschmissen?«

»Klar«, McKenzies Lachen sprudelte immer noch. »Schaff deinen Hintern hier raus. Auf die Straße. Kann ich ihm auch nicht verdenken. Ich bin ein ziemliches Arschloch.«

Diese Feststellung führte zu einer Einladung zum Frühstück, McKenzie konnte ganz offensichtlich eine Tasse Kaffee gebrauchen. Mit fortschreitendem Geplauder merkte Ford, daß sein Interesse immer mehr wuchs. Der Bursche war auf eine ruppige Art attraktiv, es war dieses rotzfreche gute Aussehen mit dem schiefen Grinsen, das Ford an die blonden Bösewichter im Western erinnerte.

McKenzie stellte sich als Sprößling einer alten Südstaatenfamilie vor, der Ururenkel eines der bekanntesten Bürgerkriegsgeneräle von North Carolina – und ein Enfant terrible seit dem Tag seiner Geburt. Ford spürte eine wunde Stelle unter der spröden Nachlässigkeit, mit der McKenzie von seiner Familie sprach. Wegen seines unpassenden Verhaltens hatte der Vater den Kontakt zu ihm abgebrochen, und er lebte von Studentenkrediten und gelegentlichen Dividenden aus den spärlichen Familienaktien. Er ging auch auf die Uni, behauptete, er sei im Philosophie-Hauptstudium und nannte eine Reihe auserlesener Professoren, die er angeblich bei Seminardiskussionen ausgestochen hatte. McKenzie redete so aalglatt, daß es nicht schwerfiel, sich vorzustellen, wie er selbst Experten in ihrem Gebiet aufs Glatteis führte. Ford ließ seinen Morgenkurs ausfallen, und McKenzie fuhr zum nächstgelegenen Laden mit Alkohollizenz, wo sie Gin und Bloody Mary-Mix erstanden – Gin war nämlich, laut McKenzie, Wodka bei weitem vorzuziehen, selbst in einer Bloody Mary, und zwar wegen der Auswirkungen des Holunders auf die menschliche Traumfähigkeit. »Wenn ich Gin getrunken habe, wache ich auf und hab'n Ständer wie'n Telefonmast«, behauptete McKenzie. »Wenn ich bloß meine Träume aufschreiben könnte, bevor ich sie vergesse. Das wären schon längst Porno-Bestseller.«

Daß sie noch am Vormittag im Bett landeten, überraschte sie beide nicht. Was Ford verblüffte, war seine Reaktion auf den charmanten Vagabunden. McKenzies Lebhaftigkeit ließ Ford sein Lieblingsspiel der Selbstversunkenheit vergessen. McKenzie führte ihn Schritt für Schritt, gefräßig und genüßlich, bei jeder Berührung sprühten die Funken, auf jedem Quadratzentimeter von Fords Körper – im Wohnzimmer des Hauses in der Wyrick Street, unter den zuckenden Schatten der Baumwipfel auf dem Teppich, der einst Fords Großmutter Strachn gehört hatte. Er fummelte an den Knöpfen von McKenzies Hemd herum, zerriß fast das T-Shirt, als er es dem anderen über den Kopf zog, und konnte es kaum erwarten, an den drahtigen Oberkörper heranzukommen, die behaarte Brust, die großen, rosigen Nippel. McKenzies geschmeidige Gestalt zog Ford unwiderstehlich an, seine Hände streichelten hungrig diese Haut. Der Gin breitete sich sacht in seinem Körper aus, und er reagierte, ohne zu zögern, auf die Signale, die von seinen Nervenenden kamen. Als die beiden Männer nackt auf dem historischen Teppich lagen und Ford den Schwanz des anderen leckte, entging ihm, daß das eine Initiation war. Er hatte sich irgendwo in McKenzie verloren.

Spät in der Nacht, nachdem sie ins Bett umgezogen waren, um das ausgedehnte Ritual ihres Kennenlernens fortzusetzen, und nach einem Abendessen aus Knäckebrot und Käse räumte McKenzie seine paar Habseligkeiten in Fords Haus. Keith, der Student von nebenan, beobachtete das Ganze kühl von seiner Veranda aus, die nur von einer nackten Birne erleuchtet war. Zu guter Letzt glotzte er Ford an und sagte: »Das wird dir noch leid tun, das versichere ich dir«, bevor er wieder reinging und die Tür hinter sich zuknallte. Hammond raste verwirrt zwischen den Häusern hin und her, mit wild wedelndem Schwengelschwanz. Schließlich, als der Umzug vollendet war, lockte Ford den häßlichen Köter in seine Küche.

Die Flitterwochen mit McKenzie dauerten tatsächlich wochenlang. Für Ford trug diese Phase den Glanz der Ewigkeit. Daß er sich mit McKenzie vollkommen fallen lassen konnte, überraschte ihn immer wieder; daß er McKenzie so sehr begehren konnte, daß ihm nahezu alles andere gleichgültig wurde, erschreckte ihn noch tiefer. Bisher hatte er sich noch nie Gedanken über seine Zukunft machen müssen, doch nun, da McKenzie in seinem Haus lebte, tat er es. Er fing an, sich zu überlegen, wie sein Leben aussehen würde.

Er hatte bereits die medizinische Fakultät von Emory angepeilt, die Bastion, von der aus auch sein Vater und sein Großvater zu ihrem kühlen, geordneten Leben in der Elite von Savannah aufgestiegen waren. Daß Ford sich für Emory entschieden hatte, lag zum Teil an der Familientradition, zum Teil wollte er damit auch seinen Vater besänftigen, der strikt dagegen gewesen war, daß Ford nach Chapel Hill ging statt auf die Uni von Athens in Georgia, die doch einen genauso guten Ruf hatte. Ford hatte nie daran gezweifelt, daß er in die privilegierte Institution Emory aufgenommen würde, und ebensowenig, daß er danach gleichermaßen hochkarätig Assistenzarzt am Grady Hospital werden würde, um schließlich irgendwann den Thron seines Vaters einzunehmen: das große Haus in der Altstadt und die bestens eingeführte Praxis, deren Patienten aus den ältesten Familien Savannahs stammten.

Die Flutwelle der Gefühle, die McKenzie in ihm auslöste, machte ihm bewußt, daß er möglicherweise niemals heiraten würde. Und ohne eine Ehefrau war das gesamte, vorbestimmte, vollkommene Leben, von dem seine Familie – und er – stets ausgegangen waren, gefährdet.

Doch dann ging die Romanze mit McKenzie zu Ende: das Selbstzerstörerische in ihm kam wieder zum Vorschein.

McKenzie trank. Unermüdlich. Zu Anfang schien das noch ganz verständlich bei einem jungen Mann mit hochfliegenden Ideen, und Ford machte mit. Er hatte nichts zu verlieren, schließlich waren dies die letzten Wochen seines Studiums, er hatte alle Scheine beisammen, die Aufnahme in Emory war gesichert. Er ließ es zu, daß McKenzie ihn in einen grandiosen Nebel führte, ginbekränzt und glitzernd, und das Trinken wurde zu einem Teil seiner Verliebtheit. Doch bald war Ford die endlosen Alkoholströme leid. Jeden Morgen mit einem halb bewußtlosen Wattekopf aufzuwachen, widerte ihn dermaßen an, daß er begann, gegen McKenzies Abhängigkeit von dem Zeug anzukämpfen, zuerst nur gelegentlich, dann unablässig. McKenzie, dem auch Ford mehr bedeutete als die meisten seiner früheren Eroberungen, reagierte darauf, indem er noch tiefer in den Dusel abtauchte. Ford begriff, daß McKenzies Charme ein Nebenprodukt seiner düsteren Seite war und daß der Sex, den Ford so befriedigend fand, McKenzie quälte.

Ford hatte gerade erst angefangen, sich zu überlegen, was sein Bedürfnis nach McKenzie für sein weiteres Leben bedeuten mochte. Für McKenzie, der schon länger und tiefer darüber nachgegrübelt hatte, daß er Sex mit Männern liebte, war diese Tatsache Grund genug, sich des Versagens, ja, des Verrats anzuklagen. Seine Familie war so tief in North Carolina verwurzelt wie Fords Eltern im Flachland von Georgia, und der soziale Status der Donnellys in ihrem Revier verurteilte McKenzie schweigend, jedesmal, wenn er Ford berührte. Zu anderen Männern – darunter Keith von nebenan, der sich jetzt hämisch ihre Streitereien anhörte – hatte er den Abstand der grundsätzlichen Gleichgültigkeit eingehalten, mit Ford war das nicht möglich.

Als ihre Auseinandersetzungen wirklich ernst wurden, wich er aus, wie er es immer getan hatte. Er ging in die Bars, blieb die ganze Nacht weg, taumelte im Morgengrauen oder noch später nach Hause, betrunken und abgerissen, stolperte über die Möbel und beschimpfte Hammond für seine Versuche zärtlicher Zuwendung. Manchmal ließ er sich von dem X-Beliebigen, der ihn für die wenigen Stunden zwischen der Sperrstunde und dem ersten Morgenlicht beherbergt hatte, an der Haustür abliefern. Als das zum erstenmal geschah, wandte sich Ford in kaltem Schrecken von ihm ab. Und nach mehreren Wochen quartierte er McKenzie in das zweite Schlafzimmer des Hauses um. Die Kämpfe ließen nach. Die körperliche Hitze, die ihr gemeinsames Leben bestimmt hatte, verwandelte sich in Frost.

Während McKenzie das bei anderen Männern nicht weiter gestört hatte, versetzte es ihn bei Ford in Panik, und er paradierte noch demonstrativer mit seinen nächtlichen Eroberungen, um Ford herauszufordern, ihn lächerlich zu machen, um auf egal welche Weise eine Reaktion zu provozieren. Es kam aber keine. Die Kälte im Haus verstörte sogar Hammond, der verwirrt vom einen Mann zum anderen tappte.

Als McKenzie einen Jungen, den er in der einen Schwulenkneipe von Durham aufgerissen hatte, mit nach Hause brachte, kam es zu ihrem letzten, wütenden Streit. Ford, allein in dem Zimmer, das er sich vorbehielt, hörte Stimmen in seinem Wohnzimmer, eine, die er kannte, und eine, die er nicht kannte. Er schoß aus dem Bett, nur mit Pyjamahosen bekleidet.

Im Wohnzimmer fand er McKenzie und einen Jungen verschlungen auf demselben Teppich, wo McKenzie und Ford begonnen hatten, vor einer Ewigkeit. Als er Ford sah, sprang der Fremde auf und wich zur Küche zurück, während er seine Kleider in Ordnung brachte – später fragte sich Ford, wie spürbar seine Wut gewesen sein mußte, daß der Junge schon reagierte, bevor er noch ein Wort gesagt hatte. Zornig starrte Ford auf McKenzie herab: »Nicht hier.«

Der besoffene McKenzie fuchtelte stürmisch in Richtung Teppich. »Komm, mach doch mit.«

»Leck mich«, sagte Ford. »Schaff ihn raus hier.«

»Kann ich aber nicht.« McKenzie grinste immer noch das Grinsen der Betrunkenen. »Er kann nirgendwohin. Stimmt's?« Von der Gestalt, die sich an die Küchentür drückte, wandte er sich wieder Ford zu. »Seine Eltern wollen nicht, daß wir zu ihm gehen.«

»Ich sagte, schaff ihn raus hier, ist mir doch egal, wohin.«

McKenzie lachte. »Ach komm, Fordie, ist schon gut. Wir sind auch hübsch leise. Verdirb mir nicht den Spaß.«

Ford sah sich den Fremden an. Beinahe noch ein Kind. »Warte draußen auf mich. Ich fahre dich nach Hause.«

»Hey, Moment mal«, lallte McKenzie und versuchte aufzustehen.

»Halt's Maul!« Ford zitterte vor Wut, über McKenzie aufragend, der mitten in seinen ungeschickten Versuchen erstarrte, sich anzuziehen. »Ich sagte, ich fahre ihn nach Hause, und das war ernst gemeint.«

»Bloß weil du mich nicht mehr ficken willst, soll ich keinen Spaß mehr haben dürfen.«

»Du kannst soviel Spaß haben, wie du willst«, antwortete Ford, »aber nicht in meinem Haus.«

»O ja«, äffte McKenzie ihn nach, »dein Haus. Das deine Eltern für dich kaufen. Aber das werden sie nicht tun, stimmt's? Wenn sie wüßten, was du da drin treibst.«

»Du bist besoffen.«

»Aber ja.«

»Dann halt den Mund.«

»O nein«, gab McKenzie zurück, »ich habe vor, meinen Mund zu gebrauchen. Sobald du hier aus dem Weg bist.«

»Du bist zu betrunken«, sagte Ford, »du kriegst doch eh keinen mehr hoch. Leg dich ins Bett, falls du das noch hinkriegst. Und schlaf dich gut aus. Morgen kannst du nämlich hier deine Sachen packen.«

»Fordie mag uns Schwuchteln nicht, wie?« McKenzie drehte sich nach dem Jungen um, der an der Türklinke herumfingerte und sie aufzumachen versuchte. »Fordie mag nämlich selber keine Schwuchtel sein. Fordie ist nicht gerne so ein dreckiger Schwanzlutscher wie wir anderen, o nein. Aber Fordie ist ein Schwanzlutscher, und wenn Mami und Papi das rausfinden...«

Das Klatschen der Ohrfeige war laut. McKenzie kippte zur Seite, eine Wange rötete sich. Mit glühenden Augen lag er stumm da. Fords Handfläche brannte. Er schaute auf seine Hand, auf McKenzies Gesicht. Er war über sich selbst erstaunt, und eine Sekunde lang sehnte er sich danach, etwas Zärtliches zu sagen.

Doch dann hörte er, wie sich die Tür schloß, der Schatten des Jungen fiel von draußen auf die Scheibe. Sein Zorn kehrte zurück; Ford wirbelte ins Schlafzimmer, holte die Wagenschlüssel und stürmte nach draußen. McKenzie blieb reglos auf dem Teppich liegen.

Ford fuhr den Jungen nach Hause, immer noch in seiner Schlafanzughose. Wenige Sätze fielen zwischen ihnen, Ford erfuhr, daß er Johnny hieß – ohne Nachname – und angeblich achtzehn war. Johnny war völlig verwirrt über das plötzliche Ende eines Abenteuers, das ihm sicher wunderbar vorgekommen war. Er wohnte außerhalb von Durham, eine Fahrt von zwanzig Minuten. Ford nahm an, daß der Junge arm war, das Haus war klein, und auf dem Vorplatz parkte ein alter Lieferwagen. Der Junge musterte das Haus, sah Ford an, als wollte er etwas sagen. Mit einem Schlag wurde Ford bewußt, daß er halbnackt in Pyjamahosen mitten in der Nacht in einer fremden Kleinstadt saß. Johnny öffnete die Tür und sprang aus dem Auto.

Ford sah, wie er nach seinem Schlüssel suchte. Der schmale Körper schlüpfte hinein, und Ford fuhr wieder los.

Bis zum Sonnenaufgang brauste er kreuz und quer durch Chapel Hill, blieb eine Weile am Kenan-Stadion stehen und betrachtete die Silhouetten der Kiefern, wie Wachtposten vor dem mondlosen Himmel. Dann fuhr er ziellos weiter, durch Wohnstraßen, um die University Mall herum, ein Stück Richtung Sanford. Er kurbelte die Fenster herunter und ließ die kalte Nachtluft durch das Wageninnere fegen. Der Knoten der Wut löste sich nicht auf.

Als er schließlich in die Wyrick Street zurückkehrte, fand er das Haus unverschlossen vor, alle Lichter an, und McKenzies Auto stand nicht mehr davor.

Drinnen war alles in perfekter Ordnung. McKenzie hatte sein Zimmer leergeräumt; nichts, was an seine Person erinnerte. Nicht mal eine Nachricht.

Ford hatte halb erwartet, den Mann nicht wiederzusehen, doch am nächsten Nachmittag fuhr der verbeulte Chevrolet die Einfahrt hoch, und McKenzie, verlottert und unrasiert, stieg mit einem Fuß aus dem Auto. So, in der offenen Wagentür, mit laufendem Motor, fragte er Ford, ob er Hammond gesehen hätte.

Ford kam zur Tür und wartete. Er konnte die geschwollene Seite von McKenzies Gesicht erkennen, das blaue Auge, und er fragte sich, ob eine Ohrfeige solche Spuren hinterlassen konnte. Die Frage nach Hammond überraschte ihn, denn er hatte angenommen, der Hund sei mit McKenzie ausgezogen. Er verneinte, ruhig. McKenzie nickte. »Er ist letzte Nacht weggelaufen. Ich kann ihn nicht finden.«

»Sag mir, wo du jetzt wohnst, und ich ruf dich an, falls er wiederkommt.«

»Vergiß es«, meinte McKenzie, »ich melde mich einfach wieder«, rutschte hinter sein Steuer und setzte hastig zurück.

Einen Moment lang spürte Ford, wie ihn das alte Gefühl flüchtig streifte, dieses bohrende Verlangen nach McKenzie. Doch es war bald vorüber, und ihm folgten Leere und Kummer. Er schloß die Tür.

Falls McKenzie jemals wegen des Hundes vorbeikam – Ford sah ihn nicht. Hammond gab er ebenso verloren, bis der Hund eine Woche später an der Küchentür auftauchte, heftig mit dem klobigen Schwanz wedelnd, mit der Zunge an der Glasscheibe schlappend. Ford nahm ihn auf, fütterte ihn, kraulte ihm die Ohren.

Da er nicht wußte, wie er McKenzie hätte finden können, wartete er einfach. Doch bald war Fords Unizeit zu Ende, die Examensfeier kam und ging vorüber, seine Eltern flogen zu der Gelegenheit ein und ließen es sich nicht nehmen, die Häßlichkeit des Viechs zu kommentieren. Als Ford von Chapel Hill nach Atlanta zog, kam Hammond mit. Nun war er nicht länger McKenzies Hund, sondern sein eigener.

9 Vier Jahre später, an einem Abend Ende Juli nach einer Vierundzwanzig-Stunden-Schicht, schloß Ford die blaue Haustür auf und fand eine merkwürdige Stille vor. Im Flur eine leere Dunkelheit. Zuerst glaubte Ford, Hammond begrüße ihn nicht, weil er zum Vordereingang hereingekommen war; normalerweise erwartete der Hund ihn bei der Hintertür in der Küche. Aber eigentlich fand Hammond ihn immer, egal, wo er hereinkam. Ford rief leise: »Hammond. Hammond, alter Bursche.«

Er durchsuchte das Haus. Bis er Hammond ausgestreckt auf dem Boden im Badezimmer fand, flach, reglos, steifes Fell, eine kleine Blutpfütze aus den Nüstern auf den weiß-blau karierten Fliesen. Hinter ihm, am Fuß der Badewanne, hatte Hammond den größten Teil seines Fressens erbrochen.

Dumpf setzte sich Ford hin und starrte den Hund an. Er hatte keine Ahnung, was er tun, wen er anrufen sollte. Er war fast zwei Tage ununterbrochen auf den Beinen gewesen und wollte sich endlich ausruhen, doch vor ihm lag Hammond, der auskühlte und immer steifer wurde. Schließlich rief er den Tierarzt an, der den Hund zuletzt untersucht hatte; Hammond hatte nie Behandlung gebraucht, er war gesund und robust gewesen. Ford schlug den Kadaver in eine Decke ein und fuhr ihn die paar Straßen weit durch das Zwielicht von Druid Hills.

Der Tierarzt stellte später fest, daß Hammond an einer Gehirnblutung gestorben war. Was diese hervorgerufen hatte, ließ sich nicht sagen. Der Tierarzt berechnete Ford eine kleine Summe für die Beseitigung der Leiche und eine größere für die Autopsie.

Die Stille des Hauses beleidigte ihn zunächst; später machte sie ihm angst. Jeden Abend hörte er die Leere aufs neue. Nach einer Weile war es nicht nur die Stille, sondern auch die Größe des Hauses, die Ford unruhig machte, er irrte in seinen wenigen freien Stunden rastlos von einem Zimmer ins nächste. Seine Reaktion auf den Tod des Hundes war unverhältnismäßig, das begriff er, aber er sah sich selbst nur wie von außen, als freute er sich darüber, eine Empfindung an den Tag legen zu können, die andere Leute erschreckte.

Zumindest seine Eltern und seine derzeitige Freundin. Auch seine Tutoren in der medizinischen Fakultät waren besorgt, sie rieten ihm zu einer Psychotherapie. Seine Eltern bestärkten ihn darin. Ford hatte Gewicht verloren und dunkle Ringe unter den Augen, und obgleich er bei seiner Ausbildung zum Arzt verläßlich und scharfsinnig blieb, schien er doch ziemlich labil zu sein. Noch dazu trennte er sich von seiner Freundin, fast noch abrupter als von ihren Vorgängerinnen. Ford spürte, wie er allmählich in einen dichten Nebel abrutschte.

Dabei durchschaute Ford seine Angst ziemlich gut. So konnte er sich auch kooperativ zeigen, als die Psychotherapeutin, eine freundliche Frau mit einer wogenden Haarwolke, ihm bei der ersten Sitzung ihre Hand entgegenstreckte, sich als Shaun Gould vorstellte und fragte: »Warum sind Sie hier?«

»Mein Hund ist gestorben, und jetzt fühle ich mich so einsam, daß ich verrückt werde.«

Seine Direktheit ließ sie in ihrem Sessel nach vorn rücken. »Das tut mir leid. Sie müssen sehr traurig sein.«

»Ja.«

»Wußten Sie, daß Sie einsam sind, bevor Ihr Hund starb?«

»Nein. Aber jetzt weiß ich es.«

»Was wissen Sie davon?« Shauns Frage traf genau den richtigen Ton des ernstgemeinten Interesses, hatte nichts Geheucheltes oder Strategisches.

Während sie ihm zuhörte, strich sie mit einem Fingernagel über das Zopfmuster des dicken braunen Pullovers, den sie zu ihren grauen Cordhosen trug. Beim Sprechen musterte er ihre vertrauenеinflößende Gestalt, ihre dicken Hüften und die üppigen Kurven, die sich in dem schwarzen Ledersessel ausbreiteten. Er erzählte, wie er sich von seiner letzten Freundin getrennt hatte, und er erzählte, wie er sich von den Freundinnen davor getrennt hatte. Jedesmal, wenn er eines der Mädchen beschrieb, wurde ihm ganz mulmig im Magen, und schließlich sagte er: »Aber darüber will ich eigentlich gar nicht reden.«

»Das hatte ich auch nicht angenommen«, meinte Shaun.

»Ich will Ihnen von Allen erzählen«, setzte Ford wieder an. «Und von McKenzie.«

Er dachte, er würde die Geschichte distanziert bringen, aber das gelang ihm nicht. Er unterbrach sich und wartete ab, zitternd. Shaun hörte einfach zu, nickte manchmal, ermutigte ihn behutsam, weiterzuerzählen. Er sprach von Hammond und McKenzie und den gemeinsamen Monaten in Chapel Hill. Ford zuckte. Shaun saß ruhig da, mit gefalteten Händen. Als er zum Ende kam – »Aber er ist nie zurückgekommen, um den Hund abzuholen, und deshalb habe ich ihn behalten« – und in Schweigen verfiel, rührte sie sich nicht. Dann ein Nicken. »Warum haben Sie mir das erzählt?«

»Um Ihnen etwas von mir zu erzählen.«

»Nämlich?«

»Warum ich mich so einsam fühle.«

»Nein«, antwortete sie. »Ich glaube nicht, daß Sie mir das erzählen wollten. Was meinen Sie denn, was es sonst sein könnte?«

Ford wünschte, er könnte aus sich heraustreten und über sich selbst schweben, und die Antwort würde sie beide überraschen. Es kam ihm vor, als müßte das ganz leicht sein, sich in der Luft über seinem Kopf aufzulösen, genauso einfach zuzuhören wie Shaun. Er schluckte und sagte gar nichts.

»Sie wollen Ihre Gefühle für McKenzie nicht zugeben.«

So einfach gesagt. Sie wartete, mit gefalteten Händen.

Zum ersten Mal beschäftigte sich Ford mit diesen Gefühlen, die er damals im Morgengrauen in seinem Innern vergraben hatte. »Ich habe nie darüber nachgedacht, was ich für McKenzie empfinde.«

»Und wie denken Sie jetzt darüber?«

»Tja, er muß mir wohl sehr wichtig gewesen sein.«

»Muß wohl?«

Ford zögerte. »Er war es. Ich hing an ihm. Mehr als an irgendeinem anderen Menschen.«

Ford ging einmal pro Woche zu Shaun, und ihre Sitzungen brachten rasch Fortschritte. Er lehnte es ab, die Therapie mit seinen Eltern zu erörtern, aber sie waren erleichtert, immerhin hatte er sein altes Gewicht und seine frische Gesichtsfarbe wieder. Auch zum Training kehrte er zurück, und bald war das Aussehen restauriert, das man seit seiner Jugendzeit von ihm kannte, stramm und kräftig. Gute Anzeichen dafür, daß es Ford auch seelisch besser ging. Wovon aber war in den Therapiesitzungen die Rede? Neugierig waren die Eltern schon, aber Dr. McKinney II. und Gattin Jeanine hüteten sich, auf weiteren Nachfragen zu beharren.

Bald konnte er wieder gut schlafen. In das leere Haus zurückzukommen, lähmte ihn nicht länger. Er fing an, die Gegenstände zu lieben, die ihn umgaben, die ausgesuchten Antiquitäten, die seiner Urgroßmutter Bondurant gehört hatten, die Waterford-Vase mit den Gänseblümchen aus Seide, den alugerahmten Matisse-Druck über dem viktorianischen Sofa aus elegantem scharlachroten Samt.

Im Krankenhaus entpuppte sich Ford als vielversprechender Kinderarzt, besser noch als erwartet; souverän bewegte er sich zwischen

Station und Ambulanz, groß, gut gekleidet, mit Ausstrahlung und einem besonderen Draht zum Pflege- und Hilfspersonal. Selbst nach Zweiunddreißig- und Achtundvierzig-Stunden-Schichten blieb Ford ausgeglichen und besonnen. Ein wunderbarer Kollege.

»Warum wollen Sie eigentlich Arzt werden?« fragte ihn Shaun Ende September.

»Weiß ich nicht. Die Frage habe ich mir nie gestellt.«

»Was, Sie strengen sich an, um etwas zu werden, und wissen nicht mal, warum Sie das wollen?«

Ford machte es Spaß, für seine Antworten die Worte zu finden, die Shaun akzeptierte. »Ich möchte Arzt werden, weil mein Vater Arzt ist und mein Großvater Arzt war. Ich habe mich nie nach meinen eigenen Motiven gefragt. Mein Vater und mein Großvater, das reichte.«

»Und meinen Sie nicht, Sie sollten mal selber ein bißchen darüber nachdenken, was Sie wollen?«

»Ach, ich glaube, das habe ich schon. Ich werde Kinderarzt. Mein Vater war nicht sehr glücklich darüber, weil Kinderärzte weniger Prestige genießen als Chirurgen. Sie verdienen auch weniger. Erst die Geschichte mit Hammond, und obendrein noch das, da hat er sich nicht gerade gefreut.«

»Sehen Sie eine Verbindung zwischen den beiden Dingen?«

»Zum Beispiel, daß ich meinen Vater auch in Zukunft ganz schön enttäuschen werde?«

Shaun drehte an dem schlichten Goldring, den sie an der rechten Hand trug. »Wenn Sie so wollen. Sehen Sie es doch lieber als einen weiteren Schritt, mit Ihren Eltern ehrlich umzugehen, das scheint mir gesünder. Und zwar mit ihnen beiden. Ihre Mutter hat genauso damit zu tun.«

Ehrlich sein. Zu dem weißen Haus, den kühlen Zimmern, dem Garten voller Oleander, dem dunkelhäutigen Gärtner zwischen den blühenden Bäumen. Ehrlich zu dem erlesenen Service, dem polierten Silber, den gerahmten Bildern von Eltern, Großeltern, Urgroßeltern, von Ehepaaren der Seitenlinien, von allen großen, paarweise auftretenden Wesen seiner Vergangenheit. »Ich weiß, was Sie mir sagen wollen, Shaun. Aber es ist egal, wie ich es nenne, Ehrlichkeit oder was auch immer. Mein Vater wird es hassen. Und meine Mutter genauso. In meiner Familie, in Savannah, wird geheiratet. Das macht man einfach. Nur das zählt. Ich bin schon spät dran.«

Als es Herbst wurde, spitzte sich die Sorge seiner Eltern um Fords eheliche Zukunft wieder zu. Eines Abends, als er mit seinem Vater in einem eleganten Club für Geschäftsleute essen ging, brachte

Dr. McKinney senior die Sprache auf Haviland Barrows, Fords letzte Freundin aus Savannah, die kürzlich Red Fisher geheiratet hatte, einen Schulkameraden Fords. »Haben sich mitten in der Altstadt in einem winzigkleinen Cottage niedergelassen. Hübsch renoviert, wie aus dem Bilderbuch. Kein schlechter Anfang, sowas, finde ich.« Vater tupfte sich dezent die Lippen mit der Serviette ab, um als nächstes sein Mandeltörtchen in Angriff zu nehmen. »Natürlich erbt er das Haus in der Jones Street, wenn der Großvater stirbt. Das Testament hat dein Onkel Hubert aufgesetzt. Gott allein weiß, was sie zu erwarten hat. Nach dem, was man so hört, haben einige von den Barrows nicht einen Cent.«

»Ich hoffe, sie ist glücklich.« Ford gab dem schwarzen Kellner ein Zeichen, noch einen Kaffee zu bringen. »Sie hat es verdient.«

»Ich habe ja nie begriffen, warum du sie hast gehen lassen, mein Junge«, sagte Vater.

»Es kam einfach so«, antwortete Ford. »Wir paßten nicht zueinander.«

»Ich fand, du wirktest glücklich.«

»Ich frage mich, ob ich überhaupt heiraten werde«, sagte Ford.

»Was redest du da? Ein prima Junge wie du, gutaussehend, Arzt, na ja, wenn auch mit dem falschen Fachgebiet. Natürlich wirst du heiraten. Deine Mutter und ich wundern uns sowieso, warum es so lange dauert.«

»Wenn es so lange dauert«, erwiderte Ford, »dann wird es wohl daran liegen, daß ich es so wollte.«

»Unsinn. Zuerst mußtest du deinen Abschluß machen, das haben wir auch von dir erwartet.« Dr. McKinney rückte seinen Hemdkragen zurecht. Ford stach mit dem Löffel in seine Torte. »Aber jetzt bist du mit deinem Studium fertig, und es wird Zeit, daß du über deine Zukunft nachdenkst. Du hast ein anstrengendes Berufsleben vor dir, und du brauchst jemand, der sich um dich kümmert.«

»Als du geheiratet hast, warst du noch mitten im Studium.«

»Das war etwas anderes. Als deine Mutter und ich erwachsen wurden, haben die Leute früher geheiratet. Heutzutage ist es besser, abzuwarten, so wie du es gemacht hast. Aber eines Tages mußt du auch mal aufhören mit dem Abwarten.« Vater lachte, bewußt, um die joviale Atmosphäre zu betonen, die er gern für ernste Gespräche herstellte.

»Ich glaube nicht, daß ich noch abwarte.« Ford legte alle Endgültigkeit, die er aufbringen konnte, in seine Stimme. »Ich habe haufenweise Möglichkeiten gehabt. Ich glaube, ich will nicht heiraten.«

»Das meinst du nicht im Ernst.«

»Doch.« Und er faltete seine Serviette zusammen.

Vater lachte und wechselte das Thema. Es ging um die Politik der medizinischen Fakultät an der Emory University, die Ernennung eines Dekans, schon wieder. »Der Neue ist womöglich schlimmer als sein Vorgänger«, erregte sich Vater, »kein Mensch weiß, ob er überhaupt ...«, und plötzliches Schweigen.

»Kein Mensch weiß, ob er was?« hakte Ford nach.

»Na jedenfalls, schlimmer kann er nicht sein.«

»Und was ist mit Dekan Rouse gewesen? Was sagen denn deine Kumpel im Club über ihn?«

»Ach, nur Gerede«, sagte Vater unbehaglich.

»Hast du gewußt, daß er Junggeselle ist?« setzte Ford nach einer Weile wieder an.

»Ja, sicher. Das habe ich allerdings gehört. Ungewöhnlich, für sein Alter.« Doch sein Gesicht war undurchdringlich wie Stein. Ford musterte ihn argwöhnisch. Eisige Stille legte sich über den Tisch, Rauhreif auf dem Besteck und den letzten Resten der Mandeltorte. Ford trank einen Schluck Kaffee.

Später erörterten sie finanzielle Angelegenheiten. Ford erkundigte sich nach seiner Mutter, und Vater erwiderte, sie sei wohlauf. Danach kühlte das Gespräch noch weiter ab, und die beiden Männer verabschiedeten sich am Seiteneingang, wo der livrierte Chauffeur Dr. McKinney die Schlüssel zu seinem dunklen Jahrgangs-Mercedes aushändigte. Im letzten Augenblick sagte der ältere Doktor zum jüngeren: »Vergiß unser Gespräch nicht, Ford. Du mußt dir überlegen, was du tust. Du hast eine schwere Zeit hinter dir, und ich bin überzeugt, das Ganze kam nur daher, daß du niemanden hast, der sich um dich kümmert.«

»Über all das denke ich nach, Vater.«

Händeschütteln. In den Augen seines Vaters flackerte schemenhaft das Licht wirklicher Zuneigung auf, stumpf und unterdrückt.

Ungefähr zu dieser Zeit las Ford, während er auf einen Termin mit seinem Oberarzt Dr. Milliken wartete, zufällig einen Aushang im Verwaltungsbüro der Kinderabteilung. In klaren Sätzen legte der Verfasser dar, welche Schritte den Angestellten des Hauses zu empfehlen waren, wenn sie Schwierigkeiten hatten, bestimmte Zahlscheine von der Lohnstelle der Emory University zu bekommen. Die Mitteilung verdiente, wie die anderen, die an dem Schwarzen Brett übereinanderhingen, eigentlich kaum Fords Aufmerksamkeit, denn sie war unauffällig – abgesehen davon, daß sie nicht von grammatischen

Fehlern strotzte wie die anderen Zettel. Doch sie war mit Dan Crell unterschrieben. Es rumorte eine Weile in Fords Gedächtnis, bevor ihm das Weihnachtskonzert einfiel, die unheimliche Stimme und der Name des Sängers auf dem Programm.

Später, im September, nahm er während einer Konferenz mit der Verwaltung der Kinderabteilung ein anderes, lose herumliegendes Infoblatt in die Hand, auf dem alle Verwaltungsassistenten der Stationen, die Mr. Franken unterstellt waren, aufgefordert wurden, nachzuprüfen, ob ein bestimmter Patient an einem bestimmten Tag einen Termin bei ihnen hatte. Die Unterschrift war die gleiche: gestochene Initialen, die den getippten Namen verzierten, Dan Crell, im gleichen Winkel hochfliegend. Ford tat so, als fände er das Problem amüsant – das Krankenhaus machte Tausende von Terminen jeden Tag, und die Vorstellung, daß jemand eine Mitteilung verfaßte, um einen davon herauszufinden, fand Ford merkwürdig –, und zeigte den Zettel in einer Sitzungspause der stellvertretenden Verwaltungsleiterin: »Meint der Bursche das ernst? Er will einen bestimmten Termin feststellen?«

»Er arbeitet in der Verwaltung, bei meinem Boss.« Mrs. Newcomb tippte mit einem kaffeeverfärbten Finger auf die Mitteilung, wo der Name Franken stand. »Mr. Frankens Büro ist für die Ambulanzen verantwortlich.«

»Haben die ihre Termine nicht im Computer?«

Sie lachte. »Was wir da haben, wurde Anno 1872 Computer genannt, als wir es gekauft haben.« Sie schaute wieder auf den Zettel. »Wenn ich die Sache nicht heute noch an Mr. Frankens Büro zurückgebe, ruft mich Danny morgen früh als erstes an.«

»Klingt nach einem netten Kerl.«

»Wenn Sie hier irgendwas erledigt haben wollen, kriegt Danny es hin. Nette Kerle kann ich nicht gebrauchen.«

»Das werde ich mir merken.«

Ende September wurde Ford für zwei Monate routinemäßig von Grady nach Egleston versetzt, in ein anderes der ausbildenden Krankenhäuser, deren Assistenzärzte von Emory kamen. Als er zurückkehrte, quoll Grady über vor Weihnachtssternen und Adventsdekorationen. Eines Morgens bemerkte er, wie ihn jemand, der an der Wand des Fahrstuhls lehnte, unablässig beobachtete.

Da er unterwegs zum OP war, trug Ford die grüne Chirurgenkluft; dieser Kittel, den Ford sich eilig gegriffen hatte, paßte ihm überhaupt nicht, er war ihm viel zu eng in den Schultern. Die Ärmel waren unverschämt hoch gerutscht und entblößten runde Oberarme und Nachsommerbräune. Der junge Mann im Fahrstuhl fand den Anblick offenbar unwiderstehlich, und Fords Radar fing die Aufmerksamkeit sofort auf. Nichts Neues. Er gestattete sich, das Starren des anderen mit einem kühlen Blick zu erwidern.

Doch das Gesicht erkannte er augenblicklich. Ford suchte nach dem Namensschild, das von der Brusttasche des gepflegten Oxford-Hemdes baumelte. Mr. Crell bemerkte die Bewegung, und das brachte Ford etwas aus dem Konzept. Plötzlich fühlte er sich in der grünen Kluft nackt. Aber er hielt dem Blick des jungen Mannes wieder stand.

Diesmal wandte Mr. Crell die Augen ab, als wäre er schüchtern. Das gab Ford die Gelegenheit, das Gesicht noch einmal zu betrachten.

Dunkle Locken umrahmten Gesichtszüge, die scharf und weich zugleich wirkten. Das Gesicht strahlte Unschuld aus, als wäre unter diesen Knochen ein Kind verborgen. Es changierte zwischen Ungeschicklichkeit und Anmut. Jedenfalls, bis sich die Blicke der beiden Männer erneut trafen.

»Hier müssen wir raus«, sagte Crells Begleiterin, eine Krankenschwester, die Ford gar nicht bemerkt hatte.

»Ich glaube, ich schlafe gleich ein«, murmelte Crell, »jeden Abend wird es später«, und trat durch die Fahrstuhltür. Selbst aus diesen wenigen Worten konnte Ford die Stimme des Sängers heraushören, den vollen, weichen Unterton, der einen Augenblick lang die Kabine des Fahrstuhls erfüllte. Und das war alles. Dachte Ford. Aber als die Türen sich wieder schlossen, warf der junge Mann noch einen letzten Blick auf ihn.

Dieser Junge weiß, wer ich bin, dachte Ford. Dieser Junge hat mich auch beobachtet.

10

In diesem Dezember kamen mehr kranke Kinder ins Grady als in jedem anderen Jahr, seit es Statistiken gab; in jedem verfügbaren Bett lagen Patienten, und Neuzugänge mußten manchmal stundenlang in der Notaufnahme warten. Jeden Morgen versammelten sich Professoren und Personal der verschiedenen medizinischen Disziplinen, um zu beraten, welche Patienten, obgleich noch nicht ganz wiederhergestellt, trotzdem schon nach Hause geschickt werden konnten, damit ihre Betten für andere, noch kränkere frei wurden. Zu allem Überfluß überschlug sich auch noch ein Schulbus in einer

Kurve der Johnson Ferry Road. Mit einem Schlag füllte sich die Pädiatrische Rettungsstelle mit verletzten Kindern.

Das Hospital setzte seinen Katastrophenplan in Kraft, forderte zusätzliches Personal an und koordinierte die Verteilung der Verletzten auf andere Krankenhäuser in der Umgebung, in Übereinstimmung mit den festgelegten Abläufen. Das gesamte Personal reagierte routiniert, und abgesehen von anfänglichen Pannen – Funksender des Katastrophenteams waren auf den falschen Kanal geschaltet, schlechte Triage am Unfallort, pedantische Einmischung durch verschiedene Notarztteams aus der Gegend – nahm die medizinische Versorgung der verunglückten Kinder zügig ihren Verlauf.

Als die Nachricht sich wie ein Lauffeuer durch die Stationen verbreitete, unterbrach Ford die morgendliche Visite und behandelte den ersten Verletzten. Dr. Milliken nahm ihn in das Team auf, das den Unfallchirurgen assistieren sollte. Ford half, das erste Kind auszuladen, und brachte den geschundenen Körper in den provisorischen Unfall-OP. Das kleine Mädchen – der Schädel war auf einer Seite gebrochen, und empfindliches, pulsierendes Hirngewebe lag entblößt – war bereits intubiert und an intravenöse Infusionen angeschlossen worden. Ford hörte sich knappe Fragen danach stellen, was bisher für das Mädchen getan worden war, seine Stimme fast körperlos, als schwebte er über sich selbst, unbeteiligt wie nach Hammonds Tod.

Dieser Augenblick der Distanz war der letzte, den er sich in den darauffolgenden Stunden gestattete. Er assistierte bei der Behandlung von sechs der zwölf Kinder, alle furchtbar zugerichtet. Mitten in dem aufgeregten Geschehen fühlte er sich blank und frisch im Kopf. Einmal korrigierte er einen Assistenzarzt im dritten Jahr bei der Dosierung des Schmerzmittels für einen Neunjährigen; dann legte er einen Tropf bei einem Kind, wo die Schwestern keine Vene fanden. Es war, als hätte ihn die Katastrophe in einen Zustand der Gnade erhoben, und er bewegte sich durch die Medizin wie ein Tänzer durch die Musik.

Probleme traten auf. Die zentralen Materiallager reagierten schleppend auf den dringenden Bedarf des Pflegedienstes an Verbands- und Operationsmaterial. Ein Anruf des Pflegedienstleiters bei der Materialverwaltung brachte das bald in Ordnung. Die Rettungsstelle hatte nicht eine Tragbahre mehr, und die Telefoncomputer fielen aus, die Hälfte aller Telefonanschlüsse im Krankenhaus war tot, und während der zehn, fünfzehn Minuten, die es brauchte, um diese Leitungen im Netz wiederherzustellen, regierte das Chaos. Ungefähr zu diesem Zeitpunkt, als ein schwerverletztes Mädchen schon seit zwei Stunden auf ein Bett wartete, wurde Ford vom leitenden Arzt des Unfallteams ans Telefon geschickt, um sich zu erkundigen, wo die Betten blieben.

Er stellte fest, daß die meisten der noch funktionierenden Telefone in der Klinik bereits von Verwaltungsleuten belegt waren, die sich über die Verzögerungen bei der Reparatur der Telefone beschwerten. Kurz entschlossen sagte er zu Dr. Milliken: »Ich finde kein Telefon, das funktioniert. Ich gehe schnell zum Aufnahmebüro rüber.«

Dr. Milliken schaute in seine Aufzeichnungen, während er mit den Fingerspitzen seinen sauber geschnittenen Schnurrbart strich. »Welcher Patient?«

»Connors. Zustand stabil. Sie muß hier raus. Wartet schon seit zwei Stunden.«

Dr. Milliken nickte, doch bevor Ford aus seinem Blickfeld war, meinte er noch: »Sie gehen nicht einfach so nach nebenan, wissen Sie.«

»Ja?« Ford wartete.

»Sie betreten eine ganz neue Dimension der Krankenversorgung«, sagte Dr. Milliken.

»Aha«, machte Ford, verblüfft über die Bemerkung.

Im Aufnahmebüro durchquerte er das überfüllte Wartezimmer und blieb vor dem ersten Schreibtisch stehen, wo eine junge Frau emsig etwas in ein Formular eintrug, während sie den nächsten Verwandten eines Patienten telefonisch befragte. Ford verharrte eine Weile vor ihrer Nase, nur um festzustellen, daß diese Angestellte die Fähigkeit hatte, bestimmte Teile des Raumes aus ihrer Wahrnehmung auszublenden, insbesondere den Bereich vor ihrem Schreibtisch. Ihr Telefongespräch betraf eines der verunglückten Kinder, das sofort operiert werden mußte, so dringlich, daß nicht einmal die Ankunft der Verwandten abgewartet werden konnte. Ford versuchte es in mehreren Zimmern und fand praktisch alle mit ähnlicher Arbeit beschäftigt. Doch einer der Schreibtische, in einem kleinen Raum am Ende des Bürotrakts untergebracht, gehörte einer sogenannten Aufnahmebeamtin, und da dieser Titel vielversprechend klang, wartete Ford auf der Schwelle zu diesem Zimmerchen, bis ein Telefonat über die Reinigung von Betten auf der Unfallstation 4D beendet war.

»Hi, was kann ich für Sie tun?« fragte die Insassin des Büros, nachdem sie den Hörer eingehängt, ihr Haar gerichtet und eine Zigarette ausgedrückt hatte.

»Ich brauche ein Kinderbett für die Patientin Connors. Sie haben die Unterlagen hier. Die Telefone sind bei uns drüben ausgefallen. Was ist denn los?«

»Keine Betten«, wedelnde Hände, »ich habe zwar leere Betten, aber die Schwestern sagen, sie sind nicht gereinigt, und die vom Reinigungsdienst sagen, sie haben eine Putzkolonne bestellt, die sie saubermachen soll, aber wenn ich wieder mit den Schwestern rede, sagen sie, die Putzkolonne ist niemals angekommen, und die Betten sind immer noch schmutzig.«

Ford brauchte einen Moment, um die Syntax in seinem Kopf zu ordnen, bis er antwortete: »Wir haben da eine Menge Kinder, die Betten brauchen, meinen Sie nicht, daß jemand etwas tun könnte, damit sie saubergemacht werden?«

»Doc, ich hab schon dreimal angerufen.«

»Na, dann rufen Sie nochmal an.«

Die Frau seufzte, strich ihre Haare erneut glatt, griff nach dem Telefon und wählte. »Hier Rollins, holen Sie mir James. Ja, ich hab wieder ein Problem.« Während sie wartete, klopfte sie eine neue Zigarette aus der Schachtel. »Stört es Sie…?« und fischte ein Feuerzeug aus ihrer Handtasche. »James? Hallo Süße. Ja, war dir schon klar, daß ich wieder anrufe, wie? Paß auf. Hast du die Kinderbetten schon sauber? 9A und 9C, genau. Schätzchen, die Betten für Jugendliche sind uns im Moment schnurz, wir schicken so viele nach oben, wie wir reinkriegen können.« Pause. »Na, die Schwestern sagen, keiner macht sauber.« Pause. »Hör mal, Süße, ich weiß, ihr braucht mehr Leute, wir auch, aber wir müssen die Betten doch irgendwie sauberkriegen, und du bist die einzige, die ich erreiche.« Pause. »Der Doktor steht hier neben mir. Ein kleines Mädchen wartet schon zwei Stunden auf ein Bett. Ja, von dem Busunglück.« Pause. »Also, Schätzchen, sieh zu, daß du jemand findest. Die Schwestern sagen, keiner macht irgendwas sauber im neunten Stock, und da muß was passieren. Ruf mich an. Alles klar? Du rufst jemand an, und dann rufst du mich an und erzählst mir, was los ist.« Sie legte auf, blickte Ford an und zuckte die Achseln. »Ich bleibe dran, Doc. Was soll ich Ihnen sagen?«

Er lehnte am Türrahmen, bis eine Rauchwolke ihn von dem Schreibtisch vertrieb. Noch bevor er am anderen Ende des Büros angelangt war, wurde ihm klar, daß Mrs. Rollins ihn unter dem Ansturm der nächsten Telefonate vergessen hatte. Im Wartezimmer war jeder Stuhl besetzt. Die Gesichter musterten Ford verängstigt. Vielleicht saßen die Connors irgendwo in dieser Menschenmenge, voller Sorge um ihre Tochter, sehnsüchtig hoffend, daß ihnen irgendwer etwas sagen möge. Währenddessen befand sich eine mysteriöse Putzkolonne auf einer phantastischen, ungewissen Reise, um Betten zu reinigen, damit kranke Kinder versorgt werden konnten.

Was sollte er nun sagen? Die Reise in die Aufnahmeabteilung hat erbracht, daß keiner weiß, ob die Betten sauber sind. Ich trat der Löwin in ihrem Käfig entgegen, und sie gähnte.

Er betrat ein anderes Büro, bat darum, das Telefon benutzen zu dürfen, und wählte eine Nummer. Aus dem Gedächtnis.

Eine Stimme sagte: »Verwaltung, Crell.« Beruhigend, sogar durchs Telefon.

»Hier ist Dr. McKinney von der Kinderabteilung«, meldete sich Ford. »Ich habe ein Problem, und ich glaube, Sie können mir dabei helfen, es zu lösen.«

Einen Moment lang herrschte Stille, bevor Dan antwortete: »Ich werde tun, was ich kann. Worum geht es denn?«

»Ich bin im Aufnahmebüro und kann nicht herausfinden, warum wir in einer Notsituation stundenlang warten müssen, bis es saubere Betten für die Kinder gibt, die wir behandeln.«

»Wie lange warten Sie schon?«

»Ich habe ein kleines Mädchen hier, das seit zwei Stunden ein Bett braucht.«

»Und was sagt das Aufnahmebüro?«

»Daß es im neunten Stock leere Betten gibt, aber keiner weiß, wo die Putzkolonne steckt.«

»Haben Sie mit Mrs. Rollins gesprochen?«

»Ist das die Dame, die so stark raucht?«

Es kicherte leise am anderen Ende, und aus irgendeinem Grund fand Ford das ermutigend. »Wenn sie geraucht hat, war es Mrs. Rollins«, bestätigte Dan. »Hat sie den Reinigungsdienst angerufen?«

»Ja. Es klang nicht sehr hilfreich. Und soweit ich es beurteilen kann, wird Mrs. Rollins es auch dabei belassen.« Fords Impuls, sich über ihre Inkompetenz aufzuregen, verflog allmählich. »Ich brauche aber ein Resultat.«

»Also werde ich das mal selbst in die Hand nehmen. Wo kann ich Sie später erreichen?«

»Überhaupt nicht. Die Telefone hier unten sind ausgefallen. Ich mußte in die Aufnahme rübergehen und mir ein Telefon schnappen, um Sie anzurufen.«

»Dann komme ich eben runter. Wer hat Ihnen eigentlich gesagt, daß Sie mich anrufen sollen?«

»Mrs. Newcomb«, sagte Ford schnell.

»Die ist heute nicht da«, erwiderte Dan. »Einer der Gründe, warum alles drunter und drüber geht. Na ja, dann war es irgendwer anders. Sie hören wegen der Betten von mir, so schnell es geht, Dr. McKinney.«

Ford kehrte in die chirurgische Rettungsstelle zurück, vorbei an Dr. Milliken. »Von der Aufnahmebeamtin war nichts zu erfahren, also hab ich Mr. Frankens Büro angerufen und mit Dan Crell gesprochen. Er sagt, er kümmert sich drum und sagt uns Bescheid, sobald er etwas weiß.«

Dr. Millikens Brauen hoben sich leicht. »Gut gemacht. Ich wollte schon selbst bei Franken nachfragen.«

Die Nachricht, daß die Betten aus dem neunten Stock gemacht und unterwegs seien, kam dann allerdings direkt von Mr. Franken, mit der Aufnahmebeamtin Rollins im Schlepptau. Kein Dan Crell in Sicht. Bei dem Streß der Ereignisse spürte Ford keine Enttäuschung. Er bedankte sich und befaßte sich dann mit den Teams, die die verletzten Kinder zu den Stationen brachten.

Erst später, im ersten Augenblick der Ruhe, überlagerte eine vage Enttäuschung die anderen, bruchstückhaften Empfindungen, die ihm durch den Kopf wirbelten. Der Bursche hätte einen Grund finden können, um selbst zu kommen, wenn er gewollt hätte. *Wenn Sie hier irgendwas erledigt haben wollen, kriegt Danny es hin.* Auch wenn Mr. Franken den Erfolg vermeldet. Das war die eigentliche Lehre. Doch er blieb weiter an dem winzigen Tisch sitzen, der im Korridor dicht an der Wand stand, unfähig, die Verordnung zu Ende zu schreiben, mit der er gerade beschäftigt war. Er ließ sich treiben, hörte auf das Stimmengewirr, registrierte das Geschehen um ihn herum, aber nur von ferne. Die Situation im Fahrstuhl fiel ihm wieder ein, wie der junge Mann ihn bewundernd angestarrt hatte. Und die Telefonstimme heute, *Wer hat Ihnen eigentlich gesagt, daß Sie mich anrufen sollen?* Er hatte geglaubt, Dan Crell hätte sich vielleicht in ihn verguckt. Wäre ja nicht der erste gewesen.

Mitten in seine Träumerei hinein sagte eine Stimme hinter ihm: »Dr. McKinney.«

Er hätte schwören können, daß ein Atemhauch seinen Nacken streifte. Doch als er sich umdrehte, stand Dan Crell viel zu weit entfernt, als daß sein Atem das Prickeln auf Fords Haut hätte hervorrufen können. Plötzlich sah Ford den Augenblick wie durch ein Teleskop: sich selbst, wie er mit dem sinnlosen Bleistift dasaß; wie Dan einen Haufen loser Blätter als Schutzschild zwischen ihre beiden Körper legte; wie zart die Haut auf Dans Handrücken war. Jede Einzelheit, gestochen scharf. Ford wartete atemlos.

Dan sagte: »Ich war mehrfach unten, aber Sie waren jedesmal so beschäftigt, daß ich dachte, ich störe Sie besser nicht. Aber mein Chef hat mit Dr. Milliken gesprochen.«

»Ich weiß.«

»Ist denn jetzt alles unter Kontrolle?«

»Ich denke schon.«

Dan sah ihn durchdringend an und senkte seinen Blick. »Tja, *das* Problem wäre gelöst.« Lächelnd, aber mit weiterhin gesenkten Augen.

Er hatte Angst, und Ford wußte es. Er war hungrig, und Ford spürte den Hunger. Ford sagte: »Danke für Ihre Hilfe.« Um diese Augen wieder auf sich zu ziehen.

»Die Putzkolonne war nämlich schon dabei, die Betten sauberzumachen. Alles lief, wie es laufen sollte, das wußte bloß keiner. Deshalb habe ich den Schwestern Bescheid gesagt und auch Mrs. Rollins angerufen.«

»Danke.«

»Eigentlich habe ich gar nichts weiter gemacht.«

»Doch, doch.«

Dann war der Moment vorüber, und Dan räumte einer Oberschwester das Feld, die mit irgendwelchen Fragen ankam. Ford fragte sich später, warum er es nicht einmal geschafft hatte, Dan Crell die Hand zu geben. Zu Hause kostete er noch einmal den Ausdruck von Dans Augen aus, das unverhüllte Interesse, mit dem Dan ihm gegenübertrat, die Wärme in seiner Stimme.

Ford fragte Shaun Gould, was er tun solle. Sie lehnte sich in ihrem Ledersessel zurück und trommelte mit den Fingern auf der Metalllehne. Lange und unverwandt sah sie Ford an, und er erwiderte ihren Blick direkt. »Was würden Sie am liebsten tun?«

»Ich möchte mit ihm reden.«

»Und Sie glauben, er möchte mit Ihnen reden. Vermutlich haben Sie auch recht, aber beantworten Sie mir mal eine andere Frage. Ich weiß, Sie mögen das Wort nicht, aber ich benutze es trotzdem. Glauben Sie, er ist schwul?«

Ford bekämpfte den Impuls, den Ausdruck abzulehnen. »Ja, das glaube ich. Und ich glaube auch, daß er mich mag.«

»Würde mich nicht wundern«, meinte Shaun. »Sie sind ein ziemlich attraktiver junger Mann, und das wissen Sie. Was wollen Sie nun tun, damit es mit diesem Mann nicht genauso läuft wie mit all den anderen, denen Sie gestattet haben, Sie anzuhimmeln?«

Ford verschränkte seine Arme hinter dem Kopf und studierte die versenkten Lichtschienen an der Decke. »Ich will ihn nicht zufällig treffen. Ich will ihn einladen. Ich will mit ihm ausgehen.« Er konnte nicht fortfahren, holte tief Luft. »Ich fühle mich richtig dumm, wenn ich so darüber rede. Vielleicht mach ich mir nur was vor, vielleicht mag er mich gar nicht.«

»Heißt das, Sie wollen es seinlassen? Oder heißt das, Sie haben ein bißchen Angst vor dem, was passieren könnte?«

Als er sie wieder ansah, verschwamm ihre Gestalt vor seinen Augen. Seine Stimme schwankte. »Ich habe nicht ein bißchen Angst, ich habe eine Scheißangst. Es ist leichter, nichts zu unternehmen. Es ist leichter, unter der Dusche zu stehen und irgendeinen Mann auf mich zukommen zu lassen. Es ist leichter, mich beim Workout danach umzusehen, wer mich diese Woche anstarrt. Aber ich will das nicht mehr. Und mit diesem Mann würde das auch nicht funktionieren. Er würde mich vielleicht anstarren. Aber er würde niemals auf mich zukommen.«

Shaun legte ihre Hand auf Fords Hand und sah ihm in die Augen. »Es kommt nicht darauf an, was dieser Mann tun oder nicht tun könnte. Es kommt darauf an, daß Sie ihn um etwas bitten möchten. Da kann man schon Angst kriegen. Er könnte nein sagen. Er könnte sonstwas sagen. Er könnte gar nicht schwul sein, was wissen Sie schon. Aber Sie wollen ihn trotzdem fragen.«

»Hatten Sie Angst? Als Sie Ihre Freundin kennengelernt haben?«

»O ja. Ich bin fast gestorben vor Angst. Wir sind uns in einer Bar begegnet, aber wir sind nicht zu ihr gegangen. Nan gab mir ihre Telefonnummer, und ich rief sie später an. Um zu fragen, ob sie mit mir essen gehen wollte. Als sie ja sagte, war alle Angst verflogen.« Sie lächelte. »Bis es soweit war, mit ihr essen zu gehen, natürlich.«

Sie lachten, und Shaun zog ihre Hand zurück. Beide schwiegen, während sie Ford weiter ansah. Er spürte ihren Blick, hatte aber kein Bedürfnis, etwas zu sagen. Schließlich meinte sie: »Also. Wann?«

»Bald. Vielleicht noch diese Woche.«

»Wenn er Ihnen einen Korb gibt, wird es Ihnen schlecht gehen. Ich möchte, daß Sie mich anrufen, falls das passiert. Egal wann. Es ist wichtig, daß Sie sich nicht damit bestrafen, wenn es nicht klappen sollte.«

»Ich glaube nicht, daß er nein sagt«, murmelte Ford.

»Könnte er aber.« Shaun zuckte die Achseln. »Man weiß nie. Vielleicht hat er schon einen Freund. Oder eine Freundin.«

Shauns Blick auf die Armbanduhr teilte ihm mit, daß die Sitzung beinahe vorüber war. Diese Geste ersparte es ihr, ihn daran zu erinnern. Ihre nächste Frage fiel mit seinem Griff nach seiner Jacke zusammen. »Sieht dieser Mann so gut aus wie Sie, Ford?«

»Nein. In der Hinsicht paßt er nicht.«

Nach zwölf Stunden einer Vierundzwanzig-Stunden-Schicht ging er zum Frühstück in die Cafeteria. An einem Tisch mit Dr. Robbins, Russell Cohen, Allison Roe und ein paar anderen Assistenzärzten rieb er sich über die Bartstoppeln der letzten Nacht und hörte sich die Erörterung eines juvenilen Diabetikers an, der gerade mit akuter Hyperglykämie im neunten Stock eingeliefert worden war. Ford richtete sich auf eine weitere Mahlzeit mit Diagnosendiskussion und allgemeiner Medizinerkameraderie ein.

Doch am anderen Ende der Cafeteria trug Dan Crell sein Frühstückstablett zu einem Tisch an der Fensterfront.

Etwas an dem Verhalten des jungen Mannes brachte Ford auf den Gedanken, daß Dan ihn schon erspäht hatte. Dan setzte sein Tablett behutsam ab, ließ sich auf dem Stuhl nieder, nahm den Deckel vom Styroporbecher ab. Als Dan aufsah, bemerkte er, daß Ford ihn beobachtete, und beschäftigte sich sofort wieder mit seinem Tablett.

Ford starrte auf Allison Roes Onyxring mit dem kleinen Diamanten in der Mitte. Er verlor den Faden in Curt Robbins' Erläuterung des Krankheitsverlaufs und merkte, wie er kurzatmig wurde. Er redete sich ein, dies sei nicht der richtige Zeitpunkt, die Mahlzeiten gehörten in Grady ebenso zur Ausbildung wie die großen Besprechungen, doch als er wieder zu Dan hinüberschielte, verkrampfte sich etwas in seiner Brust. Er stellte sich vor, wie er während des ganzen Frühstücks dasaß und dieses merkwürdige Gesicht quer durch den Raum beobachtete, ihm schließlich den Rücken zukehrte und ging; oder wie Dan ihm den Rücken zukehrte und ging. Würde er aber jetzt quer durch die Cafeteria zu ihm gehen und mit ihm sprechen, so käme das einer öffentlichen Erklärung vor seinen Kollegen gleich.

Also versuchte er, sich auf Curt zu konzentrieren – oder war es jetzt Russell? –, der kritische Laborwerte und die unmittelbare Notwendigkeit ansprach, die Körperflüssigkeit aufzufüllen, Elektrolyte. Aber Konzentration war unmöglich, solange Dan im selben Raum war. Er atmete tief durch. Und fast als hörte er Shauns Stimme in seinem Kopf, fragte er sich, woher seine heftigen Gefühle kommen mochten.

Die Antwort wollte sich nicht zu Worten fügen. Russell tippte ihm auf die Schulter und grinste. »Du siehst aus, als hättest du einen Geist gesehen.«

»Ich bin bloß müde.« Ford schob seinen Stuhl zurück.

Als er aufstand, blickte Dan hoch. Ford nahm Anlauf. »Ich bin gleich wieder da.«

Er verfolgte alle Veränderungen in Dans Gesichtsausdruck, während er den Raum durchquerte – Erstarren, Ungläubigkeit, Erkenntnis, blankes Entsetzen. Dans Löffel schwebte in halber Höhe über den Cornflakes. »Guten Morgen«, sagte Ford, »darf ich mich kurz setzen?«

»Bitte.« Dan schaute in seinen Teller.

Ford setzte sich, verschränkte seine Hände, achtete darauf, dem Tisch seiner Kollegen den Rücken zuzukehren. Um lähmendes Zögern zu vermeiden, redete er sofort los. »Ich wollte Ihnen nur noch einmal dafür danken, was Sie neulich getan haben.«

Dan starrte weiter auf seine Cornflakes. »Viel war es ja nicht.«

Die volle Stimme wurde unsicher. Eine rote Spur kroch von Dans Hals hoch in sein Gesicht. Ford begriff die Angst des anderen sofort und verlor seine eigene. »Doch, finde ich schon.« Er wollte ihn dazu bringen, ihn anzuschauen, und fuhr fort: »Aber deshalb bin ich eigentlich nicht hergekommen.«

Dan nickte. »Das dachte ich mir.« Seine Stimme war kaum noch zu hören. »Ich habe Sie angestarrt, seit ich mich hingesetzt habe. Was immer Sie sagen wollen, ich hab's wohl verdient.«

Diese Äußerung verblüffte Ford, tat ihm weh. »Nein. Ich wollte Sie zum Abendessen einladen, wissen Sie. Möglichst bald.« Er sprach nur weiter, damit sein Atem regelmäßig blieb. »Ich habe ja auch gestarrt.«

Ford beobachtete, wie die Empfindungen über Dans Gesicht zogen, Zweifel, dann Begreifen. Er umklammerte den Löffel, bis die Knöchel weiß waren. Dann atmete er auf und sah Ford an.

Schweigend betrachteten sie einander. Seit McKenzie hatte Ford nicht so viel in dem Gesicht eines anderen lesen können. Er fühlte, wie er sich öffnete und entspannte, hingezogen zu dem Körper des anderen, als fielen sie aufeinander zu. Ford lachte. »Also. Kriege ich eine Antwort?«

»Ja. Ich möchte gern mit Ihnen essen gehen.«

Ford seufzte, die Spannung fiel von ihm ab. »Bin ich froh, daß ich das hinter mir habe.«

Dan lachte. Der Schreck stand ihm immer noch ins Gesicht geschrieben. »Hatten Sie das schon länger vor?« fragte er, als er sich wieder im Griff hatte.

»Seit letzter Woche. Oder wann immer das Unglück war.«

Dan schüttelte erstaunt den Kopf. »Sie sind mir schon viel, viel früher aufgefallen. Als Sie noch Student waren.«

Ford errötete selbst, als hätte ihn noch nie jemand begehrt. Er spähte hinter sich zu dem Tisch, wo die Ärzte immer noch in ihre medizinische Diskussion vertieft waren. »Ich sollte langsam zu meinem Fachgespräch zurückkehren. Wann ginge es denn?«

Dan mußte abends zu Proben für ein Stück an einem kleinen Theater, Ford hatte mehrere Abende hintereinander Dienst. Schließlich einigten sie sich auf Freitagabend in einer Woche. Nachdem das geregelt war, saßen sie da.

»Ich habe keine besondere Lust, jetzt zu gehen«, sagte Ford.

»Ich auch nicht«, erwiderte Dan. »Viel hab ich ja nicht von meinem Frühstück gegessen. Aber wenn ich nicht gleich in meinem Büro bin, komme ich nie durch den Postberg durch.«

Gemeinsam standen sie auf. Ford konnte spüren, wie es zwischen ihnen knisterte, nun, da die erste Hürde genommen war. Er suchte nach den richtigen Worten für diesen delikaten Augenblick, als Dan einfach sagte: »Danke, daß du das getan hast, Ford. Ich wollte schon so lange mit dir reden und habe mich nie getraut.«

»Ich hätte es auch nicht gekonnt«, meinte Ford, »bis heute. Also, ich rufe dich nächste Woche an, dann machen wir den Ort aus, ja? Bist du hier?«

»Ja. Ich freu mich drauf.«

Allison Roe musterte Ford, als er seinen Stuhl wieder heranrückte. »Machst du dich mit den Verwaltungsangestellten des Hauses vertraut, Dr. McKinney?«

»Ich habe ihm nur danken wollen, weil er uns letzte Woche bei dem Busunglück geholfen hat«, antwortete Ford. So sorgfältig hatte er seine Serviette noch nie zurechtgelegt.

»Wie taktisch«, lobte sie. »Der junge Mr. Crell soll ja ein aufgehender Stern am Verwaltungshimmel sein.«

»Kennst du ihn?« fragte Ford.

»Vom Hörensagen«, antwortete Allison geziert. Ford fragte sich, ob Allisons Fragen alles waren, was er von seinen Kollegen zu erwarten hatte.

Zu Beginn war dies nur ein kleiner Gedanke, doch er nahm immer größeren Raum ein, als die Tage vergingen. Mit den seidenweichen Bemerkungen von Allison Roe fing es an. Was würde sie wohl sagen, wenn sie wüßte, daß Ford den aufgehenden Stern zum Essen eingeladen hatte? Oder noch schlimmer, wenn sie den Grund dieser Einladung erführe? Und wenn seine anderen Freunde etwas herausfinden sollten?

An einem Morgen, als er nicht ins Krankenhaus mußte, merkte er, wie sein Mut ihn verließ. Er goß sich eine zweite Tasse Kaffee ein und setzte sich in der frühen Stille auf die Veranda an der Seite des Hauses.

Die Stechpalmen im Garten glänzten tiefgrün. Ihm war einsam zumute, und trotz der Kälte blieb er lange draußen sitzen, in Schlafanzug und Pullover, die bloßen Füße in Pantoffeln, weißgefrorene Finger um die warme Kaffeetasse.

Was hatte ihn dazu gebracht, den Raum zu durchqueren, sich bei einem Fremden an den Tisch zu setzen und diesen Fremden zu fragen, ob er mit ihm essen gehen wolle? Was für Erwartungen hegte der Fremde? *Sie sind mir schon viel, viel früher aufgefallen. Als Sie noch Student waren.* Fords Magen krampfte sich zusammen.

Als er schließlich wieder ins Haus ging, war er entschlossen, die Verabredung abzusagen; doch selbst diese Tat war öffentlich, verlangte Mut. Entweder mußte er den Fremden anrufen oder gar in sein Büro gehen. Den jungen Mann zu Hause anzurufen, verwarf er als zu persönlich, schlimmer noch als die öffentliche Szene, die er sich ausmalte, falls er die Einladung im Krankenhaus absagen würde. Sollte er die Wahrheit sagen oder lieber so tun, als hätte sich sein Dienstplan geändert? Womöglich würde der andere die Botschaft nicht begreifen, doch wenn Ford sich jedem Versuch, einen neuen Termin zu finden, entzöge, mußte ihm alles klarwerden. Schließlich war der Fremde ganz und gar nicht die Sorte Mensch, mit der Ford etwas zu tun haben wollte; das mußte er doch begreifen. Alles in allem war der Mann ziemlich unansehnlich, ziemlich dünn, ziemlich unattraktiv.

Blieb die Frage des Timings. Da fiel Ford absolut nichts ein. Eigentlich wollte er Dan Crell sofort anrufen. Jedes Telefon in seinem Haus erinnerte ihn an sein Vorhaben. Aber würde er gerade jetzt den passenden Ton finden?

Schließlich schrieb er Dan ein Briefchen, das er an die Krankenhausadresse schickte: Es sei ihm leider doch nicht möglich, das geplante Abendessen in seinem Terminkalender unterzubringen. Er unterschrieb »F. McKinney« und achtete darauf, seinen Namen so untypisch wie möglich hinzukrakeln, für den Fall, daß Crell den Brief vielleicht für irgendwelche zwielichtigen Zwecke benutzen wollte.

Schließlich hinterließ er noch Shaun Gould die Nachricht, daß er seine nächste Sitzung absagen müsse, und wünschte ihr die allerbesten Feiertage.

An dem Freitag des unmöglichen Abendessens war Ford auf den Korridoren im Erdgeschoß unterwegs zur Kindersprechstunde, wo er unter Dr. Millikens Supervision behandeln sollte. Er machte einen langen Umweg. Er hatte Angst. Dan Crells Büro lag im ersten Stock. Ford wollte dem anderen nicht zufällig begegnen, schon gar nicht an diesem Tag.

Doch in der Erdgeschoßhalle stieß er auf Dr. Milliken, der inmitten einer Menschenansammlung stand und ihn herbeiwinkte. Ford lächelte das frische Lächeln des properen Jungarztes. »Ich möchte, daß Sie das hören«, sagte Milliken. Von einem Klavier erklangen leise Töne, während am anderen Ende der Halle Dan Crell ein Podest erklomm und sich anschickte zu singen.

»Mal sehen, ob wir noch näher rankommen«, flüsterte Dr. Milliken. »Er hat eine wunderschöne Stimme.«

Ford unterdrückte seine Panik und folgte, in der Falle. Dan begann mit einem Wiegenlied für das Christuskind, ein Lied, das Ford als Kind oft gehört hatte, seither aber nie mehr. Bei den ersten, vollen Tönen ging ein Raunen des Wiedererkennens durch den Saal; dann eine entrückte Stille, als die Stimme anschwoll, um den Raum, jede Ecke der Halle auszufüllen. Die traurigen Klänge ließen Ford frösteln. Er verlor sich im Zuhören. Seine Augen verfolgten jede Bewegung, glitten an der schlanken Gestalt des Sängers entlang, während das Lied aus ihm hervorströmte, und der strahlende Klang fügte sich zum Leuchten seines Gesichts, seiner Haut, seiner ganzen Gestalt. Während Dan sang, war er unerreichbar für alles um ihn her, reglos bis auf das weiche Pulsieren seiner Kehle, zart und zum Berühren nahe. Sein Gesang erzählte den Zuhörern, daß die Freude der Erlösten zum Kummer des Erlösers wird, daß das kleine Kind sich ein anderes Schicksal wünschte als die Gewißheit der Hämmer und Nägel, die es erwarteten. In Moll, mit weichem Vibrato unterlief Dan die fröhliche Dekoration der Halle, und Fords Innerstes antwortete ihm, wieder, mit derselben Traurigkeit.

Das Lied ging zu Ende, der letzte Takt verklang, und Applaus brach aus, viel stürmischer, als Ford aus dem letzten Jahr in Erinnerung hatte. Dan nahm ihn ruhig, mit einem Ausdruck bewußter Zurückhaltung entgegen. Bevor er vom Podest stieg, suchte der junge Sänger gelassen das Publikum mit dem Blick ab, während der Applaus kein Ende nahm.

Er konnte Ford kaum übersehen, der ein paar Zentimeter größer war als fast alle anderen im Saal. Ihre Augen trafen sich, und mit einem Schlag war Dans Moment der perfekten Schönheit dahin. Er erstarrte auf seinem Podest, unterbrach den Blickkontakt mit seiner Willenskraft, holte Luft und nahm sich zusammen. Ford entging kein Detail. Dans Gesicht wurde fahl, seine Augen trübten sich. Als er sich wieder rühren konnte, ließ er sich von der Menge fortspülen.

»Er verschwendet seine Zeit am Grady«, meinte Dr. Milliken, »einer, der so singen kann.«

Ford murmelte, ganz hohl: »Ich habe ihn schon letztes Jahr gehört.«

Nur seine Patienten hielten Ford für den Rest seiner Schicht beieinander. Er bewegte sich mit leergefegtem Kopf durch die Korridore, vernichtete jeden Gedanken in sich, konzentrierte sich allein auf seine nächste Aufgabe. Einmal, bevor er seinen nächsten Patienten aufrief, wählte er in seinem leeren Untersuchungszimmer Dan Crells Büroanschluß; mit geschlossenen Augen und angehaltenem Atem befahl er sich, daß ihm etwas einfallen sollte, was er sagen könnte. Eine Sekretärin mit klirrender Stimme informierte ihn, daß Mr. Crell für heute bereits nach Hause gegangen und erst nach Weihnachten wieder im Krankenhaus zu erreichen sei; ob er eine Nachricht hinterlassen wolle?

Seine Schicht ging zu Ende, und er fuhr nach Hause. Die eiserne Kontrolle, mit der er den langen Tag überstanden hatte, wollte ihn auch jetzt noch nicht loslassen, er konnte kaum seinen eigenen Herzschlag spüren. Er goß sich einen großen Gin ein, verschmähte Licht, Fernsehen, Musik und irrte von Zimmer zu Zimmer. Er konnte kaum glauben, was geschehen war, seit Dr. Millikens Stimme ihm zugewispert hatte, *Ich möchte, daß Sie das hören.* Er hatte gehört. Er hatte sich erinnert, über seine Angst hinweg.

Als das Telefon klingelte, hetzte er hin. Doch diese Stimme war ohne Klang, es war seine Mutter, die nach seinen Reiseplänen fragte, wann er in Savannah ankommen wolle, ob mit dem Auto oder dem Flugzeug? Ihre weichen, kühlen Fragen brachten ihn in die Küche zurück, wo er mit dem Ginglas in der Hand die Holzregale betrachtete, die Einmachgläser seiner Großmutter und das Telefonbuch. Er griff danach, als er sagte: »Ich habe nur knapp sechsunddreißig Stunden, wenn ich mit dem Auto komme, werde ich zu Hause nichts anderes tun als schlafen.«

»Ich bin ja deiner Meinung, daß es vernünftiger ist, zu fliegen, Ford, aber wenn du bis jetzt keinen Flug gebucht hast, kriegst du nie einen Platz.«

»Das habe ich doch gar nicht gesagt, Mutter. Ich sagte, ich habe mich noch nicht entschieden, welchen Flug ich nehme, weil mein Dienstplan noch nicht feststeht. Ich habe einen Platz auf zwei verschiedenen Flügen gebucht, und morgen entscheide ich, welchen ich nehme. Mein Reisebüro hat alles im Griff.«

»Ich will dich ja nicht damit langweilen, mein Lieber, aber du weißt, wieviel Weihnachten uns allen bedeutet.« Ihr Lachen perlte elektronisch über Hunderte von Meilen hinweg. »Und wir wollen sichergehen, daß du auch rechtzeitig zu Großmutters Party da bist.«

»Ich komme Heiligabend an«, erklärte Ford, »und wahrscheinlich schaffe ich es zur Party, aber nicht zum Abendessen. Mein Rückflug geht dann am zweiten Weihnachtstag frühmorgens, mit einer der ersten Maschinen.«

»Soll ich noch irgendwelche Einkäufe für dich erledigen, oder hast du alles geschafft?«

Ford rieb sich die Augenbrauen und verscheuchte seine Ungeduld. Wieder nach dem Telefonbuch greifend, sagte er: »Ich rufe dich am Sonntag irgendwann deswegen an. Alles schaffe ich wohl nicht alleine, aber jetzt im Augenblick übersehe ich das noch nicht ganz.«

»So machen wir's, mein Junge, aber bitte schieb es nicht bis zum vierundzwanzigsten auf, du weißt, wieviel ich an den Feiertagen immer zu tun habe.«

Kurz darauf verabschiedeten sie sich und hängten ein, und Ford suchte den Namen Crell im Telefonbuch. Es gab eine Nennung dieses Namens in der Blue Ridge Avenue, nahe der North Highland. Soweit Ford es beurteilen konnte, paßte die Gegend zu dem jungen Mann. Im Dunkeln, tief Luft holend, hob Ford den Hörer wieder ab.

Nach zwölfmaligem Läuten gab er auf. Entweder war Dan wirklich früh nach Hause gegangen, oder er hatte sich etwas anderes für diesen Abend vorgenommen, oder er ging einfach nicht ans Telefon. Ford lehnte sich an den Küchenschrank, verfolgte das Schattenspiel der mondbeschienenen Bäume vor dem Fenster, trank in kleinen Schlukken aus seinem Kelch des Vergessens und gab sich für den Rest des Abends geschlagen.

11

Weihnachten in Savannah verlief genau wie immer. Doch die Veränderungen an Ford fielen seiner Familie sofort auf. Seine Schwester Courtenay holte ihn am Flughafen ab, übersprudelnd vor Neuigkeiten vom Smith College, wo sie studierte, und lauter Warnungen vor Dad und Mom. »Wenn du mich fragst, wollen sie dich verkuppeln, sobald du zur Tür reinkommst. Sie haben die älteste von den Stillwell-Töchtern zum Eierpunsch bei Großmutter Strachn eingeladen.«

»Jemine«, stöhnte Ford, »das hat mir gerade noch gefehlt.«

»Kopf hoch, Fordie, die ist so schüchtern, die sagt bestimmt keinen Ton. Außerdem geht sie dir höchstens bis zur Brust, du kannst immer noch so tun, als ob du sie nicht siehst.«

»Können Mom und Dad sich nicht um ihre eigenen Angelegenheiten kümmern?«

Courtenay, selber fast einsachtzig groß, doch selbstbewußt und von so auffälligem Aussehen, daß es schon wieder schön wirkte, langte vom Steuerrad herüber und tätschelte seinen Arm. »Ihrer Meinung nach ist deine Heirat ihre Angelegenheit. Eine Familienangelegenheit. Genauso wird es mir gehen, wenn ich dran bin.«

»Und, wie sieht's aus?«

»Der Junge macht sich gut, von dem ich dir neulich erzählt habe. Der Schreiner. Mom wird begeistert sein, wenn sie von meiner Eroberung erfährt.«

Ford lachte. Courtenay bog in die East Gordon Street ein, wo Großmutter Strachns gepflegter kleiner Palazzo eine Ecke des Calhoun Square einnahm. Courtenay parkte auf der anderen Seite des Platzes, und sie schlenderten langsam unter den moosbehangenen Bäumen der Grünanlage hindurch, die Arme um die Taille des anderen geschlungen.

»Laß den Kopf nicht hängen, großer Bruder«, meinte Courtenay. »Ich bin auch noch da. Ehrlich gesagt, hab ich überhaupt nichts dagegen, wenn du nicht heiratest. Solang der Kronprinz ledig ist, steht die Prinzessin nicht so unter Druck.«

»Ich glaube kaum, daß ich je heiraten werde.«

Sie ließ diese Feststellung einen Moment lang im Raum stehen. »Es hört sich so an, als hättest du gute Gründe, das zu sagen. Willst du dich deiner kleinen Schwester anvertrauen?«

Er zuckte die Achseln, gespielt gleichgültig, doch sein Magen flatterte. »Ich gehe derzeit mit überhaupt niemandem aus. Seit Haviland war nichts mehr.«

»Stimmt was nicht, Ford? Willst du irgendwas loswerden?«

Sie sahen sich offen an.

Ford grinste schief. »Wie, eine Aufforderung zu direkter Kommunikation, und das bei den McKinneys?« Sie blieben unter dem Dach aus Spanischem Moos stehen. Ford setzte zu einem weiteren Scherz an und bremste sich wieder. Er hatte diesen Augenblick nicht geplant, aber jetzt war er plötzlich da. »Doch, es gibt jemanden, den ich gern näher kennenlernen würde. Einen Mann, der auch im Krankenhaus arbeitet.«

Courtenay nahm das schweigend entgegen, zog ihn an sich. Aus Großmutter Strachns Salon schwebten Klangfetzen von Weihnachtsliedern herüber, von der Schallplatte. »Hast du das Mom oder Dad gegenüber schon mal angedeutet?«

»Ein bißchen. Bei dem Essen mit Dad. Er hat alles abgebogen, und besonders direkt war ich auch nicht gerade.«

»Seit wann weißt du es denn selbst?«

»Was diesen Mann betrifft? Noch nicht sehr lange. Und überhaupt? Keine Ahnung. Ich fange erst jetzt richtig an, den Tatsachen ins Auge zu sehen.« Die Erinnerung an das Weihnachtskonzert, den leeren Freitagabend, war immer noch frisch und schmerzhaft. »Bis jetzt bin ich nicht sehr geschickt damit umgegangen.«

Er erzählte ihr die Geschichte der letzten Monate, von seinen Therapiesitzungen bei Shaun, sogar von dem immer wiederkehrenden Muster seiner mehr oder weniger anonymen Sexkontakte. Courtenay reagierte nicht besonders überrascht oder schockiert, hörte ihm zu, als hätten sie alle Zeit dieser Welt. Als er fertig war, meinte sie: »Danke, daß du mir das erzählt hast. Ich glaube, ich wußte, daß da irgendwas los war. Es konnte nicht sein, daß du keine Frau abkriegst; dazu siehst du viel zu gut aus.»

»Wie soll ich Mom und Dad das klarmachen?«

Sie stieß einen nebligen Atemzug aus und wandte sich zu dem imposanten Haus um, das sie überschattete. »Ich weiß es nicht. Laß uns gemeinsam drüber nachdenken.« Sie strich ihm übers Haar. »Aber ich würde nichts übereilen.«

»Wenn sie vorhaben, die Mädchenblüte von halb Savannah an mir vorbeidefilieren zu lassen, dann kann ich für nichts garantieren.«

»So lange bist du ja nicht hier. Halt einfach die Luft an und trink jede Menge Eierpunsch.« Sie küßte ihn auf die Wange, und gemeinsam gingen sie auf die Lichter des Salons zu. »Sieh erstmal zu, daß du mit deinem Sänger klarkommst. Oder mit jemand anderem, der dir etwas bedeutet. Du brauchst ein bißchen Unterstützung, bevor du es mit sämtlichen neunundzwanzig Generationen der McKinneys und Strachns aufnehmen kannst.«

Die Weihnachtsparty bei Großmutter Strachn folgte einer Dramaturgie, die festgelegt worden war, lange bevor Ford und Courtenay auf die Welt gekommen waren; es begann mit dem offiziellen Diner, das Ford heute versäumt hatte, und endete mit dem Austausch von Geschenken und halbherzigem Geträller rund um den ehrwürdigen Steinway im mittleren Salon. Wie bei den meisten gesellschaftlichen Anlässen in Savannah tranken alle kräftig und das den ganzen Abend lang, und als Ford am Arm seiner Schwester eintrat, glühte der ganze Raum von erhitzten Gesichtern. Ford ging zu Großmutter Strachn, die umgeben von ihrer Familie in ihrem Lehnstuhl saß, und küßte die zarte alte Haut ihrer Wangen. Tante Rose hatte sich gerade am Flügel niedergelassen, und nachdem Ford die anderen Tanten, seine Mutter und alle sonstigen weiblichen Anverwandten geküßt und die Hände der Männer geschüttelt hatte, schlug sie »Hark the Herald Angels Sing« an. Ein Glas in der Hand, schloß sich Ford dem Kreis der Singenden an. Seine Mutter brachte es prompt zustande, daß die kleine Lisa neben ihm stand. Der krächzende Chor hatte sich durch »Joy to the World« gekämpft und legte jetzt mit »While Shepherds Watched Their Flocks By Night« los. Beschwingt von dem guten Auftakt des Abends und seinem, wie er fand, ziemlich guten Bariton, brachte es Ford über sich, höflich einige Worte mit dem Stillwell-Mädchen zu wechseln, während Tante Rose die vergilbten Seiten ihres Liederbuches umblätterte. Er ertappte seine Mutter, wie sie ihn hochbefriedigt lächelnd beobachtete, als er Lisa ein Kompliment für ihr Kleid machte. Da erreichte Tante Rose ihr Ziel und eröffnete mit ein paar Akkorden »God Rest Ye Merry Gentlemen«.

Das Lied katapultierte ihn augenblicklich nach Atlanta zurück. Er versuchte, sich zusammenzunehmen, doch nach dem Gespräch mit Courtenay wollte sich seine Traurigkeit nicht unterdrücken lassen, und er wußte, er konnte es nicht durchstehen, nicht mit diesem Gefühl, als würde ihm der Boden unter den Füßen weggezogen. Hastig entschuldigte er sich bei Lisa Stillwell, er war ja gerade erst aus dem Flugzeug gestiegen, nicht wahr. Dann schloß er sich im unteren Badezimmer ein und lehnte den Kopf gegen die Fliesen, dem Spiegel abgewandt.

Er hörte das Lied immer noch, aber nicht von seiner Familie gesungen. Die Stimme in seinem Kopf war reich und voll und erfüllte ihn mit Einsamkeit. Doch er spielte die Erinnerung durch, von Anfang bis Ende, die ganze Traurigkeit und Schönheit. Am Ende sah er sich im Spiegel an. Er gab sich einen Ruck, ließ seinen Kummer los und dämpfte ihn. »Ich werde das in Ordnung bringen«, sagte er. »Das verspreche ich.« Wem auch immer er das versprach.

Danach war selbst die schlichteste Konversation mit Lisa Stillwell eine Qual für ihn, und er wich ihr aus. Einmal flüsterte seine Mutter ihm zu: »Du hast noch kaum ein Wort mit der armen Lisa gesprochen, und sie hatte sich so gefreut, als sie hörte, daß du heute abend hier sein würdest. Warum fragst du sie nicht mal nach ihrem Praktikum? Sie arbeitet nächsten Sommer für Senator Nunn, weißt du.«

»Sie ist so viel kleiner als ich, ich muß ja brüllen, damit sie mich hört, Mutter. Es hat einfach keinen Zweck.«

Mrs. McKinney lachte, und die Perlenkette tanzte auf ihrem Busen. »Ford, wie böse von dir. Sie ist doch gar nicht so übel.«

»Fang nicht damit an, Mutter. Ich suche mir meine Gesprächspartner selber aus, auch auf Großmutters Weihnachtsparty.« Um zu verhindern, daß das Gespräch sich hochschaukelte, küßte er Mutter auf die gepuderte Stirn und setzte sich neben Großmutter Strachns Sessel auf den Boden.

»Nun, mein Ford«, sagte sie mit ihrer trockenen Stimme und preßte ihre federleichte Hand an seine Wange. »Frohe Weihnachten. Weißt du überhaupt, was du mir dieses Jahr geschenkt hast?«

Die Frage bezog sich auf einen ständigen Scherz zwischen ihnen, der in Fords erstem Studienjahr begonnen hatte. Seine Mutter hatte an seiner Stelle eine Diamantbrosche als Weihnachtsgeschenk für Großmutter Strachn gekauft, und als diese sie am ersten Weihnachtstag zum Gottesdienst trug, stellte sich heraus, daß Ford sie nie gesehen hatte. Er lachte. »Natürlich nicht. Aber ich hoffe, es gefällt dir, was immer es ist.«

Sie stimmte in sein Gelächter ein. »Ein wunderschöner Seidenschal ist es. Genau das, was eine alte Dame für zugige Abende in ihrem Salon braucht.«

»Ist die Farbe auch schön?«

»Hübsches Beige, mit einer grünlichblauen Stickerei. Deine Mutter hat einen ausgesprochen guten Geschmack.« Sie lehnte sich näher an Ford und flüsterte. »Sie hat ja auch die kleine Stillwell für dich eingeladen, hast du's gemerkt?«

»Da brauchte ich nichts zu merken«, gab Ford zurück. »Mutter hat mir unmißverständlich klargemacht, daß ich sie vernachlässige. Wie alt ist sie überhaupt?«

»Sie macht gerade ihren Universitätsabschluß, die Ärmste.« Zu ihren Zeiten hatte Großmutter Strachn eine akademische Ausbildung als Weg in eine Berufslaufbahn verschmäht; ein bißchen Studium wurde als gesellschaftliche Verpflichtung für eine Frau aus gutem Hause angesehen, aber bitte nicht mehr. Charles Strachn zu heiraten, war Karriere genug. »Und wie alt bist du jetzt? Das sollte ich natürlich wissen, aber in meinem Alter verschwimmt alles.«

»Siebenundzwanzig.«

»Höchste Zeit zu heiraten. Das soll ich dir jedenfalls sagen.«

»Habt ihr das alles hier vorbereitet?»

»Was dachtest du denn«, antwortete Großmutter und nippte an ihrem schwankenden Glas Eierpunsch. Ihre Stimme war fest. »Deine Mutter hat die ganze Planung übernommen, aber wenn ich es richtig sehe, ist es vor allem dein Vater, der deswegen in Panik gerät. In deinem Alter hatte er schon zwei Kinder. Schließlich saßen ihm Generationen von McKinneys im Nacken und trieben ihn an.« Entzückt über ihr blumiges Bild kicherte sie, ihre kleinen Brüste bebten unter dem gestärkten weißen Kragen ihres Kleides. »Aber das braucht ja nicht dein Leben zu bestimmen. Wir nehmen unsere Familie viel zu wichtig, wie lange es uns schon gibt und so.« Sie gab ihm einen Kuß auf die Wange. »Nimm's dir nicht zu Herzen. Du wirst deine Frau schon finden.«

»Oder sowas Ähnliches«, meinte er. Sie lächelte und tat so, als hätte sie ihn verstanden.

Als Ford aufsah, bemerkte er, daß sein Vater die kleine Szene aufmerksam beobachtet hatte. Die beiden Männer hatten den ganzen Abend lang kaum miteinander gesprochen und nickten sich jetzt schweigend zu. Vater erhob sein Glas, die Stirn leicht gerunzelt, die Brauen zusammengezogen.

Die Party endete wie immer damit, daß Tante Rose Großmutter zur Treppe geleitete, wo sich die aufbrechenden Gäste aufgereiht hatten, um ihr gute Nacht zu sagen. Großmutters Hausmädchen brachten Mäntel und Hüte, und bald waren alle aufbruchsbereit. Ford half Lisa in ihre weiße Wolljacke mit dem geschmackvollen Mistelzweig am Aufschlag, und in dem Augenblick rief seine Mutter: »Ach ja, Ford, sei doch so gut und nimm Courtenays Auto, wenn du Lisa nach Hause fährst, ja? Courtenay kann bei deinem Vater und mir mitfahren.«

Lisa warf ihm einen hoffnungsfrohen Blick zu, und Ford versuchte zu lächeln. Courtenay zog ihren eigenen Mantel an. »Mutter, ich bitte dich, ich bringe Lisa nach Hause. Ford kann ja mitfahren, wenn er will. Aber ich werde ihn nicht in meinem Auto auf die Menschheit loslassen, wo er gleich im Stehen einschläft.«

Ford richtete von hinten den weichen weißen Kragen an Lisas Jacke. »Ich würde wahrscheinlich quer durch die Parkanlage fahren.«

»Was immer du machst, bleib nicht die ganze Nacht weg«, sagte Vater und zog seine Autohandschuhe an.

Um seine Mutter zu beschwichtigen, hielt Ford Lisa die Tür auf und ging mit ihr die Steintreppe zur Straße hinunter. »Es war reizend von deiner Mutter, mich einzuladen«, sagte Lisa. »Meine Eltern sind dieses Jahr im Ausland, und ich wußte gar nicht, was ich am Heiligabend anfangen sollte.«

»Ja, Mutter nimmt die Feiertage immer wahnsinnig ernst, sie kann den Gedanken nicht ertragen, daß irgend jemand sie allein verbringen muß.« Unauffällig spähte er über seine Schulter, wo Courtenay blieb.

Da kam sie mit klackenden Absätzen über den gescheckten Bürgersteig und schüttelte ihr dunkles Haar nach hinten. Fröhlich drängelte sie sich zwischen Ford und Lisa und hakte sich unter. »Sind die Feiertage nicht wunderbar», zwitscherte sie vom einen zum anderen. »Ich dachte ja immer, der Dezember in Savannah wäre ein kalter Monat, bevor ich aufs Smith College kam.«

Sie redete unablässig weiter, während sie durch die Anlage gingen, und Ford ließ sich in ihrem Kielwasser mitziehen, spielte die vertraute, respektierliche Rolle des Mannes, der in weiblicher Gesellschaft schweigt. Courtenay gab Ford die Wagenschlüssel, wobei sie ihm versicherte, sie werde schon verhindern, daß er am Steuer ins Trudeln gerate. Er und Lisa setzten sich für die kurze Fahrt nach vorn; die ganze Zeit hielt Courtenay ihre Plauderwand aufrecht. Ford parkte neben dem Seiteneingang des großen, hell erleuchteten Hauses in der East Gaston Street, ging um das Auto, öffnete Lisa den Schlag und begleitete sie bis zur Treppe. Hände wurden geschüttelt. Courtenay rief ihr aus dem Auto zu: »Ruf doch mal an, Lisa, ich habe mich so gerne mit dir unterhalten!«

Und schon war das Mädchen nach einem letzten Blick auf Ford im Haus verschwunden.

Courtenay übernahm den Beifahrersitz. »Mutter ist stinksauer auf mich, weil ich dich daran gehindert habe, diese süße Pflicht allein zu erfüllen.«

»Ich bin lange niemandem mehr so dankbar gewesen«, sagte Ford. »Und müde bin ich auch, wirklich. Onkel Jake hat dieses Jahr den Eierpunsch besonders stark unter Rum gesetzt.«

Zu Hause erwarteten die Eltern sie im »Familienzimmer«; kaum traten die Geschwister durch die Hintertür, rief Vater sie schon zu sich. Er kniete vor dem Kamin und schürte das Feuer. Ford nahm seiner Mutter den kleinen Brandy ab, den sie ihm entgegenstreckte, und ließ sich im Ohrensessel nieder, von dem aus er einen Blick auf den kleinen Weihnachtsbaum hatte. Mutter bestand immer auf zwei Weihnachtsbäumen, einem großen vor dem Haus – für die Nachbarn – und einem kleinen im Familienzimmer. Als sich Ford setzte, meinte sein Vater: »Also, ich finde, Großmutter Strachn und Millie haben sich dieses Jahr selbst übertroffen. Hast du den Kaviar mal probiert, Ford?«

»Ja, wunderbar.« Ford gähnte.

»Ich wette, Mutter hat ihn einfliegen lassen«, sagte Mutter. »Rose läßt sich gern dafür loben, aber Mutter ist diejenige, die alles arrangiert. Diese kleinen Käsestreifen sind auch himmlisch. Millie macht sie immer so gut.«

»Ich würde Millie am liebsten von ihr abwerben«, stellte Vater fest.

Mutter richtete ihr Haar. Ford wußte, nun kam abgestandene Ironie. »Wenn Mutter stirbt, was Gott verhüten möge, dann gibt es den allergrößten Streit darum, wer Millie bekommt.«

»Ach, Rose wird Millie behalten«, sagte Vater. »Glaubst du nicht, daß Millie im Haus bleiben will?«

»Dieses Haus kriegt Rose nicht! Was soll sie denn damit? Eine alte Jungfer mit einem so riesigen Kasten? Lächerlich.«

»Aber meine Lieben, damit wollen wir doch gar nicht erst anfangen.« Courtenay umrundete barfuß das Sofa, um sich neben Ford auf dem Boden niederzulassen. »Es ist Weihnachten, und Oma Strachn ist alles andere als tot.«

»Allerdings«, sagte Vater. »Sie ist so quicklebendig wie eh und je. Findest du nicht, Ford?« Vater lockerte seinen Schlips und öffnete den obersten Hemdknopf. Graues Brusthaar lockte sich darunter. In dem weichen Licht vom Feuer sah er jünger und zugleich noch würdevoller aus als sonst. »Was ist los mit dir, Junge? Du bist heute furchtbar still.«

»Ich glaube, ich bin nur ein bißchen müde. Aber letzte Nacht habe ich ganz gut geschlafen, am Grady war nicht allzuviel los.«

»Von Carter Thompson hört man nur Gutes über dich. Er sagt, deine Professoren sind ziemlich beeindruckt von dir.«

»Gut zu wissen. Ich kriege ihn gar nicht so oft zu Gesicht. Die meiste Zeit ist er in Emory.«

»Verständlich. Jedesmal, wenn er den OP betritt, bekommt er mindestens zehntausend Dollar.«

»Ich dachte mir, daß er ganz gut verdient.«

»Ich finde es ekelhaft, wieviel Geld einer dafür kriegt, wenn er bloß seine Finger in ein bißchen Blut stippt«, verkündete Courtenay.

Mutter beugte sich vor und sagte mit fester Stimme: »Laß das. Darüber werdet ihr euch nicht am Heiligabend streiten. Dein Vater arbeitet sehr hart für sein Geld.«

»Keine Sorge, Jeanine«, sagte Vater. »Heute kann mir nichts meine Weihnachtsstimmung verderben, nicht mal dieser kleine Frechdachs.«

»Es sei denn, du wirst zu einem Notfall gerufen«, setzte Courtenay mit süßlichem Lächeln nach.

»Du läßt aber auch nicht locker, wie? Aber weißt du was, kleines Fräulein, dieses Jahr wird's keine Unterbrechungen geben. Wir haben einen neuen Junior, der nachts den Bereitschaftsdienst übernimmt.«

»Wen denn?« fragte Ford.

»Elman. Ein Harvard-Mann. Mike Neighbors hat ihn reingebracht. Ich glaube, Mike hatte die Nase voll davon, daß ich ihm dauernd Leute aus Emory vorsetze.«

»Mike war doch gar nicht in Harvard, oder?«

»Nein. Er ist nur furchtbar beeindruckt von jedem, der da herkommt. Mike hat bloß in Duke studiert.«

Die Hitze vom Kaminfeuer lastete auf Fords Gesicht wie eine dichte Maske, und die verschiedenen Alkoholika, die er getrunken hatte, ließen seinen Kopf schwirren. Seine Mutter summte leise Fetzen aus »O Little Town of Bethlehem« vor sich hin, und Vater meinte: »Es ist so schön, wenn die Kinder Weihnachten zu Hause sind.«

»Wie lange bleibst du denn, Courtenay?« fragte Ford.

»Bis zum Ersten. Die Uni fängt erst eine Woche später an, aber ich ziehe um.«

»Die Vorstellung, daß du allein lebst, gefällt mir nicht besonders«, meinte Mutter.

»Bitte, Mutter, laß uns nach Weihnachten darüber reden, ja? Ford ist da, und ich habe keine Lust, mich zu streiten.«

»Solange du nicht vergißt, daß wir noch darüber zu reden haben.« Mutters halblaute Stimme verhüllte eine altbekannte Schärfe.

Vater beäugte Ford über sein Glas hinweg. »Ich finde, Lisa Stillwell sah heute abend ganz hübsch aus.«

»Sie hat so ein süßes Figürchen«, stimmte Mutter zu.

»Lisa hält große Stücke auf dich, Ford.« Vater betonte jedes Wort. »Sie war ganz begeistert, als sie erfuhr, daß du kommst.«

Plötzlich fielen Ford wieder die Befragungen ein, die seine Mutter am Telefon durchgeführt hatte, jedesmal unterstreichend, wie wichtig es sei, daß er rechtzeitig zu Großmutters Party komme. Er fing an, sich zu ärgern.

Courtenay sagte: »Lisa hat wirklich große Schneidezähne.«

»Courtenay!« Das war Mutter.

»Mir ist nichts Besonderes an ihren Zähnen aufgefallen«, sagte Vater.

»Ach nein? Lang keinen Biber mehr gesehen, was?«

»Courtenay, das ist aber wirklich keine Art und Weise, über das arme Mädchen zu reden. Weißt du nicht mehr, wie du dich gefühlt hast, als dich die Jungen hänselten, weil du so groß warst?»

»Natürlich, Mutter. Aber jetzt bin ich einsachtzig und umwerfend, und Lisa Stillwells Zähne sind immer noch zu groß.«

Vater mußte unfreiwillig lachen und setzte sein Glas ab. Mutter war verstimmt: »Nun ermutige sie nicht auch noch, Keith.«

»Ich werde sehr gern den Mund halten«, Courtenay trommelte mit den Fingern auf Fords Knie, »laßt uns einfach aufhören, von dieser Zwergin zu reden.«

Ford sagte: »Sie ist ein absolut nettes Mädchen. Aber heiraten will ich sie nicht.«

Das Feuer zischte. Der Glasstopfen der Brandy-Karaffe klirrte. Sonst war es still im ganzen Haus. Vater nahm einen Schluck, schwenkte das Glas, schaute hinein. »Wieso sagst du das?«

»Ich wollte einen Witz machen.«

»Nicht besonders lustig«, sagte Mutter milde.

Vater kreuzte seine Arme und sah Ford in die Augen, die Beine leicht gespreizt. »Dann sag mir, mein Sohn, wen du statt dessen heiraten willst.«

»Niemand«, antwortete Ford. »Im Augenblick.«

»Also«, flötete Mutter, »ich hätte Lust auf ein paar Weihnachtskekse. Sonst noch jemand?« Sie schlüpfte aus dem Zimmer, bevor irgendwer antworten konnte, und rief: »Courtenay, kommst du mit und hilfst mir?«

Als Courtenay nicht aufstand, sagte Vater streng: »Courtenay, geh und hilf deiner Mutter mit den Keksen.«

»Sie braucht keine Hilfe bei einem Teller Kekse, Dad, und ich werde hier nicht weggehen, bloß damit du und Ford loslegen könnt.«

»Ford und ich haben nicht vor… loszulegen.« Vater spuckte das Wort geradezu aus, er fand es zutiefst unelegant. »Ford und ich unterhalten uns, das ist alles. Jetzt sei ein guter Gast, junge Dame, das bist du ja wohl inzwischen bei uns, und hilf deiner Mutter.«

»Geh nur«, meinte Ford und strich ihr übers Haar. »Ich komme schon klar.«

In der vieldeutigen Welt der Gesten konnte man nicht wissen, was Vater am meisten aufregen würde. Diesmal reichte diese Berührung. »Na los, Courtenay«, schnauzte er, »du hast die Erlaubnis deines Bruders, zu gehen.«

Stumm stapfte sie hinaus. Vater blickte in die Flammen, holte tief Luft und wartete, bis sein Zorn verflogen war. »Nun, Ford, deine Mutter und ich hatten die besten Absichten der Welt, als wir Lisa zu der Party einluden. Ich will keine weiteren Unverschämtheiten darüber hören. Aber eines will ich dir sagen. Wenn sie dir nicht gefällt, dann such dir eine, die dir paßt. Du bist zu alt, um Junggeselle zu sein. In deinem Alter hatte ich Kinder, ich hatte mich niedergelassen, ich lebte mein Leben. Das wünsche ich dir auch. Das ist alles, was deine Mutter und ich für dich wollen.«

»Vielleicht sollte ich einfach nicht mehr herkommen.« Ford setzte den Kognakschwenker neben dem Sessel ab.

»Laß die kindischen Drohungen.«

Als Ford aufstand, ragte er über seinem Vater auf, und plötzlich erkannte er, daß der andere in diesem Augenblick mehr zu verlieren hatte als er. Er sprach, so ruhig er konnte. »Das ist keine Drohung, Dad, und ich bin kein Kind mehr. So geht das nicht. Nein, hör mir zu. Du und Mom, ihr müßt den Tatsachen ins Auge sehen. Vielleicht werde ich nie heiraten. Vielleicht heirate ich jemanden, den ihr nicht mögt. In jedem Fall bin ich derjenige, der sich umschaut und der sich entscheidet.« Er nahm seinen Mantel von der Couch. »Ich gehe schlafen. Bis morgen. Sag Mutter gute Nacht von mir.«

Als er seine Reisetasche aus Courtenays Auto holte, blieb er noch etwas in dem kleinen Garten hinter dem Haus stehen, unter der großen Akazie. Zu dieser Stunde, am Heiligabend, lag die Stadt still da, nur gelegentlich war das Raunen eines vorüberfahrendes Autos zu hören. Ford sehnte sich nach seinem eigenen Bett, seinem eigenen Haus und sah hoch zu den wenigen Sternen, die hell genug waren, um den Dunst der Straßenlaternen zu durchdringen. Der Wind war umgeschlagen, und er bemerkte den muffigen Geruch von der Papierfabrik.

Er stellte sich vor, was Shaun ihn jetzt fragen würde. Und zwei Bilder fielen ihm ein, zuerst McKenzie mit dem Jungen auf dem Teppich in der Wyrick Street, dann Hammond, merkwürdig platt und reglos auf dem Badezimmerboden. Einen Augenblick später ein drittes Bild: Lisa Stillwells Hunger, als er ihr in die weiße Jacke half, ihre Sehnsucht, die er so deutlich spürte und so unbedingt zurückwies.

Hier, in diesem Haus, wo er den größten Teil seiner Kindheit verbracht hatte, fand er ebensowenig einen Platz für sich wie in dem Leben seiner Eltern.

Ford verbrachte eine nahezu schlaflose Nacht in seinem Kindheitszimmer, das seine Mutter längst in einen weiteren Ausstellungsraum für Antiquitäten umgewandelt hatte. Was er zu seinem Vater gesagt hatte, spulte sich immer wieder in seinem Kopf ab. Im Morgengrauen träumte er, er hätte McKenzie zu Weihnachten mit nach Savannah genommen, ein langer, formloser, schmerzhafter Traum.

Trotz der gespannten Atmosphäre verlief der erste Weihnachtstag friedlich. Vor dem Frühstück trat Mutter im Wintergarten zu ihm und teilte ihm mit, daß sie und sein Vater beschlossen hätten, das Thema während dieses Besuchs auf sich beruhen zu lassen, um nicht die Feiertage zu verderben. »Aber Ford«, sagte sie, »es wird Zeit, daß wir in aller Ruhe darüber sprechen. Du hast schon das zweitemal zu deinem Vater gesagt, du wolltest nicht heiraten. Du magst ja jetzt erwachsen sein, und gewiß ist es deine Entscheidung, aber es betrifft deine Familie ebenso. Wir wissen alle, wie viel du zu tun hast und wie schwer es für dich ist, dich für eine Reise freizumachen, deshalb werden dein Vater und ich nach Atlanta kommen.«

»Ja, ich glaube, das ist besser.« Ford fühlte sich plötzlich erschöpft.

»Gut. Also denk drüber nach, wann wir kommen sollen, und sag uns dann Bescheid. Ich meine es wirklich ernst.«

»Ich nehme dich absolut ernst, Mutter. Ich will auch darüber reden.«

»Ich dachte, daran wolltest du mit dieser Therapeutin arbeiten.« Sie sagte es mit leicht verzerrter Oberlippe.

Ford hielt seine aufwallende Wut zurück und drehte seiner Mutter den Rücken zu. »Ich dachte, wir wollten ein andermal drüber reden. Also?«

Ihre Gesellschaftsmaske, die er aus vielen anderen Situationen kannte, schaltete sich automatisch dazwischen. »Du hast recht. Jetzt muß ich mich aber um unser Weihnachtsfrühstück kümmern. Ich hab richtig Lust, uns heute morgen was zu kochen, weißt du.«

Vater erwartete sie in der Küche, in der dünnen Weihnachtsausgabe der *News-Press* blätternd. Frisch geduscht und rasiert, saß er in seiner abgestoßenen grünen Strickjacke mit den roten Knöpfen da, die Mutter seinen Christfestanzug nannte. Er faltete die Zeitung zusammen und legte seine Lesebrille darauf. Mutter sagte: »Ford findet unsere Idee, wie wir diese Angelegenheit klären können, auch goldrichtig, Keith. Ich denke, alles wird sich aufs beste regeln.«

»Das hört man gerne.« Auch Vater hatte die frohgemute Miene aufgesetzt, die er für Cocktailparties und schwierige Ärztekonferenzen auf Lager hatte. »Ich freue mich, daß keiner das Weihnachtsfest mit Auseinandersetzungen wie letzte Nacht verderben will.«

Ford streckte seine Hand aus, und sein Vater schüttelte sie ernst. »Niemand will irgend etwas verderben«, sagte er. »Ich bin nur froh, daß ich für die Feiertage überhaupt weggekommen bin.«

»Einen so bequemen Dienstplan kannst du nicht jedes Jahr erwarten. Ich erinnere mich, wie ich oft Weihnachten verpaßte, als ihr Kinder noch klein wart.«

»Jetzt machen wir uns also wunderschöne Feiertage«, verkündete Mutter wild entschlossen. Schwungvoll organisierte sie das Weihnachtsfrühstück, obwohl sie die Küche selten benutzte. Vater mixte Bloody Marys, großzügig gewürzt und mit einer ordentlichen Dosis

Wodka drin, wie es alte McKinney-Tradition war. Den ersten davon reichte er Ford, und die Männer prosteten einander zu, womit die Entspannung der Lage bekräftigt war.

Auf der Suche nach Kaffee stolperte Courtenay in die Küche, wo die beiden sich Geschichten vom Grady erzählten. Ford berichtete von dem Busunglück und von den Komplikationen, als sie versuchten, das Chaos in den Griff zu bekommen.

»Dieses Krankenhaus ist seit den Fünfzigern nicht mehr richtig ausgebaut worden«, sagte Vater. »Ich war ja am Grady, als wir aus dem alten Bau ausgezogen sind. Ich werde nie vergessen, wie ich den ersten Patienten in das nagelneue Gebäude rollte, einfach so über die Straße. Aber für die Zeit damals war es ein Traum von Krankenhaus.«

»Jetzt ist der Laden voll bis zum Kragenknopf«, sagte Ford. »Die Verwaltung redet immer von Renovieren, aber keiner glaubt dran, daß wirklich was passiert.«

Nach dem Frühstück wurden Geschenke ausgepackt und weitere Bloody Marys konsumiert. Courtenay und Mutter führten neue Kleider vor. Ford half dabei, neues Werkzeug für Holzarbeiten in Vaters Bastelkeller aufzubauen, einem blitzsauberen Raum im Untergeschoß. Ford war es immer so vorgekommen, als wohnte hier der beste Teil seines Vaters. In der Mitte des Raumes stand sein derzeitiges Arbeitsstück, eine große Truhe mit einem aufwendig geschnitzten Deckel, noch unvollendet. Kieferndu ft erfüllte den Keller. Vater zeigte auf die Truhe. »Für deine Schwester. Deine Mutter möchte es gern eine Aussteuertruhe nennen, aber ich glaube, moderne Mädchen haben sowas nicht mehr.«

»Sie ist wunderschön. Das kostet dich bestimmt eine Menge Zeit.«

Vater gluckste. »Zeit, die ich nicht habe, meinst du. Langsam geht dir auf, was es bedeutet, wie? Wenn man versucht, Kranke zu versorgen und nebenbei auch noch was vom Leben zu haben.« Ford strich über die Truhe, von dem polierten, fertigen Teil zu den rauhen Kanten. Vater legte ihm eine Hand auf die Schulter. »Nach einer Weile wird alles leichter. Keine Sorge. Hör nur auf deine Mutter und mich. Wir haben es auch überstanden.«

Die beiden Männer brachten den Kernbohrer und die neue Bohrmaschine an, in ruhiger und präziser Zusammenarbeit. Fords Zorn war verflogen. Fast genoß er die unerwartete Nähe.

Oben hatten Mutter und Courtenay einen ähnlichen Zustand erreicht, während sie ein kleines Mittagessen zubereiteten, das die engere Familie sowie Vaters Onkel Paul satt machen sollte. Später am Tag würde sich der Clan auf der Isle of Hope versammeln, im Hause des diensthabenden Ältesten der Familie, Vaters Onkel Reuben. Die Weihnachtstradition des Besuchs bei Onkel Reuben wurde eingehalten, seit Ford denken konnte.

Nun, da die Feiertage endlich ihr gewohntes Fahrwasser erreicht hatten, legte sich allmählich eine friedliche Stimmung über sie alle. Die Kinder erinnerten sich daran, wie es gewesen war, von diesen Erwachsenen abhängig zu sein, von ihnen beschützt zu werden, in ihrer Gewalt zu sein. Sie erinnerten sich daran, wie es sich anfühlte, in diesem Haus klein zu sein, am Weihnachtsmorgen aufzuwachen, als die Aussicht auf Geschenke noch Schlaflosigkeit und Vorfreude bedeutet hatte. Und die Eltern dachten an ihre eigene liebevolle Zuwendung zurück, die sie wie automatisch gegeben hatten, als die Kinder noch alles brauchten, und die jetzt manchmal fehlte.

Ford fiel die Aufgabe zu, Onkel Paul mit dem Mercedes seines Vaters abzuholen. Die Fahrt zu dem großen Haus auf der East Oglethorpe Street schenkte ihm Augenblicke des Alleinseins, des Aufatmens. Onkel Paul, der nahezu taub war, erwartete ihn im Empfangssalon. Er klammerte sich an seinen Stock mit dem Elfenbeingriff und sein Lieblingsplaid. Da er sich überall in seinem Rollstuhl fortbewegte, hatte der Stock inzwischen eine rein schmückende Funktion, doch er lehnte es ab, sich von ihm zu trennen.

Im Wagen fragte Onkel Paul: »Ist das ein neues Auto?«

»Nein, gar nicht.« Ford schüttelte nachdrücklich verneinend den Kopf. Onkel Paul schaute ihn skeptisch an. Er wandte sich ab und beugte sich vor, um durch die Windschutzscheibe zu blicken. Laut Vater war Onkel Paul einmal selbst über einsachtzig groß gewesen – für einen McKinney geradezu klein –, doch seine Rückgratkrümmung hatte ihn so schrumpfen lassen, daß er jetzt kaum über das Armaturenbrett hinwegschauen konnte.

Onkel Paul durfte bei Tisch immer präsidieren, und dort am Kopfende beschränkte er sich darauf, zwischen den Wassergläsern hindurchzuspähen und ziemliche Mengen Wein zu trinken. Wenn er beschloß, etwas zu sagen, schwang er sich auf seinem Stuhl nach hinten, reckte seinen Kopf über die Höhe der Gläser hinaus und seufzte tief. Gespräche mit Onkel Paul waren im allgemeinen kurz, wie heute, als Esther ihm sein zweites Glas Wein einschenkte und er es mit einem starren Blick auf Vater erhob: »Du hast ein neues Auto.«

»Nein.« Vater fand es unelegant, seine Stimme zu erheben, um gehört zu werden, deshalb rückte er näher an Onkel Paul heran und sprach ihm ins Ohr. »Du weißt doch, ich würde diesen Wagen niemals verkaufen. Hat viel zu viele gute Meilen drauf.«

Onkel Paul hatte Vater den Mercedes vor zehn Jahren verkauft, aber seit einiger Zeit war er fest davon überzeugt, Vater hätte ihn gegen ein neues Modell ausgetauscht. Keiner wußte genau, warum. Onkel Paul verkündete: »Er hat eine andere Farbe.« Dann setzte er das Weinglas ab, sackte wieder unter den Rand der Gläser und zeigte so an, daß das Gespräch beendet war.

Vater fragte Ford: »Weißt du noch, daß wir dich Ford junior nannten, als dein Großvater noch lebte?«

»Das stimmt«, mischte sich Onkel Paul ein, was jeden überraschte, denn Vater hatte in normaler Zimmerlautstärke gesprochen. »Unsere Mutter war eine geborene Ford, deshalb nannte mein Daddy seinen ältesten Sohn Keith Ford, nach ihnen beiden, und daher kam dein Name.«

»Das wußte ich ja gar nicht«, Courtenay zwinkerte ihrem Bruder zu.

»Eure Urgroßmutter stammte nicht aus der allerbesten Familie«, erklärte Vater. »Deshalb wurde sie von den McKinneys nie so ganz akzeptiert. Das sagte mein Vater jedenfalls immer. Aber er betete sie an. Ihr Vater war nach dem Bürgerkrieg in den Süden gekommen, aber damals war Savannah ein geschlossener Kreis: der Kuß des Todes.«

»Glaubst du, jetzt wäre es besser?« fragte Ford.

»Kommt drauf an, was man sich unter ›besser‹ vorstellt, nehme ich an«, erwiderte Vater.

Die Gespräche über die Familiengeschichte gingen Ford nicht aus dem Kopf, verstärkt noch durch die infame Inszenierung von Familienportraits im Salon, die zum Teil so alt waren wie die Geschichte der Fotografie selbst. Heute schlenderte er von einem Ausstellungsstück zum anderen, musterte die Posen der Paare, die straffen Arme der Männer um die steifen Taillen ihrer Gattinnen. Die Gesichter trugen den leeren, unpersönlichen Ausdruck zur Schau, mit dem wohlerzogene Menschen auf die Portraitfotografie reagieren. Ford erinnerte sich nur vereinzelt an Namen, die er den älteren Fotos zuordnen konnte, erkannte aber Dutzende seiner lebenden Verwandten wieder. Mutter trat zu ihm und schlang ihren Arm um seine Taille. »Ist es nicht ein schönes Weihnachtsfest? Freust du dich, daß du nach Hause gekommen bist?«

»Ja«, log er und nahm sie in den Arm. »Es ist zur Abwechslung mal ganz schön, nichts anderes zu tun als zu essen und zu trinken.«

Sie hob einen der schweren Silberrahmen an und inspizierte das Glas nach Staub. »Esther haßt all das. Bloß Staubfänger, schimpft sie. Aber ich mag diese Ecke im ganzen Haus am liebsten. Ich mache es genau wie du, ich spaziere hin und her und schau mir die Gesichter an. Du hast in deinem Haus gar keine Familienbilder, oder?«

»Nein«, antwortete Ford, »nur dich und Dad und Courtenay. Und eins von Großmutter.«

»Sollen wir dir ein paar von unseren geben?«

»Ach, ich weiß doch, wo ich hinkommen muß, wenn ich eine Reise in die Vergangenheit machen will.«

»Ich wünschte, wir könnten den ganzen Abend hierbleiben, alle zusammensein, genau wie jetzt.«

»Ist das meine Mutter, die ich da höre? Du willst doch nicht etwa um den Besuch bei Onkel Reuben herumkommen?«

Sie lachte. »Klingt gar nicht nach mir, wie? Aber wenn ich ehrlich sein soll, in den ersten Jahren, als ihr Kinder noch klein wart, haßte ich es geradezu, nach draußen zu fahren. Ich wollte meine Kinder und meinen Mann, mehr Weihnachten brauchte ich nicht. Erst als ich älter wurde, änderte sich das. Wahrscheinlich habe ich mich an all das gewöhnt. Und jetzt kann ich's mir gar nicht mehr ohne vorstellen. Ohne das hier«, sie zeigte auf die Bilder, auf das Zimmer voller polierter Antiquitäten. »Nicht jeder stammt aus einer Familie, deren Vergangenheit so sorgsam überliefert wird. Ich finde, das ist eine Verpflichtung.«

»Was für eine Verpflichtung?«

»Nun, sie weiterzuführen.« Sie lehnte ihren Kopf kurz an seine Schulter. Ford fühlte sich reingelegt.

»Ich dachte, wir wollten darüber nicht reden.«

»Ich meine es ganz allgemein. Weihnachten macht mich neuerdings ein bißchen rührselig, wo ihr Kinder so erwachsen seid. Wenn ihr da seid, erinnere ich mich plötzlich daran, wie es war, als ihr noch klein wart, wie glücklich ich war, Mutter zu sein.« Sie straffte sich und sah ihn direkt an. »Es liegt so viel Glück darin, eine Familie zu gründen, Ford. Die Familie weiterzuführen, zu der man gehört. Mehr will ich doch gar nicht sagen.«

»Danke, Mutter«, sagte er steinern. »Ich höre dir ja zu.« Trotzdem ließ er sie stehen.

Auf Onkel Reubens Fest bewegte er sich inmitten des aufeinanderhockenden McKinney-Clans absichtlich wie ein Fremder. Er stattete Onkel Reuben seinen Höflichkeitsgruß ab und zog sich danach auf die Seitenveranda zurück, in die Abenddämmerung über dem Küstenkanal starrend, während der Weihnachtstag verblaßte. So stöberte Courtenay ihn auf. Ford meinte: »Dieses Jahr könnte ich auf soviel Familie ganz gut verzichten. Du auch?«

»Ich will gar nicht daran denken«, nickte Courtenay. »Ich hab ja noch eine Woche vor mir. Und mein Gefühl sagt mir, bevor ich wieder an die Uni zurückkehre, werde ich noch gehörig mit Mutter zusammenrasseln. In Wahrheit will ich mit meinem Schreiner zusammenziehen.« Courtenay beobachtete sein Gesicht, um die Reaktion zu sehen. »Wir reden schon länger davon. Wenn Mom und Dad das rauskriegen...«

»Was können sie schon tun?«

»Sich so aufführen, wie sie es immer machen. Eiskalt werden und so tun, als gäbe es Mike nicht, wenn ich mit ihnen zusammen bin. Über die Jungs von Savannah reden, mit denen ich ausgehen sollte. Mir auch ja jedesmal erzählen, wenn eine meiner Freundinnen die richtige Sorte Mann heiratet. Es wird genauso werden wie damals, als ich Mutter sagte, ich hätte keine Lust, mein Debüt zu machen. Der Dritte Weltkrieg.«

»Ja, bloß wohnst du jetzt nicht mehr hier.«

»Wetten, daß Dad mir das Geld streicht?«

»Mach dir deshalb keine Sorgen. Ich habe Geld. Und du auch, du kommst nur noch nicht dran. Ich leih dir, soviel du brauchst, bis du fünfundzwanzig bist, und dann kannst du es mir zurückzahlen. Dagegen können sie nicht das geringste tun.«

Sie legte ihren Kopf an seine Schulter. »Danke für dein Angebot. Ich hoffe, ich brauche es nicht anzunehmen, aber eins kannst du mir glauben, wenn ich es muß, tue ich es auch.« Dann schaute sie ihm in die Augen. »Und du? Was hast du vor?«

»Ich werde meinen Sänger besuchen, sobald ich wieder zurück bin. Mal sehen, was daraus wird.«

Kurz darauf kehrten die beiden Arm in Arm zur Familienfeier zurück und schirmten einander für den Rest des Abends ab. Onkel Reubens ständiges Gestichel gegen Onkel Paul, die Geschichten über Bootskäufe und extravagante Ferienpläne, mit denen die Onkel sich auszustechen versuchten, die kühle Konkurrenz in Sachen Kleidung und vor allem beim Schmuck unter den Tanten – all das beobachteten Ford und Courtenay, Schulter an Schulter, dann rückten sie parallel vor in den Festsalon, wo Onkel Reuben und Onkel Paul sich schon über das genaue Datum von Onkel Ellis McKinneys Hochzeit stritten. »Es war im Krieg, sage ich!« blökte Onkel Reuben, nur Zentimeter von Onkel Pauls Ohr entfernt. »Im Krieg! Er hatte nach dem Krieg schon Kinder!«

Bis der Abend vorüber war, weigerten sich Onkel Paul und Onkel Reuben, miteinander zu sprechen. Genau wie jedes Jahr. Das war zum

Signal für Vater geworden, seinen Ableger des Familienstammbaums einzusammeln und nach Savannah zurückzukehren. Er vertrat die These, daß Onkel Paul und Onkel Reuben nur aus Wut und Trotz gegen den anderen so lange lebten; er fragte Onkel Paul, ob er abmarschbereit sei, und Onkel Paul antwortete: »Abmarsch? Da kannst du verdammt nochmal drauf schwören! Wer kann schon hier rumsitzen und einen ganzen Abend lang mit so einem Narren reden?«

»Von wegen Narr!« schimpfte Reuben. »Du bist der Narr! Kannst 1942 und 1948 nicht mehr auseinanderhalten. Du wirst einfach zu alt, Paul, du solltest endlich mal sterben.«

Als Ford seiner Mutter ihren Mantel aufhielt und sie sich grazil hineinschlängelte, roch er den süßen Biß ihres Parfüms. »Na, das hätten wir hinter uns«, murmelte sie halblaut und lächelte ihrem Sohn zu. »Jetzt können wir nach Hause fahren.«

Zu Hause zählte Ford die Minuten, bis er sich verabschieden und zurückziehen konnte. Da er sich schon innerlich gewappnet hatte, jeden Versuch eines Gesprächs abzubiegen, war er ganz erleichtert, als nichts geschah. Schließlich stand er auf: »Morgen früh nehme ich ein Taxi zum Flughafen, dann könnt ihr alle ausschlafen.« Träge rieb er sich am Hinterkopf. »Wenn ich morgen im Krankenhaus wenigstens ein bißchen wach sein will, sollte ich jetzt besser schlafen gehen.«

Gute Nacht allerseits, ein Kuß für Mom, ein Händedruck für Dad, vielen Dank für das wunderschöne Weihnachtsfest, und ab in sein Zimmer. In das Schlafzimmer, wo er als Gast des Hauses geschlafen hatte. Denn jetzt wußte er – und er schwor sich, es nie zu vergessen –, daß sein Zuhause vor ihm lag, in der jungen Stadt am Fuß der Georgia Mountains, nicht hinter ihm im vergreisenden Savannah am Meer.

12

Doch seine Mutter stand auf an diesem Morgen, um ihn zu verabschieden. In der noch nachtdunklen Küche begrüßte sie ihn mit einem Kuß auf die Wange. So schlaftrunken und liebevoll erinnerte sie ihn an die Mutter seiner Kindertage, in dem langen Morgenmantel, mit ihrem Haarnetz wirkte sie jünger und weicher als am Vorabend in ihrem Make-up und Abendkleid. Ihr Gesicht, aller Masken entblößt, strahlte unschuldig und unzerrissen. »Ich konnte dich doch nicht aufstehen und abreisen lassen, ohne daß einer von uns auf ist.« Selbst ihrer Stimme fehlte jede urteilende Schärfe. »Egal, wie alt du wirst, du bist und bleibst doch mein Sohn.«

Zum erstenmal, seit er angekommen war, fühlte sich Ford wohl mit ihr. Sie fragte, wann sein Flugzeug ging. »Ich muß das Taxi bestellen«, sagte er.

»Laß mal, ich rufe an«, meinte sie. »Trink in Ruhe deinen Kaffee, bis es da ist.«

Ford überlegte, woher sein Zorn auf sie gekommen war. Was machte sie denn falsch? Sie wollte doch nur, daß er glücklich war. Zum Abschied umarmte er ihre schmalen Schultern, erstaunt über ihre Zerbrechlichkeit. Plötzlich wurden sie beide traurig. »Bitte paß auf dich auf«, murmelte sie, »wir machen uns Sorgen um dich.«

»Aber es geht mir doch gut.« Er war immer noch erstaunt. Draußen hupte das Taxi auf der dunklen Straße.

Er stieg ein und winkte noch einmal. Umrahmt von dem massigen Eingangsportal, in ihren gesteppten Morgenmantel geschlungen, war sie beinahe wieder ein junges Mädchen geworden. Ihr Gesicht drückte nur Kummer aus, während der Wagen anfuhr. In ihm vermischte sich Kummer mit Angst. Wollte er wirklich tun, was er vorhatte?

Die Wolken glühten während des kurzen Fluges. Ford schwebte, in blutendes Licht getaucht. Er versuchte, sich an Dans Gesicht zu erinnern. Jedes Gefühl für den Fremden verbarg sich.

Das Haus an den Clifton Heights erwartete ihn mit seiner beruhigenden Stille, das leise Rauschen der Klimaanlage, das Morgenlicht, das über die Küchenwände spülte. Er schlenderte durch die Leere, berührte die vertrauten Gegenstände, die ihn in dieser Wirklichkeit verankerten: die Hanteln in der Kammer, die schwarze Tasche, die schon Ford McKinney I. gehört hatte. Noch fast drei Stunden, bis er sich im Krankenhaus melden mußte.

Und dann stand er im Badezimmer, nicht weit von der Stelle entfernt, wo er Hammond gefunden hatte. Kalter Schmerz überfiel ihn. Und eine andere Erinnerung schob sich davor: wie er mit seinem Glas Gin durch das dunkle Haus irrte, am Abend des Weihnachtskonzertes, der Verabredung, vor der er sich gedrückt hatte. Wie Dan Crells Telefon klingelte und niemand abhob.

Nun kehrte das Bild des Fremden zurück, lebhaft, bis ins kleinste Detail, und Ford erinnerte sich auch an die gespenstische Stimme, die nicht das Wiegenlied des diesjährigen Konzertes, sondern das bekannte Weihnachtslied sang, im letzten Jahr, *to save us all from Satan's power when we were gone astray.*

Ford schnappte sich seine Sporttasche und machte sich auf den Weg ins Krankenhaus, zum Training.

Oberhalb des C-Flügels gab es einen Trainingsraum für die Ärzte, die während des Schichtdienstes nicht in ihre Bodybuilding-Studios kamen. Ford ging durch die stillen Korridore des Krankenhauses. Kaum jemand war schon aus den Ferien zurück.

Der Trainingsraum war leer bis auf eine Studentin im dritten Jahr, Dorothy Ballard, der Ford schon öfter hier begegnet war. Ihrem Körper war anzusehen, daß sie eine ähnliche Lust an ihren eigenen Muskeln hatte wie er. Sie plauderten ein bißchen, über Weihnachten. Das Gespräch beruhigte Ford, wie er erstaunt feststellte. »Ich bin hiergeblieben«, meinte sie. »Ich habe inzwischen begriffen, daß es keinen Sinn hat, über Weihnachten nach Hause zu fahren. Wir haben zu zweit gekocht und das schönste Fest verbracht, an das ich mich erinnern kann.«

»Ich wünschte, ich wäre so klug gewesen und nicht gefahren«, seufzte Ford und tat so, als hätte er wirklich die Wahl gehabt.

»Tu dir selbst einen Gefallen, und laß dich nächstes Jahr über die Feiertage für den Dienst eintragen.«

»Gute Idee.« Er steuerte die Hantelbank an. *Wir haben zu zweit gekocht.*

Er spülte seine Muskeln mit Blut und Sauerstoff durch, bewegte die Widerstände der Maschinen durch ihre Bahnen und rüstete seinen Körper auf. Seine Haut glänzte unter einem feinen Schweißfilm. Zwischen den Übungen inspizierte er seine verschiedenen Muskelgruppen, Dicke, Definition, Proportion und Form. Heute brauchte er all sein Selbstbewußtsein, und er wußte es.

Er zog das T-Shirt über den Kopf, spannte seine Brustmuskeln an, lockerte sie, musterte die Flächen und Wölbungen und die glänzende Haut. Er sammelte objektive Ermutigung.

Ford duschte einen Stock tiefer, in den Räumen der Ärzte im Dienst, packte die Sporttasche in einen Spind und zog seinen Kittel an. Er fuhr sich mit der Hand durchs Haar, damit es genau richtig lag, und sagte zu seinem Gesicht im Spiegel: »Egal was passiert, ich kann damit leben. Egal was passiert.«

Als er in die Kabine des Fahrstuhls trat, überkam ihn eine Woge der Angst. Vor der Tür zum Bürotrakt, hinter der er den Fremden entweder antreffen würde oder nicht, gab er sich einen Ruck. Laß ihn bitte da sein, dachte er, ich möchte es endlich hinter mich bringen. Die andere Stimme versuchte, sich noch einmal einzumischen, nein, noch nicht, du hast dir noch gar nicht zurechtgelegt, was du sagen willst, warte noch einen Moment – doch Ford legte seine Hand flach auf die Tür und drückte.

Das Sekretariat lag verlassen da, die Tische leergefegt, heute war Feiertag. Die zweite Tür aber führte in einen hell erleuchteten Raum, Ford konnte Jalousien erkennen, auf einem Tischchen, im rechten Winkel zum Schreibtisch, stand ein PC, den Bildschirm zum Arbeitsplatz gedreht. Ford starrte auf die Türöffnung, die Ecke des Schreibtischs, er wollte etwas rufen, um sich anzukündigen, und brachte keinen Ton heraus.

Da erscholl Dans Stimme aus dem Büro: »Hallo, ich bin hier hinten.«

Der volle Klang riß Ford aus seiner Lähmung. Er merkte, daß er die ganze Zeit die Tür offen gehalten hatte, und ließ sie los. Er räusperte sich und sagte: »Hier ist Ford McKinney. Ich wollte Sie sprechen, wenn Sie einen Moment Zeit haben.«

Es wurde still. Dann quietschte ein hochschnellender Bürostuhl, auf dem kein Gewicht mehr lastete. Dans Schatten überquerte die Türschwelle, hielt inne. Er stand in der Tür. Größer als in Fords Erinnerung, nicht ganz so groß wie er selbst. Sein Gesichtsausdruck war weder kalt noch warm, nur leer. »Was für eine Überraschung. Nach deiner Notiz hatte ich nicht erwartet, noch einmal von dir zu hören.«

Ford kämpfte gegen seine Atemlosigkeit an. »Das kann ich mir denken. Können wir einen Augenblick reden, oder hast du zuviel zu tun?«

Ein Telefon summte. Dan drehte sich danach um, wandte sich wieder Ford zu. »Ja, wir können reden. Komm.« Er kehrte in sein Büro zurück und hob ab. »Nein, Mr. Franken kommt erst in ein paar Tagen zurück. Kann ich etwas für Sie tun? Natürlich weiß ich, wer Sie sind, Dr. Prisoner. Ich kann mich darum kümmern. Ja, ich weiß, aber die Papiere können auch nachher unterschrieben werden, wir müssen die Sache deshalb nicht verzögern. Wenn Sie eine Zeitsekretärin brauchen, dann brauchen Sie eben eine.« Zuhörend, Ford ausdruckslos beäugend, Notizen auf einen Block kritzelnd, der das Tagamet-Logo trug, ein Mittel gegen Magengeschwüre. »Ja, Sir, kein Problem, ich rufe die Personalabteilung an und kümmere mich um das Ganze. Genau. Na, ich weiß auch nicht, warum die sich so verhalten, aber so ist es nun mal. In Ordnung. Ja, Sir. Danke.« Er nahm den Hörer von seiner Schulter und wählte. Zu Ford sagte er: »Tut mir leid, das geht ganz schnell«, und wieder in den Hörer: »Hallo Mrs. Thomas. Ja, ich bin's. Hatten Sie schöne Feiertage? Ja, ich auch, bloß daß ich heute in Raleigh-Durham bis um zwei Uhr früh auf dem Flughafen hängengeblieben bin. Ja, ich hätte mich auch krank gemeldet, aber bei wem denn? Können Sie nicht eine Zeitkraft für Dr. Prisoner besorgen? Ich komme nach dem Mittagessen runter und unterschreibe das Formular. Danke. Damit tun Sie mir einen Riesengefallen. Machen Sie's gut. Bis heute nachmittag.« Mit einem Seufzer legte Dan auf und schaute seinen Besucher an.

Ford lächelte: »Du bist sehr geschmeidig, nicht wahr?«

»Hauptsache, Ihr Doktoren seid glücklich.« Dem folgte ein scheeler Blick. »Wenn du die Tür zumachst, sind wir ungestört.«

Ford sah ihn an. Ernste Augen unter vollen, dunklen Brauen, darüber eine hohe, klare Stirn, scharfgezeichnete Knochen, strenge Züge, eine gerade Nase über einem weiblich wirkenden, runden Mund. Dunkle Locken fielen bis in den Nacken. Etwas Kindliches in seinem Gesicht machte es schwierig, Dans Alter zu erraten, er wirkte unschuldig, ja, zart. Nur seine Augen nicht, mit ihren Diamantspitzen. »Also, ich habe deine Nachricht bekommen«, eröffnete Dan. »Gibt es noch irgend etwas hinzuzufügen?«

Ford errötete. »Es tut mir leid. Das war ein dummer Brief.«

Dan zuckte die Schultern. »Weiß ich nicht. Wenn du schon absagen wolltest, war es per Brief nicht der schlechteste Weg. Besser jedenfalls, als es persönlich zu tun.«

Die stumpfen, unversöhnlichen Worte widersprachen dem Ausdruck der Unschuld. Ford wußte nicht, was er sagen sollte. Nur noch das Zischen des Dampfs in den Heizungsrohren war zu hören. Schließlich murmelte Ford: »Nein, das meinte ich nicht«, holte tief Luft und zwang sich, Dan anzuschauen, um seine Gefühle wenigstens etwas zu zeigen. »Ich wollte sagen, daß ich Angst bekam. Ich wollte mit dir ausgehen zum Essen, und dann bekam ich Angst. Hinterher tat es mir leid. Aber ich konnte nichts mehr daran ändern.«

»Du hättest mich anrufen können«, erwiderte Dan. »Ich hätte dich nicht daran gehindert, es dir anders zu überlegen.«

»Ich habe dich doch angerufen«, sagte Ford. »Deine Sekretärin sagte mir, du wärst schon in die Weihnachtsferien gefahren.« Er fühlte sich langsam wie ein kompletter Trottel. «Zu Hause habe ich es auch versucht. Du hast ja keinen Anrufbeantworter.«

»Nein«, antwortete Dan. Zum erstenmal wurden seine Züge weicher. Er starrte den Schreibtisch an. Plötzlich begriff Ford: »Du warst da, stimmt's.« Das war keine Frage.

Dans Gesicht schmolz von der kühlen Kontrolliertheit zu einem anderen Ausdruck, und darin erkannte Ford den Mann, den er erreichen wollte. Leise murmelte er: »Ja, ich war da.«

»Ich wünschte, du wärst drangegangen.«

Wieder zuckte Dan die Achseln. »Ich wünschte, du hättest den Brief nicht geschrieben.« Hinter der kühlen Stimme kauerte eine andere, und der antwortete Ford: »Tut mir leid, daß ich's getan habe. Das sagte ich doch schon.«

»Es könnte sein, daß du es noch öfter sagen mußt.«

Ford konnte nicht länger still sitzen und trat ans Fenster. Draußen, im Lichthof, fing sich der Wind und flaute ab, blies Kartoffelchipstüten auf das darunterliegende Dach. »Wenn es sein muß, sage ich es so oft, wie du willst.«

»Warum? Was willst du?«

Dans Ton war spröde; kaum vorstellbar, daß dieselbe Stimme in drei, in vier Dimensionen streicheln konnte. Ford konzentrierte sich auf das Gesicht, das er kurz erspäht, auf die Weichheit, die er einen Augenblick lang erreicht hatte. »Ich will dich überzeugen, daß ich kein Dreckskerl bin, damit du vielleicht morgen mit mir essen gehst.«

Dan ließ das auf sich wirken, bevor er reagierte. »Und was willst du damit beweisen? Daß du echt in Ordnung bist, daß du kein Dreckskerl bist, wie du sagst? Und das war's?«

»Wie, das war's?«

»Wir gehen essen, und das beweist, daß du ein prima Kerl bist. Und wie geht es mir dabei?« Seine Stimme zitterte leicht, aber er hatte sie sofort wieder unter Kontrolle. »Ein dummer Brief macht dich nicht zum Dreckskerl. Aber ich will nicht mit dir essen gehen, nur weil ich dir leid tu, oder weil dir irgendwas leid tut, das du getan hast.«

»Darum geht es doch gar nicht.«

»Laß mich ausreden. Wenn du mit mir ausgehen willst, dann frag mich. Aber wenn es dir bloß leid tut, weil du einen Fehler gemacht hast und am liebsten alles ungeschehen machen würdest, dann hau ab. Vergiß es. Dafür habe ich keine Zeit.«

Obwohl es schroff klang, hatte die Stimme ihre Sprödigkeit verloren. »Ich glaube, ich habe alles falsch angepackt.« Ford kratzte sich am Kopf und fing an zu lachen. »Ich bin wirklich blöd.« Ein Schutzmantel der Ruhe umgab ihn plötzlich, wie in einer Prüfung, wenn mit einemmal eine schwierige Aufgabe leicht wurde. »Es geht mir nicht darum, daß ich mich besser fühle. Es hat mit dir zu tun. Ich habe das ganze Wochenende von dir geredet. Mit meiner Schwester. Mit mir selbst. Die ganze Zeit.« Dans Gesicht hellte sich auf. »Vielleicht hätte ich nicht die ganze Zeit an dich gedacht, wenn wir letzte Woche ausgegangen wären, wenn es glatt gelaufen wäre. Ich weiß es nicht. Aber ich bin nicht hier, weil ich etwas ungeschehen machen möchte. Sondern wegen uns.«

Dan wurde blaß und drehte sich um. Seine Stimme war kaum zu hören. »Du kannst meine Gedanken lesen.«

»Ich habe jedes Wort ernst gemeint, wirklich.«

»Das hoffe ich. Denn gesagt hast du es, und ich werde dich beim Wort nehmen, darauf kannst du dich verlassen.«

Ford trat auf ihn zu und zögerte im letzten Augenblick. Als Dan sich wieder umdrehte, spürten sie beide die Hitze des anderen, das Überschreiten der privaten Grenze. »Also laß uns essen gehen«, beharrte Ford. »Morgen.«

»Ich würde gern, aber ich habe eine Probe.«

Zu ihrer Erleichterung besprachen sie das Logistische, auf diesem Gleis ließ sich problemlos fahren. Dan konnte zum Essen mitkommen, mußte aber um halb acht zur Theaterprobe. Die Vorstellung, daß der Abend so früh zu Ende gehen würde, enttäuschte Ford, aber er stimmte zu. »Ich werde sowieso erledigt sein. Heute nacht und morgen bin ich im Dienst, bis ich dich abholen komme.«

»Sollen wir lieber einen anderen Tag…«

»Nein«, unterbrach Ford bestimmt. »Ich will morgen.«

Dan lächelte spitzbübisch. »Aber falls es später wird, als Sie denken, Herr Doktor, schicken Sie mir keine Nachricht. Rufen Sie an.«

Zwischen ihnen hatte sich ein Gefühl eingestellt, als hätte die Schwerkraft zugenommen, als stürzten sie auf einen gemeinsamen Mittelpunkt zu. Dan stand auf. »Du machst mich schwindlig.«

Stimmen drangen aus dem vorderen Büro, das Geräusch der auf- und wieder zugehenden Tür. »Wir bekommen Gesellschaft«, meinte Dan. »Wahrscheinlich Mrs. Newcomb, die wissen möchte, wieso meine Anrufe an ihre Sekretärin umgeleitet werden.«

»Ich hab aber auch ein Glück. Ausgerechnet Mrs. Newcomb«, seufzte Ford.

»Richtig, die ist eure stellvertretende Verwaltungsleiterin, nicht?« Dan grinste schief. »Tja. Keiner kann am Grady ein Geheimnis lange geheimhalten, Herr Doktor.«

»Daran werde ich mich wohl gewöhnen müssen.«

Und natürlich stand Mrs. Newcomb mitten im Büro, ging ihre Post durch und hörte Lance Purpette zu, der sich lautstark über die chronische Dämlichkeit der Qualitätssicherungskonferenz beklagte, wo er gleich hinmußte. Beide sahen hoch, als Ford aus Dans Büro kam, und Mrs. Newcomb ließ verblüfft ihre Brille auf die Nasenspitze rutschen: »Hallo, Dr. McKinney. Haben Sie ein Problem? Normalerweise kriege ich hier im Büro keine Kinderärzte zu Gesicht. Sie sollen doch zu mir kommen, wenn Sie etwas brauchen.« Sie richtete ihre dunklen Augen auf ihn und sprach mit ihrem im Hause berüchtigten Knurren.

»Es hat nichts mit dem Krankenhaus zu tun«, erwiderte Ford, »ich hatte mit Mr. Crell etwas privat zu besprechen.«

Sie starrte immer weiter, als könne sie sich so etwas überhaupt nicht vorstellen. Mr. Purpette dagegen lächelte verschlagen, als könne er das sehr wohl.

Ford war machtlos gegen den Anflug von Angst, der ihn packte. Mrs. Newcombs Gesichtsausdruck lastete den ganzen Tag auf ihm, obgleich er sich immer wieder ins Gedächtnis rief, was Dan gesagt hatte: Keiner konnte auf ewig Geheimnisse geheimhalten, hier und überall. Er hatte sein Geheimnis jahrelang gehütet. Jetzt langte es.

13

Nach dem Nachtdienst sammelte Ford all seine Konzentrationskraft, als er auf der Kinder-Aufnahmestation mit seinem Dienst begann. Der Tag verflog. Am späten Nachmittag, als er merkte, wieviel Uhr es war, lief er schnell nach oben, um zu duschen und sich umzuziehen.

Im Fahrstuhl nach unten leistete ihm Dorothy Ballard Gesellschaft; sie kam im dreizehnten Stock dazu und begrüßte Ford in dem vorsichtig lockeren Ton, den die Medizinstudenten Assistenzärzten gegenüber anschlugen.

»Du siehst aber nicht danach aus, als ob du gerade eine Zweiunddreißig-Stunden-Schicht hinter dir hättest«, sagte sie. »Wetten, daß du heute abend was vorhast?«

»Stimmt«, gab Ford zu. »Wir gehen essen. Ich freue mich schon den ganzen Tag drauf. Und du, auf dem Heimweg?«

»Ja«, antwortete Dorothy und streckte sich, »home sweet home, zur Abwechslung. Ein Abend zu zweit.«

Der Fahrstuhl stoppte, wippte kurz nach und ging auf. Beide schauten argwöhnisch hinaus, als wollten sie in einer peinlichen Situation nicht erwischt werden, und lachten gleichzeitig los.

Mr. Franken war noch in seinem Büro, und durch die angelehnte Tür erspähte Ford mehrere andere Männer in dunklen Anzügen. Er schlenderte auf Dans Zimmer zu.

Dan schaute von einem großen, gebundenen Bericht hoch und legte einen gelben Textmarker zur Seite. Er versuchte, lässig und entspannt zu wirken, aber Ford sah genau, wie sehr er sich freute. »Hat deine Sekretärin dir gesagt, daß ich heute morgen schon da war?« fragte er zur Begrüßung.

»Sie hat McKenzie aufgeschrieben, aber ich wußte, daß du es warst. Sie sagte, du hättest nur so vorbeigeschaut, aber ich hatte ein bißchen Angst, es wäre was dazwischengekommen.«

»McKenzie«, Ford gluckste. »Das ist ziemlich gut. Sie hat die ganze Zeit genau auf mein Namensschild geguckt.«

»Mrs. Vaughn hat halt nicht so gute Augen.«

Ford wedelte in Richtung Mr. Franken. »Kannst du weg?«

»Klar«, antwortete Dan. »Franken redet mit ein paar Anwälten. Er redet ständig mit Anwälten.« Er hob den Hörer und wählte eine Nummer. »Mr. Franken, ich mach Schluß für heute. Oh, das war Dr. McKinney. Ja. Bis morgen.«

Ford lachte in sich hinein, und als Dan auflegte, fragte er: »Wußte er noch, wer ich bin?«

»Allerdings.«

Und schon standen sie draußen. Einen Augenblick lang hatten sie ein unbehagliches Gefühl miteinander, auf dem öffentlichen Korridor, und beäugten sich. Unten, im schummrigen, stillen Parkhaus, durchfuhr Ford die Nähe von Dans Körper wieder, jedesmal, wenn sie sich fast berührten, überraschte ihn die Heftigkeit dieser Schwingungen. Dan schien all das zu wissen, sein Gesicht verriet wenig.

»Schönes Auto«, lobte Dan. »Ich mag den Geruch.«

Den Geruch? »Ein guter Wagen«, erwiderte Ford. »Mein Vater fährt auch so einen.«

»Lebt dein Vater in Atlanta?«

»Nein. Meine Familie kommt aus Savannah. Ich auch, logischerweise. Obwohl ich mir nach diesen Weihnachtstagen nicht mehr ganz so sicher bin. Und du?«

»North Carolina. Ich bin ein Hinterwäldler, aus dem tiefsten Osten, wo sie Tabak anbauen.«

»Aber du wohnst schon ziemlich lange in Atlanta. Ich hab dich am Grady gesehen, als ich dort anfing.«

»Manchmal hab ich das Gefühl, als wäre ich schon ewig hier«, erwiderte Dan mit einer kleinen Grimasse. »Aber es sind erst fünf Jahre. Ich mag Atlanta.«

»Ich auch. Ich finde es auf jeden Fall besser als Savannah. Aber das darf eigentlich nicht sein.« Ford lachte gezwungen.

»Jeder Junge aus Savannah wird zu einem der Männer von Savannah, oder? Das hat doch was mit der Evolution zu tun.«

»Kennst du Savannah?«

»Ich habe mal dort gelebt, ein paar Monate. Und davor in New Orleans, da ist es genauso.«

»Als Kind war ich mal da. Wir sind mit einem Dampfer gefahren und haben irgendwelche Muscheln gegessen, die ich nicht mochte. Das französische Viertel mochte ich auch nicht, weil es da keine Ausflugsdampfer gab.« Ford lachte.

Er steuerte die Schnellstraße an. Im Dämmerlicht des Nachmittags fuhren sie in Fords tiefliegendem Coupé, umgeben von den Wolkenkratzern der City von Atlanta, den mächtigen Brücken, Schleifen und Flüssen aus Spannbeton, den aufgerichteten Stahlträgern, gemauerten Bögen und Wasserfällen, deren Schatten über die Asphaltaltäre unter ihnen fielen.

»Bedeutet dir dein Auto viel?«

»Was meinst du denn damit?«

»Na ja, fährst du es oft spazieren, machst du Landpartien? Wie ein Cowboy mit seinem Pferd?«

Ford lachte verwirrt. »Nein. Es ist bloß ein Auto. Ich fahre es gern, aber ich komme kaum dazu. Warum machst du dich darüber lustig? Findest du es protzig?«

»Es ist ohne Zweifel auffällig aufwendig.« Dan verschränkte seine Arme und musterte das Innere erneut. »Aber nicht geschmacklos. Vielleicht liegt es nur an dem Ledergeruch, daß ich an Cowboys denken mußte.«

»Ich habe noch nie jemanden an Cowboys erinnert«, meinte Ford.

»Quatsch, natürlich. Es hat dir bloß keiner gesagt.«

Ford manövrierte durch den Verkehr, und Dan lächelte vor sich hin. »Jedenfalls ist es schmeichelhaft«, nahm Ford den Gedanken wieder auf. »Bist du nicht neugierig, wo wir hinfahren?«

»Schon möglich.«

Ford lachte und schüttelte den Kopf. »Wir fahren ins *Mirabelle's*. Ein wirklich nettes kleines Restaurant.«

»Ich könnte mir durchaus vorstellen, leicht verspätet zur Probe zu kommen.« Die Schatten der aufragenden Gebäude huschten über Dans Gesicht.

»Gut«, erwiderte Ford. »Dafür werde ich schon sorgen.«

Das Restaurant, ein umgebauter Bungalow, lag hinter zwei hochgewachsenen Kiefern mit mächtigem Stamm. Ein gepflasterter Weg führte zu dem zwergenkleinen Haus. Im Sommer standen, im Schatten eines alten Hickorybaums, Tische draußen im Patio, die jetzt, in der Winterkälte, weggeräumt waren. Laub trieb über die roten Ziegel des Weges, vom Wind aufgewirbelt. Ford mußte an sein letztes Rendezvous mit Haviland Barrows denken, mit der er an einem Erkertisch im ehemaligen Salon des Bungalows gesessen hatte. Seine

Ruhelosigkeit an jenem Abend war unübersehbar gewesen, und als sie ihn darauf ansprach, begann die lange Auseinandersetzung, die zu ihrer Trennung führte. Nun, als Ford und Dan in dem kleinen Vorraum standen und auf den Besitzer warteten, einen Franzosen mit ausgesuchten Manieren, der die Gäste zu ihren Tischen führte, fragte sich Ford, ob diese Phase nun, mit dem heutigen Abendessen, tatsächlich abgeschlossen war.

Als sie an dem zugewiesenen Tisch standen, starrte Ford ausdruckslos auf das sorgfältig arrangierte Porzellan und Besteck, dann drehte er sich zu dem Besitzer um. »Könnten wir nicht den Tisch am Fenster bekommen, im Salon? Das wäre mir eigentlich doch lieber.«

Der Franzose versicherte ihm, zu dieser frühen Stunde sei der Tisch selbstverständlich frei, und er führte sie durch die kleinen, niedrigen Räume zur Vorderseite des Hauses. Dan ging voraus, und Ford betrachtete ihn. Dieser Mann bewegte sich präzise, fast anmutig. Und zugleich unleugbar weich, mit einem Hauch von Effeminiertheit.

Ford genoß das Neue. Er nippte an seinem Gin und studierte die Speisekarte, während Dan ein schlankes Weinglas in einer Hand hielt und ebenfalls die Karte las. Sie bestellten bei einem adretten kleinen Mann mit Schnurrbart. Dan folgte in fast allem Fords Empfehlungen. Beim Wein meinte er: »Mehr kann ich nicht trinken. Leider. Wenn ich nachher meinen Text können soll.«

»Singst du viel?«

»In diesem Stück habe ich drei Songs«, antwortete Dan. »Es macht Spaß.«

»Singst du auch anderswo? In anderen Theatern?«

»Manchmal. Ab und zu spiele ich auch, aber ich bin kein besonders guter Schauspieler. Einmal hab ich Regie geführt, Molière.«

»Verdienst du was, wenn du auftrittst?« fragte Ford. »Seid ihr sowas wie eine freie Theatergruppe?«

»Ich werde schon bezahlt. Aber nicht gut.« Dan zuckte die Achseln. »Eine Abwechslung, bei dem ganzen Papierkram im Krankenhaus. Als Kind habe ich im Chor gesungen. Das heißt, ich bin eingetreten, nachdem meine Familie angefangen hatte, in die Kirche zu gehen. Wir waren damit später dran als die meisten Leute. Einer der vielen Versuche meiner Eltern, sich zu retten.«

Der sarkastische Unterton und die plötzliche Schärfe in Dans Zügen überraschten Ford, und er fragte Dan, was er damit meinte, ›sich zu retten‹, und die kühle, ebenso distanzierte Antwort lautete, seine Eltern hätten sich achtzehn Jahre lang ständig gestritten, nur alle paar

Jahre mal eine Atempause zur Besinnung. »Während dieser Pausen gingen sie inbrünstig zum Gottesdienst, beteten jeden Abend vor dem Schlafengehen auf den Knien, unterrichteten in der Sonntagsschule und den Abendkursen bei den Baptisten und versuchten auch ansonsten, sich auf dem Pfad der Tugend soviel Erlösung wie möglich zu verdienen.« Dan erzählte leichthin, nicht wie etwas, das nur schwer preiszugeben oder in Worte zu fassen war, er formulierte rasch, aus dem Handgelenk, als wäre er all die Jahre lediglich Beobachter gewesen.

Ford war beeindruckt, mit welcher Unkompliziertheit Dan sich ausdrückte, ganz gleich, was das Thema war und wie lebhaft er dachte. Das hatte mit Konversation als gesellschaftlicher Konvention nichts mehr zu tun, an die sich Ford seit seiner Kindheit gewöhnt hatte. Ganz liebenswürdig servierte ihm das Sphinxgesicht gegenüber Geschichten und ironische Bemerkungen, immer wieder gemächlich an seinem einen Glas Wein nippend.

Von Dans Charme beschwingt, fühlte sich Ford plötzlich ebenso frei beim Sprechen, und ohne groß nachzudenken, erzählte er von Weihnachten und vom bevorstehenden Gipfeltreffen mit seinen Eltern in Atlanta, bei dem das Thema seiner Verheiratung wieder aufgewärmt werden sollte. »Der ganze Besuch lief ab wie eine Studie zum Thema, warum ich unbedingt eine gute Partie machen muß«, erzählte Ford, »und da saß ich und versuchte ihnen ganz diskret klarzumachen, daß ich nicht zur Spezies Ehemann gehöre.«

Die Worte purzelten in den Raum, bevor er sie in seinem Kopf gehört hatte. Aufmerksam beobachtete er Dan, wartete auf eine Reaktion, dachte an Shauns Worte, daß er vielleicht schon einen Freund hatte. Oder eine Freundin.

»Das Stadium haben meine Mutter und ich schon hinter uns. Vor ein paar Jahren habe ich ihr endlich erzählt, daß ich schwul bin, und dann hörte sie auf, nach meinen Freundinnen zu fragen.«

»Ich hasse dieses Wort«, sagte Ford.

Dan zuckte die Achseln. »Es gibt kein besseres.«

Schweigend gab Ford das zu. »Und wie hat deine Mutter reagiert?«

Dans Stimme war voller Wärme. »Meine Mutter ist ziemlich unglaublich. Sie hatte sich schon Sorgen gemacht, sie wußte genau, daß ich ihr etwas verheimlichte. Als ich mich schließlich aufraffte, begriff sie, was die ganze Zeit los gewesen war. Sie redet immer noch nicht gerne darüber. Sie kann das Wort ›schwul‹ auch nicht leiden, aber ab und zu bringe ich sie dazu, es auszusprechen, damit sie sich an den Gedanken gewöhnt.«

»Und dein Vater?«

»Der ist tot.« Jäh klang die Stimme frostig. »Er zählt nicht.« Ford wartete instinktiv, bis diese Eisigkeit von Dans Zügen gewichen war. »Sie hat es meinem Stiefvater gesagt, und er hat mich nicht rausgeschmissen. Wir reden nicht darüber. Aber er verhält sich nicht anders zu mir als vorher.«

»Ich glaube kaum, daß meine Eltern besonders gut damit umgehen können«, meinte Ford. »Meine Schwester hatte keine Schwierigkeiten. Aber Courtenay hält zu mir.«

»Als ich meiner Schwester davon erzählte, gab es auch keine Probleme«, sagte Dan, »aber wenn ich einen Freund habe, paßt es ihr auch nicht.«

Ford lachte. Seine nächste Frage hüllte er in sorgfältige Beiläufigkeit. »Gilt das auch für den derzeitigen?«

»Im Augenblick gibt es keinen.«

Eine Pause entstand. »Bist du dir da sicher?«

Dan musterte die Tournedos auf seinem Teller. »Anwesende ausgeschlossen?«

»Das will ich nicht hoffen.« Ihm wurde heiß, von diesem Schluck Gin schmeckte Ford nichts.

Dan errötete leicht und ließ das Essen Essen sein. Er sprach, als meinte er die Kiefern hinter der Scheibe. »Ich hoffe, das meinst du ernst. Ich mag dich nämlich wirklich. Und ich will dich heute nicht zum letztenmal gesehen haben.«

»Das geht mir genauso.« Ford blieb plötzlich die Luft weg.

Nachdem sie das erstmal geschafft hatten, saßen sie mit roten Gesichtern still da. Beide hatten das Gefühl, ihre plötzliche Nähe vor den anderen Paaren im Restaurant schützen zu müssen. Schließlich hatte Dan seine Fassung wiedergewonnen, wandte sich vom Fenster ab und trank noch einen Schluck Wein. »Gleich auf der Probe bin ich eine Katastrophe, das weiß ich jetzt schon.«

»Du hast doch bloß ein Glas getrunken.« Dans Gesicht hatte sich wieder verändert, von innen heraus erleuchtet durch etwas, das nur Freude sein konnte. Alle Härte war von ihm abgefallen, die Maske nicht länger eine Maske. »Ich könnte dich nach der Probe abholen«, schlug Ford vor.

»Da schläfst du schon.«

»Ich könnte den Wecker stellen. Dafür.« Er schluckte. Dan ging nicht darauf ein.

Der Moment verblaßte, und Ford begriff unmißverständlich, daß Dan die Entfernung zwischen ihnen kontrollierte, daß er eine Tür geschlossen hatte, die eben noch offen gewesen war. »Noch nicht«, sagte Dan. Einen Augenblick schien er Angst zu haben. »Ich wäre verrückt, ja zu sagen. Ehe wir nicht ein bißchen mehr miteinander geredet haben.«

»Ich kann warten«, versicherte Ford, etwas verzagt, »das macht mir nichts aus. Aber ich will dir nicht weh tun.«

»Es hat nichts mit dir zu tun.« Die Maske kehrte zurück, sicher und unerbittlich. »Sondern mit mir.«

»Was ist mit dir?«

»Belassen wir es für heute dabei.« Das klang abweisend und unsicher zugleich.

»Ich will es aber nicht dabei belassen. Ich möchte, daß du mir sagst, was los ist.«

Dan erstarrte, die Gabel fast schon am Mund. Er legte sie neben seinem Teller ab. So schnell wie diese kleine Bewegung verschwand auch der freundliche Mann, und der herausfordernde Spötter beherrschte wieder sein Gesicht. »Na gut. Dann kann ich es dir auch gleich sagen. Das alles hat sowieso schon lang genug gedauert.« Dan konnte Ford nicht länger in die Augen schauen. »Ich bin Bluter. Du weißt, was das ist.«

»Natürlich.« Ford wurde stumpf. »Ich habe Bluter schon behandelt. Typ A?« Er versuchte, seine Stimme gleichmäßig und ruhig zu halten, nichts von der Angst zu verraten, die seinen Magen umkrampfte.

Dans Lächeln war herzlos. »Ja. Weniger als ein Prozent Aktivität.« Er holte tief Luft. »Du weißt, warum ich dir das erzähle, nicht wahr? Du weißt, was das bedeutet?«

»Nein«, erwiderte Ford, sah aus dem Fenster, konnte die Kiefern in der Düsternis draußen kaum erkennen. »Nein, weiß ich nicht.«

»Also gut. Dann buchstabier ich's dir. Ich bin HIV-positiv. Schon seit acht Jahren.« Seine Stimme zitterte. »Das ist schon komisch. Ja, komisch ist das richtige Wort. Ich habe in meinem Leben zwei Liebhaber gehabt. Zwei. Aber das Blut Tausender Männer habe ich gehabt. In meinen Adern.« Stille. Sinnlose Geräusche, an welchem Ort auch immer sie gerade waren. »Tut mir leid, Ford.«

14

»Und was haben Sie gesagt?« fragte Shaun und lehnte sich zurück. Ihr Gesicht drückte nur jene vorsichtige Wachsamkeit aus, die sie stets aufsetzte, wenn etwas sie bewegte.

»Ich glaube, ich habe gar nichts rausgebracht.«

»Sie haben ihn zur Probe gebracht, oder?«

»Ja. Er wollte erst nicht und rief ein Taxi.« Ford hielt die Augen geschlossen. »Das war vielleicht eine Szene.«

Ein paar Sekunden lang atmete er tief durch. Der Kloß in seiner Kehle löste sich allmählich auf. »Er sagte, es täte ihm leid, und ich saß einfach da. Und dann kam etwas, das ich nicht hörte. Und auf einmal war er weg, und ich saß alleine da.« Er mußte wieder innehalten. Die Hände umkrampften den Stoff des Kissens, auf dem er saß. »Ich stand auf und suchte nach ihm, er stand an der Bar und rief ein Taxi.«

»Aber Sie haben ihn nicht damit wegfahren lassen.«

Ford schüttelte den Kopf. »Ich konnte es nicht. Ich nahm ihm den Hörer weg und hängte ein. Und das war's, er brach völlig zusammen. Aber ich wußte, wenn ich ihn hätte gehen lassen, wäre alles vorbei gewesen, ich hätte es nicht mehr auffangen können. Nichts mehr.«

Leicht legte sich Shauns Hand auf seine. »Das haben Sie gut gemacht, ich bin stolz auf Sie.«

»Ich versuchte, ihn ein bißchen zu beruhigen. Alle gafften uns an. Aber es war mir scheißegal. Ich zahlte die Rechnung, und wir gingen.« Er spürte das knirschende Laub unter den Schuhen, als sie den Patio aus roten Ziegeln überquerten, den kalten Wind, der in den Kiefern rauschte. »Ich wußte immer noch nicht, was ich ihm sagen sollte, ich grübelte fieberhaft, und mir fiel nichts ein. Wir stiegen ins Auto. Und er saß nur da, mit diesem Gesichtsausdruck…« Ford schloß die Augen wieder, versuchte, die Erinnerung nicht zu nah kommen zu lassen. »Als wäre er tot. Ich spürte, wie weh es ihm tat, aber das schlimmste war, er schien es so gut zu kennen. Er saß nur da und gestattete sich nicht einmal zu weinen, er hatte solche Angst vor mir, er unterdrückte alles. Und ich schaute ihn an und dachte an die Kinder, die ich behandelt habe, die Bluter, die Säuglinge mit Aids, und stellte mir vor, wie es sein muß, so zu leben, und ich konnte es kaum ertragen.« Ford stöhnte auf. »Ich hielt es für das beste, ihn erst einmal wegzubringen, aber ich kriegte nicht mal den Schlüssel ins Zündschloß, und plötzlich war ich so verdammt wütend, ich hätte platzen können, und ich schmiß die Schlüssel weg und fing an zu heulen. Und er genauso.«

Shaun ließ ihm einen Augenblick. »Haben Sie ihn berührt?«

»Ja. Ich glaube, es ging von mir aus. Aber erst, als er endlich weinen konnte.«

»Hatten Sie Angst, ihn anzufassen?«

»Nein«, sagte Ford. »Kein bißchen. Ich wußte nicht, was ich sagen sollte. Aber Angst hatte ich nicht.«

»Und dann haben Sie ihn zur Probe gefahren?«

»Ja. Ich wollte nicht, daß er allein war, nach all dem. Aber er blieb hart. Und ich war erschöpft. Wir wollten später drüber reden – das war die Abmachung. So ließ ich ihn gehen.«

»Hätten Sie Angst, mit ihm zu schlafen?«

»Ich weiß nicht.«

»Es wäre vollkommen verständlich, wenn Sie Angst hätten. Sie bräuchten sich deshalb nicht zu schämen.«

Er sah sie an. »Nein? Aber Sie wären nicht mehr besonders stolz auf mich, wenn ich mich zurückziehen würde, oder? Das widerspräche doch allem, woran wir hier arbeiten!«

»Nein«, wiederholte sie fest und schüttelte den Kopf.

»Sie glauben wirklich, es wäre in Ordnung, wenn ich diesen Mann sitzenließe, weil ich mich nicht sicher fühle mit ihm?«

»Ich habe nicht gesagt, Sie sollen ihn sitzenlassen. Ich habe gesagt, es ist vollkommen in Ordnung, daß Sie sich sicher fühlen wollen.«

»Na schön, und wie soll ich sicher sein? Ich kann nicht einfach sein Freund sein, Shaun. Selbst wenn ich das wollte, er würde es nicht zulassen. Das weiß ich ganz sicher, so wahr ich hier sitze. Er will nicht einen guten Freund. Und ich übrigens auch nicht. Wenn ich nicht mit ihm schlafen kann, muß ich ihn verlassen. Und wenn ich das tun will, dann sollte ich es lieber gleich tun.«

Er hatte die Schutzschicht der Psychotherapeutin angekratzt. Shaun nahm es mit einem Nicken hin.

»Er hat dieses Scheiß-Virus schon lange in sich. Ich habe nicht die geringste Ahnung, wie sich das anfühlt. Aber ich kann Ihnen sagen, mir ist noch nie jemand begegnet, der so abwehrend ist wie Dan. Der hat Mauern um sich herum, andere Leute würden gar nicht drauf kommen, die zu bauen. Aber er hat mich an sich herankommen lassen, trotzdem.« Wieder schnürte es ihm die Kehle zu. »Es gibt keine einfache Lösung. Entweder verlasse ich ihn und rede nie wieder mit ihm, oder ich versuche es.«

»Was würde das bedeuten?«

»Das wissen Sie so gut wie ich.«

»Dann sagen Sie es«, beharrte sie.

»Ich schlafe mit einem Menschen, der ein Virus in sich trägt, das mich umbringen kann. Ich fange an, einen Menschen zu mögen – ach, Scheiße, ich verliebe mich in einen Menschen, der nächstes Jahr an Aids sterben könnte. Nächste Woche. Wer weiß.«

Sie zögerte. Schließlich sagte sie: »Sie sind Arzt. Ich könnte Ihnen jetzt was über Safe Sex erzählen. Ich könnte Ihnen sagen, daß er uns beide überleben könnte, aber das wissen Sie ja alles. Es gibt nur eins, was ich Ihnen wirklich mitteilen kann.« Sie ergriff wieder seine Hand, und die Wärme dieser Geste zeigte ihm, daß nicht allein die Therapeutin aus ihr sprach. »Sie hängen an diesem Mann, jetzt schon. Das merkt man. Wenn Sie meinen, Sie könnten eine Beziehung zu ihm nicht ertragen, dann lassen Sie es um Himmels willen bleiben. Aber wenn Sie es schaffen, ist es möglicherweise das Beste, was Sie je für sich getan haben.«

»Was würden Sie denn machen?« fragte Ford.

Sie schüttelte den Kopf. »Das kann ich Ihnen nicht beantworten. Ich wünschte, ich könnte es.«

Bis zum Abend erfuhr Ford mehr über die Aids-Hilfsorganisationen von Atlanta, als er je hatte wissen wollen. Dann fuhr er die North Highland Avenue entlang. Auf seiner Liste stand nur noch eine Adresse. Er hielt nach dem Straßenschild »Blue Ridge« Ausschau, sein Magen krampfte sich zusammen, und dieser Angst konnte er nicht entkommen. Als er vor dem Mietshaus hielt, schaute er starr geradeaus, unfähig, das Steuerrad loszulassen – bis ihm die Stimme wieder einfiel: *Tut mir leid, Ford.*

Er schloß den Wagen ab, fand die Tür mit der richtigen Wohnungsnummer, auf der Rückseite des Gebäudes. Er straffte sich und klopfte.

Die Stille auf der anderen Seite ließ ihn befürchten, daß Dan vielleicht schon zur Probe aufgebrochen war oder die Tür nicht aufmachen wollte, genauso, wie er nicht ans Telefon ging. Aber Ford klopfte hartnäckig weiter und flüsterte: »Los. Komm. Du bist doch da. Ich weiß, daß du da bist.«

Endlich ging die Tür auf. Dan, in schwarzen Jogginghosen und einem weiten Pulli. »Seit zwei Tagen versuche ich, dich anzurufen«, sagte Ford, »darf ich reinkommen?«

Eine Katze schlich an der Wand hinter Dan entlang und versuchte, an den Füßen des Besuchers vorbeizuhuschen. Dan erwischte das Tier und setzte es auf seine Schulter. »Ich muß gleich zur Probe.«

Ford stand in dem kleinen Apartment und sah sich um. Ordentliche Bücherregale, verhängte Fenster, einige Bilder an den Wänden, schlichte Möbel, eine Stereoanlage und ein Fernseher, einfache Modelle. Je ein weiterer Raum links und rechts. Rasselnde Dampfheizungen. »Setz dich irgendwo hin.«

Dan stand mitten im Raum, als wüßte er nicht recht, wo er war. Sein Gesicht war eine Maske. Er wirkte erschöpft, da fehlte das Leuchten, das Ford zu Beginn ihres Abendessens aufgefallen war. Alles Lebendige hatte sich tief ins Schneckenhaus zurückgezogen. Dan setzte die Katze ab und drehte an der Stereoanlage herum. »Ich rackere mich mit diesen Liedern ab«, meinte er. »Eins ist verdammt knifflig.«

»Was singst du denn?«

»Ein paar musicalartige Nummern, die ich mitkomponiert habe«, erklärte Dan, »und mehrere Billie Holiday-Stücke. ›God Bless the Child‹ und ›Fine and Mellow‹. Kennst du bestimmt: ›My man don't love me, treats me oh so mean‹.« Er sang es leicht an, schwungvoll, aber selbst diese Andeutung sträubte Ford die Nackenhaare. »Das ist es.«

»Ja, ich kenne es. Und mit dem Stück hast du Schwierigkeiten.«

Dan nickte und sah ihn an. Der Augenblick dehnte sich. Jetzt müßte Ford sagen, warum er gekommen war. Er gab sich einen Ruck und redete los, so unbefangen wie möglich, als käme er jeden Nachmittag um diese Zeit bei Dan vorbei. »Ich habe gestern und heute in deinem Büro angerufen. Es klingt, als wären sie ohne dich ziemlich durcheinander. Deine Sekretärin wollte mir die Adresse nicht geben, aber es gibt nicht so viele Crells im Telefonbuch, und die Gegend hier paßt besser zu dir. Die anderen zwei wohnen in Norcross oder sowas.«

»Nicht mein Stil«, meinte Dan.

»Normalerweise platze ich nicht einfach so bei jemandem rein. Aber ab morgen habe ich ein paar Tage Dienst, und ich hatte Angst, daß es nachher zu spät sein könnte, mit dir zu reden.«

Dan nickte, er brachte kein Wort heraus.

»Ich habe viel über neulich abend nachgedacht«, meinte Ford, »logisch.«

»Du warst sehr freundlich.«

Etwas an Dans Tonfall oder den Worten selbst machte Ford wütend, und er knurrte: »Ich war nicht *freundlich.*« Er fuhr sich durch die Haare. »Ich habe heute den halben Tag bei der Aids-Hilfe zugebracht und mich beraten lassen. Ich habe zwar nichts erfahren, das ich nicht schon vorher wußte. Aber eine Menge Fakten wurden mir noch einmal bestätigt.« Er zwang sich, Dan anzusehen. »Ich sterbe nicht daran, in deiner Nähe zu sein. Ich kriege dieses Virus nicht, wenn ich mit dir im Bett liege oder dich berühre, und wenn ich mehr tue als das, ist die Wahrscheinlichkeit auch nicht sehr groß, wenn man aufpaßt.« Ein Telefon klingelte, aber keiner rührte sich. Bald hörte das Klingeln auf. »Ich habe keine Ahnung, was das hier wird. Ehrlich nicht. Aber ich will jetzt nicht aufgeben.«

Dan saß stumpf in seinem Sessel. »Ich wäre besser dran, wenn ich nur eklig genug sein könnte, dich zu vergraulen«, sagte er. »Und du wärst auch besser dran. Aber ich glaube, ich kann es nicht.«

»Das stimmt nicht«, widersprach Ford, »keiner von uns wäre besser dran.«

»Und wann weißt du, ob du aufgeben willst oder nicht?«

Statt einer Antwort kniete sich Ford hin, schlang die Arme um Dan und legte den Kopf an seine Brust. Die plötzliche Berührung erschreckte sie beide. »Das kann ich dich auch fragen: Wann weißt du, ob du aufgeben willst?« fragte Ford in Dans Pulli hinein. Er bekam keine Antwort.

Dan murmelte schließlich: »Ich werde gleich zu meiner Probe abgeholt. Beim nächsten Mal muß ich drangehen.«

Unweigerlich schellte das Telefon etwas später wieder. Sie lösten sich voneinander, und Dan streichelte Ford übers Gesicht. Das Gespräch war sachlich knapp, ein »Ja, ich bin hier, es ist etwas später geworden«, die Verabredung, draußen auf das Auto zu warten, ein aufgelegter Hörer.

Ford nahm noch einmal Anlauf. »Ich weiß nicht. Aber wenn wir es wirklich versuchen wollen… wenn wir zusammen schlafen… dann sollten wir mit jemand darüber reden, was auf uns zukommt. Die waren ganz nett bei der Beratung.«

»Laß mich darüber nachdenken. Vielleicht hast du recht.«

»Sind wir Silvester miteinander verabredet?« fragte Ford.

Dan zögerte nur kurz. »Da habe ich Premiere. Aber… ja.«

Draußen wartete Ford mit Dan, bis der Wagen kam, um ihn abzuholen. Nun, nach gefällter Entscheidung, fühlte er sich erleichtert und fast ein bißchen glücklich.

Zu Hause versuchte er, sich auf eine Abhandlung über Epilepsie bei Jugendlichen zu konzentrieren, als das Telefon klingelte. Eine vertraute Stimme durchzuckte ihn von Kopf bis Fuß. »Ich dachte mir, ich kann genausogut ein Telefonbuch benutzen wie jeder andere«, lachte Dan. »Hallo Herr Doktor.«

Ford lehnte sich zurück, einen Frosch im Hals. »Ich dachte, du hättest Probe.«

»Hab ich ja auch. Sie richten gerade das Licht neu ein, deshalb haben wir Pause. Es gibt auch gar keinen Grund, anzurufen, ich hatte bloß Lust dazu.«

»Das ist doch ein wunderbarer Grund.« Ford legte die Fotokopien aufs Sofa. »Ich verbringe hier den Abend meiner Träume, gemeinsam mit der Crème de la crème der medizinischen Fachliteratur. Vielleicht schaff ich's ja noch ein oder zwei Stunden. Wann soll ich mir dein Stück denn ansehen? Silvester, zur Premiere?«

»Lieber nicht. Ich treffe dich besser nachher. So habe ich eine gute Entschuldigung, mich zu verdrücken. Ich möchte nicht gern, daß du die Premiere siehst.«

»Ich bin doch kein Kritiker.«

»Aber ich.«

»Wie du willst«, meinte Ford. »So kriege ich vielleicht genug Schlaf und werde wieder zu einem menschlichen Wesen. Willst du irgendwo hingehen, irgendwas Besonderes machen? Oder kommst du zu mir nach Hause? Wir könnten hier auf das neue Jahr anstoßen, nur du und ich.«

»Für mich klingt das wie etwas Besonderes.« Dans Stimme kroch ihm leise und weich ins Ohr. »Danke, daß du heute gekommen bist.« Im Hintergrund sagte jemand etwas zu Dan, der antwortete: »Ja, ich bin gleich da, eine Sekunde«, und zu Ford meinte: »Das war der Inspizient. Ich muß wieder an die Arbeit. Hast du die nächsten Tage Dienst?«

»Ja. Ich schau bei dir rein. Falls mich deine Sekretärin an ihrem Schreibtisch vorbeiläßt.«

»Wir werden schon mit Mrs. Vaughn fertig«, lachte Dan.

»Paß auf dich auf.«

»Ist gut. Hör mal. Du bist ein ziemlich wunderbarer Mann. Hat dir das schon mal jemand gesagt?«

»Ja, aber ich hab's ihnen nie geglaubt.«

»Glaub es mir«, sagte Dan. »Ich weiß es.«

Ford sprang auf, in ihm blubberte ein Lachen nach oben, er zitterte vor lauter Gefühlen, die er nicht kannte und nicht begriff, Jubel, Hitze, eine unbändige Lust, einfach loszurennen. Und der Nachhall der Stimme, der Worte, der Töne. Als wäre Dan schon da.

15 Ford raste zur Haustür herein. Es war Silvesternachmittag. Offiziell hatte sein Dienst um sechs Uhr morgens geendet, aber Dr. Milliken hatte ihn gebeten, einen Teil der Sprechstunde für ihn zu übernehmen. Und natürlich hatte Ford schlecht nein sagen können. Jetzt war er froh, daß Dan ihn nicht bei seiner Premiere sehen wollte. Ihm blieben ein paar Stunden, um sich zu erholen.

Seit dem Telefonat hatte er zweimal mit Dan gesprochen, auf dem Gang vor der Cafeteria und wieder am Telefon. Das erstemal zufällig, als er von einer Station in den Hörsaal hastete, um einen Vortrag über Kopfverletzungen bei Kindern nicht zu versäumen. Beim Eingang zu den Sprechstundenzimmern lief ihm Dan über den Weg.

»Alles bereit für den Tag X?« fragte Ford.

»Es geht ums Überleben«, sagte Dan. »Im Moment läuft es ziemlich gut, abgesehen von der Technik, die kaum noch hinterherkommt. Aber du siehst auch so aus, als könntest du ein bißchen Schlaf brauchen.«

Ford rieb sich das unrasierte Kinn und genoß das Kratzen der Bartstoppeln. »Stimmt. Vielleicht würde ich es mir für eine Dusche noch anders überlegen. Manchmal habe ich das Gefühl, als wäre der ganze Lehrplan nur darauf angelegt, zu sehen, wie weit sie einen an den Rand des Zusammenbruchs treiben können. Jetzt zum Beispiel komme ich zu spät zu einer Vorlesung.«

Dan machte Anstalten zu gehen, doch Ford schüttelte den Kopf und lehnte sich an die Wand. »Ach, vergiß es. Ich kenne die meisten Arbeiten, die Federson für seinen Vortrag benutzt. Außerdem ist es ganz schön, mal ein paar Minuten über was anderes als Medizin zu reden.«

Dan grinste. »Du bist doch nicht böse, daß ich dich am Freitag nicht in der Premiere haben will, oder?«

»Bißchen neugierig wäre ich schon«, erwiderte Ford. »Aber das mußt du wissen. Ich warte ab, bis du mir sagst, daß ich kommen darf.« In dem Moment bog Ed Harknight um die Ecke und hob eine Hand, um Ford zu grüßen. Dan ordnete seine Papiere und schaute desinteressiert hoch, als Ed sagte: »Hey, Ford, prima, ich bin nicht der einzige, der zu spät kommt.« Grinsend schaute er von Ford zu Dan.

Plötzlich flackerte seine Miene, als hätte er ihre Intimität gespürt. Er wandte sich wieder Ford zu, fast als forderte er eine Erklärung, und Dan sagte schnell: »Also, ich mach mich mal wieder an meinen Papierkram, Dr. McKinney.«

»Bis später, Mr. Crell«, antwortete Ford. Freundliches Nicken allerseits. Während Dan in dem Gewimmel vorbeihastender Gestalten verschwand, sah Harknight seinen Kollegen mit unverhohlener Neugier an. Ford errötete etwas. Natürlich hätte Harknight sich nichts dabei gedacht, wenn Ford sich auf dem Flur mit einer hübschen Diätassistentin oder Krankenschwester unterhalten hätte. Ford beschloß, die Situation einfach zu ignorieren und zur Vorlesung zu gehen, als Harknight sagte: »Paß bloß auf mit dem, Großer. Ich habe gehört, das ist eine Schwuchtel.«

»Ach ja? Von wem hast du das gehört?«

»Anscheinend macht er kein Geheimnis draus. Er ist doch in der Verwaltung, stimmt's? In der Pflegedienstleitung?«

»Ich glaube nicht, daß es die Pflegedienstleitung ist«, meinte Ford.

Harknight zuckte die Achseln. »Ist ja auch egal. Los, komm, mal sehen, was der alte Federson über Gören mit 'ner Beule auf der Birne zu erzählen hat.«

Er klopfte Ford mit aufgesetzter Vertraulichkeit auf den Rücken. Der folgte zum Hörsaal und starrte wütend auf Harknights Hinterkopf.

Dieser öffentlichen Warnung zum Trotz rief er Dan am nächsten Morgen an, um ihn zum Frühstück in die Cafeteria einzuladen.

Die präzise Stimme, die Dan im Dienst hatte, erinnerte Ford daran, daß dieser Mann älter war als er, daß eine Kraft in ihm steckte, die Ford noch gar nicht richtig einzuschätzen wußte. »Mein Chef macht Theater. Weil sein Chef Theater macht«, erzählte Dan.

Ford überflog mit einem Blick die Cafeteria und sah nur wenige Gesichter, die er kannte. »Also kein guter Morgen, um dich zum Frühstück einzuladen?«

Dan verbarg seine Freude nicht. »Ich wünschte, ich könnte. Aber Mr. Franken geht an die Decke, wenn er hier reinkommt und ich sitze nicht an meinem Schreibtisch.«

»Kannst du nicht einfach die Tür zumachen und so tun, als wärst du da?«

Dan lachte. »Du hast Mr. Franken noch nie erlebt, wenn er auf dem Kriegspfad ist. Ich bin in ungefähr einer halben Stunde fertig, aber das wäre wohl schon zu spät, oder?«

»Leider.« Unzufriedenheit färbte Fords Stimme.

»Gestern abend hatten wir eine Art halböffentliche Generalprobe«, lenkte Dan ab. »Die Leute haben ziemlich viel gelacht, wir waren ganz zufrieden.«

»Also könnte ich doch...«

»Wenn die Vorstellung vorbei ist, fahre ich direkt nach Hause, und da kannst du mich abholen. Um halb elf.«

»Wie du willst, du bist der Boß.«

Danach hatte er noch zwei Nachrichten unter Dans Bürotür durchgeschoben, »Hoffentlich weiß Mr. Franken, daß er ein wunderbares Frühstück vermasselt hat«, und »Toi toi toi«, am Nachmittag.

Jetzt lag Ford in seinem Bett, am letzten Tag des Jahres, zu erschöpft, um zu schlafen. Wenn er die Augen schloß, blitzten Sonnenstrahlen durch seine Lider, als läge er inmitten einer goldenen Welt. Er ließ sich treiben, weder wach noch schlafend, auf einer Wolke der Ruhe und Friedlichkeit.

Der Gedanke an Dan gab Ford ein Gefühl, das schon jenseits des Begehrens lag, ein fast schmerzhaftes Sehnen, das anschwoll und wieder verebbte. Als wäre noch jemand im Zimmer, nicht körperlich anwesend, aber bald. Ford drehte sich auf die Seite und rollte sich zusammen, Hände unter dem Kopf verschränkt. Irgendwann schlief er doch ein, ein gleichmäßiger, erholsamer Schlummer, und als er aufwachte, war es draußen dunkel, und er wußte nicht, wo er war.

Benommen tappte er in die Küche, machte sich einen Kaffee, dann ging er unter die Dusche. Die Kaffeetasse kam mit. Er entspannte sich unter dem kochendheißen Wasserstrahl, doch zugleich spürte er, daß sein Körper sich sammelte wie für eine Prüfung.

Angezogen und fix und fertig, hatte er noch Zeit genug, ein Sandwich zu essen. Dem Glas Wasser schickte er, nach kurzer Überlegung, einen winzigkleinen Gin hinterher. Merkwürdig, gerade an diesem Abend allein zu sein bis eine Stunde vor Anbruch des neuen Jahres.

Unvermittelt kam es ihm vor, als wäre er in der dunklen, leeren Villa seiner Eltern, und hinter einer dieser Türen läge, wenn er nur die richtige aufmachte, das Haus in Savannah verborgen. Er schaute prüfend in einige Räume hinein, dann lachte er über sich selbst und griff nach seiner Jacke. Fast glaubte er, die Stimme seiner Mutter zu hören. Schnell zog er den Reißverschluß zu, nahm sich die Autoschlüssel und fuhr los.

Ein Winterabend in Druid Hills, Weihnachtsbäume voller Lichter hinter Palladio-Fenstern, geschmackvolle Kränze über geschmackvollen Haustüren. Auf der Blue Ridge Avenue parkte er vor der alten Bibliothek. Er war zu früh dran und setzte sich mit baumelnden Beinen auf das Mäuerchen neben den Treppenstufen, die zum Haus führten. Ford war ungeduldig. Mal wünschte er, er hätte Dans Wunsch getrotzt und sich die Premiere angeschaut, mal war er dankbar für den letzten Aufschub.

Doch die Wartezeit endete schneller als erwartet. Eine schmale Gestalt tauchte auf, blieb an der Ziegelmauer stehen. »Sieht gut aus, wie du da sitzt. Als gehörtest du hier hin. Das gefällt mir.«

Ford lachte. »Wie war die Premiere?«

»Gut. Wir hatten das Haus voll. Viele Lacher. Ein Kritiker war da, und ihm hat's auch gefallen. Sagt er jedenfalls.«

»Ich wäre fast doch gekommen«, meinte Ford. »Ich konnte nicht schlafen.«

»Zum Glück hast du das gelassen. Wir wären gar nicht mehr weggekommen von der Premierenfeier. Da stehen alle rum und reden über ihr nächstes Projekt.«

Dan hatte die Wohnungstür aufgeschlossen. Sein gerötetes Gesicht war nur undeutlich zu erkennen. »Ich hab noch ein bißchen Schminke drauf.«

Ford lächelte, als er Rouge und Lidschatten, Lippenstiftreste und Wimperntusche betrachtete, ein Amalgam aus männlichen Zügen und weiblicher Ausstaffierung. Plötzlich wurde ihm bewußt, was er befürchtet hatte: daß ihm in diesem Augenblick das Begehren abhanden kommen könnte. Doch jetzt spürte er nur Erfüllung seiner Wünsche, seine Hände streichelten die weiche Haut an diesem Hals, wo der Pulsschlag zuckte. Ein Ansturm plötzlicher Lust. »Brauchst du lange? Oder können wir gleich fahren? Ich habe den Champagner schon kalt gestellt.«

»Ich muß mir nur schnell das Gesicht waschen.« Die Berührung an seinem Hals hielt Dan fest. Ford spürte, wie die Rollenverteilung sich verschob: So untrüglich, wie er zuvor Dans Macht über sich gefühlt hatte, so deutlich wurde ihm jetzt seine eigene.

Dans blasse Haut leuchtete, als er das frische Hemd überzog, die Brustwarzen waren zart und rosig. Das war eine andere Sorte Mann als Ford mit seiner drahtigen Härte, anders auch als die Männer, die Ford früher kennengelernt hatte. Wieder huschte die kleine Angst durch seinen Kopf, er würde diesen untrainierten Körper vielleicht nicht begehren. Doch während er zusah, wie der Stoff des Hemdes über die Haut glitt, und die weichen Schultern betrachtete, die zur Berührung einluden, stieg es heiß in ihm hoch, ganz leicht.

Als Paar traten sie nach draußen. Ford, ganz geübter Gentleman, hielt seinem Gast die Beifahrertür auf, und Dan schlüpfte hinein, den Blick geradeaus gerichtet. Plötzlich legte Dan ohne Vorwarnung seine Hand auf die des anderen Mannes. Die Finger verstrickten sich. Ford zuckte zusammen. So viele Türen taten sich auf, und bis jetzt hatte er nur die naheliegendsten erkannt. Dan sagte: »Frohes neues Jahr!«

»Du überraschst einen gerne, was?«

»Das gehört zu meinen Lieblingsaktivitäten«, meinte Dan und ließ los. «Die brauchst du zum Fahren, befürchte ich.«

»Wenn wir irgendwo hinwollen, allerdings.«

Ford steuerte das Coupé durch ruhige Wohnviertel, baumbestandene Straßen zwischen dunstverhangenen Senken, an großen Häusern vorbei; ab und zu standen die Auffahrten voller Autos, wo eine Silvesterparty stattfand.

»Ich bin so froh, daß ich nicht auf so einer Party bin«, meinte Dan, »das sieht alles so geschniegelt aus.« Sie bogen in die dunklen Schlangenlinien der Clifton Heights ein. Ford hielt neben dem großen, gemauerten Briefkasten mit der silbernen Aufschrift »McKinney«. Das Scheinwerferlicht erleuchtete den unteren Teil der Hausfassade, die breite Veranda.

»Sieht es hier geschniegelt aus?«

Dan musterte das Haus und antwortete, so schnell, daß Ford sprachlos war: »Nein. Nur großzügig. Aber das mag ich.« Er starrte in den Himmel, zwischen den Ästen von Pekanbäumen und Eichen hindurch, nahm Ford beim Ellbogen, nur der Hauch einer Berührung, und zog ihn sanft vom Haus weg in den Garten.

Wortlos schlenderten sie zwischen den Bäumen, hinter denen sich eine Hollywoodschaukel versteckte, in der Ford nicht mehr gesessen hatte, seit der Makler ihm das Haus zum erstenmal gezeigt hatte. Dan setzte sich hinein und winkte Ford, ihm zu folgen. Als hätten sie schon hundertmal so in der Schaukel gesessen, legte Ford den Arm um den Fremden, der ihm so fremd nicht mehr war.

»Bist du dir sicher?« fragte Dan, eine sanfte letzte Vergewisserung.

»Ganz sicher. Das merkst du doch, oder?«

»Schon.«

Ford spürte an seiner eigenen Erleichterung, daß es für heute genügte, die Furcht mit Worten gebannt zu haben. Er zog Dan an sich, stützte sein Kinn in das dunkle Haar, und schlug vor, schnell noch vor Mitternacht den Champagner aufzumachen. Sie gingen hinein.

Während Ford die Kristallgläser von Großmutter Strachn aus dem Schrank holte, hörte er, wie Dan die Jacken aufhängte, das leise Klirren der Bügel, das Rascheln von Stoff und Leder, halblautes Summen. Etwas hatte sich verändert, nicht erst jetzt, mit Dans Anwesenheit, sondern seit er an ihn dachte. Die Leere war fort. Das Ticken der Uhren, das Tropfen der Wasserhähne, die Stille: fort. Ein Mann bewegte sich in seinem Haus, seine Bewegungen machten Geräusche, und Ford hörte zu.

»Es ist fünf Minuten vor Mitternacht. Soll ich den Fernseher einschalten oder sowas?«

Dan wehrte ab. »So ist es wunderbar.« Er schaute sich um. »Sammelst du Antiquitäten, oder hat da jemand nachgeholfen?«

»Das meiste hat meine Mutter gekauft. Einiges stammt auch von meiner Großmutter, anderes aus dem Haus einer Tante.«

Sie gingen mit ihren Sektgläsern in das Zimmer, das seine Mutter die Bibliothek nannte. Ford hatte hier noch nie ein Feuer gemacht, aber es gab Kaminholz. Während er einen kleinen Scheiterhaufen baute, begann seine Armbanduhr zu piepsen. »Ich bin zu langsam«, seufzte Ford und hob sein Glas. »Glückliches neues Jahr.«

Dan küßte zart seine Augen. »Das bringt Glück«, wisperte er und küßte die Lippen. Wenig später erwiderte Ford den ersten Kuß seines Freundes.

Die ungewohnte Empfindung sandte kleine Angstblitze durch seinen Körper, ein Männermund, der sich voll und weich auf den eigenen preßte, der nach Champagner schmeckte. »Ich sollte mal dieses Feuer richtig anmachen«, murmelte Ford.

Seite an Seite saßen sie vor der flackernden Wärme, streichelten sich, fügten kleine Mosaiksteine der Nähe zusammen. Das Feuer tat, was es immer tut, knisterte und flackerte und magnetisierte mit dem Spiel seiner Flammen. »Ich bin froh, daß du bei mir bist«, sagte Ford zu Dans Hand und rieb mit den Fingerspitzen über die Knöchel.

Dan antwortete. »Ich fühle mich wohl hier.«

»Ich bin nie in diesem Zimmer. Oder im vorderen Wohnzimmer.«

»Du wirst dich schon noch ausbreiten, warte ab.«

Das Feuer knallte, die Flammen züngelten um die größeren Scheite. Dans Kopf sank auf Fords Schulter, der sein Kinn in die weichen, dunklen Locken wühlte. Was als sanfte Zärtlichkeit begann, wurde schnell hitziger.

Ford packte das runde Gesicht des anderen Mannes und versenkte sich gierig in seine vollen Lippen.

Dan fuhr mit den Händen unter Fords Hemd und griff mit beiden Händen in die harten Muskeln.

Ford begann, sich die Kleider vom Leib zu zerren. Dan beobachtete ihn, sprungbereit.

»Du fühlst dich wunderbar an.«

»Danke gleichfalls.«

Draußen war das Neujahrsfeuerwerk explodiert. Die Hitze der Flammen schoß in Wellen über die nackte Haut, Zungenspitzen bemalten Brustwarzen mit schnell verflogenem Speichel, jede Berührung ein Stromstoß. Angst und Scheu wurden weggespült. Sie preßten und rieben und zogen und lachten leise im Mund des anderen. Haut und Härchen und Fingerspitzen spielten miteinander. Lippen und Zungen erforschten Kurven und Geraden, Flächen und Glieder, und die beiden Männer überwanden Arme und Beine, die im Weg waren, das tolpatschige Durcheinander zweier steifer Schwänze, die Mechanik von Vor und Zurück, Auf und Nieder, Reibung und Druck. Sie schmolzen zusammen in Leidenschaft und nervösem Überschwang, in der Hitze des Feuers.

Eine Sekunde lang stand die Zeit still. Bis Ford sprühte. Dan kam fast im gleichen Augenblick, atemlos an Fords Oberschenkel gepreßt, als suchte er einen Eingang ins Fleisch. Im Überkippen des Höhepunkts versuchte er noch, sich zurückzuziehen, doch Ford hielt ihn fest an sich gedrückt. Nackt, schweißnaß, erschöpft lagen sie da, ein Gewirr aus Gliedern und Kleidern. Die Nervenenden surrten.

»Ich hätte ein Gummi drübertun sollen.«

»Pschscht«, machte Ford. »Laß das meine Sorge sein, ja?«

»Ich kann nicht anders.«

»Doch, kannst du. Wir haben noch nichts Gefährliches gemacht. Bis jetzt.« Er streichelte Dan und lachte in sich hinein. »Zu *dem* Teil des Abends kommen wir gleich, im Schlafzimmer.«

Auch Dan lachte, entspannter. Ford schloß die Augen. In diesem Moment des Glücks konnte er sich sogar den winzigen Kern der Angst in seinem Herzen eingestehen, den Hauch von Entsetzen angesichts der klebrigen Feuchtigkeit auf seinem Schenkel: Dans Geschenk der Gefahr. *Ich kann dich besiegen*, dachte er, *das hier kannst du nicht aufhalten.*

Später stand Dan auf, ging ins Bad. Ford stützte sich auf einen Arm und beobachtete voller Erstaunen den nackten Männerkörper, der da unbefangen durch sein Haus spazierte. Dan kam mit Handtüchern zurück, wischte Ford ab und sich selbst. Sie tranken einen Schluck vom lauwarmen Champagner. »Ich muß dich doch heute nacht nicht nach Hause fahren, oder?«

»Ich glaube, wo ich gerade bin, geht's mir gut.«

»Das ist es, genau: Wo ich gerade bin, geht's mir gut. Zum ersten Mal seit langer, langer Zeit.«

»Mußt du morgen ins Krankenhaus?«

»Nein. Und du?«

»Am Abend ist Vorstellung.«

»Darf ich morgen kommen?«

»Mal sehen.«

Etwas nagte weiter an Ford. *Was willst du von diesem Mann? Was willst du?* Und mit einemmal wußte er es.

»Wir brauchen etwas Symbolisches.«

»Was?«

»Vielleicht brauche nur ich das.« Er beugte sich über Dan und goß sein Glas wieder voll. »Ich will's nur nochmal aussprechen. Ohne daß es albern klingt. Ja?«

Dan griff nach seinem Glas, stützte sich auf und sagte gelassen: »Gut.«

Ford füllte auch Dans Glas, stellte die Flasche ins Eiswasser zurück, noch einmal überfiel ihn ein plötzlicher Anflug von Angst. Dan wartete mit erhobenem Glas. Sie stießen an, und Ford sagte, unbeholfen: »Auf dich und mich. Auf uns.«

Dan tippte mit dem kalten Glas an Fords Schulter und wiederholte: »Auf dich und mich. Auf uns.«

Er wollte trinken, aber Ford hielt ihn zurück. »Mein Geliebter.« Fast unhörbar. Dan schnappte nach Luft, schluckte. »Mein Geliebter.«

Am Morgen, nicht lange nach Sonnenaufgang, wachte Ford auf, Beine und Arme um Dan geschlungen, den sauren Geschmack des Champagners im Mund. Sie waren ins Schlafzimmer gestolpert, als es schon fast dämmerte, betrunken, erschöpft, glücklich, Kleider und Asche in der Bibliothek zurücklassend. Jetzt betrachtete Ford liebevoll Dans Katzenschlaf. Er und Dan Crell hatten sich geliebt, und nun schliefen sie beieinander. Dan lag noch neben ihm, zusammengerollt wie eine Geisha zwischen den Laken und Decken, auf ihn wartend, ein lebendiges Wesen mit einem Herzschlag.

Die winterliche Morgensonne beleuchtete die Szene in Fords Erinnerung, silbrigweiß wie jetzt über den Feldern östlich von Raleigh. Zwei Jahre waren vergangen, und während dieser zwei Jahre hatte sich Ford nur dann ohne seinen Freund schlafen gelegt, wenn es nicht anders ging. An jenem Neujahrsmorgen war ihm klargeworden, daß nun endlich sein Leben beginnen konnte. Dafür hatte er Hindernisse überwunden und sich allmählich von Verpflichtungen und Selbstverständlichkeiten losgesagt, die unverrückbar erschienen: für dieses Versprechen.

Dan

16 Kiefernwälder warnten Dan, als der Wagen sich Forrester County näherte. Gespenstische, verkrüppelte Zweige schwankten an struppigen Stämmen, gezackte Silhouetten vor einem fahlen Winterhimmel. Schweigend kämpfte er sein Unbehagen nieder. Ford, neben ihm, wartete ab.

Jedesmal, wenn Dan in diese Gegend zurückkehrte, überkam ihn das Gefühl, das Land würde ihn verschlingen. Schon während des ersten Teils der Fahrt, von Raleigh-Durham durch die öden Ebenen in Richtung Smithfield, Princeton und Goldsboro, lag diese Furcht auf seiner Brust. Draußen verwüstete Landschaft, verfallene Höfe und eingestürzte Hütten, schiefe Holzbehausungen ohne Anstrich, aus deren Schornsteinen unerwartet Rauch in den wolkenlosen Himmel aufstieg. Pastellfarbene Wohnwagen auf Zementblockfüßen inmitten verdorrter Grasflächen. Rotwangige Plastiknikoläuse winkten fröhlich von den einfachen Dächern der Bungalows im Ranch-Stil, aufgepflanzt in baumlosen Gärten. Autowracks scharten sich zusammen wie Viehherden, überwuchert von zähen Kudzuranken. Alles kam ihm vertraut und doch seltsam verändert vor, vom weißen Licht gebleicht.

Momentweise vergaß er, daß Ford da war. Die vorbeifliegende Landschaft hypnotisierte Dan, die gezackte Linie der Bäume, das Auf und Ab der Hochspannungsleitung, die Schieflage eines vernachlässigten Straßenschildes; und plötzlich wandte er den Kopf zur Seite, und da saß Ford am Steuer.

Hinter Kinston ging der Highway 70 in den weniger befahrenen Highway 58 über. Die Straße gabelte sich bei einer Tankstelle, einem Holzlattenhaus, darüber eine blaue Neonreklame mit einem auffliegenden Vogel, dessen Flügel in demselben Lichtintervall schlugen wie damals, als Dan sie zum ersten Mal gesehen hatte, ein kleiner, stiller Junge, der in seines Vaters Auto über den Rücksitz lugte.

Bald fuhr der Wagen in Forrester County ein, und Dan sah die ersten Schilder für Somersville und Potter's Lake. An diesen Straßen lagen mehrere der Häuser, in denen er als Kind gelebt hatte. Der Gedanke an diese Häuser und daran, daß Ford sie zu sehen bekam, erfüllte ihn mit wachsendem Unbehagen. Das erste tauchte hinter Potter's Lake auf, ein weißes Klinkercottage auf einem flachen Hügel, unglaublich winzig, mit verfallener Veranda. Zuerst hatte Dan auf das Haus zeigen wollen, um den Prozeß der Enthüllung vor Ford zu beginnen, doch im letzten Moment sank sein Arm wieder herab, er brachte kein Wort hervor. Das Haus sah so klein und schäbig aus, er konnte kaum glauben, je dort gewohnt zu haben.

Das nächste war noch schlimmer, ein Haufen Bretter hinter einem großen Feigenbaum inmitten hoher Gräser, verlassen. Leere Fenster. Dahinter eingestürzte Scheunen. Der Hof war zu einem kleinen unkrautüberwucherten Areal geworden, drum herum rostiges Landwirtschaftsgerät. Was ihm als Kind geräumig vorgekommen war. *Hier habe ich mal gelebt.* Dan schaute Ford an und stellte sich vor, wie er das sagte. Unmöglich.

Die Stille würgte ihn, er stierte verzweifelt auf die Straße. Ford mußte seine Stimmung spüren: »Hast du hier in der Gegend gewohnt?«

Straßen, Häuser, selbst Bäume, lebendig in seiner Erinnerung, rauschten unter trüben Winterwolken vorbei.

»Antworte mir doch.«

»Ich will dir etwas zeigen«, sagte Dan, als sie die Brücke über den Eleanor River querten. Diese Holzhäuser an der Kreuzung. Der Laden von Harvey Crossroads.

Ford beäugte ihn vorsichtig. »Wohin?«

»Rechts ab. Diese Straße lang. Nicht weit.«

Früher hatte der Wald mehr Raum eingenommen. Doch weiter unten an der kleinen Landstraße war alles unverändert; dieselben Scheunen in denselben Feldern, dieselben Farmhäuser, halb versteckt im Schatten kauernd. Nach einer weiteren Brücke machte der Eleanor River eine scharfe Kehrtwendung, verklumptes Wasser, Schlieren; und hinter der Brücke öffnete sich das Feld seiner Erinnerung, früher übersät von Maisstauden, jetzt voller Klee. Mitten in dem öden Feld das Haus, das er nicht vergessen hatte, Wachtposten auf seinem durchpflügten Boden, umrundet von riesigen alten Bäumen. Als seine Familie dort lebte, nannten die Kinder es das Kreishaus. Der Garten überwucherte das Haus mit Unkraut und Gras, das Gebäude selbst war in sich zusammengesackt, leer.

Dan spürte die böse Unrast des Ortes in sich. »Wir sind da. Halt an.«

Ford musterte das winzige Haus ohne ein Wort. Er bremste an der Böschung.

Dan stieg aus, in den Dezemberwind. Der Geruch der Luft überwältigte ihn, sein Blick suchte den Horizont, ungläubig. Ein Kreis aus Kiefern lief um die platte Erdfläche herum, struppig, krumm, kaum verändert. Jenseits des breiten Grabens, des knietief zugewachsenen Hofes erstreckte sich die kahle Ebene bis zu den Bäumen, dahinter flüsterte der Fluß zwischen seinen verhangenen Ufern, zäh dahinströmend, dunkel zwischen den Pfeilern der Brücke.

Ford stand neben ihm, sah ihn an. »Hier?«

Dan nickte. Hier. Die verwitterte Holzlattenverkleidung vorn, das durchhängende Blechdach, die Betonveranda mit den Rissen und Spalten in ihren Stufen, die Efeuranken auf einer Seite. Die Eingangstür hing nach innen. Die Farbe ausgebleicht und abgeblättert, graues Holz darunter. Weiße Läden vor den Fenstern. Das Haus starrte blind vor sich hin.

Erkennst du mich? Hättest du gedacht, daß ich jemals zurückkommen würde? Dans Körper rebellierte. An den Stufen der vorderen Veranda stockte er. Seine Füße wollten nicht weiter. *Das Haus ist leer, ich passe schon auf dich auf, geh hinein.* Er fand den ersten Schritt. Ford wich nicht von seinem Ellbogen, als fürchtete er, Dan würde stürzen.

Sie erklommen die Betonveranda. Dan drückte die Schultern durch und spähte durch die offene Tür ins Innere.

Kein Bild der Vergangenheit war geblieben. Der leere Raum hallte von seinem Atem wider. Trockenes Laub zusammengeweht auf dem Boden, wo der Wind durch den Türspalt eindrang. Mit einer Bö stieß Dan die Tür ganz auf, und das Zimmer schwankte wie ein rasselndes Gerippe.

Ford stand neben ihm, hörte das trockene Klacken. Sein Gesichtsausdruck wechselte, als ihm das jämmerliche Innere des Hauses bewußt wurde. Dan bemerkte, wie sein Freund sich versteifte, und wandte sich errötend ab.

Ein Teil des Fußbodens war vermodert, in der Ecke, wo einst das Sofa gestanden hatte. Ein altes Blechrohr, Überrest eines Ölofens, den irgendwelche Nachfolger der Crells installiert hatten, machte rhythmische Knackgeräusche im Wind. Beweis anderer Bewohner dieses Ortes. Dan hatte sich das Haus verlassen bis in alle Ewigkeit vorgestellt, nachdem das Mobiliar der Crells in Papas Lastwagen abtransportiert worden war.

Die beiden Männer tasteten sich vor, behutsam, falls der Boden nachgeben sollte. In der Küche fanden sie kaum gemeinsam Platz, der Raum war noch enger, als Dan in Erinnerung hatte. An einer Stelle war die Decke heruntergekommen, Ford mußte sich bücken. Gelbe Werbezettel eines Supermarkts stapelten sich in der Lücke, wo Mamas Herd seinen Platz gehabt hatte. Die Spüle rottete vor sich hin, braun, voll toter Spinnen und Insektenflügel, die in der Zugluft vom angelehnten Fenster zuckten. Trockenes Linoleum wellte sich am Boden, unter den Füßen knisternd und knirschend. Die absurderweise abgeschlossene Hintertür gab einem kräftigen Ruck nach und schwang nach innen.

Früher war am Haus entlang eine hintere Veranda verlaufen. Sie war in die Brennesseln abgesackt. Holzstufen schaukelten bedenklich. Hinter dem Haus stand der alte Blockschuppen noch, zwischen hochgeschossenen Quittenbüschen. Mitten im Hof ein Autowrack unter schwingenden Gräsern, blinde Scheinwerfer, rostzerfressene Metallhaut und in Fetzen hängende Innenverkleidung.

Die Tür, hinter der das Kinderzimmer gelegen hatte, schlug im Wind, der vom Feld hereinblies, hin und her. »Da haben wir Kinder geschlafen.«

»Du willst doch wohl nicht da rein.«

»Nein«, leises Auflachen, »eine einzige Ruine ist das.«

»Hier hat seit Jahren keiner mehr gelebt.«

»Ich bin froh darüber.«

»Wieso das denn?«

»Es ist kein guter Ort.« Sachlicher Ton. Ein Atemzug. Ein prüfender Blick. »Ich bin fast fertig. Es gibt noch ein Zimmer, das ich sehen muß.«

Im Wohnzimmer zögerte er. Ford wartete hinter ihm. Die geschlossene Tür an der hinteren Wand, zwischen den hohen Einbauregalen – Mama war ganz stolz darauf gewesen, als sie einzogen –, die unversehrte Tür ließ Dan innehalten. Das Elternschlafzimmer. Kein anderer Gebrauch dieses Zimmers war vorstellbar.

Er streckte die Hand nach dem emaillierten Türgriff aus, drehte ihn. Mittagslicht sprenkelte das Zimmer. Durch die reflektierenden Fenster sah man den Garten, das Feld, die Baumreihe am Fluß. Wo das Bett der Eltern gestanden hatte, tat sich ein großer Spalt im Boden auf, als hätte der Blitz das Holz durchschlagen. Das Dach darüber war eingestürzt, diese Stelle lag entblößt unter dem Himmel. Dan starrte durch den Riß, auf die Erde unter dem Haus. Ein Puppenfuß aus Plastik lag da, halb vom Lehm begraben.

Ford mahnte: »Der Boden hält nicht. Dan.«

»Ich weiß. Ich gehe nicht weiter hinein.« Den Raum mit den Blicken absuchend, als hätte er etwas dort zurückgelassen, vor all den Jahren. Und das Badezimmer, dessen stetiges Tropftropf jetzt zum Schweigen gebracht war, das Waschbecken abgebrochen, mit Rostschlieren bedeckt. Dan wandte die Augen ab, schaute nach draußen.

Und einen Sekundenbruchteil lang, als existierte hinter der Scheibe eine andere Zeit, war er ganz sicher, seine Mutter zu erkennen, jung und schlank, wie sie das schneebedeckte Feld überquerte, in dem roten Kleid, das Danny so geliebt hatte. Eine dünne Strickjacke um die Schultern, kam sie mit festem Schritt näher, Furche um Furche, schließlich den Kopf hebend, mit suchendem Blick zum Haus...

Dan näherte sich dem Fenster, ohne auf die ächzenden Dielen zu achten. Ford schrie auf: »Dan, ich schwöre dir, wenn du jetzt nicht kommst, hole ich dich da raus«, doch Dan stand schon an der Scheibe und legte die Hände auf die Fensterbank. Plötzlich verschwamm alles vor seinen Augen, das Feld, die Bäume.

»Ich hätte zum Fluß gehen sollen«, sagte er.

»Zum Fluß?«

»Hinter den Bäumen.« Er starrte auf das zerzauste Grau am Rain. »Da bin ich immer hingelaufen. Wenn Mom und Dad wieder Streit hatten.«

Stille. Er vergaß die Zeit, war plötzlich wieder acht Jahre alt, lauerte zwischen den Bäumen und stierte über das Feld hinweg auf die bleichen Wände dieses Hauses. War wieder der kleine Junge, der am Wasser stand, am Flußufer entlanglief, durch das Gewirr aus Geißblatt, Teichkolben und Farn.

»Hatten sie oft Streit?« fragte Ford von ganz weit weg.

»Ständig. Und ich lief immer zum Fluß. Außer wenn es dunkel war. Dann mußte ich im Haus bleiben. Wenn ich am Fluß saß, konnte ich sie nicht mehr hören. Es war friedlich.« *Und ich lag auf den trockenen Geißblattranken und träumte von einer Höhle unter dem Flußbett mit einem Mann darin wie du und eines Tages kam ein Löwe in einem goldenen Feld* Ein Arm umfaßte Dan von hinten *eines Tages kam ein Löwe in einem goldenen Feld und schlitzte meinen Schenkel auf und ich schlief hundert Tage lang in deinen Armen* und die beiden standen umarmt und blickten auf die Windungen des Flusses hinter den Bäumen.

»Ich habe immer von dir geträumt, dort am Fluß«, sagte Dan, »du wohntest unter dem Wasser, und du hast mich bei dir aufgenommen.«

»Ich?«

»Damals wußte ich nicht, daß du es warst. Aber du warst es.«

Dan drehte sich um. Das Erschrecken auf Fords Zügen bestätigte ihm, daß er weinte; er selbst spürte seine Tränen nicht. Ford zog ihn an sich. »Pschscht. Komm her.«

Dan legte seinen Kopf auf die vertraute Rundung dieser Schulter. Jetzt konnte er das Feld wieder erkennen. Leer. Frei von Schnee. Er war zurückgekehrt. Es war Weihnachten, und Dan war nicht mehr der achtjährige Junge, der an diesem Ufer entlangirrte. Jetzt lebte Mom zwei Stunden entfernt in einem Wohnwagen, und das rote Kleid gab es nicht mehr. *Immer wenn du dort bist, wirst du wissen, daß allein Tatsachen deine Freunde sind.*

17

In einem Restaurant in Somersville namens *Bob & Jean's Hausmannskost* warteten sie auf ihr Mittagessen, untermalt vom unablässigen Leiern seelenloser Weihnachtslieder. Ford wagte nicht gleich, Dan in die Augen zu sehen, er war ziemlich verstört, und Dan merkte es. »Du kannst ruhig mit mir schimpfen, wenn du böse bist. Ich hätte nicht so leichtsinnig sein sollen.«

»Ich will doch gar nicht schimpfen.« Ford klang verletzt. »Waren alle Häuser, in denen ihr gewohnt habt, so?«

»Nein. Das war noch eines der schöneren. Mom gefiel es sehr gut, weil ein Badezimmer drin war und Bücherregale. Zum erstenmal hatten wir ein Badezimmer im Haus.«

»Ein Badezimmer.« Ford versuchte, seine Überraschung zu verbergen. Dan fuhr ungerührt fort: »Also, wir nannten es Badezimmer. Es gab eine Toilette und ein Waschbecken, im Haus. Davor hatten wir immer nur einen Nachttopf in einer kleinen Kammer.«

Als Ford das hörte, fehlten ihm die Worte. Schließlich fragte er nach: »Wie viele wart ihr noch?«

»Zu siebt. Fünf Kinder. Da lebte mein kleinster Bruder noch.«

Begriff Ford plötzlich etwas von den traurigen Geschichten aus ferner Vergangenheit? »Du hast gesagt, dein Vater hätte euch in diesem Haus das Leben schwergemacht. Was hat er denn getan?«

Dan zögerte. Sah sich um, blaßgrüne Wände, grüne Resopaltheke, runde Barhocker auf silbernen Beinen, Naschereien und mondförmige Teilchen neben der Kasse. Ford wartete. »Ach, dasselbe wie immer. Bis auf einmal, da hat er einen Hund getötet.«

»Einen Hund?«

»Ja. Eine Hündin. Er hat sie erstochen. Und dann begraben, am Tag danach. Ich habe das Grab gekennzeichnet. Damit ich es immer wiederfinde. Es liegt im Wald beim Fluß.« Weiche Stimme. »Er war betrunken, und Queenie war schwanger. Sie gehörte uns eigentlich gar nicht, sie war uns eines Tages einfach zugelaufen, und wir Kinder spielten immer mit ihr. Und dann ist Papa durchgedreht und hat sie erstochen.«

»Habt ihr es gesehen?«

»O ja. Es war Erntedankfest, und alle waren zu Hause. Er trank und trank, und Mom und er fingen an, wegen irgendwas zu streiten«, *Tante Delia in dem orangefarbenen Kleid auf der Türschwelle und Mamas Gesicht,* »und er jagte Mama bis in den Wald hinterher, und weil er sie nicht kriegen konnte, stürzte er sich auf Queenie und tötete statt dessen sie«, *er schleudert den Kadaver in hohem Bogen über die*

Büsche in den Wald, »und meine Brüder und Schwestern und ich, wir standen draußen und sahen es.« Dan schloß die Augen, die Erinnerung kam ihm zu nahe. »An Feiertagen war es immer so. Er machte immer irgendwas.«

Die Kellnerin kam mit Tellern voll Gemüse zurück. Kein Fleisch. Der Doktor fand, daß alles auf der Karte zu fett klang. Dan war dankbar für die Unterbrechung und trank noch einen Kaffee. Ford sagte: »Du hast mir angst gemacht. Ich dachte schon, ich müßte dich nach Atlanta zurückbringen.«

»Hätten wir besser nicht dort halten sollen?«

»Nein, es war gut so.«

Draußen, unter bewölktem Himmel, blies der Wind durch den Weihnachtsschmuck, der über die Hauptstraße gespannt war, klingelte in den Kerzenhaltern an den Telefonmasten, verdrehte das Spruchband »Frohes Fest«, das über Somersvilles Hauptkreuzung prangte. Fußgänger eilten über die Bürgersteige, Frauen mit kleinen Kindern im Schlepp, die Arme voller Pakete, gegen oder mit dem Wind voranschreitend. »Ich dachte immer, das wäre eine Großstadt«, meinte Dan, »als ich klein war. Und jetzt sieht alles winzig aus.«

»So geht es mir manchmal mit Savannah.« Ford stocherte gedankenverloren in seinem Gemüse herum und sortierte die fetten Speckstückchen heraus. Plötzlich hielt er inne, die Gabel in der Luft. »Bist du eigentlich glücklich, Dan? Ich meine, ganz allgemein?«

Dan lachte und beugte sich vor. »Nein, du meinst nicht ganz allgemein, du meinst jetzt, mit dir. Ja, ich bin glücklich.«

»Ich weiß, daß es eine dämliche Frage ist.« Ford freute sich und wurde ein bißchen rot. »Deine Mutter fragt sich wahrscheinlich inzwischen, ob wir überhaupt noch kommen.«

»Ach, Mom hat so viel mit der Kocherei für Weihnachten zu tun, daß es ihr wahrscheinlich ziemlich egal ist, wann wir ankommen.« Mit warnendem Unterton. »Wo wir gerade dabei sind. Wehe, ich erwische dich morgen, wenn du den Speck aus dem Gemüse rauspickst. Hast du gehört? Ein Tag Fett wird dir nicht die Arterien verstopfen.«

Ford prustete los. Er lachte zu lange, es war gar nicht witzig, und sank an die Rückwand ihrer Nische. »Kocht deine Mom etwa so?«

»So kochen hier alle. Traditionelle Küche des Südens, mein Lieber. Und meine Mutter ist eine hervorragende Köchin.«

Ford kicherte noch ein bißchen, dann riß er sich zusammen. »Ist gut«, sagte er, »ich werde brav sein. Aber erst bei deiner Mutter. Dieses Zeug hier esse ich nicht auf.«

Nach der Mahlzeit bezahlte Dan wie selbstverständlich. Ford wußte, es war dickköpfig gemeint, sagte aber nichts. Er wartete an der Tür auf Dan, der Doktor, groß, attraktiv und vor Gesundheit strotzend. Ford fing über die Entfernung Dans zufrieden-begehrlichen Blick auf und griente, als er seinem Freund galant die Tür aufhielt. Dan zischte, ertappt und freudig zugleich: »Du eingebildeter Affe.« Ford lachte und ging mit großen Schritten zum Auto.

Der Anblick Fords vor dem Hintergrund der vertrauten Straßen von Somersville beruhigte Dan, ebenso wirksam wie zuvor, im Kreishaus. Nur ein letzter Rest nagender Angst.

18

Am frühen Nachmittag hielten sie Einfahrt: »Willkommen in den Gärten von Golgatha, Ihr stets gepflegter Friedhof.« Ford stoppte kurz hinter dem Tor. Er schaute sich das Gräberfeld an, und Dan sank der Mut, als er sah, wie die Verblüffung über Fords Gesicht huschte.

»Du hast keine Witze gemacht«, sagte er langsam. »Sie leben tatsächlich auf einem Friedhof.«

»Er gehört ihnen. Davon leben sie. Ich habe dich gewarnt.«

Die »Gärten von Golgatha« erstreckten sich auf einer leicht gewellten Ebene, die früher einmal Ackerland gewesen und fast vollständig von einem Kieferngehölz umgeben war; nur an einer Stelle trennten ein Graben und ein kleiner Hain aus Apfelbäumen den Totenacker von dem Brachland dahinter. Im Mittelpunkt der Anlage, umrundet von der asphaltierten Zufahrtsstraße, die im Halbkreis in den Friedhof hinein- und wieder herausführte, stand eine marmorne Jesusfigur, alabasterweiß, auf einem Backsteinsockel, die Arme zum Segen ausgebreitet, das Gesicht himmelwärts, als wollte sie verkünden: Ich besitze all diese Grabstätten. Am Fuße des Sockels reckten Weihnachtssterne in gestaffelten Beeten einen grünroten Blätterteppich für Jesus' Füße empor.

Bronzene Schilder umgaben den aufrechten Christus, flach im trockenen Wintergras. Die Gräber reichten bis zum Fuß der Apfelbäume. Als Dan von Ford zum Friedhof und wieder zurück schaute, wurde ihm schlagartig klar, daß die Gräber der McKinneys mit aller Wahrscheinlichkeit ebenso alt waren wie ihre Häuser und daß Ford möglicherweise noch nie diese moderne Parzellenunterbringung für Tote gesehen hatte: ein Friedhof, dessen Designer auch an die Bequemlichkeit der Rasenmäher gedacht und auf stehende Grabsteine vollkommen verzichtet hatte.

»Was macht man denn, wenn man einen Friedhof besitzt?«

»Gräber verkaufen. Den Rasen mähen. Die Toten begraben. Mom leitet das Büro. Dahinten liegt es, in der Baumgruppe. Da wohnen sie auch.«

Ganz hinten, am Ende des Feldes aus Blumentöpfen, verdeckt von den riesenhaften Ästen eines Pekanbaums, war ein kleiner, ordentlicher Wohnwagen zu erkennen, zwischen säuberlich beschnittenen Büschen und dunkelbelaubten Pflaumenbäumen.

Vorn war ein Büroraum an den Wohnwagen angebaut worden, und dessen Tür öffnete sich jetzt. Eine adrette Frau zögerte einen Augenblick in der Windfangtür aus Aluminium, deren Lichtreflexe ihr Gesicht nicht erkennen ließen. Dann stieß sie auch diese auf und sah zu dem Auto herüber, in dem die beiden saßen.

»Das ist Mom.« Dan spürte, wie sein Magen sich wieder verkrampfte, und zugleich freute er sich, sie wiederzusehen. »Sie versucht herauszufinden, ob wir es sind oder jemand, der ein Grab besuchen will.«

Ford schaute sie genau an. »Bestimmt weiß sie, daß wir es sind.« Ford nahm den Fuß von der Bremse und ließ den Wagen in die letzte Kurve rollen.

Sie mußte etwas gemerkt haben, denn sie blieb in der offenen Tür stehen, bis das Auto, vorbei an Blumenkübeln, Bronzeschildern und Mausoleum – darauf kniete ein weiterer Christus, ebenfalls aus Marmor –, endlich den kiesbedeckten Parkplatz vor dem Büro erreicht hatte. Da winkte sie und kam ihnen entgegen.

»Sie ist richtig hübsch.«

»Ja«, sagte Dan, »das war sie immer.«

Jetzt überfiel ihn wieder die Angst. Mutter und Sohn tauschten Blicke aus, verständigten sich in ihrem Code. Sie nickte zur Begrüßung.

Ellen Crell Burley hatte noch die dunklen Locken ihrer Jugend, obwohl sie inzwischen Mitte Fünfzig war, ihre grazilen Hände, die schlanke Figur, die klare Haut und ausgeprägten Wangenknochen, die sie an ihre Kinder weitergegeben hatte. Sie beobachtete Fords Parkmanöver. Der Wagen hielt, Dan stieß die Tür auf.

Mit der kalten Winterluft kam plötzliche Gelassenheit. Kühl, über sich selbst schwebend, überquerte er den Kies, um sie in die Arme zu nehmen, die Wangen berührten sich, ihr Kuß war frisch und trocken. Hinter ihm knirschten Fords Schritte.

Sie wandte sich Ford zu, eine Maske der Ruhe auf ihrem Gesicht. »Nun, wer Sie sind, weiß ich ja.«

»Da haben Sie recht, Ma'am«, erwiderte Ford höflich, »schön, Sie kennenzulernen.«

Ford und Ellen Burley musterten einander. Dan stand zwischen den beiden, wie entrückt, als dirigierte er ihre beiden Kräfte zu einem Einklang zusammen. Höflichkeit und Zurückhaltung. Dan machte Platz. Ford trat vor und umarmte Dans Mutter sacht.

Mit einem schwachen Lächeln ließ sie die Berührung über sich ergehen. Seine Mutter mochte Umarmungen nicht sehr und vermied dieses Ritual selbst mit ihren Geschwistern. Nur ihre Kinder ließ sie näher an sich heran, aber auch nie lange. »Danny hat mir zwar erzählt, daß Sie groß sind, Ford, aber ich hätte nicht gedacht, daß Sie so groß sind.«

»Nun, Danny hat mir erzählt, daß Sie hübsch sind, aber daß Sie so hübsch sind, hat er nicht gesagt.« Fords Stimme rutschte in den Gesellschaftston, den Dan erwartet hatte. »Danke, daß ich zu Weihnachten kommen durfte.«

»Wir freuen uns über Ihren Besuch.«

Sie fixierten sich so durchdringend, daß Dan Reißaus nehmen mußte. Er öffnete den Kofferraum. Als seine Mutter das zueinander passende Gepäck sah, fragte sie in frischem Ton: »Kann ich euch etwas abnehmen?«

»Nein, danke.« Ford eilte zu Dan und machte ihm ein Zeichen, den einen, gemeinsamen Koffer ihm zu überlassen. Mit selbstverständlicher Geste hievte er ihn hoch und nahm noch den aufgehängten Kleidersack vom Rücksitz. Mutter hatte jede seiner Bewegungen im Blick.

Drinnen sagte sie: »Bringt eure Sachen doch ins Gästezimmer. Ich habe in einem der Schränke etwas Platz gemacht.«

Die niedrige Decke im Büro strich fast über Fords Hinterkopf. Mom hielt kurz ihre Brille vor die Augen und inspizierte das Phänomen. »Sieh mal einer an, Ford, Sie können hier drin ja fast aufrecht stehen, das ist doch schon was. Mein Mann hat diesen Raum angebaut, und Ray ist ziemlich klein. Deshalb hat er wohl nicht drüber nachgedacht, wie niedrig die Decke ist.«

Ford lachte. »Schon in Ordnung.« Das Büro enthielt einen Metallschreibtisch und eine kleine Sitzgruppe, eine Schreibmaschine, Telefon und Anrufbeantworter. Zwei Aktenschränke standen in einer Ecke. An eine Wand gelehnt war eine Schautafel mit Grabschildern aus Bronze und Stein, die dem Kunden eine Auswahl der möglichen

Größen, Materialien und Schmuckränder für die ewige Ruhe darbot. Über der Schautafel hing ein glasgerahmter Plan des Friedhofs mit allen Grabstätten, fein säuberlich eingezeichnet.

Neben dem Büro lag ein kleines Wohnzimmer, das Ellen Burley mit Norfolk Island-Kiefern, Jasmin, chinesischem Immergrün, Arekapalmen und Ampelkraut vollgestellt hatte, dazu Möbel aus schwerem Holz ohne erkennbaren Stil und ein dicker, zotteliger Teppich in verschiedenen Brauntönen. Auch dieses Zimmer war ein Anbau des Wohnwagens und lag eine Stufe unter dem Zugang zum eigentlichen Wohnwagen. Die beiden angelagerten Räume hatte Dan in der Vergangenheit immer gemütlich gefunden, doch nun, da Ford im Licht des Nachmittags mittendrin stand, wurde das Mobiliar plötzlich plump, die Holzschnitzereien ungeschickt und schwerfällig, der Teppich billig. Ein verlorener künstlicher Weihnachtsbaum in einer Ecke, dunkelgrün und von perfekter Gestalt, die erhobenen Zweige unter Plastikschnee, mit Girlanden an den Paneelwänden und der Decke befestigt.

Mom wartete auf der Stufe, Hände in den Jackentaschen. »Danny. Zeig Ford den Weg, ja?« Sie hielt seinem Blick stand, mit einem kleinen Lächeln. »Hattet ihr Jungs eine gute Fahrt? Ich hätte euch ja abgeholt, das wißt ihr.«

»Ja, schon, aber ich fahre gern«, sagte Ford. »Wissen Sie, ich habe so viel im Krankenhaus zu tun, daß ich selten dazu komme.«

»Sie sind also Kinderarzt.« Sie strahlte. Ellen Burley mochte Ärzte. Dan hörte Ford und seiner Mutter zu. Ihre Stimmen, losgelöst von ihren Körpern, trafen in Dans Kopf aufeinander, als seien sie aus verschiedenen Welten herausgeschleudert worden.

Er stand mit dem Kleidersack im Gästezimmer. Dieser kleine Raum lag am einen Ende des Wohnwagens, und Dan schlief immer hier, wenn er die Gärten von Golgatha besuchte. Er hatte sich daran gewöhnt, daß es eng war. Ellen Burley lebte zwar hier, seit sie zum zweiten Mal geheiratet hatte, aber sie hatte nur Verachtung übrig für das, was sie Wohnwagenmöbel nannte. Und so war jeder ihrer kleinen Räume mit solidem Mobiliar ausgerüstet. Im Gästezimmer zum Beispiel stand ein großes Kirschbaumbett, ein dazu passender Frisiertisch mit breitem Spiegel und weiterem Zubehör, eine ebenso stämmige Kommode, die um mehrere Zentimeter aus ihrer Nische hervorstand, an den Türen des Kleiderschranks vorbei. Das eine Fenster eröffnete einen Ausblick auf den silbernen Propangastank draußen, der auf Spinnenbeinen aus Stahl stand. Dan seufzte und ging wieder zu seiner Mutter und seinem Freund hinüber.

»Hier riecht's aber gut«, sagte dieser gerade.

»Das sind meine Plätzchen«, antwortete Mutter, und Dan atmete das Aroma von Vanille, Kokosnußcreme und warmem Baiserteig ein, unverkennbar. »Ich hatte so viel in der Küche zu tun, daß ich gar nicht auf die Zeit geachtet habe, bis ihr vorgefahren seid.«

»Wir haben uns Zeit gelassen. Wir sind durch einige Städte gekommen, wo Sie früher gelebt haben. Somersville und Potter's Lake.«

Mom wandte sich überrascht zu Dan um. »Wieso seid ihr denn durch Potter's Lake gefahren? Du weißt doch, daß das nicht der schnellste Weg ist.«

»Ich habe ihn darum gebeten«, schaltete sich Ford ein. »Ich wollte die Gegend kennenlernen.«

Mom lachte zögernd, schaute vom einen zum anderen. Ein Schatten huschte über ihr Gesicht und war wieder verschwunden. »Na schön, jetzt wissen Sie es ja. Wollt ihr beiden sofort auspacken, oder soll ich euch was zu essen machen?«

»Ich sollte die Sachen lieber gleich auspacken.« Dan merkte, daß er ihrem Blick auswich. »Wir haben bei *Bob & Jean's* gegessen.«

»Ach du lieber Gott. Da kriegt man doch nichts Anständiges zu essen, viel zu fett alles. Wo ich hier den ganzen Kühlschrank voller Essen habe. Ich hätte euch ein Sandwich gemacht.«

Ford lachte in sich hinein und holte die weißen Schachteln mit Dans Blutgerinnungsmedikamenten aus dem Koffer. Mom sagte: »Die müssen in den Kühlschrank?«

»Stimmt.« Ford reichte ihr die Schachteln. »Ich würd's ja selber tun, aber ich will nicht in Ihrer Küche herumschnüffeln.«

»Das will ich Ihnen auch geraten haben.« Sie musterte die Schachteln und sah Dan an. »Ich denke, ich tu sie mal in Rays Schuppen. Da hab ich einen alten Kühlschrank stehen. Hängt derweil alles in den Schrank, Danny, ich habe meine Sachen zur Seite geräumt, damit ihr ein bißchen Platz habt.«

In der Stille, nachdem sie draußen war, atmeten beide erst einmal auf. Ford sah sich um. »Das ist wirklich winzig.«

Dan, etwas verstimmt, starrte auf den Seidenpulli, den er gerade in der Hand hielt. »Das hab ich dir vorher gesagt.«

Ford näherte sich ihm von hinten. »Ist alles in Ordnung mit dir?« Die offene Zimmertür starrte sie beide an. Er legte seine Hände auf Dans Schultern. »Wir sind zusammen hier.«

»Ja, ich weiß.«

Auf der anderen Seite der Fensterscheibe schlüpfte Mom mit Dans Medikamenten in den Schuppen.

Die beiden Männer zwängten sich in den Zwischenraum zwischen Bett und Schrank, nah voreinander. Ohne die Tür zu vergessen. Ford meinte: »Ich glaube, winzig gefällt mir. In einem Wohnwagen habe ich noch nie übernachtet.«

»Sie hat noch nicht gesagt, wo wir schlafen sollen.«

»Du siehst aus wie deine Mutter, wußtest du das?«

»Du bist der erste, der das sagt.« Er hörte ihre Schritte kommen und senkte die Augen.

Einen Augenblick blieb sie in der Tür stehen und schaute sich alles an. Die Männer berührten sich nicht mehr, standen aber immer noch dicht beieinander. Sie musterte zuerst Ford, danach Dan. Diesmal hielt er ihrem Blick stand.

Die Intimität zwischen den beiden Männern war ihr etwas unbehaglich. »Nehmt euch Zeit, Jungs. Wenn ihr fertig seid, kommt einfach in die Küche.« Weg war sie.

Dan zuckte vor Anspannung und brachte keinen Ton heraus. Schließlich meinte Ford: »Laß mich doch hier weitermachen. Geh ruhig schon rüber, sie will sicher gern mit dir reden.«

Mutter schälte Backäpfel über einer Edelstahlschüssel. Als Dan hereinkam, sah sie nur kurz auf, beschäftigt mit ihrer Arbeit. »Ray mag seinen Apfelkuchen nicht mit Schale drin. Sonst würde ich mich gar nicht damit aufhalten. Mir macht die Schale nichts aus.«

»Es ist schön, wieder hier zu sein. Wir müssen noch ein paar Geschenke einpacken. Das heißt, *ich* muß.«

Sie lächelte, ohne ihn anzusehen. »Ich habe Schleifen für dich rausgelegt und ganz hübsches Geschenkpapier.« Die ganze Zeit schälte sie weiter, auf die Spirale konzentriert, die sich in die Schüssel hinabkringelte. Aus dem Gästezimmer war Ford zu hören, der vor sich hinpfiff. Mutter gluckste und schüttelte den Kopf.

»Es ist ein bißchen komisch, nicht?«

»Ziemlich ungewöhnlich, würde ich sagen. Wie finden es Fords Eltern denn?«

Dan senkte seine Stimme. »Sie waren sehr deutlich. Wir sollten überhaupt nicht kommen. Das hat ihn sehr verletzt.«

»Das hat auch Ray gemeint. Ich habe ihm nur geantwortet, daß ich das unmöglich sagen kann. Seitdem hat er nichts mehr dazu gesagt.«

»Wo ist er denn jetzt? Hat er schlechte Laune?«

»Er ist einkaufen gefahren. Ich glaube, das geht in Ordnung mit ihm. Aber viel gesagt hat er nicht.«

»Tut er ja nie«, meinte Dan. »Ich hoffe, er verhält sich auch vernünftig.«

»Er tut, was er kann, mein Sohn.« Sie hielt Dan eine Apfelspalte hin, lachte und klopfte ihm auf den Arm: »Setz dich hin, du machst mich ganz nervös, wenn du so dastehst.«

Sie goß ihm eine Tasse frischen Kaffee ein. »Ach, danke«, meinte Dan, »nach der Fahrt bin ich hundemüde.«

»Ich mache dir wirklich gern was zu essen, wenn du Hunger hast. Ray und ich haben vorhin schon ein Sandwich gehabt, und vorm Abendessen kriegt er nichts mehr, wegen seiner Diät. Ich versuche, auch so zu essen wie er. Deine Schwester wollte Lasagne machen, aber ich hab ihr gesagt, Ray kann das nicht essen, und mir bekommt es auch nicht, so fett wie ich neuerdings werde. Da sagt sie, dann koch du doch, wenn du Lust hast, und ich sage, okay, mach ich, und jetzt mache ich's.«

»Ist doch prima. Aber du weißt, daß sie schmollen wird.«

»Deine Schwester sollte sich mal überlegen, ob sie an Weihnachten auch was anderes kochen kann als immer diese Lasagne«, meinte Mom. »Ray würde sich hier hinsetzen und Berge davon verschlingen, und nachher wird dann die ganze Nacht gerülpst und gejammert, wie ihm der Bauch kneift. Wo ich eh so schlecht einschlafe.« Sie brach ab, dann fügte sie hinzu: »Mit Amy Kay wird es keine Probleme geben. Ich hab ihr gesagt, sie soll sich benehmen.«

»Wann kommt Allen denn?«

»Morgen irgendwann. Er und Cherise schauen nur kurz vorbei, um dich zu sehen, dann fahren sie weiter zu den Schwiegereltern. Und auf dem Rückweg legen sie am zweiten Feiertag nochmal eine Pause ein und übernachten hier.«

»Hast du ihm von Ford erzählt?«

Mom antwortete gelassen: »Ich habe gesagt, du bringst einen Freund mit. Das war alles.«

Dan nahm den mahnenden Unterton hin. »Wann bekommt Cherise ihr Baby?«

»Im März soll es soweit sein, aber sie hat einen dermaßen dicken Bauch, daß man meinen könnte, es wäre nächste Woche. Bei manchen Frauen sieht man's, bei anderen nicht; Cherise ist eine von denen, wo es auffällt.«

Dan sagte nichts. Der Wind fauchte gegen die Wand des Wohnwagens. Schließlich fragte er: »Hast du was von Duck gehört?«

»Manchmal ruft er mich an. Das letztemal vor ein paar Wochen.« Sie verstummte, aber Dan wußte, daß er warten mußte. »Er sagte, er will nicht nach Hause kommen. Ich streite mich nicht mit ihm.«

»Immerhin redet er wieder mit dir. Sagt er denn, wo er jetzt ist?«

»Er sagt, er ist in New Mexico. Aber ich weiß nicht, ob ich ihm glauben soll.«

»Geht es ihm gut?«

»Sagt er jedenfalls. Ich glaube, er trinkt immer noch ziemlich viel. Ich versuche, nicht allzu oft daran zu denken.«

Dan nahm Anlauf, während sie mit den Äpfeln beschäftigt war. »Wo sollen Ford und ich eigentlich schlafen?«

»Ich weiß es noch nicht.«

Ford tauchte aus dem Gästezimmer auf, und bei dem Geräusch drehte sich Mutter um. Ihr Gesichtsausdruck verkrampfte sich ein wenig.

»Kommen Sie doch zu uns. Ich habe Danny eine Tasse Kaffee gemacht. Wollen Sie auch eine?«

»Gute Idee.« Ford setzte sich Dan gegenüber. Selbst im Sitzen dominierte er das Zimmer, seine Schultern wirkten monumental, seine Größe war fast peinlich. Er suchte Dans Augen. Dieser Blick traf Dan unvorbereitet und verwirrte ihn, wie die körperliche Nähe seines Freundes – hier.

Mom gab Ford seine Tasse und fragte munter: »Kocht ihr eigentlich mal zu Hause, oder geht ihr immer essen?«

»Wenn ich zu Hause bin, kochen wir«, sagte Ford, »aber das ist nicht besonders oft.«

»Was, Danny kocht auch? Ich wußte gar nicht, daß er das kann.« Mit ungerührtem Gesicht widmete sie sich weiter dem Schicksal ihres Apfelkuchens.

»Ein paar Sachen kann er schon. Aber ich bin der bessere Koch.«

»Früher hat er immer im Restaurant gegessen. Ich dachte, ich höre nicht recht, als er es mir erzählte. So eine Geldverschwendung.«

»Mom stellt sich vor, zum Essen ausgehen bedeutet, daß man ein Salami-Sandwich mit in den Garten nimmt«, sagte Dan, und sie lachte, beinahe locker.

»Ich müßte mal im Krankenhaus anrufen«, sagte Ford unvermittelt.

Mom starrte Ford an. Etwas an seinem Gesichtsausdruck berührte sie. »Sie können das Telefon im Büro benutzen, wenn Sie wollen. Da, wo wir hereingekommen sind. Dort sind Sie ungestört.«

»Vielen Dank.« Ford klopfte beiläufig auf die Tischplatte: »Wo ist die Telefonkarte?«

»In meiner Brieftasche«, antwortete Dan, und Ford ging los, um sie zu holen.

Mutter verdaute diese Selbstverständlichkeiten, während sie die fast flüssig gekochten Äpfel auf den Tortenboden goß. Als Ford im

Büro verschwunden war, fragte sie: »Ruft er wegen einem Patienten an?«

»Ja. Ein kleiner Junge.«

»Er erinnert mich an einen der Ärzte, die dich in Chapel Hill behandelten, beim ersten Mal, weißt du noch? Ach, bestimmt nicht.«

Dan spürte ein Prickeln am Hinterkopf. »Nein…«

»Er war einer der Assistenzärzte. An seinen Namen erinnere ich mich nicht mehr. Aber er war furchtbar nett zu mir, und man hatte richtig das Gefühl, er sorgte sich um dich. Ford erinnert mich an ihn, er war auch so groß.« Sie überprüfte die Heiztemperatur des Ofens. Gedämpft klang Fords Stimme aus dem Nebenzimmer zu ihnen. »Aha, er ist durchgekommen.«

Sie beobachtete Dan, ein Blick wie eine Berührung. »Ich bin froh, daß ihr gekommen seid.«

Sie ließ einen Moment verstreichen. »Ist für dich das Haus, in dem du jetzt wohnst, auch dein Zuhause?«

»Ich versuche, das so zu sehen, ja.«

»Manchmal frage ich mich, ob es dir gefällt, nicht mehr in deiner eigenen Wohnung zu leben. Du hast doch immer viel Wert auf deine Privatsphäre gelegt.«

»Ich fühle mich wohl, wenn Ford da ist. Und meine Wohnung vermisse ich nicht. Jedenfalls nicht so sehr, wie ich dachte. Manchmal werde ich ein bißchen nervös. Er ist so anders als ich.«

»Er hat eine Menge Geld, nicht? Das merkt man.« Kein Laut mehr aus dem Büro. »Er scheint fertig zu sein.«

»Ich gehe besser mal hin und sehe nach.«

Ford saß da, den Hörer auf seinem Schoß, und starrte ins Leere. »Der Kleine ist wieder im OP. Verliert zuviel Blut. Ich konnte Russell nicht sprechen, er ist bei dem Chirurgen.«

»Mit wem hast du geredet?«

»Mit der Stationsschwester. Er ist schon seit fast einer Stunde im OP. Ich glaube, er schafft es nicht. Ich hatte ein schlechtes Gefühl, seit wir abgefahren sind.«

»Glaubst du, es wäre anders, wenn du dort wärst?« Sanft schmiegte sich Dan an Fords Kopf.

Mom rief aus dem Wohnzimmer: »Alles in Ordnung?« Kein Sichtkontakt durch die offene Tür.

»Ja, danke«, rief Ford zurück. Er stand auf und streckte sich. »Komm, was sollen wir hier sitzen. Ich rufe später nochmal an.«

Mutter nutzte die kleine Pause in ihren Essensvorbereitungen, um ihnen ihre verschiedenen Beete draußen zu zeigen. Sie erörterte die

Winterfestigkeit von Hibiskus, die Schwierigkeiten mit den Rosen, das Altern der Klematis und die Farben der Azaleen.

»Haben Sie immer auf Friedhöfen gelebt?« Ford sah sich nach den Gräbern um, die auf der anderen Seite der Zufahrtsstraße begannen.

Mom lachte. »Nein, das ist mein erster. Aber eins kann ich Ihnen sagen, es ist ruhig hier. Und keiner belästigt einen.«

Ihr Gemüsegarten war der Inbegriff der Genügsamkeit; fein säuberlich gehegte Beete auf einem ansonsten unbestellten Stück Boden, wo bis weit in den Herbst hinein Kohl und anderes Grünzeug gedieh. Liebevoll beschrieb sie, welche Gemüsesorten auf welchem Beet wuchsen, und wieviel Pfund sie davon eingefroren hatte. »Wir hatten dieses Jahr eine Unmenge Erbsen. Ich glaube, es waren bestimmt sechzig Pfund. Und die Butterbohnen? Nichts. Ich habe keine Ahnung, was da schiefgelaufen ist.«

»Es ist kein Verlaß auf Butterbohnen«, spöttelte Dan.

»Still, ich rede mit Ford.«

Ein Auto fuhr vor, und sein einziger Insasse stieg aus. Eine Frau, das Haar unter einem dunklen Kopftuch, trug einen in Folie eingeschlagenen Weihnachtsstern vorsichtig zu den Gräbern. An einer der Bronzeplatten in dem vertrockneten Gras blieb sie stehen und setzte die Pflanze ab. Dann kniete sie nieder und rückte sie noch ein wenig hin und her, bis ihr das Bild vollendet erschien. So verharrte sie, offenbar etwas länger, als ihren Knien lieb war, denn sie kam nur mit Mühe wieder hoch. Mom bemerkte: »Ihr Mann ist vor zwei Jahren gestorben. Fast jeden Monat bringt sie ihm frische Blumen.«

»Kommen die ganze Zeit Leute hierher?« fragte Ford.

»Nicht nachts. Manchmal fährt nachts einer durch, aber es hält keiner an.«

Die Frau kehrte zu ihrem Wagen zurück, als ein weiteres Auto durch die Einfahrt kam. Als sie es sah, meinte Mom: »Da kommt Ray mit meinem Weihnachtsgeschenk.«

Ray Burley, seit einigen Jahren Dans Stiefvater, parkte neben Fords Mietwagen und kam mit hochgeschlagenem Kragen heraus. Vom Rücksitz holte er mehrere große, graue Papiertüten, offenbar vom Supermarkt, und lugte zu der kleinen Gruppe hinüber, die vom Garten her kam. Korrekt gekleidet in graue Hosen, ein ordentliches Jackett und blankgeputzte Schuhe, so stand er da und wartete mit blinzelnder Geduld, bis die drei in Hörweite waren. Sein Gesichtsausdruck war unergründlich, nur etwas wachsam, während er Ford musterte. Er hielt das Kinn steif. »Wie ich sehe, seid ihr Jungs heil angekommen.«

»Hallo Ray.« Dan setzte sich in Bewegung, um ihm mit den Tüten zu helfen. Er umarmte ihn rasch und scheu und merkte das widerstrebende Zerren im Körper des anderen Mannes.

Ray gab ihm eine der Tüten. »Laß deine Mutter bloß nicht an diese Tüte ran. Die bringt alles fertig.«

»Ray, darf ich dir Ford McKinney vorstellen. Ford, dies ist mein zweiter Vater.«

Rays Augen glitzerten. Ein Augenblick verging, dann streckte er seine Hand aus. »Sehr erfreut.«

»Ganz meinerseits. Vielen Dank, daß ich kommen durfte.«

Ray nickte zäh. »Gute Reise gehabt?«

»Ja«, antwortete Dan, »alles ist glattgelaufen.«

Rays Blicke inspizierten Ford von Kopf bis Fuß. Trotz seiner Skepsis stahl sich grummelnde Bewunderung in seinen Gesichtsausdruck. Er war überrascht, das konnte Dan deutlich sehen, und er fragte sich, was für eine Art Ford sein Stiefvater wohl erwartet hatte. Schließlich war die Musterung vorüber, und Ray schlenderte auf das Haus zu, am Leihwagen vorbei, den er sich ebenfalls genau ansah. Zögernd, dann innehaltend. Die Frage ging an Ford: »Gehört der Ihnen?«

»Bis morgen abend«, erwiderte Ford.

Ray nickte, ging in die Knie, um den Innenraum zu betrachten, und tätschelte den Rückspiegel. Plötzlich sah er Ford direkt in die Augen: »Sie lassen doch wohl Danny nicht fahren, oder?«

Ford verschluckte ein Lachen und antwortete: »Aber nein, ganz bestimmt nicht.«

Ray nickte.

»Die beiden sind noch nicht lange hier.« In der Stimme seiner Mutter schwang Anspannung mit. »Danny hat Ford unterwegs durch die Felder geschleppt. Durch Potter's Lake sind sie gefahren, und du weißt ja, das macht die Fahrt um gute anderthalb Stunden länger.«

»Was gibt's denn in Potter's Lake zu sehen?« meinte Ray. Sie gingen hinein und setzten sich in die Küche. »Sie sind in Savannah aufgewachsen, richtig?«

»Allerdings.«

»Schöne Stadt.«

»Haben Sie mal in Savannah gelebt?«

Ray spielte mit einem Kronkorken herum. »Eine Zeitlang habe ich Grabstätten auf einem Friedhof dort verkauft, bißchen außerhalb von Savannah, Fairway Oaks.«

»Er sagt immer, eines Tages fahren wir hin, und er zeigt mir alles«, sagte Mom, »sobald wir ein Wohnmobil haben.«

»Ich bin selber kaum noch dort«, meinte Ford. »An Feiertagen meistens.« *Diesmal nicht,* der Schmerz übertrug sich auf Dan, der sein Knie unter dem Tisch an Fords Schenkel preßte.

Dan betrachtete Ray. Er hatte seinen Stiefvater immer recht attraktiv gefunden, mit seiner ausgeprägten Nase und den kräftigen Kinnbacken, den hellblauen Augen und dem sauber geschnittenen Haar. Ray war etwa zehn, fünfzehn Zentimeter kleiner als Dan, stämmig und drahtig und mit dem glatten, sonnengebräunten Körper eines Vertreters. Immer wenn er und Mom in einem Zimmer waren, wurde die Beziehung zwischen ihnen greifbar. In den ersten Jahren ihrer Ehe hatten sie ständig Händchen gehalten, am Essenstisch, im Auto, vorm Fernseher. Heute blieb Mom nur kurz neben Ray stehen und streichelte seine Schultern, während er mit Ford beschäftigt war. »Sind Sie zum ersten Mal an Weihnachten nicht zu Hause?« fragte er.

»Ja, das stimmt. Es ist ein etwas merkwürdiges Gefühl.«

Ray gluckste. »Na, reden Sie mal mit meinen Kindern. Die kommen nie zu Weihnachten nach Hause, und damit hat sich's. Ellens Kinder besuchen sie, meine nicht. Bloß wenn sie Geld brauchen.«

»Deine Jungs kommen doch«, widersprach Mom, »fast jedes Jahr einmal.«

»Wie viele Kinder haben Sie denn?« erkundigte sich Ford.

»Sechs«, antwortete Ray, »drei Söhne und drei Töchter.« Er trank einen Schluck Kaffee und wedelte zu den Fotos auf dem Raumteilerregal, das zum Wohnzimmer hin stand. »Die meisten meiner Kinder leben in Louisiana.«

»Sie sind unheimlich nett«, fügte Mom hinzu. »Sie haben mir meine Regale gebaut.«

Ray nickte, nicht ohne Stolz. »Den Schuppen draußen auch.«

»Sie machen wohl viele Schreinerarbeiten selbst?« fragte Ford.

»Ja, ein bißchen.« Ray tat bescheiden. »Dafür haben wir ja den Schuppen. Da hab ich mir eine schöne Werkstatt drin eingerichtet.«

»Seit Ewigkeiten versuche ich, mir zu Hause sowas aufzubauen«, sagte Ford, »wenn ich bloß mal Zeit hätte.«

»Ja, von nichts kommt nichts. Ich hab vier, fünf Jahre gebraucht, bis meine Werkstatt so war, wie ich sie haben wollte. Und ich hab immer noch keine anständige Drehbank, mit der ich zufrieden bin.«

»Er baut mir gerade ein Schränkchen fürs Badezimmer«, berichtete Mom. »Ich finde einfach nichts im Geschäft, das die richtigen Maße hat. Ray ist richtig gut in sowas.«

»Mein Vater hat auch eine Werkstatt«, sagte Ford mit einem kleinen Seitenblick auf Dan. »Und in unserem Keller hab ich massenhaft

Platz, ich muß mir bloß mal in Ruhe überlegen, was ich da unten eigentlich brauche, um richtig anzufangen.«

Ray schob seinen Stuhl zurück und meinte zu Ford: »Kommen Sie doch mit nach draußen und schauen sich meine Werkstatt an. Ich wette, ich kann Ihnen sagen, was Sie brauchen.«

Ford erwiderte den Druck auf Dans Knie kurz, bevor er aufstand. »Aber laßt mir die Kaffeetassen nicht da draußen stehen, und ich wundere mich nachher, wo sie geblieben sind«, sagte Mutter.

»Wird gemacht, meine Dame.« Ray beugte sich zu ihr und küßte sie auf die Wange. »Wie steht's mit dem Abendessen? Oder streitest du dich immer noch mit Amy Kay über die Lasagne?«

»Still. Hier wird nicht gestritten.«

Ray lachte und führte Ford nach draußen. Mom sah ihnen nach. »Willst du deine Geschenke einpacken, während sie draußen sind? Ich hab das Papier und die Schleifen hinten im Schlafzimmer.«

Dan holte die Geschenke, die er im Koffer mitgebracht hatte; eines hatte er für Ford gekauft und in seiner Umhängetasche mitgenommen. Dan zeigte ihr beinahe stolz, was er verschenken wollte: eine Goldkette für Amy Kay, einen Baumwollpullover für Allens Frau Cherise, eine Steppjacke für Allen. Mom betrachtete alles bewundernd, fragte, was es gekostet hatte, und sprach schließlich ihr Urteil: »Mein Junge, du hast zuviel Geld ausgegeben.«

»Gar nicht wahr. Ich komm gut zurecht.« Er freute sich trotzdem über ihre kleine Ermahnung. »Warte erst, bis du siehst, was ich für dich gefunden habe.«

»Du lieber Himmel, egal was es ist, ich kann es nicht annehmen.«

»Also, Mom, es ist mein Geld, und ich kann es für Weihnachtsgeschenke ausgeben, wenn ich Lust dazu habe.«

Sie tat noch einen Moment lang so, als schmollte sie. Das wiederholte sich an jedem Weihnachtsfest, und Dan war richtig erleichtert, daß es auch dieses Jahr so kam; irgendwie stellte es sein Gefühl von Normalität wieder her. Sie breitete Papierrollen auf ihrem Bett aus, legte Scheren und Klebestreifen bereit. Das Spielchen, daß Dan seine eigenen Geschenke selbst einpacken sollte, wiederholte sich ebenfalls jedes Jahr, denn unweigerlich war es am Ende Mom, die es tat. »Deine Schwester hat so eine Motorsäge gekauft, wie Ray sie sich gewünscht hat. Du kannst ihr einen Scheck für deine Hälfte geben. Ray wird sich bestimmt riesig drüber freuen. Und von mir bekommt er diese Drehbank, von der er dauernd spricht. Ich habe sie in dem Kämmerchen hinter dem Schuppen versteckt. Er wird sich wundern, denn er glaubt gar nicht, daß ich sowas Großes verstecken kann.«

»Und was schenkt Ray dir?«

Mom lachte. »Keine Ahnung, dieses Jahr komme ich nicht drauf. Ich werde mich wohl gedulden müssen. Was hast denn du Ford geschenkt?«

»Einen Seidenpulli und ein paar andere Sachen. Eine Armbanduhr.« Plötzlich war er verkrampft, zwang sich aber, weiterzusprechen. »Ich habe noch ein Geschenk für ihn. Aber ich habe Angst davor, es ihm zu geben. Ich weiß nicht, was er davon halten wird.«

Diese unerwartete Offenheit des Gesprächs irritierte seine Mutter, aber sie hielt stand. »Was ist es denn?«

Das Geschenk lag verborgen in der Leinentasche. Als sie die Schachtel sah, begriff sie sein Zögern. Dan klappte den blauen Samtdeckel auf. Ein goldener Ring lag auf weißem Satin, ein eleganter Reif mit einem zarten, schlichten, geometrischen Muster. Ihr Blick veränderte sich. »Das ist ein Ehering!«

»Ach, nicht wirklich.« Dan wurde rot. »Ich weiß gar nicht, ob er ihn tragen wird.«

Verstört berührte sie den Ring mit der Fingerspitze. »Ford bedeutet dir aber wirklich viel.«

»Sehr viel.«

Sie schüttelte den Kopf. »Es macht mir doch Kummer«, gestand sie. »Wahrscheinlich hab ich immer gehofft, du würdest es dir eines Tages anders überlegen und doch noch eine Frau finden.«

Dan ging auf sie zu und umarmte sie. »Ich werde keine Frau finden, weil ich keine suche. Das habe ich dir schon vor langer Zeit gesagt.«

Sie nickte. »Aber du warst noch nie mit jemandem zusammen. Da konnte ich wenigstens so tun als ob.« Fast kamen ihr die Tränen.

Dan hielt sie in seinem Arm und ließ den Augenblick währen. »Warum macht dich das so traurig?«

»Irgendwie ist nichts so, wie es sein sollte. Nie. Das ist nur eins von vielen Dingen.«

Sie wandte sich wieder dem Bett zu und nahm das Geschenkpapier in die Hand. Die Schachtel stellte sie zur Seite, offen, damit der Ring gut sichtbar blieb. Schließlich fragte sie: »Bist du denn glücklich?«

»Sehr.« Er sagte es mit einem Kloß im Hals.

»Das ist gut.« Sie berührte den Ring wieder. Dann schloß sie die Schachtel, sah ihrem Sohn in die Augen. »Soll ich das auch einpacken?«

»Ja, bitte. Auch das.«

19

Sie legten die frisch verpackten Geschenke unter den Weihnachtsbaum. Mom schaltete den Fernseher mit dem leisen weihnachtlichen Hintergrundgeschnatter des Regionalsenders ein.

»Hast du noch irgendwelche Einkäufe zu erledigen?« fragte sie, während sie in der Küche ihren Fleischerblock vom Kühlschrank herunterholte. »Ich muß nochmal los. Ich brauche noch irgendeine Kleinigkeit für Cherise.«

»Ich hätte nichts dagegen, mitzufahren, aber ich glaube, ich habe alles.«

»Das wird ein Getümmel, heute abend einzukaufen. Aber bis jetzt hab ich nur eine Wandleuchte für sie. Du weißt doch, sie mag dieses Zeug im Kolonialstil. Ich finde, ich sollte ihr noch was schenken.«

»Versteht ihr zwei euch eigentlich?«

»Ja, ja«, erwiderte Mom, »wir kommen zurecht. Ich war neulich in Greensboro und habe sie und deinen Bruder besucht, und da haben wir uns mal in aller Ruhe unterhalten. Allen ist richtig erfolgreich. Er leitet die ganze Filiale der Bank. Und wie es aussieht, wird er ziemlich bald in die Bezirksdirektion befördert.«

»Allen hatte immer ein Händchen für Geld.«

Mom lachte. »Das kannst du wohl sagen. Auch fürs Ausgeben.« Sie hatte angefangen, ein Hühnchen zu zerlegen. Die weiße, elastische Haut dehnte sich und zerriß. Knochen und Knorpel schillerten. »Ich wollte dieses Hühnchen braten. Und für Ray und mich grille ich ein Stück. Wie findest du das?«

»Das weißt du genau. Für mich kannst du jeden Tag ein Hühnchen braten.«

»Außerdem habe ich Gemüse in der Kühltruhe. Schmeckt nicht ganz so wie frisch aus dem Garten, wie du es gewöhnt bist, aber besser als das Zeug, was du im Laden kriegst, ist es allemal. Finde ich jedenfalls.«

»Wir haben eine Markthalle in der Nähe, wo die Bauern direkt verkaufen. Aber es ist nicht dasselbe wie aus dem eigenen Garten.«

»Amy müßte jetzt bald hier sein. Um die Zeit hat sie Feierabend, und dann holt sie Jason aus dem Kindergarten ab.«

»Ich freue mich drauf, sie wiederzusehen. Und Jason auch. Der wächst wahrscheinlich rasend schnell.«

»Für fünf ist er ein Riese«, sagte Mom. »Und ein süßer Bursche ist er außerdem. Sieht aus wie Allen in dem Alter, haargenau.«

»Als ich letztesmal mit Amy gesprochen habe, meinte sie, er sieht seinen Daddy ziemlich oft.«

»Ja, er ist jedes zweites Wochenende dort. Amy sagt, so richtig gern fährt er nicht hin, und jedesmal, wenn er zurückkommt, ist er außer Rand und Band. Aber ich habe ihr gesagt, sie soll sich keine Sorgen machen.« Mom säuberte die Haut des Hühnchens sorgfältig, zog winzigen Flaum heraus und spülte jedes Fleischstückchen unter dem Wasserhahn ab. »Das ist schwer für einen kleinen Jungen, eine Scheidung. Da kann man ihm nicht vorwerfen, wenn er mal über die Stränge schlägt.« Sie warf einen Blick aus dem Fenster und richtete sich auf. »Da kommen sie.«

Der Kleinwagen tauchte unter den Ästen des Pekanbaumes auf. Amy winkte, Zigarette in der Hand. Durch die Windschutzscheibe erspähte Dan ihr blasses Gesicht unter dunklen, kurzen Locken und ihr Lächeln, das ein wenig zu schnell aufleuchtete. Etwas Gehetztes um die Augen. Sie erinnerte an jemand, der gerade eine Abmagerungskur hinter sich hat. Amy sah sich auf dem Vorplatz um, als rechnete sie damit, noch andere Leute anzutreffen. Neben ihr, an den Beifahrersitz geschnallt, winkte Jason mit seiner kleinen weißen Hand.

Sie stiegen aus. Amys Backenknochen traten deutlich hervor, genau wie bei ihm, und ihre Sommerbräune war zu einem Winterbronze verblaßt. Unter Make-up, Kajal und Wimperntusche trug sie die argwöhnische Schärfe, die Dan seit ihren Kindertagen kannte. Jason stellte sich auf die Zehenspitzen und fiel seinem Onkel um den Hals.

»Willkommen«, sagte Amy Kay, »hat Mom dir erzählt, wie wir uns über das Abendessen gestritten haben?«

»Still, Amy.«

»Haben wir doch. Tut mir leid, daß ich so zickig war.« Sie verpaßte Mom ein sachliches Küßchen auf die Wange. »Ich wette, es gibt Hühnchen, stimmt's?«

»Ich mag Omas gebratenes Hühnchen«, verkündete Jason, der mit einem Plastikflugzeug über den Vorplatz raste.

»Erzähl Onkel Danny mal, wer dich heute nacht besuchen kommt«, sagte Amy.

Jason kreischte: »Der Weihnachtsmann! Und er bringt mir einen ganzen Sack voller Geschenke.«

»Na, das ist doch toll«, sagte Dan, »und du kannst es kaum erwarten, wie?«

Jason schüttelte wie wild den Kopf. »Heute kriege ich ihn ohne Schwierigkeiten ins Bett«, meinte Amy. Dann sah sie sich um. »Hast du deinen Freund mitgebracht?«

»Er ist mit Ray im Schuppen, sie schauen sich die Werkstatt an«, sagte Mom. »Hol Jasons Spielzeug aus dem Auto, und komm endlich rein, es ist zu kalt, um hier draußen rumzustehen.«

Amy öffnete den Kofferraum des kleinen Wagens, und Dan hob den Waschkorb voll mit leuchtenden Spielsachen aus Plastik heraus, der mit Jason von Haus zu Haus reiste. Der Junge spielte im Wohnwagen immer in Sichtweite der Küche, wo Mom und Amy ihn über ihre Kaffeetassen hinweg im Auge behalten konnten. Dan setzte die Spielsachen ab, und Jason schaute bettelnd zu ihm hoch. »Spielst du mit mir, Onkel Dan?«

Draußen waren Ray und Ford zu sehen, Ray führte den Schuppen schnell noch von außen vor, stolz auf seine Holzablage und den Unterstand, wo er die verschiedenen Gerätschaften aufbewahrte, um den Friedhofsrasen zu schneiden. Amy verfolgte von ihrem Aussichtspunkt in der Küche alles genau, neugierig vorgebeugt. »Ist er das?« Dan hatte sich hingekniet, um Jason beim Auspacken des Spielzeugs zu helfen. »Der sieht aber gut aus.« Amy schnippte Asche ab.

»Wer, wer?« fragte Jason.

»Niemand«, antwortete Mom, »spiel mit deinen Sachen.«

»Ray muß ihn aber nett finden«, stellte Amy fest, »so wie er mit seinem Schuppen angibt.«

»Sehe ich gut aus, Oma?« fragte Jason.

»Natürlich, mein Herz«, antwortete Mom, »du bist ein hübscher kleiner Junge.«

Amy sah zu Dan und grinste. »Ich hatte noch nie einen Freund, der so ausgesehen hat.«

»Mein Daddy sieht nicht gut aus«, krähte Jason. »Er ist fett.«

Einen Augenblick lang: plötzliche Überlagerung von Fords Gegenwart und der ihren. Gesichter seiner Familie kamen aus der Vergangenheit auf Dan zu. Geballte Faust in seiner Magengrube, der Impuls, sich in Luft aufzulösen. *Du kannst ihn hier nicht allein lassen.*

Ford trat in die Küche, ihre Augen trafen sich.

Dan setzte ein Lächeln auf und zeigte in Richtung Amy. »Ford, darf ich dir meine Schwester Amy Holland vorstellen. Amy, das ist Ford McKinney.«

Amy hatte ihre letzte Zigarette ausgedrückt und streckte die Hand aus. Plötzlich wirkte sie scheu, ihr Lächeln gezwungen. »Ich freue mich, Sie kennenzulernen, Amy«, sagte Ford, kurzer Händedruck. Sein Blick ging von Amy zu Dan und wieder zurück, schließlich zu Ellen, die an der Spüle lehnte. »Ihr seht ja beide wie eure Mutter aus.«

»Danke.« Einen Moment lang sah Amy ihre Mutter mit fremden Augen. »Ich fand Mom immer sehr hübsch.«

Dan raunte ihr zu: »Stell mal deinen Sohn vor.«

Amy griff nach ihrer Kaffeetasse. »Jason. Das ist Ford. Er ist ein Freund von Onkel Dan.«

Ford schob sich nach vorn, und Jason sah hoch. »Hallo Jason«, sagte Ford.

»Sag Hallo«, kam von Amy.

Jason machte den Mund auf, kriegte aber zuerst nichts heraus. Ford kniete hinter Ray, kam etwas näher. »Habe ich da etwas von Spielsachen gehört?« fragte er.

Jason nickte. Ray sagte: »Jason hat eine Menge Spielzeug. Stimmt's, Jason? Und am liebsten kommt er zu seiner Großmutter ins Haus und verstreut sie überall.«

»Tu ich gar nicht«, sagte Jason leise. Plötzlich machte er sich aus Rays lockerer Umarmung frei und beschäftigte sich wieder mit seinen Spielsachen.

»Er ist zu Anfang immer schüchtern, Ford«, meinte Amy. »Aber paß bloß auf, lange bleibt das nicht so.«

»Ich bin nicht schüchtern«, widersprach Jason.

Mom warf einen Blick auf die Uhr. »Es ist Zeit für die Nachrichten, Mr. Burley. Die willst du ja wohl nicht verpassen.«

»Um Gottes willen«, Ray zog sich in das vordere Wohnzimmer in seinen Sessel zurück und fischte die Fernbedienung unter Zeitungen hervor. »Seht zu, daß Jason da drin bleibt, sonst höre ich nichts.«

Ford berührte Jasons Kopf leicht mit der Handfläche und stand auf. Zu Dan meinte er: »Ich glaube, ich muß heute abend noch einkaufen gehen.«

»Mom hat vorgeschlagen, daß wir alle nachher in die Mall fahren«, antwortete Dan und trat ans Fenster.

Ford nickte. Mit einem liebevollen Blick auf Jason: »Ein süßer Kerl.«

Amy steckte sich die nächste Zigarette an.

»Du solltest nicht rauchen«, sagte Dan mißbilligend.

Amy nickte. »Ja, ja, ich weiß. Ich sollte eine Menge Dinge nicht tun.«

»Aber du solltest wirklich nicht rauchen.«

Amy warf ihm einen Blick zu, und die Schärfe in ihren Augen überraschte ihn. »Ich spiele mit dem Gedanken aufzuhören.«

Mom lächelte Ford an. »Sind die zwei nicht reizend zueinander? Nörgeln Sie so an Ihrer Schwester herum, Ford?«

»Wir kommen ziemlich gut miteinander aus, aber ab und zu streiten wir uns schon.«

»Danny und ich kommen auch klar, bloß sagt er mir gerne, was ich zu tun habe.« Amy inhalierte genüßlich. »Dann muß ich ihn eben ignorieren.«

Dan wiederholte: »Ich wünschte trotzdem, du würdest aufhören«, und schlenderte in den anderen Raum, wo Ray saß, im Lichtkegel der Lampe und beschallt vom Fluß der gesendeten Informationen. Da tauchte Jason neben dem Sessel auf. »Schaltest du den Weihnachtsbaum ein, Onkel Dan?«

Dan legte seine Wange an das Gesicht des Jungen, genoß den frischen Geruch nach Seife und die weiche Kinderhaut. »Na gut. Wenn du mich ganz fest drückst, jetzt gleich.«

Jason strahlte und umhalste ihn; danach kniete Dan an der getäfelten Wand und tastete nach dem Ende der Verlängerungsschnur, die die Weihnachtsbeleuchtung mit Strom versorgte. Schließlich landete der Stecker in der Dose, und der Baum leuchtete.

Als Dan ein Kind war, hatte seine Mutter immer eine echte Tanne als Christbaum gehabt, aber heutzutage war ihr die Plastikvariante lieber, eine perfekte Form, vollkommene Simulation einer echten Tanne, abgesehen von Material und Geruch. Auf den Plastikzweigen hingen Girlanden aus kleinen farbigen Birnen, die nacheinander aufblinkten und Weihnachtsschmuck aus Holz und Plastik beleuchteten. Der Plastikschnee war das Tüpfelchen auf dem i, Mutter hatte ihn über den Baum, den Schmuck, die Geschenke und die Baumwollfetzen unter dem Baum gesprenkelt. Jason kniete nieder, zeigte auf die Päckchen und sagte: »Das da ist für mich, Onkel Dan. Aber ich soll es nicht anfassen.«

Die Geräuschkulisse bedrängte Dan, fast wie eine physikalische Kraft. In der Küche saß Ford, ausgesucht freundlich, und lieferte geduldig Informationen, Amy antwortete mit ungewohnter Liebenswürdigkeit; doch in Dan stieg die Anspannung, während er weiter in dem dämmrigen Raum mit den blinkenden Birnen und der flimmernden Fernsehröhre saß. Ihre Unterhaltung füllte die kleine Küche, vermischte sich mit dem Summen der Fernsehnachrichten und dem Zischen des bratenden Hühnchens. Der Doktor, der McKinney schmeckte die Atmosphäre von Dans Familie mit der glatten Gewandtheit des alten Savannah, das Ohr zu Amy geneigt, während sie Geschichten über die Wechselfälle der Zahnpflege erzählte.

Etwas später brachte Mom einen Unterteller, auf dem die dampfende gebratene Leber des Hühnchens lag. Das war ein altes Ritual seit seinen Kindertagen, als ihr ein Arzt erklärt hatte, daß Leber eisenhaltig sei und Eisen gut für sein Blut. »Iß, bevor es kalt wird.« Und zog sich in ihre Küche zurück.

Der Geschmack, dunkel und mulmig, und die weiche Konsistenz versetzten ihn wieder in das Land seiner Vergangenheit, die zwinkernden Lämpchen, die eingepackten Geschenke unter dem Baum. Weihnachten, eine Tatsache. Einmal im Jahr senkte sich mit der Präzision eines Uhrwerks der Feiertag auf ihn und erfüllte ihn mit den Schrecken der Erinnerung. Was er sah, das Bild, das er nicht vertreiben konnte, war er selbst mit seinen Geschwistern an den Weihnachtsabenden der Vergangenheit, eine zurückweichende Parade beengter Wohnzimmer in kleinen Häusern, Gasöfen mit offener Flamme, eindrucksvoll zischend und trocken, die ihre Keramikziegel glühendrot heizten. Jedes Jahr am Heiligabend starrten fünf atemlose Kinder den Christbaum an, überzogen mit großen, heißen Lichtern, Glasschmuck und Silberlametta in langen Strähnen.

Jasons Stimme, trällernd, Bruchstücke eines Weihnachtsliedes mitsingend, schreckte Dan auf – war es Jason oder sein kleiner Bruder Grove aus der Vergangenheit, der sang? Dan schloß die Augen, und Grove lag dort im Pyjama auf der Couch, mit einer Blutung im dick geschwollenen Knie. *Grove betrachtete die farbigen Lichter des Baumes und sang aus vollem Halse, glücklich bei der Aussicht auf Spielzeug.* Das Bild war gestochen scharf, er selbst stand jetzt in jenem Raum von früher, beugte sich über seinen Bruder, wechselte den Eisbeutel auf Groves Knie, einen Nachrichtensprecher im Augenwinkel, der die unvermeidliche Feiertagsmeldung brachte, *ein mysteriöses UFO ist südlich des Polarkreises gesichtet worden.*

Dan stand auf, unbehaglich. Mit Mühe zwang er sich in die Gegenwart zurück, zum Neffen, dem Weihnachtsbaum, Ray im Liegesessel, die Stimmen aus der Küche. *Er hob den halb geschmolzenen, kaum noch kalten Eisbeutel von Groves geschwollenem Knie, behutsam, und Grove sah ihn dabei an. Der frisch gefüllte Eisbeutel wartete in Dans anderer Hand, mit steifer, hartgefrorener Oberfläche. Er gab Grove das Eis, damit er es selbst auf das empfindliche, geblähte Fleisch legte. Frisches Eis machte die Schmerzen erst einmal schlimmer, denn der Beutel blieb hart, bis das Eis etwas geschmolzen war, und diese Härte lastete schmerzhaft auf dem Gelenk; halb geschmolzenes Eis aber war nicht kalt genug, um die Nerven zu betäuben. Groves Gesicht war feucht vor Schweiß, die Lichter am Baum brachten es zum Glänzen. »Danke«, wisperte er und legte den Eisbeutel beherzt auf die blauädrige Haut, bevor er sich, einen Arm über den Augen, zurücklehnte.*

Jason saß auf der Lehne von Rays Sessel, Hände auf den Knien, und sah mit ernster Miene fern. Heute abend war der Wetterfrosch eine Dame, deren horizontaler Schwall kastanienbrauner Haare fast die ganze Breite der Wetterkarte einnahm, und mit großäugiger Verwunderung verkündete sie am Ende der Vorhersage für die nächsten fünf Tage, daß ein mysteriöses Radarsignal im Norden gesichtet worden war, hervorgerufen von einem Objekt, das augenscheinlich nach einem rentiergezogenen Schlitten aussah…

Der Ton verhallte, und nach der Stille rauschte es plötzlich in seinen Ohren. *Groves Gesicht brach in ein strahlendhelles Lächeln aus.* Jason kreischte auf und wirbelte zu Ray herum: »Hast du das gehört?« Und Ray lachte.

Jason wandte sich zu Onkel Dan um. »Die haben den Weihnachtsmann am Himmel gesehen.« Er glitt von der Armlehne herunter und rannte los, um es den anderen zu erzählen.

Er hörte Jason, hörte Amy, hörte Ford, ließ sich von dem Klang einhüllen, Fords Stimme, »Das glaube ich nicht«, zu Jason, »Rentiere können doch nicht fliegen.«

»Können sie wohl«, widersprach Jason, »sag das lieber nicht, sonst bringt der Weihnachtsmann dir gar nichts.«

»Der Weihnachtsmann bringt mir schon jetzt nichts mehr, ich bin ein Erwachsener. Deiner Mutter bringt er auch nichts, sie ist auch erwachsen.«

Jason dachte nach und betrachtete seine Mutter. Schließlich hielt er eine Apfelspalte an seine Lippen: »Stimmt eigentlich.«

Amy hatte sich ans Tischdecken gemacht. Einen Augenblick später holte Ellen den Unterteller zurück. »Sind die Herren gleich bereit zum Essen?«

»Steht's schon auf dem Tisch?« fragte Ray unbeeindruckt.

»Nein. Aber gleich.«

»Ruf mich, wenn es soweit ist. Die Nachrichten sind noch nicht zu Ende.«

Sie schaute zu Dan und erhob die Hände.

Dan stand auf: »Ein Mann muß informiert bleiben, was, Ray?« und setzte sich Richtung Gästezimmer in Bewegung, als wollte er sich dort zum Abendessen fertigmachen.

Doch er blieb hinter der geschlossenen Tür stehen und atmete tief durch. Schwache Lichtspuren brachten die Wände nah heran; er drehte dem Spiegel den Rücken zu, schaute nach draußen. Ein Erdhaufen im Garten neben dem Wohnwagen, grau unter dem Lichtbogen. Autoscheinwerfer. Er erschrak. *Der Laster seines Vaters war zu hören, auf den Hof fahrend, eine Lichtschneise, darin der Zedrachbaum. Widerhall der Schritte auf den Stufen, Hand an der Tür.* Die Zimmertür ging auf, Ford fragte: »Wo bist du?«

Dan fuhr herum. Der Anblick von Fords beruhigender Größe wies die Erinnerungen in ihre Schranken. Zurück ins Jetzt. »Ich mach mich fürs Abendessen fertig.«

»Ach so.« Ford schloß die Tür hinter sich, und die zum Bad, und ging zu Dan. »Es ist friedlich hier.«

»Findest du?«

»Ich hoffe, du kannst dich entspannen.«

»Ich versuche es.« Er spürte Fords Nicken.

»Ich mag deine Familie. Deine Schwester ist nett. Und Jason ist lustig.«

»Er ist so feierlich. Manchmal benimmt er sich wie ein kleiner alter Mann.«

Ford lachte. »Er ist wie du. Deine Mom hat mir ein Bild von dir gezeigt, als du in seinem Alter warst.«

Gedämpft drang Mutters Stimme durch die Tür. »Nein, Jason, geh da nicht rein.«

Ford schmiegte sich einen Augenblick an Dan. »Wir sollten lieber aus unserem Versteck rauskommen. Ist alles in Ordnung?«

»Ja«, antwortete Dan. »Aber nur, weil du da bist.«

»Willst du sagen, daß du mich zur Abwechslung mal brauchst? Da könnte ich mich glatt dran gewöhnen.«

Das Geschäft des Essens wurde, wie immer bei Dan zu Hause, zügig und schweigend verrichtet. Der Gedanke an Ford am Tisch seiner Familie hatte Dan einige Bauchschmerzen bereitet, doch sein Freund schloß sich dem allgemeinen Schweigen einfach an, sprach, wenn er angesprochen wurde, und verhielt sich, als würde er seit Jahren mit ihnen in dieser engen Küche Brathühnchen essen. Es gab Augenblicke, da schämte sich Dan für seine Familie, verspürte aufblitzende Wut über Amys wenig anmutige Stimme oder Rays Art, seinen Tee laut zu schlürfen, oder den ständig weiterplappernden Fernseher im Hintergrund, doch dann kam Ford in sein Blickfeld, wie er sich ein zweitesmal vom Hühnchen nahm, nicht ohne ein kleines Kompliment an die Köchin. Dieses Gesicht, diese Stimme, an diesem Tisch.

»Ich weiß nicht, wie's kommt, aber irgendwie habe ich heute abend einen Heißhunger auf Lasagne.« Ray war fast fertig mit seinem gegrillten Hühnchenschenkel.

Amy brach in Gelächter aus. Ellen reagierte sofort: »Laß uns darüber lieber schweigen, Ray Burley.«

»Ray versucht die ganze Zeit, etwas anzuzetteln.« Amy wischte sich mit der Papierserviette ihren Mund ab.

»Ich versuche gar nichts. Ich stelle bloß etwas fest, sonst nichts. Diese Weihnachtslasagne habe ich immer gern gegessen.«

»Jetzt weiß ich gar nicht, über wen er sich gerade lustig macht«, meinte Amy zu Mom, »du etwa?«

»Wie ich ihn kenne, beide gleichzeitig.« Sacht stupste sie seinen Unterarm.

Bald verhandelten Ray und Ford darüber, ob der Leihwagen genug Platz für sie alle bot oder ob sie für die Fahrt zur Mall lieber Rays Auto nehmen sollten. Ray sprach mit der unterschwelligen Reserviertheit zu Ford, die zwischen hierarchisch orientierten Männern üblich war. Als er schließlich einwilligte, daß Ford fahren sollte, sagte Ellen: »Ich glaube, ich höre nicht recht. Ford, er läßt nie zu, daß ihn jemand anders irgendwohin fährt.«

»Du meinst, ich lasse nie zu, daß du mich irgendwohin fährst.« Rays Schmunzeln kräuselte die Falten um seinen Mund. »Du kannst ja auch nicht fahren.«

»Das würde ich persönlich nehmen, wenn er das nicht von jedem sagte.«

»Wie euch aufgefallen ist, hat er mich nicht gefragt, ob wir mein Auto nehmen sollen«, sagte Amy grinsend.

Ray lachte. »Es gibt hier nur einen, der schlechter fährt als du, Amy, und das ist Danny. Ford läßt ihn auch nicht ans Steuer. Stimmt's, Ford?«

»Na ja«, Ford schmunzelte genau so wie Ray, »einmal hab ich ihn gelassen. Ich habe einen ganz netten kleinen Sportwagen, und er wollte mal fahren. Also sagte ich ja.« In gespielter Verzweiflung legte er seine Serviette hin. »Wir sind lebend dort angekommen, wo wir hinwollten, aber nach Hause bin ich gefahren. Da hab ich mir geschworen, daß ich bei ihm das letzte Mal Beifahrer war. Er redet immer wieder davon, sich ein Auto zu kaufen, aber das würde ich niemals zulassen.«

Mom stieß Dan quer über den Tisch an und fragte: »Bist du wirklich so schlecht, mein Sohn?«

Dan seufzte. »Du glaubst doch nicht, daß ich Ray widersprechen würde, oder?«

»Nicht, wenn Ford mit ihm einer Meinung ist, nicht wahr«, schoß Amy dazwischen.

Verwundert stellte Dan fest, daß seine Verbindung mit Ford offen ausgesprochen worden war. Er merkte, daß Ray ihn betrachtete, mit undurchdringlicher Miene. Schließlich warnte sein Stiefvater: »Laß mir bloß zu Ohren kommen, daß du dir ein Auto kaufen willst. Dann müssen deine Mom und ich nach Atlanta kommen und dir den Kopf waschen.«

»Machen Sie sich darum mal keine Sorgen, Mr. Burley«, antwortete Ford.

»Nennen Sie mich Ray«, sagte Ray freundlich.

20

Nach dem Dessert, alle waren damit beschäftigt, Arme in Mantelärmel und Hände in Handschuhe zu stecken, stieß Dan im Gästezimmer auf Ford. Er hatte sein Hemd ausgezogen, hielt den Pulli in der Hand und starrte geistesabwesend darauf. »Das sind wirklich wunderbare Menschen, Danny.« Unentschieden fingerte Ford an dem Pulli herum. »Sie geben uns beiden das Gefühl, willkommen zu sein.«

Unter den Worten harrte noch ungesagter Schmerz. Dan konnte ihn in Fords Zügen erkennen, in den grauen Augen, dem jungenhaft hungrigen Mund. Er erwiderte: »Du hast es ihnen aber auch besonders leicht gemacht, weißt du. Du machst es prima.« Er wartete, bis Jasons Lachen irgendwo hinter der Tür verklungen war. »Du hast sogar Moms Gemüse gegessen, mit Speck und allem Drum und Dran.«

Ford zog den Pulli über seinen Kopf. »Ich fühle mich ein bißchen verloren.« Etwas brach in der Mitte seines Gesichts zusammen. Er setzte sich aufs Bett, und Dan verlängerte behutsam die Bewegung, bis der Kopf in seinem Schoß lag, zog den Jungen an sich. »Was macht deine Familie heute abend?«

»Großmutters Party. Um die Zeit müßten sie gerade ankommen.«

»Ob Courtenay und ihr Mann wohl nach Savannah gefahren sind?«

»Ganz bestimmt. Und ich bin mir sicher, sie fällt Mom und Dad auf die Nerven, so gut sie kann.« Er hielt inne. »Sie mag dich wirklich, weißt du.«

Dan lachte leise. »Ja, ich weiß. Außer wenn ich in ihrer Nähe bin.«

»Ich meine es ernst.«

»Ich auch. Sie mag mich schon. Sie weiß bloß nicht, ob sie es mag, wenn irgend jemand mit dir zusammen ist.« Der Geräuschpegel der Vorbereitungen erreichte einen Höchststand. Schnell beendete Dan: »Aber sie gewöhnt sich langsam dran. Jetzt komm. Du bist der Pilot auf dieser Expedition.«

Ford lachte, sagte ja, rührte sich aber nicht. »Ich liebe dich, Danny.«

Dan schnappte nach Luft. »Jetzt nennst du mich schon zum zweitenmal Danny.«

»Es gefällt mir.« Pause. Dann, mit zaghafter Stimme: »Sag, daß du mich auch liebst.«

Dan seufzte, beugte sich hinab zum Ohr seines Freundes und flüsterte: »Ich liebe dich auch. Kindskopf.«

21

Über dunkle Straßen durch die Heilige Nacht; durch das stille Dörfchen Wickham, wo sich die Telefonmasten der Main Street in hohe, buntschillernde Zuckerstangen verwandelt hatten; übers flache Land zum vierspurigen Highway und bis zur Foxbriar Mall fuhren sie – nicht ganz eine Familie, aber eigentlich nichts anderes als das. Ray, Ellen und Amy saßen auf der Rückbank, Jason vorn zwischen Ford und Dan, wo er die paar Worte, die er von »We Wish You a Merry Christmas« erinnerte, zum besten gab. Ford begann mitzusingen, hier und da ein Wort vergessend und ein anderes einfügend, was Jason zu Lachstürmen und begeisterten Verbesserungen des Erwachsenen brachte. »Onkel Dan, der Mann kennt den Text nicht«, sagte er schließlich.

»Weißt du, wie der Mann heißt, Jason?« fragte Dan.

Das Kind, schüchtern, da es plötzlich im Mittelpunkt stand, schüttelte den Kopf und lugte zu Ford hinüber.

»Er heißt Ford, und so kannst du ihn auch nennen.«

»Er ist Doktor«, erklärte Amy.

Jasons Augen wurden riesig und kugelrund, und Ford lachte über diese Reaktion. »Sagt dem armen Kind doch sowas nicht, sonst denkt er noch, ich gebe ihm gleich eine Spritze oder sowas.«

»Jason mag Ärzte, stimmt's, Jason?« meinte Amy, und Jason schüttelte schnell verneinend den Kopf.

»Keine Angst, Jason«, sagte Ford, »wir sind doch Kumpel. Ich werde dich nicht verarzten, okay?«

»Okay«, seufzte Jason erleichtert. Ford nahm die Ausfahrt und folgte den Schildern zum vielstöckigen Parkhaus.

Nun galt es, die Expedition zu organisieren. Ray und Ellen wollten allein einkaufen gehen, aus Gründen, die sie für sich behielten. Amy und Jason sollten Ford und Dan begleiten. Man kam überein, sich bei

Ladenschluß am *Swirlee Frostee Freez* zu treffen, einem markanten Knotenpunkt, den Ellen Dan und Ford zeigte, als sie die überdachte Einkaufszone jenseits der Parkhauskatakomben betraten.

Arm in Arm stürzten Ray und Ellen sich in das Gewusel der Einkäufer, hinter einer großen Insel mit Betonschwänen, die in einem üppigen Meer aus wohlgehegten Farnen schwammen. Jeder Schwan trug seine eigene exquisite rote Zipfelmütze mit weißem Weihnachtsplüsch. Amy sah den beiden nach. »Die müssen sich auch die ganze Zeit anfassen!«

»Ich finde das schön«, antwortete Dan, als Jason, der neben einem riesigen, goldgeschmückten Christbaum stand, ihnen Zeichen machte, ihm in den Spielwarenladen zu folgen.

Sie durchquerten den weiten öffentlichen Raum, dauerberieselt mit Weihnachtsmelodien, geblendet durch die glitterbehängten Ladenfronten. Junge Frauen unter hochtoupierten Frisuren diskutierten die Aftershave-Marken ihrer Freunde. Ältere Frauen in ausgebeulten Hosenanzügen rissen raschelnde Pakete auf, um Töchtern oder Freundinnen einen Blick auf soeben erstandene Schnäppchen zu gestatten. Männer kämpften sich schweigend voran, mal im Tandem mit ihren Gemahlinnen, mal eine Herde Kinder dirigierend.

Die Einkaufenden wirkten rauh und kantig, sprachen in schrofferen Tönen und bewegten sich ohne die routinierte Anmut von Städtern – ein deutlicher Kontrast zu der plätschernden Musik und den himmelwärts blickenden Schaufensterpuppen in den Auslagen. Verschiedene Stufen, Rampen und Schrägen verbanden die Verkaufsebenen mit dem Brunnen, den kleinen Grünanlagen voller Holzbänke und Sandkübel.

Im Spielwarenladen gab Jason den Ton an, flitzte von einem Gang zum nächsten und zeigte vor allem Ford all die Geschenke, die der Weihnachtsmann ihm bringen würde. Amy prüfte die Spielsachen, auf die er seinen Anspruch anmeldete, und gab Ford und Dan kleine Zeichen, mit welchen er tatsächlich rechnen durfte. Ford wollte auch etwas für Jason kaufen. Um das hierzu notwendige Täuschungsmanöver zu erleichtern, nahmen Amy und Dan den Kleinen mit zu einem Hot Dog-Stand, wo sie sich mit der Spezialität des Hauses für Jason und einer Cola für sich selbst in eine Nische zwängten.

Ford verschwand unauffällig, sobald sie saßen, und Amy schaute ihm nach. Als sie ihre unvermeidliche Zigarette aus der Tasche holte, warf sie Dan einen Blick zu, in dem sich leichtes Amüsement mit einem Hauch von Mißbilligung mischte. »Du wirst mich doch nicht anfahren, solange ich rauche, wenn Ford nicht da ist, oder?«

»Das hatte mit ihm nichts zu tun«, protestierte Dan.

»Ich dachte, vielleicht findet Ford es ja ordinär, wenn jemand raucht oder so.« Sie inhalierte bewußt. Den Rauch blies sie von den Tischen weg, über den flachen Topf mit dem Bogenhanf aus Plastik auf den Gang. »Mom hat so ein Theater gemacht, daß er jetzt kommt, weil er doch so reich ist und seine Familie so alt und das ganze Zeug.«

»Sie hat sich Sorgen gemacht?« fragte Dan mit hohler Stimme.

»Kannst du dir doch denken. Von nichts anderem war die Rede. Wahrscheinlich dachte sie, er würde mit hochgereckter Nase ins Haus marschieren oder so.« Sie unterbrach sich, um die Chilisoße von Jasons Kinn abzuwischen, der sich seinen Mund vollgestopft hatte.

»Und was hältst du nun von ihm?«

»Ich finde ihn sehr nett.« Amys Ton klang wohlgesetzt. »Er tut überhaupt nicht so, als wäre er was Besseres.«

»Er ist ja auch nichts Besseres.«

»Du weißt genau, was ich meine.« Amy griff nach dem Aschenbecher. »Er verhält sich nicht so, als dächte er das.« Sie bohrte ihren Strohhalm durch einen Eiswürfel. »Und wie ist seine Familie?«

»Ich habe bisher nur seine Schwester kennengelernt. Sie heißt Courtenay. Sie ist nett. Wir verstehen uns nicht so richtig gut, wenn wir uns begegnen, aber ich mag sie.«

»Findet sie, du bist nicht gut genug für ihn?«

Dan schüttelte den Kopf. »Das ist es nicht. Ford und sie haben sich immer umeinander gekümmert, ein bißchen so wie du und ich. Irgendwie glaubt sie wohl, ich würde ihr den Bruder wegnehmen. Und sie hängt an ihm. Aber wir verstehen uns schon besser als am Anfang.«

Er betrachtete Amy, wie ihr Gesicht zwischen Mädchen und Frau schillerte, und eine Welle der Erinnerung schwappte hoch. Diesmal ließ er sich davon mitreißen, mit all dem Echo aus Angst und Verletzung. Amy drückte die Zigarette aus. »Zumindest lernt Ford uns in einem guten Jahr kennen.«

»Halleluja.«

Auch sie spürte den Griff der Vergangenheit. Das kleine Mädchen kehrte zurück, Amy Kay, die Immer-Tapfere, die Älteste der Crell-Geschwister, Anführerin bei Spiel und Schabernack. »Letzte Woche bin ich an Daddys Grab gewesen. Ich habe ihm einen Weihnachtsstern mitgebracht. Mir war klar, daß es keiner von den anderen tun würde, seine Geschwister kümmern sich ja auch nicht um das Grab.«

»Hat er überhaupt einen Grabstein?«

»Nein. Allen will keinen Cent dafür ausgeben. Und ich habe nichts.«

»Er war mein richtiger Großvater«, verkündete Jason, der das Gespräch mit neugierigem Ernst verfolgt hatte. »Aber ich mag Großpapa Ray lieber.«

»Ich auch«, sagte Dan.

Amy zog ihr Kind an sich und legte ihren Kopf auf seinen. »Du warst mit auf dem Friedhof, mein Kleiner. Und du hast die Blume für mich getragen.«

»War die schwer«, seufzte Jason.

»Vermißt du ihn manchmal?« fragte Amy.

Eine kalte Hand schloß sich um Dans Kehle. »Nein.«

»Ich schon. Ich weiß, es ist verrückt, aber er war mein Vater.«

»Ich war heute am Kreishaus. Mit Ford. Erinnerst du dich noch daran?«

Sie wurde blaß. »Wieso hast du das denn getan?«

»Wir kamen in der Nähe vorbei. Ich fragte mich, ob es wohl noch steht.«

»Und?«

Er nickte. »Es verfällt. Keiner lebt mehr da. Unser Kinderzimmer ist vom Fundament gerutscht, und in Mamas und Papas Zimmer ist ein riesiges Loch im Boden.«

»Ich bin froh darüber.« Sie konnte Dan nicht anschauen und umarmte Jason wieder. »Wenn du diesen Ort bloß vergessen könntest.«

Dan trank schweigend seine Cola aus. Der Augenblick am Fenster, das Bild seiner Mutter in ihrem roten Kleid, die Angst in Fords Blick. »Das wünschte ich auch. Aber es ist nicht mehr so schlimm.«

»Und was sagte Ford? Zu dem Haus?«

»Er bekam es mit der Angst. Ich hatte ihm erzählt, daß wir arm waren, aber ich glaube, er begriff erst, was ich meinte, als er es sah.«

Amy lachte. »Du hättest ihm sagen sollen, daß das Haus noch eins der besseren war.«

»Hab ich ja.«

Sie spielte an der Zigarettenschachtel herum. »Hast du ihm erzählt, was dort passiert ist?«

»Nein.«

»Ich habe dieses Haus immer gehaßt. Und Mom genauso. Sie vermeidet sogar, in die Nähe von Forrester County zu kommen, da fährt sie lieber zwei Stunden Umweg.«

»Ich hätte es nicht erwähnen sollen.«

»Wenn wir nicht darüber reden, du und ich, dann tut es keiner«, stellte Amy schlicht fest. »Allen erträgt es nicht, von Papa zu reden. Und Duck, keine Ahnung, was der noch weiß.« *Und Grove*, dachte

Dan, *und Grove. Der schläft.* »Warum haben wir das Haus eigentlich Kreishaus genannt?«

»Weißt du das nicht mehr?« fragte Dan. »Es war deine Idee. Weil die Zimmer im Kreis gehen, es gab keine Sackgasse im Haus. Wenn Papa hinter Mama herjagte, würde er sie nie kriegen, sagtest du.«

Jäh wie ein Mißton ragte Ford über dem Tisch auf, und die Gegenwart war wieder da. Amy schob den Aschenbecher beiseite, und Ford schlüpfte neben Dan in die Nische. »Hast du gefunden, was du gesucht hast?« fragte Amy, sofort öffentlich.

»O ja. Es wartete geradezu auf mich.« Er fragte Amy, ob sie ihm helfen würde, ein Geschenk für Mrs. Burley auszusuchen.

Diesmal ging Jason mit Ford, kleine Kinderhand in großer Männerhand. »Mama, jetzt gehst du hinter ihm und mir her. Okay?«

Lachend stimmte Amy der Prozessionschoreographie zu, Ford zwinkerte ihr zu. Sie hakte sich bei Dan unter. »Er mag Ford«, wisperte sie, »normalerweise ist er mit Fremden nie so.«

»Was er sich wohl bei all dem denkt?« Dan beäugte das Kind, darauf die Menschenmenge.

»Das weiß der liebe Gott. Ich kann ihm jedenfalls nicht viel vormachen. Er ist ein schlauer Bursche.«

Vor einem Geschäft namens *Elan* blieben Ford und Jason stehen, um die Qualität der fließenden Schals, Wolljacken, Krokodilledertaschen und anderen Artikel im Schaufenster zu erörtern. Ford erkundigte sich nach der Meinung des Fünfjährigen, welches der ausgestellten Dinge wohl seiner Oma Freude machen würde. Jason wählte einen breiten, vergoldeten Gürtel aus, und Ford tat so, als erwöge er den Kauf, und kniete neben Jason nieder, um die Vorzüge des Gürtels ernsthaft zu prüfen. »Deine Oma könnte ihn vielleicht zu schwer finden«, meinte Ford. »Sieht mir ganz danach aus.«

Jason dachte nach, auf der Unterlippe herumkauend, und nickte schließlich. »Wahrscheinich«, nuschelte er, »weil's Gold ist.«

Amy kniete auf der anderen Seite. »Vielleicht mag sie ja einen Schal.«

Jason schüttelte weise den Kopf. »Bestimmt nicht. Oma mag gar keine Schals.« Er seufzte und hob die Hände. »Am besten gehen wir mal rein und gucken uns an, was die noch zu bieten haben.«

Elan hatte allerdings wenig zu bieten, das nach Jasons Ansicht seine Oma interessieren konnte, und so steuerten sie ihr nächstes Ziel an, *Helene's.* Gesprächsfetzen über das Fest und die zugehörigen Geschenkaktionen kamen von allen Seiten, *das wird Mom nicht gefallen, in dieser Farbe sieht sie gräßlich aus, das ist zuviel, soviel habe ich nicht, guck mal, ist das nicht entzückend, traumhaft diese süße Kombination, und der Rock ist eins von diesen praktischen Wickeldingern.* Dan hielt sich in Amys Nähe und ließ Ford und Jason ihr Spiel ungestört weiterspielen. Eine Zeitlang war er ziemlich abgelenkt, und plötzlich stand Ford an der Kasse und bezahlte eine lange rote Wolljacke. Dan warf einen verblüfften Blick auf das offensichtlich teure Geschenk. Mit einem Schritt stand er bei der Kassiererin, griff nach dem Preisschild und las es. Mit gerunzelten Brauen sah er Ford an. »Zu teuer.«

Ford reckte sein Kinn hoch, deutliches Zeichen dafür, daß er seine Meinung unter gar keinen Umständen ändern würde. »Jason gefällt es, und mir auch.«

»Es ist doch rot«, steuerte Jason bei, »und Oma mag rot. Da sieht sie hübsch drin aus, Onkel Dan.«

Langsam schüttelte Dan den Kopf und trat zurück. Ford sah es, und Dan fühlte, wie verletzt sein Freund war. Doch er blieb stur und beendete den Kauf eilig. Die Kassiererin gab ihm noch einen kleinen Coupon, mit dem man sich das Geschenk angemessen einpacken lassen konnte. Sie zeigte ihnen den Weg, und Ford strebte dorthin, ohne sich umzudrehen.

»Wieviel hat es denn gekostet?« fragte Amy. Auf Dans Antwort hin ließ sie zischend Luft ab. »So viel hab nicht mal ich für sie ausgegeben.«

Dan wurde schwer zumute. »So viel haben wir beide zusammen nicht für sie ausgegeben.«

Jason sagte: »Es ist von mir und Ford zusammen. Und es wird Oma bestimmt ganz toll gefallen.«

»Na, ich hoffe, er schenkt mir auch was«, witzelte Amy, die sich über Dans Mißbilligung amüsierte. »Jetzt bist du sauer, wie? Er kann es sich doch leisten, oder?«

»Klar kann er es sich leisten.« Mehr als sauer. Er beherrschte sich. »Ich halte besser den Mund. Das einzige, worüber wir uns streiten, ist Geld.«

»Mit Hank und mir war es genau dasselbe«, sagte Amy, »paß bloß auf. Laß ihn mal tun, was er für richtig hält. Er will doch nur nett sein.« Sie sprach leise, damit Jason es nicht hörte. »Es macht keinen Spaß, allein zu sein, Danny. Sei froh, daß du jemanden hast.«

Von der anderen Seite des überfüllten Geschäfts kam Ford herüber, argwöhnisch, bereit zum Streit, dickköpfig. Dan erwiderte seinen Blick, trotz Amys Warnung unfähig, ihn abzumildern.

Jason flüsterte Amy etwas ins Ohr.

»Jason möchte wissen, ob du auch sein Onkel bist, Ford«, sagte Amy.

22

Dan fand Ford auf dem Bett sitzend, das Gesicht in den Händen vergraben. Das schwache Licht der Lampe, auf die Wand gerichtet, ließ sein schwarzes Haar schimmern. Dan schloß die Tür und setzte sich neben ihn. Ford rührte sich nicht. »Es tut mir leid«, sagte Dan mit der sanftesten Stimme, die er zustande brachte, »ich hätte den Mund halten sollen.«

»Ich weiß nie, wann ich was falsch mache mit dir. Und wenn es passiert, wirst du so kalt.«

Die Worte sanken in Dans Herz wie eine scharfe Klinge. »Wahrscheinlich bin ich überhaupt empfindlich.«

»Ach, und du denkst, ich wär's nicht?«

»Das habe ich nicht gesagt.«

»Ich wünschte, ich wäre arm«, sagte Ford. »Vielleicht würdest du mir dann mehr vertrauen.«

Dan versuchte, die Worte an sich abfließen zu lassen, nur den Schmerz wahrzunehmen, nicht den Inhalt. Die Bitte um Vertrauen echote zwischen ihnen hin und her, zwei Jahre lang übten sie schon, und jedesmal, wenn Dan das hörte, verspürte er Schuldgefühle über diesen merkwürdigen Mangel in ihm, diesen Hohlraum tief in seinem Inneren, das sich diesem Menschen nicht hingeben konnte. Heute abend kehrte diese leidvolle Empfindung zurück, mitten unter den gedämpften Lauten aus den anderen Zimmern, jenseits der geschlossenen Tür, mitten am Heiligabend, den er mit seiner Familie und dem Mann, den er liebte, unter einem Dach verbrachte.

Von draußen kam Mutters Stimme: »Will einer von euch Jungs eine Tasse Kaffee?«

Ford nickte, und Dan sagte zur Tür, zu dem Bild seiner Mutter dahinter: »Ja, bitte, alle beide.«

Sie verschwand. In der lastenden Stille stand Ford auf, unfähig, Dan anzusehen, und ging hastig in das angrenzende Badezimmer.

Jetzt saß Dan allein auf dem arktischen Bett, lauschte dem laufenden Wasser, den Stimmen von drüben. So blieb er sitzen, bis Ford aus dem Bad direkt ins Wohnzimmer gegangen war, und kam erst, als Mom ihn wieder rief: »Dein Kaffee ist fertig, mein Junge.«

Mom begrüßte ihn im Wohnzimmer, ihr zärtlicher Blick übertrug Sorge und Zuneigung zugleich. »Da liegt eine Menge mehr unter dem Baum als in deinen Kindertagen, nicht wahr, mein Sohn?«

»Das stimmt wohl.«

»Es tut gut zu sehen, wie die Kinder heranwachsen, und sie haben ein besseres Leben als man selber«, fuhr sie fort, als wäre kein Fremder in der Nähe. »Es war immer schrecklich zu Weihnachten, ich wußte überhaupt nicht, was ich machen sollte.«

»Am schlimmsten war es, wenn wir wieder in die Schule mußten, und alle fragten einen, was man gekriegt hatte«, sagte Amy. »Ich habe immer gelogen. Ich beschrieb alle möglichen Sachen, es war hinterher mindestens doppelt soviel wie in Wirklichkeit.« Sie lachte. »Ich glaube, es wird Zeit für Jason und mich. Jason will bestimmt früh schlafen gehen, stimmt's?«

Das Kind nickte nachdrücklich. »Weil der Weihnachtsmann kommt.«

»Es hat mich wirklich sehr gefreut, daß wir uns endlich kennengelernt haben«, sagte Ford und drückte Jason, umarmte Amy.

»Morgen früh sind wir schon wieder da, zur Bescherung«, kündigte Amy an.

Dan stand auf. Amy flüsterte ihm ins Ohr: »Es ist alles gut, Danny, mein Kleiner.«

Dan küßte Jason auf seine watteweichen Wangen. »Also: morgen machen wir unsere Geschenke auf, ja?«

Jason nickte, strahlte und warf einen letzten Blick auf den hell erleuchteten Baum, den Glanz von Lichtern und Päckchen.

Mom und Dan standen an der Tür und sahen dem Auto nach, wie es in der Nacht verschwand. Ford sagte: »Ich müßte noch einmal Ihr Telefon benutzen, bitte.«

»Gehen Sie nur«, antwortete sie. »Wollen Sie vom Apparat in der Küche anrufen? Wir bleiben noch einen Moment hier. Der Abendhimmel ist so schön.«

Ford verschwand. Mom legte ihren Arm um Dan und seufzte. »Und morgen hab ich drei von meinen Kindern bei mir.«

»Ich vermisse Grove«, sagte Dan und sah zum Mausoleum hinüber.

Die Stimme seiner Mutter versickerte im Unhörbaren. »Ich auch. An Tagen wie diesem denke ich oft an ihn. Allen will kein Wort über ihn reden.« Sie zögerte. »Duck vermisse ich auch. Aber er lebt immerhin. Und eines Tages wird er auch wieder nach Hause kommen.«

»Pscht, sonst mußt du gleich weinen.«

»Ach, macht nichts.« Ihre Stimme zitterte nicht. »Aber ich möchte nicht, daß wir nie über Grove reden. Als hätte es ihn nie gegeben.«

»Aber er war da. Ich weiß es.«

Aus der Küche war ein halblauter Aufschrei zu hören, und sie wandten sich um. Dan strich seiner Mutter über die Wange und löste sich von ihr, um zu seinem Freund zu gehen. Ford saß zusammengesackt da, den Telefonhörer ans Ohr gepreßt, und starrte auf die Tischdecke.

»Habt ihr die Mutter schon benachrichtigt?« Zuhören. Schließlich: »Das kann ich mir denken. Prima Nachrichten für Heiligabend.« Er warf Dan einen kurzen Blick zu, dann sah er wieder weg. Wickelte die Telefonschnur um seinen Daumen. Und richtete sich wieder auf. »Hier ist alles wunderbar. Klar. Aber was ist denn nun mit dem Vater? Habt ihr ihn schon aufgetrieben?« Zuhören. »In Ordnung. Hmhm. Autopsie schon genehmigt?« Pause. »Nein, ich komme einen Tag später zurück. Nein, mach dir um mich keine Sorgen. Mir geht's gut. In Ordnung.« Er bewegte beim Sprechen den Hörer langsam auf die Gabel zu. »Okay. Halt die Ohren steif. Bis dann.«

Er hängte ein und stützte die Arme auf den Tisch, als wollte er in seinem Stuhl versinken. »Das Kind ist im Aufwachraum gestorben.«

Mom war zu ihnen getreten. Ford seufzte und sah auf seine Hände. »Seid mir nicht böse, aber ich glaube, ich muß ins Bett.«

»Gehen Sie schon mal«, sagte sie mit einem Blick ins Wohnzimmer, wo im Widerschein des flimmernden Bildschirms ein Paar Socken schwebten, Rays hochgelegte Füße. Dan wartete, seine Mutter sprach mit fester Stimme. »Auf dem Bett in eurem Zimmer liegt eine gute Heizdecke, soll ich sie einschalten? Sie hat zwei Schalter, einen auf jeder Seite. Früher haben Ray und ich sie benutzt, aber vor einiger Zeit haben wir uns eine neue gekauft.«

Dan nickte, doch Ford stand schon, »Gute Nacht allerseits«, schlurfte ins Gästezimmer und machte die Tür zu.

»Es tut mir so leid für ihn«, sagte Mom.

»Mir auch.«

Sie ließ sich auf dem Stuhl neben Dan nieder. »Du kannst auch in dem Zimmer schlafen«, flüsterte sie, »ich sag Ray einfach nichts davon.«

Er nickte. Plötzlich wehmütig.

»Er scheint ein weiches Herz zu haben.«

»Hat er auch.«

»Ford schon im Bett?« rief Ray vom Fernseher herüber. Sie setzten sich zu ihm.

»Ja«, antwortete Mom, »er war etwas bedrückt. Einer seiner Patienten im Krankenhaus ist gestorben.«

Ray schien von der Gewichtigkeit dieses Ereignisses beeindruckt zu sein. Er dachte nach und fragte: »Ist er im Gästezimmer?«

Mom antwortete, auf der Hut: »Ja. Mit der Heizdecke müßte er es schön warm haben.«

Schweigen. Ray ließ diese Information auf sich wirken. Dan verfolgte sein Mienenspiel. Schließlich schaute Ray ihn ruhig und ausdruckslos an. »Das ist eine sehr gute Heizdecke.«

Mom räumte die Popcornschälchen ab. »Ich will mal die paar Teller abwaschen, so leise es geht. Und dann sollten wir zwei auch ins Bett gehen, mein Alter.«

»Da hast du recht«, Ray klappte den Liegesessel hoch. Die Fernbedienung warf er Dan zu und fragte: »Du bleibst noch auf?«

»Ja, nicht lange.«

Mom beugte sich über Dans Stuhl, sagte »Schlaf schön, Junge« und küßte ihn auf die Wange.

Er saß allein im Zimmer. Er war zu Weihnachten nach Hause gekommen, und sein Geliebter war bei ihm.

Letzte Nacht hatten sie in einem Hotel ihre Liebe gespürt und genossen. Heute saß er, spröde wie Eis, allein im Haus seiner Mutter, und nur das leere Blinken des Baums und des Fernsehers leistete ihm Gesellschaft.

Er konnte seine Gedanken nicht ordnen. Unter dem Baum lag das beleidigende Päckchen, das teure Weihnachtsgeschenk. Dan fiel der Augenblick in der Boutique wieder ein, seine Kälte beim Gedanken an Fords unnötige, ärgerliche Protzerei. Jetzt war ihm seine eigene Schärfe ferngerückt, und er sah nur noch Fords nachfolgende Angst. Was macht es schon, wieviel Geld er für meine Mutter ausgibt? Warum streite ich mit ihm über Geld, was verteidige ich da?

Er schaltete mit der Fernbedienung den Fernseher ab und kniete sich hin, um den Stecker für den Christbaum herauszuziehen. Er schloß die Augen und sah die Zimmer im Haus von Druid Hills vor sich, die sich eines nach dem anderen vor ihm auftaten, makellos eingerichtet von einer Frau aus Savannah, die ihn mit erstaunlicher Energie haßte; eine Frau, die lieber auf den Besuch ihres Sohnes zu Weihnachten verzichtete, als Dan unter ihrem Dach zu beherbergen. Schlimm genug, daß ihr Sohn ihn unter seinem Dach leben ließ.

Fords Haus. Sein Zuhause? Er hatte sich innerlich immer die Möglichkeit offengehalten, es über Nacht verlassen zu können – bevor er womöglich rausgeworfen wurde. Als Schutz vor den unüberwindlich scheinenden Unterschieden zwischen ihnen.

Doch heute abend war die sorgfältig gehegte Schranke zwischen Dan und Fords Haus, Dan und Fords Geld zum Stacheldrahtzaun geworden. Ford empfand das als Mißtrauen. Hatte er so unrecht damit? Gehörte Dan doch eher in den Wohnwagen?

In den Gräbern dort draußen lagen Körper, die sich mit der Erde vermischen wollten, statt dessen aber in wasserfesten Kisten unter einer Schicht gepflegten Rasens mit Weihnachtsblumen obendrauf konserviert wurden. Seine eigene Vergangenheit trug Dan vollkommen konserviert in seinem Herzen, nein, um sein Herz herum wie eine Rüstung.

Ist dieser Ort hier dein Zuhause? Die Frage war so wirklich, daß er den Kopf schüttelte und laut antwortete. Er wußte es doch. »Nein. Ich habe ein Zuhause. In Atlanta.«

Ellen

23

Am fünfundfünfzigsten Weihnachtsmorgen ihres Lebens stand Ellen Burley früh auf. Sie wusch sich in dem großen Badezimmer am äußersten Ende des Wohnwagens das Gesicht, nachdem sie die beiden Klebestreifen abgezogen hatte, die sie jeden Abend vorm Zubettgehen auf die seitlichen Locken ihrer Frisur plazierte. Wie immer schloß sie leise die Tür, damit Ray nicht vom Rauschen des Wassers gestört wurde. Es hatte mal eine Zeit in ihrer Ehe gegeben, da war er mit ihr aufgestanden, doch seit seinem zweiten Herzanfall hatte er sich angewöhnt, noch länger im Bett zu bleiben.

Sie mochte die friedliche Stimmung am frühen Morgen. Das war schon in ihrer ersten Ehe so gewesen, als diese Stunden ihre Zuflucht waren. Wenn sie zeitig genug aufstand, bevor Kinder und Ehemann aufwachten, gewann sie wertvolle Minuten der Ungestörtheit, während draußen langsam der Himmel hell wurde. Dieser Tageszeit konnte sie trauen, ganz gleich, was am Abend zuvor geschehen war. So saß sie dann in ihrer Küche, trank ihre erste Tasse Kaffee und fühlte sich mit sich selbst wohl.

Zu ihrer Überraschung duftete es an diesem Morgen schon in ihrer Küche; sie knöpfte ihren Morgenmantel zu, holte sich eine saubere Tasse aus dem Schrank und probierte einen Schluck. Der Kaffee war ausgesprochen gut. Sie nahm die Tasse mit ins vordere Wohnzimmer, wo Ford neben dem Weihnachtsbaum am Fenster stand. Als er sie hörte, drehte er sich um. »Guten Morgen«, lächelte er sie an, »ich habe Kaffee gemacht. Ich hoffe, das ist Ihnen recht.« Auf seinem Gesicht lag noch der Schlaf.

»Sie kochen guten Kaffee.« Ellen setzte sich in ihren Liegesessel. »Ich glaube, ich mache die Heizung noch nicht an. Ray dreht die Heizdecke immer auf wie einen Toaster.«

»Mir ist nicht kalt.« Dann fiel ihm etwas ein, und er hob seine Tasse: »Fröhliche Weihnachten.«

»Ja, fröhliche Weihnachten.«

Er setzte sich aufs Sofa, kein Fremder mehr. Ellen betrachtete ihn, sein verwuscheltes Haar, sein kräftiges Gesicht überschattet vom morgendlichen Bart. »Haben Sie Hunger? Ich kann Ihnen etwas zu essen machen.«

Er lächelte und zeigte auf seine Tasse. »Mehr brauche ich im Augenblick nicht.«

Draußen war das Licht in übereinanderfließenden Schichten zu sehen, die sich mit dem Aufgehen der Sonne öffneten, Wolkenumrisse zeichneten sich ab. »Eigentlich kenne ich Sie ganz gut, Ford, schließlich haben wir uns schon oft am Telefon unterhalten. Aber jetzt, wo Sie hier sind, bin ich ein bißchen schüchtern.«

»Es war bestimmt nicht leicht für Sie, als Danny gefragt hat, ob er mich mitbringen durfte.«

»Das stimmt. Aber ich freue mich, daß Sie hier sind.« Das sagte sie flach, ohne besondere Betonung. »Danny war ziemlich schroff in der ganzen Sache. Er glaubte fest, ich würde nein sagen.«

Ford lachte. »Zu mir hat er gesagt, er hätte sich wie ein Schuft benommen.«

Ellen machte eine Pause. »Wie geht es ihm – gesundheitlich?«

»Gut.« Ford sah ihr in die Augen. »Die Zahl seiner Helferzellen ist stabil.«

»Das bedeutet, es geht ihm nicht schlechter.«

»Das bedeutet, sein Immunsystem funktioniert immer noch gut. Und es ist sehr unwahrscheinlich, daß er in der nächsten Zeit krank wird.«

Sie nickte wieder. »Sie wissen ja, daß ich mir Sorgen mache.«

»Ich auch, wissen Sie.«

Sie stand auf, nahm seine leere Tasse. Offensichtlich trank er seinen Kaffee schwarz, und sie hätte wetten können, daß er keinen Zukker hineintat, also fragte sie gar nicht erst.

Als sie zurückkam und er ihr dankte, merkte sie, wie sehr sie ihn mochte, und strich ihm übers Haar.

Er lächelte, lehnte sich zurück, sah sich um. »Ich mag Ihr Heim. Man spürt, daß es Ihres ist. Bloß in dem Gästezimmer, da kann ich mich kaum umdrehen.«

»Tja«, verkündete Ellen weise, »Leute Ihrer Größe sollten nicht in Wohnwagen leben. Aber ich nehme an, es geht gerade noch, wenn man nur ab und zu mal auf Besuch kommt. Als ich jung war, habe ich davon geträumt, ein eigenes Haus zu besitzen, egal was für eines, das ich einrichten und bewirtschaften konnte, wie ich wollte. Meine Mutter war nicht besonders gut im Haushalt.« Einen Moment lang wurde sie unsicher, aber Ford schien mit Interesse zuzuhören. »Zu Anfang hatten wir auch ein eigenes, mein erster Mann und ich. Dannys Vater. Es war winzig. Aber wir machten ein Getue darum, als wäre es ein Palast.« Sie schmunzelte.

»Danny spricht nicht oft von seinem Vater.«

»Das wundert mich nicht.«

Die nächste Frage kam überraschend für sie. »Hat er Ihnen allen sehr weh getan?« Ford wurde rot. »Ich weiß, es geht mich vielleicht nichts an, aber es würde mir helfen, es zu wissen. Was er getan hat.«

Ellen zögerte. »Er hat alles mögliche getan. Wenn ihm danach war, hat er mich geschlagen. Oder Schlimmeres.« Sie schaute auf ihre Hände. »Wir reden selten davon. Vielleicht ist das nicht richtig.«

»Hat er auch die Kinder geschlagen?« Ford war immer noch rot und konnte sie nicht ansehen.

»Nicht oft. Aber es gab schreckliche Zeiten, da kam es vor.« Als sie seinen erschrockenen Gesichtsausdruck sah, wurde sie traurig. »Danny hat Ihnen wohl wirklich nicht viel erzählt.«

»Nein«, erwiderte Ford, »eigentlich überhaupt nichts.« Für seine nächste Frage nahm er Anlauf. »Vielleicht ist es kein guter Zeitpunkt, aber wer weiß, wann wir nochmal allein reden können.« Er holte tief Luft. »Auf dem Weg hierher hat Danny mir ein Haus gezeigt. Das war der einzige Halt vor dem Mittagessen.«

Sie fragte, etwas atemlos: »Wo war das, erinnern Sie sich?«

»Es lag in der Nähe einer Kreuzung, ein kleines weißes Haus mitten auf einem Feld.« Ford brach ab, als er ihren Gesichtsausdruck sah.

»Harvey Crossroads.«

»Ich glaube, das war es.«

»Harvey Crossroads war ein schlimmes Haus.« Sie stand auf, ging zum Fenster, schaute hinaus. »Am Weihnachtsmorgen gehe ich gern ein bißchen spazieren. Haben Sie Lust mitzukommen? Sie brauchen sich bloß einen Mantel überzuziehen, es ist nicht sehr weit.«

Die Mäntel hingen am Garderobenständer im Büro, Ellen band sich noch ein Kopftuch um. Als Ford den schwarzen Stoff zuknöpfte, erkannte sie plötzlich den Jungen in ihm, der sich erschrocken hatte, als er am Weihnachtsmorgen an solch einem merkwürdigen Ort aufgewacht war. Sie wartete, bis er neben ihr stand, und öffnete die Tür. Ein Schwall Winter blies ihnen ins Gesicht. »Vielleicht wäre eine Mütze gut«, schlug sie vor, als sie auf den Kies trat.

Er holte eine Mütze aus der Manteltasche und setzte sie lächelnd auf. Er atmete den scharfen Geruch der Kälte ein. »Weihnachten auf dem Friedhof.«

Sie lachte. »Das hätten Sie sich wohl nicht träumen lassen!«

»Na ja, ich werde wohl viele Male Weihnachten auf dem Friedhof zubringen. Wenn ich tot bin.«

»Wir reservieren Ihnen hier draußen eine Grabstelle, was halten Sie davon?«

Er lachte. »Das ist gut.« Er blickte in den Himmel, eine endlose, klare Kuppel mit ein paar verstreuten, hoch fliegenden Wölkchen. »Wahrscheinlich ist das hier ein besserer Ort, um tot zu sein, als Savannah.«

Ellen steckte die Hände in die Taschen und schlenderte unter den Platanen und Pekanbäumen am Rand des Parkplatzes entlang. Der Wind fegte über die Weihnachtssterne, riß weiche Blätter ab und wirbelte sie über das dürre Gras. Ford sah sich um, die Kurve der Zufahrtsstraße, der Graben, das Mausoleum, die kahlen Äste der Apfelbäume. Sie steuerten eine der hinteren Ecken des Friedhofs an, seine große Gestalt war ein guter Windschutz für sie.

»Was hat Danny Ihnen genau über das Haus erzählt?« fragte sie.

»Nicht viel«, sagte Ford, »wir sind darin herumgelaufen.«

Sie hörte sein Zögern. Aus seiner undeutlichen Ängstlichkeit schloß sie, daß sein Zusammenleben mit Danny noch auf unsicheren Füßen stand, und dieser Gedanke beunruhigte sie. Zum erstenmal bemerkte sie den bekümmerten Ausdruck auf seinen Zügen.

»Er wollte mir nichts erzählen, außer daß sein Vater dort einen Hund getötet hat. In einem der Zimmer fing er an zu weinen.«

Sie näherten sich dem schmalen Graben, der den Friedhof vom Obsthain trennte, und Ellen griff nach Fords Hand, um den Graben zu überqueren.

Auf der anderen Seite liefen sie über das spärliche, braune Gras, das weiche Gemisch aus vermoderndem Laub und dem einen oder anderen Apfelrest, die Schatten der Äste auf ihren Gesichtern. Sie spürte, wie er auf ihre Antwort wartete. »Danny war acht, als wir in diesem Haus lebten. Wir haben nicht lange dort gewohnt. Aber es wundert mich nicht, daß seine Erinnerung daran so stark ist.« Sie machte eine Pause. »Zu der Zeit war es besonders schlimm mit dem Streiten. Dannys Vater hatte seit längerem nicht mehr getrunken, doch plötzlich fing er wieder an. Und in den Tagen um das Erntedankfest hatten wir einen furchtbaren Streit, er und ich.« Sie unterbrach sich, machte ihm stillschweigend deutlich, daß sie den Grund für diesen Streit nicht preisgeben wollte. »Es war schlimm, und es dauerte drei oder vier Tage, und Bobjay trank immer weiter. Und dann jagte er mich hinaus in den Wald. Er war so betrunken, daß er mir nicht gleich folgen konnte. Das war nachts, und alle Kinder waren auch draußen und suchten mich. Ich glaube, es hatte geschneit. Wie auch immer«, sie stieß energisch ihre Arme in die Manteltaschen, »er hat mich nicht gekriegt, aber der Hund lief auf ihn zu. Eine Promenadenmischung, ich konnte den Köter selber gar nicht leiden, die Kinder hatten ihn aufgenommen. Und er hat den Hund getötet.«

Sie sah Ford an, daß es reichte. Diese Geschichte erklärte ihm deutlich genug, was es mit dem Haus auf sich hatte. Es war eine große Versuchung für sie, es dabei zu belassen.

»Wie hat er denn den Hund umgebracht?«

»Er hatte ein Fleischermesser«, sagte sie sachlich. »Damit hat er mich gejagt.«

»Und Ihre Kinder waren dabei.«

»O ja.«

Er versuchte, sich nicht anmerken zu lassen, wie schockiert er war. Rührend fast, wie sich seine dunklen Augenbrauen ungläubig zusammenzogen. Erneut dachte sie, daß sie die Geschichte an dieser Stelle abbrechen konnte, falls es ihr lieber war. Was danach kam, war noch schwerer herauszubringen. Doch Ford war so ernsthaft. Und sie wollte so sehr, daß er bei Danny blieb. Schließlich fragte sie: »Habt ihr beide Schwierigkeiten miteinander?«

Das überraschte sie beide, Ellen noch mehr als Ford, so direkt war sie sonst nie.

Er hatte Mühe mit der Antwort. Sie hatten den Rand des Obsthains erreicht, ein Feld, das früher einmal Ackerland gewesen, jetzt aber an eine große Firma verkauft worden war. Die Reste von Sojabohnen knirschten unter ihren Füßen. Das Blau des Himmels wurde mit jeder Minute stechender. »Es gibt einige Dinge, die uns Schwierigkeiten bereiten. Manchmal ist er schrecklich eifersüchtig. Dann will er mir seine Unabhängigkeit beweisen und zieht sich in sein Schneckenhaus zurück. Ich habe oft das Gefühl, daß er mir nicht sehr weit traut, aber er schwört, er vertraut mir.«

Ellen fühlte sich zutiefst unbehaglich bei diesem Gespräch, es kam ihr so nahe. Sie ließ sich den Wind ins Gesicht blasen. »Ich weiß, daß er Ihnen vertraut.«

»Woran merken Sie das?«

Sie schüttelte den Kopf. »Ich weiß es einfach.« Es kam ihr einfacher vor, zu sprechen, wenn sie ihn nicht ansah. »Er würde Sie nicht hierherbringen, wenn er kein Vertrauen zu Ihnen hätte.«

»Er denkt doch immer noch, daß ich auf Sie alle herabschaue.«

»Darüber wird er schon hinwegkommen, warten Sie's ab.«

»Danny redet immer davon, daß er in meinem Haus wohnt. Mein Haus. Nie seins. Andauernd denke ich, eines Tages komme ich von der Arbeit, und er ist ausgezogen.«

Sie lachte. »Das würde er fertigbringen. Ich kenne meine Kinder.«

»Das ist nicht komisch. Es macht mir wirklich angst.«

»Sie sind wie ich«, meinte Ellen, »Sie müssen sich immer Sorgen machen.«

»Ich glaube, wenn es nur um mich ginge, wäre alles in Ordnung. Aber er hat es ja nicht nur mit mir zu tun. Sondern mit mir und mit meinem Geld. Mit mir und mit meiner Familie. Mit mir und Savannah. Und dem ganzen Zeugs.« Ford zuckte hilflos die Achseln. »Aber da ist auch noch etwas anderes. Selbst wenn wir alles aus dem Weg räumen könnten. Auf eine ganz bestimmte Weise hat er Angst vor mir, und ich verstehe es nicht.«

»Wie meinen Sie das?«

»Zum Beispiel in dem Haus«, erklärte Ford, »wo er mich hingebracht hat. Als er in dem Schlafzimmer stand und weinte. Er wollte nicht sagen warum, und ich hatte Angst zu fragen.«

»Welches Zimmer war das?« Endlich wagte sie die Frage, und ihre Stimme war plötzlich ganz klein.

»Das Zimmer auf der Vorderseite. Heute ist der Boden eingestürzt.«

Sie schaute ins Leere, konnte das Haus beinahe selbst erkennen, wie eine Insel unter einem Segel aus Bäumen in einem Meer aus gepflügter Erde, und die kleine Gestalt ihres Sohnes, ihres ältesten Sohnes, eben noch am Rande der Baumreihe, verschwunden…

»In diesem Zimmer ist etwas Schreckliches mit Danny geschehen«, setzte sie an und schluckte. Ford wartete geduldig. »Ich kann es nicht erklären. Jedenfalls brachte Bobjay Danny an diesem Abend mit zu uns… ins Bett. Und da hatte er noch das Messer.«

»Und was dann?«

Sie schüttelte stumm den Kopf, *ich kann es nicht aussprechen.* Aus Fords Gesicht war alle Farbe gewichen. Sie ging zielstrebig zurück, in den Schutz der Apfelbäume, weg von dem Entsetzen in seinen Augen. Seine Schritte knisterten hinter ihr im Laub.

So kamen sie langsam wieder zum Wohnwagen. Ford legte seinen Arm um ihre Schultern. Sie war eigenartig froh über seine Berührung; aber auch erleichtert, als er eine Weile später den rechten Moment fand, die Umarmung wieder zu lösen. Und sie wußte, daß er ahnte, was damals, in diesem Zimmer, geschehen war.

»Es muß weh tun, davon zu sprechen«, sagte er vorsichtig.

»Es tut weh, damit zu leben«, antwortete sie. »Uns allen.«

24

Auf der anderen Seite des Grabens ging Ellen zum Mausoleum und kniete an der untersten Reihe der Grabkammern nieder. Es reichte Ford knapp bis an die Schultern und war mit türkis geädertem Marmor aus Italien verkleidet; obendrauf der kniende Christus beim Gebet im Garten Gethsemane. Der kleine Bau stand kompakt und stämmig vor dem Hintergrund aus kahlen Bäumen und Vasen voller Weihnachtsblumen.

An der unteren Grabkammer, wo Ellen kniete, stak ein kleiner Weihnachtsbaum in einem bronzenen Blumenhalter, eine perfekte Miniaturtanne mit winzigem Schmuck. Sie berührte sie liebevoll, froh, daß der Wind nichts beschädigt hatte.

Als sie zu Ford aufsah, bemerkte sie, daß er den Namen auf der Bronzeplatte las. *Grove Douglas Crell.*

»Er war Ihr jüngster Sohn.«

Ohne Groll verbesserte sie: »Er ist mein jüngster Sohn.«

Er sah sie hilflos an. »Ich hatte gar nicht daran gedacht, daß er hier liegen könnte.«

Sie behielt einen freundlichen Ton bei, obgleich es in ihrem Kopf aufschrie, wie immer, wenn sie hier stand. »Ich konnte ihn einfach nicht unter die Erde lassen.« Sie richtete sich auf, strich ihren Mantel glatt. »Deshalb gehe ich am Weihnachtsmorgen immer spazieren. Ich wünsche meinem Jüngsten ein frohes Fest.«

Nun kam doch ein Seufzer heraus. In einem plötzlichen Anflug von Zuneigung hakte sie sich bei Ford unter. »Ich könnte jetzt noch einen Kaffee vertragen. Und Sie?«

25

Im Wohnwagen begrüßte sie das Zischen der Heizung. Ray werkelte in der Küche herum. Ellen nahm das Kopftuch ab, steckte die Nase in die Küche und sagte: »Wir waren draußen am Mausoleum.«

»Ich habe euch gesehen«, verkündete Ray. »Ich bin aufgestanden, nachdem ihr draußen wart.«

»Ach, du solltest doch noch liegenbleiben.«

Ray schlurfte in seinen Pantoffeln ins Wohnzimmer und gab Ellen im Vorbeikommen einen trockenen Kuß auf die Wange. »Der Kaffee ist gut. Hast du den gemacht?«

»Sie hätten mitkommen sollen«, sagte Ford schnell.

»Viel zu kalt, um draußen herumzulaufen. Und Ellen ist so geizig, daß sie morgens nie die Heizung hochdreht. Da muß ich aufpassen, daß ich nicht zum Eiszapfen werde.«

»Och Gott. Dabei habe ich's so gern, wenn er mir einen Schauer den Rücken runterlaufen läßt.« Lachend ging Ellen in ihre Küche.

Einen Augenblick später öffnete sich die Gästezimmertür, und Danny kam heraus, sich den Kopf kratzend. Er wünschte guten Morgen und küßte sie auf die Wange, ähnlich wie Ray. Sie spürte seine Kühle und dachte daran, was Ford ihr direkt und indirekt gesagt hatte.

»Ihr seid wohl schon lange auf«, gähnte Dan.

»Ford und ich sind spazierengegangen.« Sie stellte ihm seinen schwarzen Kaffee hin.

»Na fein, solange du nicht mich um diese Tageszeit raus in die Kälte schleppst.«

Ford lehnte in der Tür. »Hört euch das an, als würde der Kleine von dem bißchen Kälte zusammenschrumpeln.«

Danny errötete ein wenig. »Haben wir schon was von Amy gehört?«

»Sie wollten zum Frühstück herkommen, und dann ist Bescherung.«

»Und wenn ich vorher Hunger kriege?«

»Dann hoffe ich, du weißt dich zu benehmen und behältst es für dich.«

Ray stapfte herein. »Mir geht es aber ähnlich. Ich weiß nicht, ob ich den ganzen Morgen warten kann, bis ich mein Frühstück kriege.« Ray setzte sich Danny gegenüber an den Tisch und faltete die Hände.

»Jetzt hast du aber was angerichtet.« Ellen baute sich, die Hände in den Hüften, vor ihrem Sohn auf.

»Ich denke bloß an die anderen. Wenn ich nichts zu essen kriege, habe ich den ganzen Tag schlechte Laune«, erwiderte Danny.

Ford rief vom anderen Zimmer herüber: »Vielleicht sollten wir rüberfahren und sie wecken.«

Danny versenkte seine Nase grummelnd in der Kaffeetasse. »Ich wußte, euch würde was einfallen, um mich bei der Kälte rauszutreiben.«

Die Fahrt nach Wickham dauerte nur kurz. Ellen hatte sich immer gefragt, warum die Vorstadt, wo Amy in einer kleinen Wohnung lebte, ausgerechnet Piney Bluff hieß. Alles war genauso, wie es aussah. Früh am Feiertagsmorgen waren erst wenige Familien draußen unterwegs. Winterlich eingepackte Kinder spielten in braunen Vorgärten, ein winziges Mädchen in einem blauen Parka sauste auf einem Fahrrad mit kleinen Stützrädern herum, ein halbwüchsiger Junge hatte einen Drachen, Vater und Sohn liefen mit Walkie-talkies durch die Gegend, deren Antennen wippten. Amy stand in der Tür, ihren pinkfarbenen Steppmorgenmantel bis oben zugeknöpft. Sie wedelte mit der Zigarette und sagte: »Ich hab euch nicht mal angerufen, ich dachte mir schon, daß ihr herkommen würdet.«

Ellen schmunzelte. »Ist er schon wach?«

»Ach du lieber Gott. Seit über einer Stunde, und er platzt gleich. Hallo Ford, hallo Danny, frohe Weihnachten.«

Sie stieß die Tür weit auf, und sie traten in das mittelgroße Wohnzimmer, in dem überall Spielzeug herumlag. Jason starrte sie mit blankgeputzten Augen an. Als er Ellen sah, verkündete er feierlich: »Oma, ich habe alles bekommen.«

In seiner Hand lag die Fernbedienung eines Videospiels, das Prachtstück seiner Schätze; der Fernsehbildschirm, in Pausenstellung eingefroren, starrte ihn aus einem Meter Entfernung an.

Dan und Ford setzten sich links und rechts neben den Jungen und halfen ihm dabei, seine neue Autobahn mit den Rennwagen zusammenzubauen. Jason dirigierte den Bau, gab Anweisungen für den Straßenverlauf. Ellen beobachtete amüsiert die verschiedenen Stadien der Kindlichkeit und ging dann zu Amy in die Küche. Auf dem Herd thronte ein riesiger, roher Truthahn in einer ausladenden Bratpfanne. »Hast du den auf der Arbeit gekriegt?«

Amy schnitt eine Grimasse. »Reizend, nicht? Ein ganzer Truthahn.«

Ellen lachte. »Willst du den etwa braten?«

»Später.« Amy schnippte Asche auf einem Unterteller ab. »Wahrscheinlich heute abend, wenn wir nach Hause kommen. Ich habe Jason versprochen, wir würden auch Truthahn essen. Er will alles genauso haben, wie du es machst.« Ellen wußte nicht, ob das ein versteckter Vorwurf sein sollte.

»Jason ist ja glücklich wie ein Schneekönig.«

»Das kann man wohl sagen. Ich weiß, daß ich zuviel Geld ausgegeben habe, aber das war es mir wert.«

»Wo ist Hank? Ich hatte halb damit gerechnet, ihn hier anzutreffen.«

»Nein, er bringt Jason immer ganz durcheinander. Heute abend schaut er vielleicht kurz rein.« Sie senkte die Stimme. »Er wird Jason sagen, daß der Weihnachtsmann auch bei ihm zu Hause Spielsachen für ihn hinterlassen hat.«

Im Wohnzimmer jagte Jason gerade ein elektrisches Rennauto auf seiner ersten Runde über die neue Bahn. Ellen machte es sich auf der Couch bequem, die Strickjacke über die Schultern gelegt, und wurde zur Großmutter, die ihre Tochter, ihren Sohn und den Sohn ihrer Tochter betrachtet. Nun ja, und den Freund ihres Sohnes. Sie lobte Jasons Talent als Rennfahrer, wurde gelegentlich mit einem »Guck mal, Oma« bedacht und schaute pflichtschuldigst hin. Danny hatte

Jason auf dem Schoß und brachte ihm geduldig die Geheimnisse des Rennfahrens bei, während Jason sein kleines rotes Auto gegen das kleine schwarze von Ford ansausen ließ. Danny war ganz in das Spiel mit dem Kind versunken und sprach direkt in sein Ohr. Jason hörte seinem Onkel aufmerksam zu und schüttelte ab und zu den Kopf darüber, wie viele Dinge gleichzeitig zu beachten waren.

»Jason muß dieses Jahr aber ein lieber Junge gewesen sein, daß er so viele Spielsachen bekommt«, bemerkte Ford.

Jason sah sich in seinem Überfluß um. »Ich hatte keine Ahnung, daß ich so brav war«, stellte er verwundert fest.

»Und wir müssen noch all die Geschenke bei Oma aufmachen«, sagte Danny. »Nachher kommt Onkel Allen, und dann gibt es noch mehr.«

Jason rollte die Augen.

Inzwischen war die Sonne über die Bäume am Horizont gestiegen und schickte schräge Goldstreifen über den Garten. Amy öffnete Kisten mit Weihnachtsnougat und Plätzchen und anderen Süßigkeiten. Sogar Ford aß das Zuckerzeug und machte Komplimente. Jason beschmierte seine Unterlippe und sein Kinn ausgiebig mit Nougat.

Der süße Geschmack in ihrem Mund schmolz, und Ellen hätte schwören können, sie säße in einem der anderen Häuser, in Forrester County oder noch früher, wo sie als Kind gelebt hatte. Manchmal, wenn Amy oder Dan sprachen, zog die Unterströmung dieser Stimmen sie rückwärts in der Zeit.

Wieder hatte Amy etwas gesagt, und Ellen schrak auf. »Entschuldige, Liebes, ich hab dich nicht gehört. Ich träume heute morgen.«

»Wann wollten Allen und Cherise hier sein?« wiederholte Amy.

»Am frühen Nachmittag. Dieses Jahr wollten sie nicht zu spät kommen, aber du weißt ja, darauf verlasse ich mich nicht.«

»Na, ganz einfach, wir warten nicht auf sie«, sagte Amy. »Wir essen, sobald es fertig ist, und sie kriegen, was übrig bleibt.«

Ellen zupfte etwas Klebeband von ihrer Hose. »Ich hoffe, Duck ruft an.«

Danny schnappte den Satz auf und rief herüber: »Wetten, daß er anruft? Duck war doch immer sentimental, wenn es um Weihnachten ging.«

»Ich will nicht zu viele Hoffnungen daran hängen.«

»Bestimmt sagt meine Mutter dasselbe«, murmelte Ford.

»Was sagt sie, was sagt sie?« fragte Jason.

Danny wollte etwas sagen, schluckte es im letzten Moment hinunter. Ford bemerkte es nicht. Amy stellte die Stimmung von Alltäglichkeit wieder her, indem sie Ford fragte, wie viele Geschwister er denn habe, und er erzählte sachlich von seiner Schwester und seinem Schwager, die seit einem Jahr verheiratet waren, und von den Weihnachtsbräuchen seiner Familie, dem Essen mit Onkel Paul und dem Abendessen bei Onkel Reuben mit dem ganzen Clan, von dem Haus am Küstenkanal, dem Sonnenuntergang hinter Spanischem Moos und windgebeugten Eichen. Ellen hörte dem Klang seiner Stimme gern zu. Wenn sie eine Mutter wäre, die ihr krankes Kind ins Krankenhaus brachte, dann würde dieser Doktor sie beruhigen.

»Wird bei euch in der Familie zu Weihnachten was getrunken?« fragte Amy.

Ellen ahnte, was kam. »Ach, sei still, Amy.«

»Nein, laß ihn mal antworten.« Eine Spur Mutwillen blitzte in ihrer Stimme. »Deine Familie trinkt an Weihnachten, stimmt's?«

»Meine Familie trinkt die ganze Zeit.«

»Siehst du«, triumphierte Amy.

»Na gut, Amy, trink was, wenn du Lust dazu hast«, sagte Ellen, »nur zu.«

»Wir streiten uns schon lange über dieses Thema«, erklärte Amy.

»Sie denkt, ich bin langweilig, weil ich zu Weihnachten nichts trinken will«, meinte Ellen. »Ich sage nur, ich trinke, wenn ich Lust habe, was zu trinken, fertig.«

»Ich hab einen guten Wein da«, bot Amy an, »soll ich ihn holen?«

Ellen sagte: »Sie hat immer Wein da. Sie tut, als wüßte ich nichts davon, dabei steht er offen im Kühlschrank.«

»Wenn wir zu Hause wären, würden wir vermutlich einen Schluck trinken«, steuerte Danny bei. Ford lachte auf. Hastig fügte Danny hinzu: »Was nicht heißt, daß wir hier unbedingt auch trinken müssen.«

»Es gibt doch so Weinschorle«, sagte Ellen, »die mag ich manchmal ganz gern.«

»Sie trinkt eine Weinschorle am Abend und denkt, sie schlägt über die Stränge«, spottete Amy.

Ellen stand auf und holte ihren Mantel. »Komm, Jason, wir fahren nach Hause und machen Bescherung.« Der Kleine sprang auf und schrie und hüpfte und zog an ihrem Rock. Die beiden Männer und Amy zogen sich betreten ihre Sachen über.

»Ich kann doch Ray nicht allein im Wohnwagen lassen, nachher fängt er an, das Scheckheft zu kontrollieren.« Sie lachte etwas gezwungen über ihren eigenen Scherz.

26

Aus dem Schornstein kräuselte sich ein Dampfwölkchen in die Höhe, und vor dem Wohnwagen war Ray in pelzbesetzten Schlappen und Wintermantel zugange. In der Nacht hatte der Wind einige Weihnachtssterne auf den Gräbern umgeweht, und er hielt Ellen zwei beschädigte Töpfe entgegen. »Glatt runtergefegt. Hier draußen pfeift es ganz schön.«

»Welche denn?«

»Willis Palmer und die kleine Harvey.«

»Der Wind hat hier bloß soviel Kraft, weil keine Hecke da ist. Du solltest mich endlich eine anpflanzen lassen, wie ich es schon lange vorhabe.«

»Mal sehen.« Er ging hinter das Haus.

»Beeil dich, Opa«, rief Amy, »wir wollen Bescherung machen.«

Ellen öffnete ihre Haustür und trat ein. Behagliche Wärme umgab sie, der Kühlschrank schickte ihr zur Begrüßung ein leises Brummen aus der Küche entgegen. Sie hielt Danny und Ford, die Jasons Spielsachen schleppten, die Tür auf; der Junge versuchte, zwischen ihren Beinen gleichzeitig ins Haus zu kommen. Amy schlenderte gemächlich hinterdrein, überall Asche hinterlassend. »Sag mal, Jason, hast du eigentlich all deine Spielsachen dabei?« fragte Ellen entgeistert.

»Nein, Oma, das ist doch fast gar nichts.«

»Deine Rennbahn und den Laden hast du zu Hause gelassen, nicht wahr?« soufflierte Ford, und Jason nickte.

»Na, da bin ich beruhigt«, sagte Ellen, »es könnte ja sein, daß wir uns hier drin noch bewegen wollen.«

Ray kam zur Hintertür herein. »Jason hat aber ordentlich abgesahnt.«

»Allerdings«, antwortete Ellen. Sie schickte ihn gleich wieder los, um Mülltüten zu holen für Geschenkpapier, Verpackungen und sonstige Abfälle. Dann setzte sie sich so auf die Couch, daß sie das ganze vordere Wohnzimmer unter Kontrolle hatte. Als Ray zurück war, hob sie die Stimme. »Jason, was meinst du, ich finde, du solltest die Geschenke überreichen!«

Er nickte bedeutungsvoll und verschränkte die Arme vor der Brust.

Eins nach dem anderen gab Jason die Geschenke den Beschenkten, sie wurden geöffnet und bewundert; Pullover strahlten in allen Farben; Parfums versprühten ihren Duft; elektronische Geräte versprachen Erleichterung im Haushalt. Amy riß das Geschenkpapier genüßlich und gierig auf; Dan schob seine Finger in die Falten der Verpackung und arbeitete sich mit chirurgischer Präzision vor; Jason rupfte mit beiden Fäusten; Ray benutzte ein kleines Messer, das an seinem Schlüsselring hing. Ford riß das Papier in Streifen ab, hob aber alle Schleifen auf.

Innerhalb der Familie blieben die Geschenke immer im Rahmen des Erwartbaren, ausgewählt gemäß sorgfältigen Andeutungen übers Jahr hin, die zum Ritual des Schenkens dazugehörten. Danny brauchte Disketten für seinen Computer und bekam zwei Zehnerpäckchen. Amy mochte Goldketten und bekam eine von Danny und Ellen. Ray konnte immer neues Werkzeug für seinen Bastelschuppen gebrauchen und bekam gleich zwei neue Geräte.

Doch dieses Jahr hatte auch Ford Geschenke gekauft, und alle waren überrascht, wie schnell und treffsicher er das bewältigt hatte, selbst Dan. Seine Geschenke zeichneten sich auch durch ihre Großzügigkeit aus; doch keiner sagte etwas. Ellen empfand nur mildes Erstaunen, als sie den Kaschmirpulli für Amy, den silbernen Füller für Ray, die *He-Man*-Burg für Jason sah; aber die edle Wolljacke in der großen Schachtel verschlug ihr die Sprache.

Hätte sie Dannys Verstimmung nicht bemerkt, wäre der kurze Augenblick der Unbeholfenheit schnell vorüber gewesen. So aber legte sie die Jacke erst einmal liebevoll über die Lehne der Couch, anstatt sie gleich anzuprobieren, und Danny stand auf, augenscheinlich, um Kaffee nachzuschenken, denn er nahm seine Tasse mit. Ford sah ihm skeptisch nach.

Zügig und routiniert räumte sie auf, Geschenkpapier, Klebeband, Schleifen, zerdrückte Schachteln. Amy half ihr, während Ford und Jason versuchten, einen Überblick über die neuen Spielsachen zu gewinnen. Aus der Küche hörte man das Wasser rauschen.

Danny stand mit einem Glas Wasser an der Spüle. Sein Gesichtsausdruck blieb ihr ein Rätsel, er sagte nichts aus, ebenso wenig wie der ihre; für das Aufblitzen eines Augenblicks wurde ihr wieder bewußt, wie sehr er ihr ähnelte. Ihr Sohn setzte ein Lächeln auf. »Das hätten wir auch wieder hinter uns, bis nächstes Jahr.«

»Ich habe sogar schon fast alles aufgeräumt.« Sie klopfte ihm auf die Schulter.

Danny nickte, völlig ernst. »Mir war klar, daß du das ganze Papier nicht lange auf dem Boden rumliegen lassen würdest.«

»Mach dich nicht über deine arme alte Mutter lustig, halt mir lieber mal die Tür auf.« Sie trat zur Seite, und er öffnete die Hintertür.

»Weißt du noch, wie wir früher den Abfall immer verbrannt haben?« fragte Danny. »Das gehörte zu meinen Lieblingsbeschäftigungen.«

»Das wird heutzutage nicht mehr gemacht, alle sagen, das verschmutzt die Luft.«

Er nahm Ellen die Mülltüte ab und stopfte sie in die Tonne. Danny hätte wieder der kleine achtjährige Junge sein können, der am Fluß entlanglief und sang, der in einer Ecke stand und schweigend alles beobachtete, das Kind aus dem Haus in Harvey Crossroads, das ohne ein Wort über die Felder in den Wald verschwand. »Es ist so still hier draußen«, meinte er, »ganz anders als Atlanta.«

»Du bist ein Junge vom Land, eigentlich bist du das hier viel mehr gewöhnt als die Stadt.« Sie strich ihm eine Locke aus den Augen. »Ford hat gestern aber eine Menge Geld ausgegeben.«

Danny rollte mit den Augen. Sein Gesichtsausdruck brachte sie zum Lachen, das waren genau dieselben Geschichten wie bei ihr und Ray. »Liebes, es gibt überhaupt nichts daran auszusetzen, wenn er für uns Geld ausgeben will, Hauptsache, er hat es. Oder?«

»Ach, ich weiß auch nicht, warum es mich wütend macht, aber es ist so.« Danny ließ den Deckel zufallen. »Gestern nacht, als ich ins Bett ging, hatte ich für mich alles geklärt. Aber da ist irgend etwas, das hat mit Weihnachten zu tun, und ich weiß nicht, was los ist.«

»Komm, wenn du gefrühstückt hast, geht es dir besser. Ich habe den Landschinken gekauft, den du so magst.« Von drinnen war Jasons helles Gelächter zu hören. »Jason hat aber einen Spaß. Er mag Ford.«

»Ford kann gut mit Kindern umgehen.«

Die unbewußte Sicherheit seines Tons fiel ihr auf, wie selbstverständlich er von Ford sprach. Sie begriff, wie anders ihr Sohn bei diesem Besuch war, oder ihr Gefühl zu ihm. Sie war an einen Danny gewöhnt, der allein kam und sich wie ein alleinstehender Mann verhielt. Jetzt war er weniger einsam und zugänglicher, menschlicher und verletzlicher. Ohne nachzudenken, fragte sie: »Hast du ihm sein Geschenk schon gegeben?«

Er errötete. »Nein, noch nicht. Ich trau mich nicht.«

»Wirst du es tun?«

»Weiß ich nicht.« Er hielt ihr die Tür auf. »Aber psst.«

Drinnen standen Ford und Jason vor der geöffneten Kühlschranktür, und Jason suchte nach Omas großer Keksdose. Ellen rief: »Wer stöbert da in meinem Kühlschrank?« und Jason fuhr herum.

»Wir wollen unsere Weihnachtsplätzchen«, verkündete er. Sie zog das Kind an sich und holte die flache Plastikbox unter anderen Behältern mit Speiseresten und Suppenzutaten hervor. »Ich will Schokolade, aber keine Kokosnuß«, krähte Jason.

»Ich auch nicht«, stimmte Ford zu.

Jason reckte den Hals, als Ellen die Dose aufmachte; dann durfte er sein Nougatstückchen mit Schokolade und Pekannüssen aussuchen. Schließlich gab sie die Box an Ford weiter und meinte: »Nehmen Sie das doch mal mit rein, Ford, ich mache jetzt endlich das Frühstück.«

Hinter ihr schloß sich eine Tür, und Fords Blick folgte Danny, der mit der zweiten Abfalltüte losging.

»Brauchen Sie Hilfe?» fragte er sie etwas kläglich.

»Ihr beiden habt doch bestimmt eine Menge Sachen, mit denen ihr noch spielen müßt, stimmt's, Jason?« winkte Ellen ab.

»Genau«, sagte Jason, »los komm«, und er zog Ford an der Hand mit sich.

27

Das Telefon läutete, als sie gerade die letzte Scheibe Schinkenspeck in die Pfanne legte, und die weit entfernte Stimme eines anderen Sohnes entwaffnete sie völlig. Sie hob den Hörer mit derselben Hand ab, von der auch ein blaugeblümter Topflappen baumelte, und während sie »Hallo« sagte, überwachte sie das Brutzeln des Fleisches in der Eisenpfanne.

Duck sagte: »Hey Mom, ich wette, du rätst nicht, wer dran ist«, und sie spürte, wie ihr heiß wurde, und setzte sich sofort hin.

»Duck, meine Güte!«

»Du hast wohl gedacht, ich rufe dich nicht an, wie? Dann habe ich dir ja einen größeren Schreck eingejagt, als ich dachte.« Der Klang seiner tiefen Stimme war den kiesigen Tönen seines Vaters schrecklich ähnlich.

»Allerdings, du hast mir einen ordentlichen Schrecken eingejagt. Warum bist du nicht hier?«

»Laß uns nicht damit anfangen«, sagte er, »sind denn die anderen alle da?«

»Allen ist noch nicht angekommen, aber er müßte unterwegs sein. Er und Cherise fahren von Asheville rüber. Du weißt ja, sie wohnen jetzt in Asheville.«

»Nein, das wußte ich nicht. Wie geht's Jason?«

»Kannst du ihn nicht hören?« lachte sie. »Er spielt im anderen Zimmer«, *mit Dannys Freund,* ihre Stimme trudelte weg. »Der genießt sein Weihnachtsfest in vollen Zügen.«

»Ich hab ihm einen kleinen Indianerponcho geschickt, aber erst gestern, Gott weiß, wann er den kriegt.«

»Das ist aber lieb von dir.« Sie drückte den Hörer ans Ohr. Der hohle Klang der Entfernung fing an, seine Stimme zu schlucken. »Unternimmst du etwas Schönes an Weihnachten? Gehst du irgendwo essen?«

»Na klar. Ich hab doch Freunde hier. Mach dir um mich keine Sorgen. Ich hab sogar eine Weihnachtskarte von meiner Firma gekriegt. Mir geht's prima.«

»Ich freue mich, daß du nicht ganz allein bist.« Sie merkte, wie ihre Fassung langsam dahinschmolz. »Wo bist du denn? Immer noch in New Mexico?«

»Stimmt genau.«

»Und du willst mir immer noch nicht deine Adresse sagen.«

»Komm, lassen wir das. In Ordnung?« Einen Moment lang war die Leitung tot. »Ich höre jetzt lieber auf, bevor es zu teuer wird. Ist nicht mein Apparat. Also, frohe Weihnachten und so. Und grüß alle schön. Ja?«

»Frohe Weihnachten.«

»Bis bald.« Plötzlich klang er selbst ein bißchen traurig. »Sie sollen alle ein Stück Truthahn auf mich essen.«

»Bitte ruf bald wieder an.«

»Mach ich.«

Am liebsten hätte sie jetzt geweint, aber diesen Luxus mußte sie sich verbieten. Ray und Ford, Danny und Amy standen in der Tür, angezogen vom Klang ihrer Stimme und von der Stille, die das Telefongespräch herum erzeugt hatte. Ray fragte: »War das Duck?«

»Ja.«

»Hab dir doch gesagt, daß er anruft«, meinte Amy. »Ist alles in Ordnung mit dir?«

»Ja, ja. Ich muß mich nur einen Moment hinsetzen.«

»Ich glaube nicht, daß er in New Mexico ist«, sagte Danny unvermittelt, »nicht wenn er so früh anruft.«

Ellen lachte bitter. »Genau das hab ich auch gedacht, du bist genauso mißtrauisch wie ich.« Sie stand auf, betrachtete sie alle und wendete flink den Schinken in der Pfanne. »Jetzt geht mal und kümmert euch wieder um eure Angelegenheiten, ich kriege schon keinen Anfall oder sowas.«

Etwas später quetschten sie sich alle an den Tisch, und sie erzählte, was Duck gesagt hatte, Wort für Wort. Damit Ford im Bilde war, erwähnte sie auch, daß sie sich vor einigen Jahren mit Duck entzweit hatte, wegen einer ärgerlichen Geldangelegenheit. Trotz allem hatte der Anruf sie glücklich gemacht, und sie genoß das Gefühl. »Er hat mich so lange nicht angerufen, ich freue mich ja schon, überhaupt von ihm zu hören.«

Nach dem Frühstück hörte sie, wie Danny in der Nähe der Gästezimmertür zu Ford sagte: »Solltest du nicht bald mal bei dir zu Hause anrufen?«

Ford lehnte sich an die Wand, in die Enge getrieben. »Ja, tu ich gleich.«

Doch als er nach dem Frühstück mit Amy und Jason nach draußen ging, hatte er immer noch nicht angerufen. Ellen machte sich an ihre Vorbereitung des Weihnachtsessens, Danny setzte sich zu Ray vor den Fernseher. Bald wurde es still, Ray döste in seinem Sessel. Ellen nahm den Truthahn aus und lauschte dem Schweigen ihres Sohnes.

Irgendwann, als sie ihre Arbeit gerade gut unterbrechen konnte, beschloß sie, Danny ein Stück Apfelkuchen zu bringen; doch als sie den Kühlschrank öffnete, verschwand er leise in Richtung Gästezimmer und machte die Tür hinter sich zu.

28

Wenn Ellen am Weihnachtsvormittag in der Küche stand und den Truthahn mit seinen Soßen, Pasteten und Füllungen fürs Festmahl vorbereitete, dann wurde der Schleier vor der Vergangenheit dünn. Sie wußte, sie stand in der Küche des Wohnwagens in den Gärten von Golgatha, doch es gab Augenblicke, da entfiel ihr, welches Jahr es war. Sie versenkte ihre Hand in dem aufgeschlitzten Truthahn, und ihre Wahrnehmung verwischte sich, in welcher Küche sie stand: an der Stahlspüle in dem Haus hinter dem Restaurant in Potter's Lake, oder war es das kleine gelbe Haus zwischen dem Eisenbahndepot und dem Dock, wo die Lastkähne mit Limetten beladen wurden?

Ein Brunswick Stew-Rezept von Mrs. Crell senior, zwei Seiten in enger, verblaßter Handschrift auf vergilbtem Papier, klare, nicht sehr geübte Buchstaben: aufgeschrieben entweder von der Schwiegermutter höchstselbst oder von einer ihrer Töchter und Ellen bedeutungsvoll überreicht im ersten Jahr ihrer Ehe, fast wie ein Unterpfand. Und der Obstkuchen in der Eisbox, aus zerriebenen Graham Crackers, die mit Ei und Zucker weichgeschlagen wurden, Rosinen, Kokos, kandierten Früchten und handverlesenen Pekannüssen aus dem Garten. Das hieß: aus dem nächstliegenden Garten. Wenn nötig, mußte man der reichen Frau anbieten, die Nüsse selbst zu sammeln und zu knacken (man kaufte die Pekannüsse immer aus dem Garten einer reichen weißen Frau). Es ergab eine Masse fast wie für Bonbons, und Ellen fiel jedesmal ein: »Danny ißt das genauso gern wie ich. Allen mag es auch, aber Danny kann wirklich nicht genug davon kriegen«, während sie den Kuchen mit ihren Händen in eine Form brachte, die gut in den Kühlschrank paßte, wo er sich bis zum Weihnachtstag in Halbgefrorenes verwandeln würde.

Und irgendwann verkündete sie immer: »Als ich klein war, habe ich mir geschworen, meine Kinder werden es eines Tages zu Weihnachten besser haben.« Wer dies hörte, war nicht so wichtig. Aber sagen mußte sie es.

In diesem Jahr beobachtete sie die beiden Kinder, die bei ihr waren, und das Kind ihrer Tochter und dachte zufrieden, ja, sie haben es besser, und Allen auch, der gleich kommt. Für Duck und Grove kann ich es nur hoffen.

Sie setzte sich zu Amy aufs Sofa und schloß die Augen. Ruhe, ein weiteres Ritual, das sie für ihre Familie erfunden hatte: Nach der Bescherung, wenn der Weihnachtsmann dagewesen war, durfte sich jeder in sein Innenleben zurückziehen.

Amy fragte: »Wieviel hast du denn noch zu tun?«

Ohne die Augen aufzuschlagen, antwortete sie: »Noch die Pasteten, dann die Bohnen und das andere Gemüse, Kartoffeln und diese ganzen Kleinigkeiten, Austernsoße und so. Und Tee kochen.«

»Du kommst aus dem Kochen gar nicht mehr raus, was?«

»Schon gut.« Dann döste sie wieder weg, merkte noch, wie Amy an ihr vorbeiging, ihre Stimme, »Oma und Opa schlafen gerade, macht nicht so viel Lärm«, das leise Raunen des Fernsehens, das Vogelzwitschern draußen, weit weg.

Ihre innere Uhr teilte ihr mit, wann es soweit war, die Ruhepause zu beenden. Die Küche erwartete sie unverändert, mit heißem Ofen, aufgereihten und blankgeputzten Haushaltsgeräten.

Vom Fernseher kam abgestandene Weihnachtsmusik, durchsetzt mit den immergleichen Wünschen für ein frohes Fest. Ellen sang das Weihnachtslied leise mit, ab und zu einen Blick auf die Landstraße werfend, ob Allen wohl kam. Sie betrachtete die Sonnenstrahlen, deren Licht immer mehr ihre Küche erfüllte, den Friedhof draußen und ihre Hände, die Essen zubereiteten, wie sie es ihr Leben lang getan hatte. Alles war friedlich, so weit sie sehen konnte. Im Wohnzimmer bauten die Jungen einen Turm aus Plastikklötzen; Amy rauchte und träumte vor sich hin; Ray fraß Fernsehen in sich hinein. Was immer Danny fühlte, er verbarg es, wie üblich. Doch Fords Gegenwart hatte eine neue Tür zu Danny aufgestoßen, und heute sah sie ihn so deutlich wie noch nie. Ellen arbeitete und beobachtete und bewegte sich durch den Weihnachtstag wie im Traum.

Später entdeckte sie eine merkwürdige Flasche auf dem Tisch. Sie beäugte sie wortlos, hob sie hoch, strich über die kalte grüne Oberfläche, rieb an der Flasche, als wäre vielleicht ein Geist darin. Sekt, stand auf dem Etikett, das Glas war beschlagen mit Kondensflüssigkeit, das Papier wellte sich an den Rändern. Als sie sich umdrehte, sah sie, daß die drei Jungen sie anstarrten, Amy war verschwunden.

»Wer hat Alkohol in mein Haus gebracht?« fragte sie mit ihrer strengsten Stimme.

»Meine Mama war's«, verkündete Jason.

Von nebenan kam Amys Husten und dann Amy selbst. »Jason liebt und verteidigt seine Mutter, was?«

»Aber du hast sie doch mitgebracht«, beharrte Jason.

Ray warf Ellen ein verkniffenes Lächeln zu, trat an ihr vorbei und hielt die Flasche gegen das Licht. »Das ist dieses Zeug mit den Blasen drin.«

»Also Brause ist es nicht«, spottete Amy, und Ford lachte leise.

»Beim letztenmal, als ich sowas getrunken habe, bin ich eurer Mutter begegnet.« Ray wandte sich Ellen zu. »Ich weiß nicht, ob ich mir leisten kann, das nochmal zu versuchen. Erinnerst du dich daran?«

»Und ob ich mich erinnere.«

»Was meinst du, sollen wir sie aufmachen?« Er hielt die Flasche hoch.

»Na ja«, meinte sie, »wär doch schade, wenn wir das Zeug verkommen ließen.«

Ray lächelte und riß die Folie um den Korken herum ab.

Ellen besaß weder Sekt- noch Weingläser, aber Amy entschied, daß es Saftgläser auch taten. Ray ließ mit einigem Geschick den Korken knallen, und alle prosteten sich zu, auch Jason, mit einem Glas Ginger Ale.

Ellen fürchtete den Alkohol seit den betrunkenen Exzessen ihres ersten Mannes. Bei Familienfesten hatte sie immer dafür gesorgt, daß keine Trinkgelage daraus wurden. Und nun hatte Amy es geschafft, daß doch Alkohol ins Haus kam. Ray spazierte mit seinem Glas im Wohnzimmer umher, seine Füße in den Socken versanken im Teppich, und er trug einen kecken Gesichtsausdruck zur Schau, als tue er gerade etwas Übermütiges.

Mit einemmal war die ganze Stimmung anders geworden, die behäbige Ruhe des Feiertages hatte eine schillernde Oberfläche bekommen. Alle beobachteten unauffällig Ellen, als wollten sie ihre Erlaubnis durch stillschweigendes Einverständnis doch noch erzwingen. Sie bemerkte das und sagte absichtlich nichts mehr dazu, sondern trank ihren Sekt mit undurchsichtigem Gesichtsausdruck. Jason fand die Veränderung aufregend, und sein Glas Ginger Ale gab ihm die Sicherheit, daß er dasselbe trank, was den Erwachsenen offenbar soviel Spaß machte.

Ford, der doch ganz andere Festlichkeiten gewohnt sein mußte, schaute sich verstohlen um und lächelte, halb amüsiert, halb wehmütig. Als er merkte, daß Ellen ihn ertappt hatte, wurde er rot, und sie sagte forsch: »Mein Junge, du kommst uns besser jedes Jahr zu Weihnachten besuchen, wenn meine Familie sich so aufführt.« Sie erhob ihr Glas und zwinkerte ihm zu.

»Mom hat langsam einen Schwips«, warnte Amy, »jetzt heißt es aufpassen.«

»Dann würde ich sagen, wir machen am besten die zweite Flasche auf«, grinste Ford.

»Wollen wir nicht auf Allen und Cherise warten?« fragte Danny.

In dem Augenblick knirschte es draußen im Kies, und der Wagen der beiden fuhr vor. »Da haben wir's.« Ellen nahm sich selbst auf den Arm. »Cherise wird denken, wir sind alle zu Alkoholikern geworden.«

Allen Raymond Crell war derjenige ihrer Söhne, der am attraktivsten aussah, denn er hatte den kräftigen Körperbau und die markanten Gesichtsknochen seines Vaters geerbt; sein Haar war heller und dünner als Dannys, sein Körper voller, seine Haut rauher und gebräunter, weil er sich ständig auf Golfplätzen herumtrieb. Als Filialleiter einer großen Bank strahlte er etwas geradezu Herrschaftliches aus, fand Ellen. Cherise, die er auf dem College in einem Management-Kurs kennengelernt und kurz darauf geheiratet hatte, war eine hübsche Blondine mit einem flinken Mundwerk, die er überall gut vorzeigen konnte. Ihr milchigheller Teint leuchtete, bestimmt von der Schwangerschaft. Obwohl sie gelegentlich aneinandergerieten, war Ellen stolz auf ihre Schwiegertochter.

Sie behielt die Begrüßungsrunde genau im Auge, doch die Sektlaune machte alles leicht. Allen lachte dröhnend: »Was, Mom, trinkst du etwa?«

»Allerdings. Ich genehmige mir ein Gläschen. Was dagegen?« Schon war sie um die Ecke, verschwunden im verdunkelten Heiligtum ihres Schlafzimmers, wo sie einen Moment lang die Tür schloß.

In der plötzlichen Stille setzte sie sich aufs Bett, in ihrem Kopf rauschte es. Der Sekt brachte sie zum Lachen. Wie kindisch sie war.

Schnell überprüfte sie ihr Aussehen im Spiegel, strich sich ein paar Strähnen aus der Stirn und frischte ihren Lippenstift auf.

Im vorderen Wohnzimmer hatten die Neuankömmlinge inzwischen ihr Begrüßungsglas bekommen – selbst Cherise trank einen Schluck –, und es ging unter großem Hallo in die letzte Runde der Bescherung. Ray machte Fotos, und Ellen huschte immer wieder in die Küche, bis das Essen fertig war.

Einmal kam Ray zu ihr in die Küche und umarmte sie stürmisch. Dann stapfte er wieder hinaus, offenkundig sehr vergnügt. Sie verspürte ein Prickeln im Rücken und lachte. »Paß bloß auf, Alterchen«, warnte sie schelmisch, doch er war schon weg.

Zum rechten Zeitpunkt tauchten Amy und Cherise auf, um den Tisch zu decken. Das gute Lenox-Porzellan, für das sie jahrelang gespart hatte, wurde Teil um Teil behutsam aus dem Schrank genommen. Die zwei deckten den Festtagstisch nicht zum erstenmal und machten alles richtig, inklusive rostfreies Besteck und Stoffservietten. Als Ellen das Werk der beiden inspizierte, konnte sie nur konstatieren, daß der Tisch einladend aussah, wenn die Teller auch ein bißchen groß waren für den beschränkten Raum und die vielen Gäste.

»Der Platz reicht doch«, zwitscherte Cherise mit ihrer süßesten Stimme, »schließlich sind wir unter uns.« Ein bißchen unsicher war sie schon.

»So ist es«, stimmte Amy zu, »jeder muß eben seinem Nachbarn auf die Pelle rücken. Es bleibt ja alles in der Familie.«

Ellen setzte Tee auf, schaute nach der einköchelnden Soße, lud Essen in Schüsseln und auf Platten und holte die letzten Speisen aus dem Ofen. Zu guter Letzt ließ sie den Blick durch ihre Küche schweifen, aus der gleich ein Speisesaal werden sollte, versteckte noch schnell die Herdplatten unter ihren Schmuckdeckeln, wechselte gebrauchte Küchenhandtücher gegen saubere aus, schüttelte die Gardinen am Fenster auf und öffnete kurz die Hintertür, um durchzulüften. Dann waltete sie ihres Amtes und eröffnete das Weihnachtsessen.

Die Unterbringung von acht Personen um den kleinen Tisch ihrer Wohnwagenküche wurde, nun, da Cherise mit ihrem dicken Bauch und Allen dabei waren, noch komplizierter als am Vorabend. Sich selbst zu bedienen, wäre vollends zur Komödie geworden, wenn Ellen das Problem nicht vorhergesehen und einfach das Essen schon auf die Teller verteilt hätte.

Alle machten sich mit Appetit über den Truthahn her, es wurde nicht viel geredet und nicht viel übriggelassen – und Ellen war glücklich: So sollte es sein.

Die Männer beendeten ihr Essen zuerst und gingen ins Wohnzimmer vor, während die Frauen sitzen blieben und in den Resten von Gemüse und Truthahnfüllung herumpickten. Danny wirkte unschlüssig, wo er nun hingehörte, und wechselte zwischen der Gruppe der Männer, die drüben Kaffee tranken, und den Frauen in der Küche hin und her. Ford hatte ganz selbstverständlich seinen Platz neben Rays Sessel eingenommen, auf der anderen Seite Allen, der genüßlich seine erste Zigarette nach dem Essen rauchte. Schließlich lehnte sich Danny an die Küchentür und behielt beide Räume im Blick.

Sein Gesicht drückte aus, was Ellen am deutlichsten aus seiner Kindheit erinnerte – eine Schicht Gelassenheit über einer Schicht Angst. Sie wußte genau, daß er, obwohl er sich nicht vom Fleck rührte, die Flucht antrat. Plötzlich wurde ihr klar, wie sehr ihn der ganze Tag angestrengt haben mußte. Fords Anwesenheit bei ihnen hatte längst nicht alle Probleme gelöst.

Ellen stellte sich neben ihn und legte einen Arm um seine Taille. Er sah sie kurz an, doch seine Aufmerksamkeit blieb auf seinen Bruder konzentriert, der neben Ford saß.

»Irgendwie komisch«, er sprach halblaut, nur für ihre Ohren, »findest du nicht?«

»Es ist genau das, was du wolltest.«

»Ja, schon…«

Von der Couch her fragte Allen: »Was habt ihr zwei da vorne eigentlich zu tuscheln?«

»Das geht dich gar nichts an. Ich habe meine Geheimnisse mit Danny, genau wie mit dir.«

»Na, dann ist ja alles in Ordnung.« Allen fuhr sich durch das Haar. »Immerhin bist du endlich aus dieser Küche rausgekommen.«

Sie kam lächelnd ins Zimmer und machte es sich auf der Couch bequem. Ford meinte: »Sie hat stundenlang da drinnen hinterm Herd gestanden, wir haben sie ja kaum zu Gesicht gekriegt. Aber es hat sich gelohnt.«

»Das war dir auch anzusehen. Du hast ganz schön reingehauen.« Allen griff mit der gleichen Bewegung wie Amy nach einer Zigarette. »Dafür sind Mütter doch da, daß sie zu Weihnachten kochen, oder?«

Ford sagte: »Meine Mutter kocht zu Weihnachten nicht, aber das ist wahrscheinlich auch besser so.«

Allen lachte. Ellen sagte: »So sollten Sie aber nicht von Ihrer Mutter reden, Ford.«

»Wenn's doch stimmt. Ich liebe sie über alles, aber das einzige Essen, das sie macht, ist das Weihnachtsfrühstück, und das reicht auch.«

»Hast du jemanden, der für dich kocht?« fragte Allen, zog ein Gesicht und verbesserte sich: »Ich meine, hat deine Mutter jemand, der für sie kocht?« Er war nur leicht errötet.

»Allerdings, Gott sei Dank.« Allgemeines Gelächter.

Allen wandte sich zu Danny um. »Kocht sie wirklich so schlecht?«

Die Frage schwebte in aller Unschuld über dem Schweigen, das folgte. »Ich weiß nicht, ich habe noch nie etwas aus ihrer Küche gegessen«, sagte Danny schließlich. Sein Gesichtsausdruck bei diesem Satz sprach Bände. Ford murmelte kleinlaut: »Sie sind sich nie begegnet.«

Danny versuchte gar nicht erst, irgend etwas zu erklären. Allen war immer noch rot, betrachtete seinen älteren Bruder aber mit einem merkwürdig beschützenden Blick. »Mag sie dich nicht, Danny? Oder mag sie euch beide zusammen nicht?«

Ford gab die Antwort. »Sie mag uns beide zusammen nicht.«

Nun saßen sie alle etwas betreten herum. Ellen meinte behutsam: »Sie sollten sie jetzt aber trotzdem anrufen. Vielleicht hat sie ihre Haltung geändert, jetzt, wo Weihnachten ist und Sie nicht da sind.«

»Ich weiß, Sie haben recht. Aber es ist gerade so schön.«

Ford und Allen diskutierten über Golf, und Allen, der seine Schläger immer dabei hatte, schlug Ford vor, sie ihm vorzuführen. Sie gingen nach draußen, und Ford testete einen Schläger, Allen daneben, eine Zigarette hinterm Ohr. Ellen zog die Jalousie wieder gerade und sagte: »Mach dir keine Gedanken, Danny, er wird sie bestimmt gleich anrufen.«

Danny unterdrückte seinen aufkommenden Ärger. »Er muß jetzt anrufen, innerhalb der nächsten Stunde oder so. Sonst ist die Familie nämlich nicht mehr da, sondern unterwegs zu Verwandten.« Er seufzte grimmig. »Ich will doch nicht, daß seine Mutter mir das bis in alle Ewigkeit vorwirft. Und es wäre wirklich besser, wenn er mit ihnen redete. Er hat ein schlechtes Gewissen, weil er nicht zu Hause ist.«

Sie wurden von Cherise unterbrochen, die in der Tür stand, um zu fragen, wo Mrs. Burley ihre kleinen Tupperware-Schälchen hätte, um den Rest des Gemüses aufzuheben. Dann sah sie sich um und fragte: »Wo ist denn Allen?«

»Zeigt Ford seine Golfschläger.«

Cherise äugte mißtrauisch zur Tür. »Ford?«

»So ist es. Ich komme gleich in die Küche nach und helfe dir mit den Schälchen.« Cherise warf Danny einen Blick zu und verschwand. Ellen zog ihn in ihre Arme. »Es wird schon werden, mein Junge. Hab ein bißchen Geduld.«

»Ist gut.« Aber er wich ihrem Blick aus.

In der Küche sah die Lage ganz ordentlich aus, ein paar Kleinigkeiten würde sie später erledigen. Die Gemüsereste waren nicht der Rede wert, also holte sie sich eine Gabel und aß sie schnell auf, damit war das Problem aus der Welt. Amy und Cherise lehnten am Schrank.

»Es kommt mir bloß komisch vor«, sagte Cherise gerade. »Das ist alles.«

»Er ist wirklich ein netter Kerl.« Amy wirkte leicht gereizt.

»Wer, Ford?« fragte Ellen.

»Ja. Ich sagte gerade zu Amy, daß es mir ein bißchen komisch vorkommt, daß wir ihn zu Weihnachten hier haben. Wo doch sonst immer nur die Familie kommt, meine ich.«

Amy setzte an, etwas zu sagen, hielt aber den Mund. Ellen musterte Cherise. »Du hast doch nichts daran auszusetzen, oder?«

»Na ja, bei uns zu Hause kann ich mir das nicht vorstellen. Mein Bruder...« Sie brach ab.

Ellen und Amy sahen sie herausfordernd an und sagten nichts, so daß sie fortfahren mußte. »Nun, ihr wißt doch, was ich meine. Warum tut ihr so, als wäre es ganz normal? Es ist Dans Sache, was er in seinem Privatleben macht, aber ich finde, es gehört nicht hierher.«

Ellen senkte ihre Stimme ein klein wenig. »Nein. Ich weiß eigentlich überhaupt nicht, was du meinst.«

Cherise wurde blaß, sie spürte, daß Ellen ihren Zorn unterdrückte. »Ich finde es doch bloß ein bißchen komisch, sonst nichts.«

»Ich bin froh, wenn meine Kinder nicht allein sind. Wir haben uns alle an dich gewöhnt, als du neu warst. Wir werden uns auch an Ford gewöhnen.«

Cherise schluckte.

»Er ist Arzt«, steuerte Amy bei, als ob das irgendeinen Unterschied machen würde. Ellen schaute nach, ob Danny etwas gehört hatte, aber er saß friedlich auf dem Sofa. Das Thema war vorerst erledigt.

Später spülte Ellen die Teller ab und stapelte sie im Abtropfgestell. »Du hörst auch nie auf«, Allen tauchte ohne Vorwarnung hinter ihr auf und erschreckte sie. »Ich kann kein Glas absetzen, ohne daß du es sofort abräumst und spülst.«

»Ach, hab ich dir dein Glas weggenommen?« fragte sie erschrokken und suchte die Spüle mit den Augen ab. Er lachte. »Nein, es fiel mir bloß auf.«

»Ich muß noch das restliche Fleisch von dem Truthahn lösen.« Sie deutete auf den Vogel in der Alufolie, als wüßte er nicht, was sie meinte. »So kriege ich ihn nicht in den Kühlschrank.«

Sie redete weiter, und er nahm sie in die Arme, so wie sie es insgeheim gehofft hatte. »Du bist unbezahlbar«, sagte er.

»Ich freue mich, daß ihr heute gekommen seid.« Um ihren Ärger über Cherise zu verbergen. »Gut, daß ihr Danny mal wieder gesehen habt.«

»Das stimmt. Und ich mag Ford. Scheint schwer in Ordnung zu sein.« Er zögerte. »Ungewohnt ist es trotzdem. Cherise wollte erst gar nicht mitkommen. Aber ich glaube, sie hat sich ganz anständig verhalten.«

»Ja, anständig schon.« Ellen stimmte nach kurzer Überlegung zu.

»Kommen wollte sie trotzdem nicht.« Allen schüttelte den Kopf. »Ich hab zu ihr gesagt, Schätzchen, die Welt ist bunt. Nicht mehr und nicht weniger.«

Ellen lachte und strich ihm übers Haar. »Da oben wird's aber ein bißchen dünn.«

»Ich weiß. Ich sollte mir dieses Minoxidil-Zeug mal besorgen, hast du davon gehört?«

»Ach, das ist doch alles Betrug. Wenn dir die Haare ausfallen, kannst du nichts dagegen machen. Die Hälfte deiner Onkel hat Vollglatze, also weißt du, was auf dich zukommt.«

»Na, tausend Dank für diese aufmunternden Anmerkungen, Mom«, Allen küßte sie auf die Wange. »Amy meinte, Duck hätte angerufen. Schade, daß ich nicht da war.«

»Er hat nur mit mir gesprochen. Du weißt ja, wie er ist.«

»Mit mir hätte er auch geredet, da kannst du Gift drauf nehmen. Dem Halunken würde ich gerne nochmal so richtig den Kopf waschen.«

»Danny sagt, er glaubt nicht, daß Duck in New Mexico ist. Er hat heute morgen um zehn angerufen, das wäre viel zu früh in New Mexico.«

»Würde zu ihm passen, einfach irgendwas zu erfinden. Wie klang er denn, alles in Ordnung?«

»So weit ich das sagen kann, ja. Ich hoffe, er kommt bald nach Hause.«

Dann kam Cherise herein. Ellen fragte sich, wie sie wohl in den Augen ihres Sohnes wirkte; sie selbst sah vor allem das Kind in ihm, auch heute noch.

Mit einemmal breitete sich Aufbruchsstimmung aus, Cherise fragte, wie spät es war, Allen bekräftigte, daß sie bald fahren mußten, um pünktlich zum Abendessen bei ihren Eltern zu sein. Die drei gingen ins Fernsehzimmer, wo der Rest der Familie saß. Jason war im

Schoß seiner Mutter eingeschlafen, und sie wiegte ihn sacht, die kleine Gestalt, an sie gekuschelt. Sein Schlummer dämpfte das Gespräch, aber nun, da alle in einem Raum waren, wurde unweigerlich doch geredet. Der Nachmittag ging allmählich zu Ende. Amy stellte fest, sie müsse auch bald fort, da Jasons Vater ihn sicher bald abholen würde. »Ich bin froh, daß er ein bißchen schläft, letzte Nacht hat er nicht viel Ruhe gekriegt.«

»Er ist aber wirklich ein prima Junge«, sagte Ford.

»Und so groß«, flötete Cherise, »als ich ihn letztesmal sah, war er noch ein winziger Dreikäsehoch.«

»Ich wünschte, er würde nicht ganz so schnell wachsen, jedesmal, wenn ich ihm den Rücken kehre, muß ich schon wieder neue Schuhe kaufen.«

»Sei bloß still«, Allen tätschelte Cherises Bauch, »auf uns kommt ja das gleiche zu.«

Stille, Ruhe, Frieden in der Familie und guter Wille auf Erden. Es war ein Moment wie aus einem Weihnachtslied. Vielleicht hatte auch Cherise etwas dazugelernt. Ellen war befriedigt. Sie hatten sich ihre Verbundenheit gezeigt, wie es Sitte war, und allesamt zuviel gegessen. Ihre Familie hatte Dinge gesehen und erlebt, die andere Familien nicht kannten. Zum Beispiel ein Haus mitten in einem öden Feld, am Knick eines Flusses. Ein Ort, wo alles geschehen konnte und fast alles geschehen war. Deshalb hatte sie, ohne zu zögern und ohne nachzufragen, sofort zugestimmt, als Danny vor einigen Wochen angekündigt hatte: »Ich möchte Ford zu Weihnachten mit nach Hause bringen.« Sie hatte gelernt, sich von fast nichts beeinträchtigen zu lassen, wenn es nötig war. Und dieses Wissen hatte sie an ihre Kinder weitergegeben. Darauf konnte sie bauen.

Dan

29

Auf daß wir auferstehen. Wir liegen in der Erde, das Gesicht nach oben, unter Blumen. Gelöste Gesichter, Sonntagskleider, strahlende Blicke zum Himmel empor. Hoffnung auf Wiederauferstehung, frische Luft, auf einen Spaziergang über die Zufahrtsstraße, unter den Apfelbäumen entlang. Auf daß wir auferstehen. Wir liegen in der Erde. Unter Bronzetafeln.

Dan stand am Rand des Gräberfelds. Wind fegte die Wipfel der Bäume hoch, Laub und Blütenblätter durch die Luft; Wind wirbelte Apfelzweige über den Graben; Wind fauchte längs über den Wohnwagen.

Der lange Tag war fast vorüber, die Sonne hing schräg über den Bäumen im Westen. Amy und Jason, Allen und Cherise waren eben aufgebrochen, alle bis auf Ray waren zum Abschied vors Haus gekommen. Mom wartete noch in der Tür, Ford hinter ihr, wachsam, als könnte Dan explodieren. Doch Dan schaute weiter unverwandt auf die Gräber. Unruhe unter der Haut. Traurigkeit des abgelaufenen Feiertages. Fords Angst.

Der Schmerz in seiner Schulter nahm zu, während der kalte Wind durch seine Jacke drang. Das erinnerte ihn an einen anderen Feiertag in einem anderen Haus, Erntedankfest in den Feldern, und er schob den Gedanken rasch fort. Früh am Nachmittag hatte der Schmerz in dem Gelenk eingesetzt, ohne ersichtlichen Grund. Irgend etwas hatte ein winziges Blutgefäß irgendwo in seiner Schulter zerrissen, und nun, Stunden später, dieses Sickern im ganzen Gelenk, von den Knochen in das umgebende Gewebe. Der Muskel blähte sich auf wie ein Ballon, ein Blutkörperchen nach dem anderen. Das würde erst aufhören, wenn er sich das Medikament spritzte, das sein Blut gerinnungsfähig machte. Das war eine Tatsache. Doch den ganzen Nachmittag lang hatte er den Schmerz geheimgehalten, ihn ignoriert, als könnte er von selbst wieder verschwinden. Und jetzt fletschte der Schmerz die Zähne. Doch statt zum Haus zu gehen und sich zu holen, was er brauchte, strebte Dan vom Wohnwagen und den Gestalten in der Tür fort.

Innerlich fühlte er sich taub. Stunden, die er im Haus seiner Mutter verbrachte, löschten jedesmal alle Gefühle in ihm aus, Schritt für Schritt. Heute, mit Ford, war dieser Prozeß verzerrt und erschreckend verlaufen, und als einzige Rettung blieb Dan die Distanz, die Kälte, wie ein Talisman. *Eis – und alles ist wieder gut. Er hat ein Geheimnis, das er nicht erzählt hat, den ganzen Nachmittag lang hat er es nicht erzählt.*

Jeder Schritt scharrte in der Schulter und verschärfte den Schmerz. Die innere Stimme sagte, *du weißt, es hört nicht auf, du weißt, du mußt eine Nadel in deinen Arm stecken, damit es aufhört.*

Er holte tief Luft und antwortete, *ich höre nicht auf dich ich habe keine Angst vor der Nadel ich sorge gleich schon für mich aber jetzt habe ich noch etwas zu erledigen.*

Er kniete in der untergehenden Sonne an der Ecke des Mausoleums, buchstabierte den Namen seines Bruders mit den Fingerspitzen auf dem Marmor, G-r-o-v-e...

Doch auch die zweite Stimme in ihm, *wie viele Dans sind gerade da?*, kam ihm heute verdächtig vor. Dan stellte sich seinen Bruder in dem Mausoleum vor, balsamiert und still in seinem Sarg, in dem blauen Anzug, der in Dans Erinnerung merkwürdig kläglich wirkte, das Landkind in seinem Landanzug, erstarrt und für immer fort. Durch sprießendes, sickerndes Blut in seinem Hirn.

»Ich werde nicht mit dir reden«, sagte Dan, »du bist tot.«

Seine Mutter hatte ihm von dem Miniaturchristbaum erzählt, und der Anblick, wie er auf der Vorderseite des Mausoleums in der Bronzevase stand, machte ihn traurig. Er berührte die geschwungene Jahreszahl. Die Kälte des Marmors raste durch seine Fingerspitzen und erblühte in seiner Schulter, und der Schmerz von der Blutung schnitt scharf und tief ein. Er mußte sofort zum Wohnwagen zurück, die Schachteln mit seinen Medikamenten holen, mischen und abfüllen und in seine Adern bringen. Er mußte sich versorgen. Er hatte die Prozedur schon hundertmal vollführt, aber heute brachte er es einfach nicht fertig.

Du solltest dir von jemandem helfen lassen, sagte Grove. *Mehr mußt du doch gar nicht tun. Aber du bist ein Hasenfuß, und deswegen legst du mir Wörter in den Mund.*

»Ich sagte, ich werde nicht mit dir reden.«

Stille. Die Sonne berührte die Erde und ließ überall Feuer glühen. Grove würde ein weiteres Jahr lang schlafen. Langsam stand Dan auf und wandte sich zum Gehen.

Ford beobachtete, wie er näherkam, und schaute drein, als wollte er seinen Arm um Dans Schulter legen. Ihn vielleicht umarmen. Dan hätte sich darüber gefreut, trotz der Schmerzen im Gelenk. Mom lächelte, suchte seinen Blick. »Du hast deinen Bruder besucht.« Sie nahm ihn in die Arme.

»Irgendwie hat er mir die ganze Zeit gefehlt, dieses Jahr.«

Sie gingen hinein, Ford folgte ihnen. Er hatte die ganze Szene mit angesehen, zunehmend bedrückt. Drinnen betrachtete er das leere

Büro. »Na, jetzt kann ich's wohl nicht länger rausschieben, schätze ich.«

Dan kräuselte die Lippen. »Das geht auch schlecht; Weihnachten ist bald vorüber. Aber jetzt sind deine Eltern gar nicht zu Hause, oder?«

»Wahrscheinlich nicht. Ich kann ja eine Nachricht hinterlassen. Courtenay wird schon dafür sorgen, daß sie anrufen, wenn sie nach Hause kommen.« Ford wandte sich Dans Mutter zu und fragte: »Darf ich ihnen diese Telefonnummer hinterlassen?«

»Aber sicher.« Sie tat geschäftig und raschelte in Richtung Küche. Dan nahm Ford den Mantel ab und fragte: »Soll ich lieber rausgehen? Ich kann auch Mom was helfen.«

»Bleib da«, Ford stieß einen Atemzug aus.

»Ich hänge eben die Mäntel auf.« Dan griff auch nach seinem eigenen Mantel, während Ford schon wählte. Mit beiden Mänteln über seinem schmerzfreien Arm ging er ins Gästezimmer; das Aufhängen im Schrank zwang ihn dazu, die Schulter zu bewegen, und er mußte sich einen Augenblick hinsetzen, um den Schmerz unter Kontrolle zu bekommen.

Er hörte den tiefen Klang von Fords Stimme, Schwingungen, die durch die Wände drangen. Nicht der Rhythmus einer Nachricht, die man auf Band oder bei einem Dienstboten hinterläßt. Ein Gespräch.

Er schaltete das Licht aus und ging ins Büro zurück, wo Ford erstaunlich klein und zerbrechlich am Telefon saß. »Es tut mir leid, Mutter«, sagte er gerade, »wir waren den ganzen Morgen beschäftigt, und ich bin nicht zum Telefonieren gekommen.« Pause. »So ist es aber nicht.« Die Stirn reibend. »Ich hab dir doch schon gesagt, ich bin nicht zum Telefonieren gekommen, es tut mir leid.« Die Stimme im Hörer sagte etwas Längeres, und Ford schloß die Augen. »Mutter, ich habe dir nicht Weihnachten verdorben. Dein Weihnachten ist schon vor langem verdorben worden.« Pause. »Du weißt ganz genau, was ich meine.« Pause. »Es waren wunderschöne Tage. Seine Familie ist toll.« Schlucken. »Nein, das Haus ist nicht besonders groß.« Kurzes Zusammenziehen der Brauen. »Nein, nur die Familie. Dans Bruder und seine Schwester und seine Schwägerin.« Pause. »Ich verstehe immer noch nicht, warum du nicht zu Onkel Reuben mitgegangen bist. Aber das ist ja auch deine Sache.« Er schlug die Augen wieder auf, sah Dan an. Verloren.

Dan ging ohne ein Wort zu ihm hinüber, stellte sich hinter seinen Freund, und Ford griff nach ihm, die Berührung ein Anker für sie beide. Wärme strömte vom einen zum anderen. Der Schmerz in

Dans Schulter ließ nach. Der Schmerz in Fords Innerem ließ nach. Aus dem Hörer die elektronischen Überreste von Mrs. McKinneys Stimme. Als die Laute abbrachen, sagte Ford: »Mutter, ich weiß nicht, was ich dazu sagen soll. Ich habe getan, was ich tun mußte. Und das tue ich auch jetzt. Es ist nicht meine Schuld, daß du mich dieses Jahr zu Weihnachten nicht siehst. Das kannst du mir nicht anlasten.« Ford hörte wieder zu, immer erregter plötzlich. »Das ist lächerlich. Es ist nicht das Ende der Welt. Dans Familie kann uns ertragen, ich begreife nicht, warum meine Familie es nicht kann.« Er rang nach Luft, plötzlich brüchig, und klammerte sich an Dans Hand. »Auf Wiedersehen, Mutter. Sag Vater, ich wünsche ihm frohe Weihnachten. Mit Courtenay spreche ich, wenn es geht. Nein«, beharrte er, »nein, das ist alles, ich habe im Augenblick nichts mehr zu sagen. Auf Wiedersehen.« Und hängte ein.

»Also sind wir an allem schuld«, sagte Dan trocken.

»Na klar«, schnaubte Ford, »was soll sie wohl sonst sagen? Ich lasse mich von dir beeinflussen. Ich habe keinen eigenen Willen mehr. Ich bin unfähig, zu begreifen, was die Familie von mir braucht. Für meine Mutter ist das Ganze sonnenklar bis aufs i-Tüpfelchen.« Er streckte seine Beine unter dem Schreibtisch lang, entspannte sich allmählich. »Sie sagt, sie hätte sich so aufgeregt, weil ich nicht angerufen habe, daß sie es nicht fertig gebracht hätte, auf Onkel Reubens Fest zu gehen. Dabei konnte sie es da sowieso nie leiden. Ihre Familie findet, daß Dads Familie gewöhnlich ist.« Ford unterbrach sich. »Ich hätte früher anrufen sollen, du hattest vollkommen recht.«

»Wahrscheinlich hättest du nichts anderes zu hören gekriegt.«

»Immerhin hätte ich mit Courtenay reden können. Sie ist nämlich doch noch hingefahren.«

»Mit ihrem Mann?«

»Ja. Dieses Jahr wohnen sie im Haus. Letztes Jahr mußte Courtenay bei Großmutter übernachten.«

»Ich erinnere mich.« Das tat weh. Courtenay war in den Augen ihrer Familie eine unkluge Ehe eingegangen, aber in ihrem Fall hatte die Rehabilitation begonnen, und ihr Schreiner war auf dem besten Weg, als unvermeidliche Nebenwirkung akzeptiert zu werden. Das Unbehagen, das Dan schon den ganzen Tag verspürt hatte, nahm weiter zu, seine Angst vor McKinney und Strachn und Savannah. Fords Vergangenheit blieb Dan verschlossen, ganz gleich, wieviel Ford ihm erzählte, denn es gab keine Bilder zu den Worten. Er seinerseits fühlte sich seziert, seine Erinnerungen lagen entblößt vor Ford wie zuckende Organe, der Wohnwagen seiner Familie auf dem Präsentierteller.

»Vielleicht ist es ja ein gutes Zeichen. Das ist Mikes zweites Weihnachtsfest…« Ford ließ den Gedanken versickern, wenig überzeugt. »Ach, ich will nicht länger darüber nachdenken. Ich kann sie nicht besser machen, als sie sind.«

Im vorderen Wohnzimmer ging das Licht an, und Mom sagte: »Ray steht gerade auf. Es ist Zeit für die Nachrichten und den Wetterbericht.« In vorsichtigerem Ton fragte sie Ford: »Wie geht es Ihren Eltern?«

»Meine Mutter war zu Hause, mein Vater auf der Weihnachtsparty bei seinem Onkel. Mom geht's gut.«

»Bestimmt fühlt sie sich jetzt besser.«

»Ja, bestimmt. Gibt es hier irgendwo noch was zu essen? Ich hab wieder ein bißchen Hunger.« Ford spann sein Sicherungsnetz aus Charme neu. Mom und Dan tauschten einen Blick, und Dan folgte seinem Freund in die Küche.

Irgendwann kam Ray zum Vorschein, schlurfte aus dem Schlafzimmer und kratzte sich den Kopf. »Ich hab den ganzen Tag geschlafen.«

»Das kann man wohl sagen«, erwiderte Mom.

»Amy und Jason schon weg?«

»Ja. Nun setz dich mal hin und mach den Fernseher an.«

»Ich will nicht fernsehen.«

Ford und Dan kamen aus der Küche, und Mom rollte mit den Augen: »Halleluja! Das ist das erste Mal, daß ich ihn sagen höre, er will nicht fernsehen.«

Ray machte es sich in seinem Liegesessel bequem und sagte nichts mehr. Bis das Telefon schellte. Da stand er auf, als wüßte er schon, daß es für ihn war. »Hallo Darla«, sagte er zu seiner ältesten Tochter und ließ sich mit einem Seufzer in dem Stuhl hinter dem Schreibtisch nieder. Mom machte Dan und Ford ein Zeichen. »Kommt, wir lassen ihn allein. Gott sei Dank hat eines seiner Kinder angerufen. Es hätte ihn krank gemacht, wenn sich den ganzen Tag niemand gemeldet hätte.«

30

Kurz darauf sprach Mom mit Rays Tochter, eine Stiefmutterpflicht, die sie gekonnt erfüllte. Wie geräuschlos und diskret sie die ganze Familie dirigierte, mit kleinen Stupsern hie und da. So geschmeidig hatte er sie nicht eingeschätzt.

Ford sagte nachdenklich: »Es ist so friedlich. Wir haben es geschafft, die ganzen Weihnachtstage.« Hinter ihnen murmelte eine Uhr. Andere Geräusche kamen dazu, ein stetiger Rhythmus, Schneefall der Laute. »Ich hätte nicht gedacht, daß wir es überstehen.« Dan stand auf, um sich ein Glas Wasser zu holen; doch beim Aufstehen machte er eine falsche Bewegung, und ein glühender Schmerz jagte durch die verletzte Schulter.

Ford, hinter ihm, sagte: »Vielleicht sollten wir einfach hinfahren.«

»Wohin?« Dan schnappte nach Luft.

»Nach Savannah. Was ist los?«

Der pochende Schmerz hatte seinen Höhepunkt noch nicht erreicht. Dan stand reglos da, und Ford suchte sein Gesicht ab.

»Meine Schulter.«

»Blutest du?« Dan nickte. »Wie lange schon?« Ford schob seine Hand vorsichtig unter den Pullover, mit der geübten Präzision des Arztes, klinischer Kontakt.

»Weiß ich nicht. Am Nachmittag habe ich etwas gemerkt.«

»Und du hast nichts gesagt.« Eine Spur Ärger.

Dan bereitete sich auf das Donnerwetter vor und blieb ruhig. »Nein, in dem Moment wollte ich nichts sagen.«

Wechselnde Empfindungen spielten über Fords Züge, Dan las die Erschöpfung seines Gefährten, die plötzliche Wut. »Ich glaube es einfach nicht, daß du das immer noch tust, wo ich dich schon so oft deshalb ausgeschimpft habe. Du darfst nicht eine Minute länger bluten, als unvermeidlich ist. Du darfst es nicht!«

»Das weiß ich, Ford.«

»Was ist dann das Problem? Ich bin hier. Deine Medikamente sind hier. Ich brauche sie dir nur zu geben.«

»Ich weiß. Sieh mal...«

»Vergiß es!« herrschte Ford ihn an. »Wo hat deine Mutter die Schachteln hingetan?«

»In Rays Schuppen. In den alten Kühlschrank.«

Ford machte einen dramatischen Abgang, zu wohlerzogen, um die Tür zu knallen.

Es fällt ihm leichter, auf mich wütend zu sein als auf seine Mutter, dachte Dan. Das ist doch schon was. Aber er spürte, wie es ihm die Luft abschnürte.

Das restliche medizinische Zubehör hatte Dan im Gästezimmer in der Kommode untergebracht; er machte sich auf den Weg, um alles zu holen. Mom mit ihrer unfehlbaren Antenne für Katastrophen stand in der Tür. »Was ist passiert, mein Junge?«

»Ich blute in meiner Schulter.« Er zog die Schublade auf und suchte nach Spritzen, Abbindemanschette, Tupfern. »Ford regt sich furchtbar auf.«

»Ach du Schreck«, sagte Mutter, »warum denn das?«

»Er will, daß ich es ihm in der Sekunde sage, wenn es losgeht, und ich tue es nie.« Plötzlich fühlte er sich schrecklich müde und lehnte sich an die schwere Kommode. Vor seinen Augen war er selbst, mit acht Jahren, gerahmt an der Wand, mit zerbrechlichem Gesicht und großen Augen, zart. Dan versuchte, eine Stellung zu finden, in der es weniger weh tat. Ford war in der Küche, große Schritte und raschelndes Papier. Mom rief über die Schulter: »Wir sind hier.«

»Hat er Ihnen erzählt, was passiert ist?« fragte Ford, als Dan die Butterflykanülen und alkoholgetränkte Tupfer bereitlegte.

»Ja. Typisch Dan«, ihr Ton war liebevoll spöttisch, »er sucht sich immer den passendsten Moment aus, um krank zu werden.«

Das schien Ford etwas zu beruhigen, sie hatte es so lässig und nebenbei serviert, wie sie konnte. Dan und er musterten sich quer durch das Zimmer. Ford wurde seine zähe Wut nicht los. »Du hast doch nichts zu Hause vergessen?«

»Nein, es ist alles da.« Ein Knoten im Bauch. »Ich habe drei Spritzen mitgebracht, ich hoffe, das reicht.«

»Ich werde deine Vene wohl kaum zweimal verfehlen.«

Dan schwieg, wohl wissend, daß er keine Chance auf eine freundlichere Reaktion hatte. Ford starrte ihn nur trübe an. Schließlich holte er tief Luft: »Ich weiß, daß du mir böse bist, Ford. Aber ich habe es dir gesagt, so bald ich konnte.«

»Das war nicht bald genug.«

In der Küche warteten Schachteln mit getrocknetem Blutkonzentrat auf dem Tisch. Die Prozedur, die Medikamente für seine Hämophiliebehandlung zu mischen, hatte für Dan den Charakter einer Zeremonie bekommen, intim und abgeschirmt. Er öffnete die Schachteln, breitete den Inhalt aus – dehydriertes Faktor VIII-Konzentrat in einer großen, vakuumversiegelten Flasche und steriles Wasser zum Auflösen in einer anderen Flasche ohne Vakuum. Jede Schachtel enthielt außerdem eine sterile Nadel mit zwei Spitzen, um das sterile Wasser in die Vakuumflasche zu füllen. Dan begann seinen Akt der Alchimie.

Ford setzte sich zu ihm an den Tisch und fing an, die zweite Dosis vorzubereiten. Dan sagte nichts, punktierte nur den Nippel der Vakuumflasche mit einem Ende der Doppelnadel. Ein dünner Strahl sterilen Wassers schoß in das weiße Filigran des Konzentrats, das auf der

Stelle zu feuchten Klumpen zusammensackte. Das Wasser tröpfelte aus, und Dan stellte beide Flaschen beiseite, sorgfältig das offene Ende der Nadel verkapselnd, damit er nicht noch einen weiteren Vortrag wegen Schlamperei zu hören bekam.

Mom fragte: »Habt ihr Jungs alles, was ihr braucht? Ich will euch nicht im Weg herumstehen.« Sie wartete die Antwort gar nicht erst ab, beugte sich über Dan und küßte ihn auf die Stirn. »Ich weiß, es wird dir wieder gut gehen, sobald du dein Medikament bekommen hast. Deshalb rege ich mich besser gar nicht auf.« Sie zögerte, dann berührte sie auch Ford liebevoll. »Jetzt hast du ja jemanden, der sich immer um dich kümmert. Deinen eigenen Doktor.«

»Ein Glück, daß du alles mitgenommen hast.« Ford bemühte sich, ruhig zu sprechen.

»Ja, ein Glück«, stimmte Dan zu und beließ es dabei.

Das war geschafft. Ford wechselte das Thema. »Ich weiß nicht, was ich tun soll. Das Theater mit meiner Familie wächst mir langsam über den Kopf. Es muß doch eine Lösung geben.«

»Mir fällt auch nichts ein«, sagte Dan, erleichtert, daß Ford reden wollte.

»Manchmal habe ich das Gefühl, meine Eltern wollen mich so weit treiben, daß ich mich zwischen ihnen und dir entscheide.«

Nadelspitzen der Angst. Dan schaute die Butterflykanülen auf dem Tisch an. »Ja, ich glaube, genau das haben sie vor.«

Vom Fernseher kam der anschwellende Refrain von »God Rest Ye Merry Gentlemen«, und Dan summte mit. Inzwischen war das Medikament fast flüssig geworden, und er schüttelte es weiter in der Hand, während er mitsang.

Ford starrte ihn an, durch ihn hindurch. »Das ist wieder das Lied. Das hast du gesungen, als ich dich zum ersten Mal gesehen habe.« Ford wurde blaß und hielt inne. »An dem Tag habe ich nicht nur etwas begriffen über dich, an dem Tag muß ich etwas gesehen haben. Ich frage mich, was das war.«

»Ich auch.« Dan war verblüfft über die Wortwahl.

Der Augenblick ging vorbei. Was Ford auch suchte, es entzog sich ihm. Er fing damit an, die Filternadel zusammenzustecken, durch die das aufgelöste Konzentrat in die große Spritze gesogen wurde. Nach einer Weile meinte Dan: »Was immer es war. Ich bin froh, daß du es gesehen hast.«

»Wirklich?« Mehr als ein Hauch von Selbstmitleid. »Manchmal bin ich mir nicht so sicher.« Er schlang die Manschette um Dans Arm und suchte an der weichen Unterseite nach einer Vene. Alkohol, kühl auf der Haut, schnell trocken. Die silberne Nadel blitzte kurz auf, drang ein und war nicht mehr zu sehen. Nach einem kleinen Plopp füllte sich der Zylinder mit dickem roten Blut, was anzeigte, daß die Nadel im Inneren der Vene saß. Ford steckte die Spritze säuberlich auf den Zylinder, während das Blut schon den Rand des Verschlusses erreicht hatte. Die Injektion begann.

»Es macht mir gar nichts aus, wenn du dir nicht so sicher bist«, sagte Dan.

»Ich wünschte, es würde dir was ausmachen.«

31

Später traf Dan die Kälte seiner Bemerkung wie ein Bumerang. Ford schien sich damit abgefunden zu haben. Dan hatte immer auf dem Recht beharrt, ihn zurückzuweisen, sich in seine innere Ferne zurückzuziehen. *Ich kann für mich selbst sorgen*, sagte die Stimme. *Ich brauche dich nicht.*

Doch heute abend spürte er, wie all die Verletzungen, die er Ford zugefügt hatte, eine nach der anderen auf ihn zurückfielen. Er wollte diese Schwere abschütteln. Ford zog die Nadel heraus und drückte den Wattebausch auf die blutende Stelle. Schließlich fragte er: »Wie viele Dans sind es jetzt?« Eisig, der leere Ton von Fords Stimme, ohne Hoffnung.

»Ich versuche, es bei einem zu belassen.«

Ford hielt den Wattebausch noch eine Weile fest, dann verband er den Arm fest mit Gaze und räumte alle Anzeichen der medizinischen Behandlung vom Tisch.

Sie verließen die heikle Abgeschiedenheit der Küche und flüchteten sich zu Ellen und Ray, die vor dem Fernseher saßen. Wie zwei Wunden hockten die beiden Männer nebeneinander auf der Couch, dankbar für die einlullenden Sendewellen.

32

Als Ray ins Bett gehen wollte, sagte Mom: »Ich bleibe noch eine Weile auf und unterhalte mich mit den Jungs«, und kaum war er mit schlurfenden Pantoffeln Richtung Schlafzimmer verschwunden, griff sie nach der Fernbedienung auf seiner Sessellehne und schaltete das Gerät ab.

Dan rührte sich. »Meine Güte, glaubst du wirklich, wir können ein paar Minuten ohne Fernsehen leben?«

»Wir können es ja mal versuchen.« Mom ignorierte die Spitze und setzte sich wieder hin. Sie lächelte von Dan zu Ford. »Wie geht es deiner Schulter, mein Junge?«

»Schon viel besser.«

»Hast du genug für eine weitere Dosis mitgenommen, bevor wir morgen fahren?« fragte Ford. »Ich hab gar nicht nachgeschaut, als ich im Schuppen war, vor lauter Wut.«

»Es ist genug da.«

»Sie waren fuchsteufelswild, wie?« Mom war amüsiert. »Ich bin auch immer böse geworden, wenn Dan oder Grove mir nicht sagten, daß sie bluteten. Ich habe ein riesiges Theater gemacht und bin herumgerannt, aber irgendwann hab ich begriffen, daß das auch nichts nutzt.«

»Ich bin doch Arzt, so viel weiß ich auch.«

Mom war verblüfft, daß Fords Charme bröckelte, und ein kleines Lächeln breitete sich auf ihrem Gesicht aus. Dans Anspannung ließ nicht nach.

Schließlich rafften sie sich auf. Mom reichte ihnen die Wange zum Gutenachtkuß, beiden. Bevor sie sich zurückzog, fragte sie noch: »Ford, hat Dan Ihnen das Geschenk schon gegeben, das er mir gestern gezeigt hat?«

»Wir haben unsere Geschenke bereits ausgetauscht, bevor wir hier herkamen«, antwortete Ford.

»Das meine ich nicht. Ich rede von dem einen Geschenk, das er mir gestern gezeigt hat.«

Ford schaute Dan prüfend an, und Dans Herz begann laut zu pochen.

»Gute Nacht, Ford. Sehen Sie zu, daß er es Ihnen gibt.«

Sie blieben verdattert zurück.

»Was war das denn?« fragte Ford.

Jäh überfiel Dan die Angst, heftiger als erwartet, und er dachte, gleich stehen hier wieder zwei Ausgaben von mir. »Ich habe noch ein Geschenk für dich. Ich habe es ihr gestern gezeigt.«

Er steuerte das Gästezimmer an. Ford folgte ihm. Dan holte seine Tasche aus dem Schrank, während ihm das Blut ins Gesicht stieg, und hielt plötzlich inne. Konnte sich nicht umdrehen. Ford meinte: »Du hast ja richtig Angst. Na, das muß was sein.«

Dans Hand streifte die Oberfläche des dunklen Samtkästchens, und bei der unverkennbaren Form geriet er in Panik. Er hatte Lust,

Ford die ganze Tasche zuzuwerfen, damit er das anstößige Objekt allein herausfischte. Doch dann fiel ihm seine eigene Stimme in der Küche ein, *Es macht mir nichts aus, wenn du dir nicht ganz sicher bist*, die fröstelnde Kälte, und er sah, wie Ford wartete. Auf der anderen Seite der Schranke. So nahm er das Kästchen aus der Tasche, setzte sich aufs Bett und wog es in den Händen.

33

Sicher sein. Dan fühlte sich sicher, wenn Ford sich seiner nicht ganz sicher war. Ein Versteck. Eine Zuflucht. Ein Zuhause?

Von Anfang an hatte Dan sich gegen Fords Haus gewehrt. Die Komplimente am Neujahrsabend, als sie zum ersten Mal eine Nacht miteinander verbrachten, waren Komplimente für Fords Sicherheit gewesen. Die ihn bedrohte.

»Was hast du gegen mein Haus?« fragte Ford. »Ich habe lange gebraucht, um es zu finden.«

»Überall stehen diese Möbel herum.«

»Dafür sind Möbel gedacht. Was sollte man denn sonst in die vielen Zimmer stellen?«

»Das ist die andere Sache«, erwiderte Dan. »Es ist lächerlich, wieviel Platz du als Einzelperson hast.«

Das Gespräch hatte als scherzhaftes Geplänkel auf der Seitenveranda begonnen, an einem ungewöhnlich warmen Morgen im Januar. Dan machte eine Bemerkung darüber, wie schick das Haus und das ganze Viertel waren, und Ford hakte nach; und nun ging es hin und her. Doch Dan merkte, wie ernst das Thema für ihn war, und seine spitzen Seitenhiebe wurden allmählich bissiger.

»So groß ist das Haus gar nicht«, beteuerte Ford gerade, »du solltest mal die Villa meiner Großmutter sehen.«

»Ach, ist das eine Einladung?«

»Hör bloß auf. Jedenfalls hat sie ein Riesenhaus in Savannah.«

»Na, hat die aber ein Glück. Hoffentlich hat sie auch genug Personal. Zimmermädchen und Köche und Butler und Lakaien und so.«

»Nein, Lakaien nicht.« Ford überlegte ernsthaft. »Der Butler ist gleichzeitig Chauffeur. Und das Mädchen für den ersten Stock muß manchmal auch im Erdgeschoß arbeiten.«

»Dann muß es dir ja in dieser Hundehütte ziemlich eng werden.«

In Dans Wohnung wurde es Ford auf alle Fälle eng. Zu Anfang ließ sich genauso leicht darüber lachen wie über Fords Haus. Als Ford zum ersten Mal bei Dan übernachtete, kam er spät, am Ende seiner Schicht, und ihm blieben nur wenige Stunden Schlaf. Sie saßen in Dans Wohnzimmer, beim Licht der Stehlampe, aneinandergekuschelt auf dem Sofa. In kleinen Räumen fiel Fords Größe besonders auf; er war immer irgendwie im Weg und mußte umschifft werden, es sei denn, er blieb still sitzen. Sie schauten der Katze zu, die auf dem angrenzenden Sims saß. King Malcome, Dans dicker Kater, starrte unerschütterlich zurück. Die andere Katze, Roxanne, versuchte, Fords Schoß zu besetzen, bis Dan sie aus der Wohnung warf. Sie stürmte begeistert los und fing an, von draußen am Fliegengitter hochzuspringen, wobei sie sich mit den Klauen in die Maschen krallte und durch das Fenster in der Tür hereinlugte. Das scheppernde Geräusch, das sie verursachte, schien ihr gut zu gefallen.

Im Schlafzimmer zog Dan seinen todmüden Freund aus, und sie legten sich schlafen. Das Bett war ein normales Doppelbett, aber Ford brauchte mindestens zehn Zentimeter mehr, um seine Körpermaße unterzubringen. Aus der Küche war ab und zu das Geräusch der gegen das Fliegengitter krachenden Roxanne zu vernehmen.

»Friedliches Plätzchen«, brummte Ford.

»Normalerweise ist sie nicht so schlimm«, meinte Dan entschuldigend. »Sie mag dich halt. Geht es denn mit dem Bett?«

»Ach, wer braucht schon viel Platz?« Ford versuchte, einen Scherz daraus zu machen, und zog Dan an sich, ein Gewirr übereinanderliegender Beine. Dan wußte, Ford fühlte sich nicht sehr wohl, obwohl er in dieser Nacht gut schlief.

Fords Arbeitsplan gehörte ebenfalls zu den Problemen, die sich allmählich häuften. Manchmal vergingen Wochen, ohne daß sich die beiden richtig zu Gesicht bekamen. Ford war im Krankenhaus, oder er schlief.

Lange Zeit genügte das Dan, der schon glücklich war, wenn er den anderen in seiner Nähe hatte, und sei es für ein paar Stunden Schlaf am Nachmittag. Ford wiederum zog es vor, dort zu schlafen, wo auch Dan war, selbst wenn das bedeutete, daß er sich in dem viel zu kleinen Bett zusammenrollen mußte, womöglich mit zwei Katzen, die zu seinen Füßen lagen. Währenddessen saß Dan im Wohnzimmer, las Theaterstücke, wertete Verbesserungsvorschläge für die Krankenhausverwaltung aus oder lernte den Text eines neuen Lieds, einer Szene aus der Aufführung, in der er gerade spielte. Er empfand Fords Eintritt in sein Leben als wunderschön und meistens leicht handhabbar. Nur manchmal fragte er sich, wie lange ihre Gefühle füreinander wohl anhalten würden.

Nach einigen Monaten klagte Ford über das kleine Bett. Dan brütete tagelang, wie sich das Problem lösen ließ, maß das enge Schlafzimmer aus, um ein größeres Bett darin unterzubringen. Doch der Raum war zu klein, und er überlegte, ob er sich eine geräumigere Wohnung suchen sollte. Als er das eines Abends Ford gegenüber erwähnte, antwortete der, ohne nachzudenken: »So ein Quatsch, zieh doch einfach bei mir ein«, und schmiß Roxanne zum zehntenmal von seinem Schoß.

Auf einmal standen diese Worte in der Luft, beide hatten sie gehört, und das Thema wurde auf der Stelle gewechselt.

Ungefähr um dieselbe Zeit begannen sie, als hätten sie es verabredet, sich öfter in Fords Haus aufzuhalten. Für Ford war das nicht überraschend; sein Haus war ohne Frage Dans Wohnung vorzuziehen, und er ging davon aus, daß Dan deshalb ganz natürlich auch lieber dort wäre. Es dauerte nicht lange, und Ford erwartete, Dan stets in seinem Haus anzutreffen, auch wenn er selbst nicht da war. Nur für den Fall, daß er sich ein paar Stunden aus dem Krankenhaus davonstehlen konnte. Das wurde zur Gewohnheit, bevor Dan es richtig gemerkt hatte; inzwischen kannte er die Busstrecken und Taxipreise zwischen der Blue Ridge Avenue und den Clifton Heights im Schlaf.

In den nächsten Monaten wurde die Frage, ob Dan zu Ford ziehen sollte, jedoch von anderen Schwierigkeiten überlagert, mit denen die Männer zu kämpfen hatten. Oft fand Dan es zum Verzweifeln, wie verkrampft sich Ford in der Öffentlichkeit anstellte, wie er darauf bestand, sich im Restaurant immer gegenüberzusetzen, sich nie zu berühren, nicht mal im Dunkel eines Kinos. Ford dagegen protestierte, wenn Dan sich in seine Innenwelt zurückzog, sich weigerte, ihm zu vertrauen. Der unterschwellige Kampf um das Wohnen, um die Katzen, um Geld, um alles ging unverwandt weiter, und allmählich blätterte Schicht für Schicht die scherzhafte Verkleidung ihrer Konflikte ab, denn zugleich wurde ihnen zunehmend bewußt, wie wichtig sie einander geworden waren.

Eines Abends kamen sie aus dem Restaurant zurück, Ford hatte Zeit zum Abendessen gehabt, was selten genug vorkam. Dan meinte: »Du küßt nicht gerne, stimmt's? Man hat immer das Gefühl, es ist dir unangenehm.«

»Was, sollte ich dich eben im Restaurant küssen oder wie?« Knurrend schloß Ford die Hintertür auf und schnippte das Küchenlicht an. »Du weißt genau, ich mag dieses Zeug nicht.«

»Ich rede nicht vom Restaurant. Du küßt einfach grundsätzlich nicht gern. Oder es liegt an mir.«

Unverstellte Wut zischte über Fords Gesicht, und er fauchte: »Ja, klar, es liegt bloß an dir. Leck mich.«

»Antworte lieber. Du denkst wohl, Männer sollten sich nicht küssen oder sowas.« Dan blinzelte, musterte den Jüngeren und sein zornrotes Gesicht, und etwas klickte in seinem Kopf. »Schau dich nur an. Du willst ja noch nicht mal darüber reden.«

»Du willst immer über dieses schwule Zeug reden, warum kannst du mich damit nicht in Ruhe lassen?«

»Was soll das denn heißen, immer? Das ist das erste Mal!«

»Männer brauchen sich nicht zu küssen. Und es ist albern, darüber zu reden.«

»Männer brauchen sich nicht zu küssen?«

»Genau.«

»Na klasse!«

Ford wandte sich ab, zog seine Jacke aus. »Ich meine, nicht andauernd. Manchmal ist es schon in Ordnung. Aber wenn ich morgens zur Arbeit gehe, brauche ich dich doch nicht zu küssen, als wärst du Doris Day. Das meinst du doch, oder? Du bist sauer, weil du morgens kein Küßchen kriegst, wenn ich zur Arbeit gehe, und lauter so Zeug.«

»Davon habe ich kein Wort gesagt. Ich habe nur festgestellt, daß ich den Eindruck habe, es ist dir unangenehm, mich zu küssen. Manchmal auch im Bett.«

»Meine Güte, Dan, müssen wir jetzt in diesem Augenblick darüber reden?«

Irgendwann hatte Dans Herz angefangen, wie wild zu schlagen. Er war so wütend wie lange nicht und drehte sich schnell zur Seite. *Ja, wir müssen jetzt darüber reden, in diesem Augenblick.* Statt dessen kam heraus: »Tut mir leid. Ich wollte nicht, daß wir uns streiten.«

Sie schwiegen sich an, bis es Zeit wurde, schlafen zu gehen. Da plötzlich fand Ford die Energie, die ihm tagelang gefehlt hatte, und sie liebten sich, wild und störrisch, im Bad, im Schlafzimmer, die halbe Nacht lang. Und Ford nahm die Herausforderung an und fiel über Dans Mund her.

In diesen ersten Monaten störte sie die ständige Gegenwart der Kondome bei ihrer Liebe wenig. Doch allmählich kam es Dan so vor, als würde Ford die immerwährende Notwendigkeit, sich zu schützen, zunehmend lästiger und berührte ihn nicht mehr so oft, so offen. Also wartete er immer ab, bis Ford ihm deutlich machte, daß Berührungen, daß Küsse erlaubt waren.

Es wurde Sommer, und ihre Freundschaft war nicht mehr neu. Immer noch verbrachten sie soviel Zeit miteinander, wie sie konnten.

Aber aus ihren Meinungsverschiedenheiten wurden Auseinandersetzungen und Streitigkeiten, immer hitziger während der langen heißen Wochen. Dan wollte nicht mehr zulassen, daß Ford Geld für ihn ausgab. Ford wollte nicht mehr in Dans Wohnung schlafen, es sei denn, es gab triftige Gründe dafür. Ford hatte keine Lust, ins Theater zu gehen, und wollte Dan schon gar nicht in Frauenkleidern auf der Bühne sehen. Dan sah es überhaupt nicht ein, in Fords Haus auf ihn zu warten, bis er endlich aus dem Krankenhaus kam. Ford mochte nicht mehr mit den Katzen schlafen. Ford weigerte sich, auf irgend eine Theaterparty mitzukommen. Dan durfte nicht erwarten, daß Ford im Krankenhaus seine Mahlzeiten mit ihm in der Kantine einnahm, denn die Mahlzeiten gehörten schließlich zum Umfeld seiner Weiterbildung. Sie kamen sich immer näher, es wurde immer enger zwischen ihnen, und die Reibungsflächen nahmen zu.

34

Gegen Ende ihres ersten Sommers schmiedeten die beiden Pläne für ein verlängertes Wochenende am Strand, an der Emerald Coast in Florida, gemeinsam mit Dorothy Ballard und ihrer Freundin Eva, mit denen sie sich angefreundet hatten. Wenige Tage vor der Reise stieß sich Dan den Ellbogen an der Ecke eines Metallschranks in seinem Büro, und eine heftige Blutung im Gelenk war die Folge. Heftiger, als Dan zuerst angenommen hatte; der Ellbogen schwoll schlimm an, und bald konnte er ihn kaum noch bewegen. Da er die langen Wartezeiten in der Notaufnahme kannte, fuhr Dan schleunigst nach Hause, wo er in seinem Kühlschrank genug Medikamente gelagert hatte.

Es war bloßer Zufall, daß an jenem Tag Ford in der Blue Ridge Avenue vorbeikam und in dem ziemlich heruntergekommenen Hausflur an die Tür von Dans Wohnung klopfte, gerade als dieser die Butterflykanüle aus seinem Arm zog. Er hielt immer noch den Wattebausch auf die Stelle, als er die Tür aufmachte, und Ford bemerkte es sofort. »Was ist passiert?«

»Ich habe eine Blutung im Ellbogen«, antwortete Dan, »gerade habe ich die Injektion gemacht.«

Der große Mann stand mitten im Wohnzimmer der kleinen Wohnung, die kräftige Nachmittagssonne sprenkelte seine Arme, und wie so oft, wenn er vom Dienst kam, sah er todmüde aus. »Es ist nicht zu fassen, daß du das selbst gemacht hast, anstatt mich anzurufen.«

»Ich tue es immer selbst.«

»Du hättest mir sagen sollen, daß du einen Unfall hattest. Ich habe dir die Nummer doch gegeben, mit der du mich im Egleston ausrufen lassen kannst. Du hättest sie nur zu wählen brauchen.«

»Ford, es ist keine große Sache. Das passiert eben manchmal, und dann gebe ich mir eine Spritze, und fertig. Ich sorge seit langem für mich, ich weiß, was ich zu tun habe.«

Ford sah ihn an und schüttelte den Kopf. »Verzeih mir. Ich bin müde, ich wollte dich nicht anschreien.« Er streckte seine Schultern. »Können wir zu mir gehen? Ich brauche etwas Bewegungsfreiheit, bestimmt bin ich dann auch nicht so brummig.«

Einen Augenblick lang knisterte es. *Wir sind nie hier.*

Zu Hause führte Ford seinen Freund in die Küche mit ihrer hellen Neonlampe und setzte ihn auf einen Hocker. »Zeig mal her«, er half Dan aus seiner Jacke, schob den Ärmel sanft über den angeschwollenen Ellbogen, berührte vorsichtig das verletzte Gelenk und sah Dan an; aufblitzender Ärger kehrte zurück in seine Augen, vermischt mit einem anderen, besorgten Gefühl. »Das hat wesentlich länger als ein oder zwei Stunden geblutet«, knurrte er, »guck dir das mal an. Es muß doch furchtbar weh tun.«

»Ziemlich«, antwortete Dan.

Ford stürmte in sein Schlafzimmer, immer weiterbrummelnd, »ich kann es immer noch nicht fassen, du brauchtest doch bloß anzurufen«, und kehrte mit einer Flasche voller Pillen zurück, die er beim Gehen aufschraubte. »So, zwei davon, und wenn die wirken, gehst du ins Bett. Willst du einen Umschlag für deinen Arm?«

Daß er so umsichtig versorgt wurde, war neu für Dan. Es löste einen Knoten in seinem Inneren, jenseits der Reichweite von Schmerz oder Schmerzmittel, und mit einemmal konnte er sich entspannen. Er lehnte sich an Ford, ruhte den Arm auf seinem aus. Er hatte wenig gegessen, und das Medikament wirkte schnell. Es färbte das Schöne des Moments mit surrealen Tönungen; der Schmerz wurde stumpf und machtlos.

Nach einer Weile sagte Ford: »Ab ins Bett, mein Lieber, es wird Zeit.«

»Wo denn?« Pelzig-betäubte Stimme.

Ford lachte leise. »In meinem Zimmer, wo denn sonst?« Darauf: »Wann brauchst du die nächste Spritze?«

»Morgen früh.«

»Die Sachen sind in deiner Wohnung?«

Nicken. Taumelndes, kaum noch wahrgenommenes Aufstehen. Ford führte ihn ins Schlafzimmer.

»Leg dich hin, bevor du umfällst.«

Wärme und Geborgenheit um ihn, eine Hand auf seiner Stirn. Sein Freund. »Das ist doch besser, als ganz alleine krank zu sein, oder?«

»Mhm.« Dan vergrub sein Gesicht im Kissen. »Tut mir leid.«

»Du wirst dich schon daran gewöhnen, daß ich dir helfe.«

Am frühen Morgen setzte die Blutung im Ellbogengelenk wieder ein. Als Dan in dem breiten Bett erwachte, wußte er es sofort, er kannte diese Variante des Schmerzes genau. Kurz vorm Aufwachen wußte er nicht, wo er war, in seinem eigenen Bett, in seiner Wohnung, *oder ob er im Kreishaus war, über das Feld rannte, die Stimme seines Vaters hinter ihm, und seine Schulter tat weh, und er hielt es vor den anderen geheim, er war im Dunkeln aufgewacht, seine Schulter tat weh, und er hatte Angst, laut zu rufen, sein Vater könnte aufwachen und würde mit ihm schimpfen, und es würde sowieso nichts nutzen, es würde immer weiter weh tun, und wenn er sich zu viel bewegte, würde Allen im Schlaf protestieren*, doch es war Ford, der neben ihm schlief, tief und fest und verloren in all der angesammelten Erschöpfung, ein Bein über Dans Beinen, so daß er sich nicht zu rühren traute und sich immer unbehaglicher fühlte.

Als es unmöglich wurde, mit dem anschwellenden Ellbogen still liegen zu bleiben, setzte er sich im Bett auf, die Decke um die Hüften geschlungen, hielt seinen Arm und suchte mit dem Blick nach der Uhr, die ihm sagte, daß die Nacht bald vorüber war.

Ford rührte sich, und Dan versuchte, sich wieder hinzulegen, doch von der Bewegung schoß der Schmerz durch die ganze Seite, und er schaffte es nicht. Ford murmelte etwas und richtete sich auf. Als er die Augen aufschlug und Dan erblickte, wurde er plötzlich hellwach. »Was ist los?« fragte er und rückte näher an Dan. »Hat es wieder angefangen zu bluten?«

Ford gab ihm einen Kuß auf die Stirn. Dans Panik darüber, im Dunkeln zu erwachen, während sein Blut wieder aus seinen Adern schwemmte, ließ nach, als er die Nähe seines Freundes auf der Haut verspürte. Kein Ärger von Ford. »Tut mir leid, daß ich dich wecke«, wisperte er. Ein Streicheln als Antwort.

Ford lief ins Badezimmer. Licht flutete durch den Türspalt, über das polierte Parkett. Schon in Jeans, hielt er Dan ein Glas Wasser und zwei neue Tabletten hin. Setzte sich auf die Bettkante. Licht und Schatten auf seinem nackten Oberkörper, den beruhigend kräftigen Armen. »Sag mir, was ich aus deiner Wohnung holen soll.«

Dan schluckte die Tabletten und fragte: »Soll ich mitkommen?«

»Untersteh dich. Was glaubst du, warum ich dir noch zwei Valoron gegeben habe?« Er hörte sich Dans Beschreibung an, das meiste wußte er ohnehin. »Ich füttere die Katzen. Heute behalte ich dich hier.«

»Ich dachte, du hättest Dienst.«

»Nein, ich habe einen ganzen Tag frei. Wir haben Glück, was?«

Er stand auf, zog sich fertig an, holte Dans Schlüssel aus der Hosentasche. »Bleib liegen und ruh dich aus. Steh bloß nicht auf und lauf rum, du würdest sofort auf die Nase fallen. Ich bin sofort zurück.«

Dan blieb allein in dem dunklen Haus und ließ das Schmerzmittel in seinem Innern hochsteigen. Der Riß in seinem Ellbogen wurde wieder taub, die Klinge des Schmerzes zog sich zurück und machte Platz für die Angst, er könnte einschlafen und womöglich wieder von seinem Vater träumen. Er lag still da und atmete tief durch.

»Dan, ich muß dich leider wecken. Im Bett kann ich dir keine Spritze geben.« Abrupt setzte sich Dan auf, blinzelte Ford entgegen, verschwommen-verschmiertes Dämmerlicht. Schwindlig. Schmerzmittelrauschen. Ford hängte ihm einen Bademantel um die Schultern und dirigierte ihn in die Küche.

Als er die große Spritze und ihren vertrauten, schlierigen Inhalt erblickte, kehrte seine Panik zurück. Mit der typischen Bewegung des Praktikers suchte Ford auf dem Arm seines Freundes nach einer Vene. »Vertraust du mir, daß ich das kann? Ich bin ziemlich gut darin.«

»Ich hasse es, wenn jemand anders das tut.«

Beim Anblick der Spritze in Fords Händen wäre Dan am liebsten hochgesprungen. Macht über mich, dachte er. Dies gibt ihm Macht.

»Beruhige dich. Es ist alles in Ordnung.«

»Das weiß ich. Ich habe auch keine Ahnung, warum ich so bin.«

»Manchmal gibt es zwei Dans«, Ford dachte laut, »das ist der Grund.« Er lachte kurz. »Was würdest du machen, wenn du allein wärst? Du kannst dir selbst keine Spritze geben, nicht mit deinem Arm in diesem Zustand.«

»Wahrscheinlich würde ich mir einfach keine geben.«

Ford nickte. »Das habe ich mir gedacht.« Diesmal kein Zorn in der Stimme. Die Situation, das Thema hatte die beiden über die Grenze auf das Gebiet von Fords medizinischer Ausbildung katapultiert, und da fühlte er sich sicher.

Die Transfusion dauerte fast vierzig Minuten. In der Zwischenzeit krochen die Sonnenstrahlen an den Scheiben der Küchenfenster hoch, morgendliche Vogelrufe drangen aus dem Garten zu ihnen.

»Du gebrauchst deinen Arm erst wieder, wenn ich es dir erlaube«, befahl Ford. »Verstanden? Ich mache dir das Bett im Wohnzimmer fertig, und du bleibst hier. Du wirst gefälligst zulassen, daß ich dich versorge. Wir können uns darüber streiten, wenn du willst. Aber ich weiß, wie du bist, und wenn wir uns streiten müssen, dann laß es uns lieber früher als später tun. Okay?«

»Hmm.«

»Willst du einen Kaffee, auch wenn ich ihn mache?«

»Ja.« Die beiden Männer sahen sich an. Trotzig und liebevoll.

Während Ford eine Couch mit Laken, Kissen und Decken in ein Bett umwandelte, hörte Dan das automatische Zischen und Spucken der Kaffeemaschine in der Küche. Dies war Fords Haus, sonst nichts, Fords Eltern waren nirgendwo in den Ecken versteckt, und er war hier willkommen, mehr als sie.

Als der Tag zu Ende gegangen war, begriff er, daß sein Leben sich verändert hatte. Er hatte friedlich dagelegen, in diesen geräumigen, hellen, angenehmen Räumen, der Doktor hatte ihn liebevoll umsorgt. Dan gab sich ohne Protest hin. Am Abend bereitete Ford noch eine Transfusion mit dem antihämophilen Faktor vor. Dan war erleichtert, daß es ging. »Assistenzärzte sollen sowas gar nicht können, hört man, wieso bist du so gut darin?«

»Och, ich kann so einiges, was man mir nicht zutraut«, erwiderte Ford, und sie kicherten gemeinsam.

35

Eine Woche später machten sie sich nach Grayton Beach auf, der Arm war verheilt, oder fast jedenfalls.

»Wir können uns zwei Ferienhäuser leisten.« Ford saß in Dans Wohnung und betrachtete das Netzwerk der Platane vor dem Fenster. »Dorothy hat Geld.«

»Ich habe keine Lust, den Nassauer zu spielen, und ich kann mir die Hälfte dieser Miete nicht leisten.«

»Quatsch, du bist kein Nassauer, du fährst mit mir ein paar Tage ans Meer. Ist das so schwierig?«

Dan hörte den gereizten Unterton in Fords Stimme und wurde wachsam. »Es ist eine Menge Geld.«

»So viel ist es nicht. Meine Güte, Dan, ich habe genug davon. Okay? Du redest von einem Ausflug ans Meer, seit ich dich kenne, warum stellst du dich jetzt so an?«

»Ich wußte nicht, daß ich mich anstelle.«

»Du willst doch nicht da hinfahren und mit Dorothy und Eva in einem Haus wohnen, oder? Na also. Es gibt da unten nicht so viele Häuser, also habe ich dieses gemietet.«

Einen Moment lang Stille. Ein kühler Luftzug schlängelte sich durch den Fensterschlitz. Ford wartete gelassen.

Schließlich verkündete Dan: »Also, ich bezahle so viel, wie die Hälfte von dem Haus gekostet hätte, über das wir zuerst gesprochen haben. Du kannst die Differenz übernehmen. Was hältst du davon?«

Zusammengebissene Zähne. Angespannte Schläfenmuskeln. »Geht in Ordnung.«

Lunar Cove stand direkt hinter der letzten Düne, am Ende einer gewundenen Straße, die beinahe wieder aus Grayton Beach hinausführte. Als sie sich der Rückseite des Gebäudes näherten, dachte Dan, es handele sich um einen Irrtum. Die Größe des Hauses ließ keinen anderen Schluß zu: das war ein Apartmenthaus, keine Ferienvilla. Sie hielten vor einer Garage, die groß genug für drei Autos war. Von außen konnte Dan keinen Eingang erkennen. Ford schaltete in den Leerlauf. »Der Vermieter sagt, man kommt durch die Garage rein. Aus Sicherheitsgründen.«

»Ach so? Dann ist das ein einziges Haus?«

»Klar«, sagte Ford. »So groß ist es doch gar nicht.«

Und sprang aus dem Wagen. Dan folgte ihm, bedächtig, als könne man diesem Ort nicht trauen.

Ford stand am Garagentor und fummelte mit verschiedenen Schlüsseln herum. Schließlich ruckte er daran und rollte die schwere Tür hoch. »Wir müssen daran denken, daß du das nicht machst. Deine Medikamente hast du eingepackt, ja?«

Ford warf Dan den Schlüssel zu, der ihn sogar auffing. Eine kleine Treppe führte zur Hintertür. Das Schloß hatte keine Einwände, und mit einem kleinen Luftdruckzischen öffnete sich das Haus.

Die Nachmittagssonne durchflutete einen kleinen, klaren Vorraum, der in eine geräumige Küche führte, mit Fenstern zum Parkplatz auf der einen Seite, auf der anderen zu den Dünen. Dieser Raum überbot jede Küche, die Dan je gesehen hatte, selbst in Häusern, die das ganze Jahr lang bewohnt waren. Er hörte Ford auf der Treppe und ging weiter ins nächste Zimmer.

Große Fenster taten sich zum Meer hin auf. Jenseits der Dünen brachen sich azur und weiß die Wellen, der Sand leuchtete gleißend, ein brennendblauer Himmel war zwischen den knallig gestrichenen Pfeilern einer Veranda am anderen Ende eines endlosen Teppichbodens zu erkennen, dazu der Kamin, die Türen aus poliertem Holz, die Treppe, die sich nach oben schwang, wo noch mehr Raum gähnte.

Aus der Küche drangen Geräusche, Fords vorsichtige Schritte. »Dan«, rief er, seine tiefe Stimme hallte wider.

»Ich bin hier«, antwortete Dan und berührte den kalten Stein des Kamins. »Dieses Haus ist riesig. Dorothy und Eva hätten ohne Schwierigkeiten auch hier unterkommen können, wir haben Platz genug.« Aber er achtete darauf, daß sein Tonfall freundlich klang.

»Hier ist nur Platz für uns.« Ford umschlang Dan. Der merkte, daß diese Reise erneut eine Probe darstellte, er wußte nur noch nicht, inwiefern.

Ford trug ihr Gepäck in das Schlafzimmer im oberen Stockwerk. Natürlich war es genauso geräumig wie alles andere unten, eine Schlafsuite, mit den gleichen doppelt verglasten Fenstern und kräftigen Holzträgern. Vor den Schiebetüren des Schlafzimmers erstreckte sich ein Balkon, von dem aus sie sich den Wind um die Nase wehen ließen. Atem des Ozeans. »Wie fühlt sich dein Arm an? Keine Schmerzen?«

»Nein. Ich glaube, er ist wieder in Ordnung.«

Eine kleine Pause. Dann: »Gefällt dir das Haus?«

»Sowas habe ich noch nicht gesehen.«

»Aber das ist doch nicht schlimm, oder?« Ford klang halb spielerisch, halb besorgt, und ein bißchen Stolz mischte sich auch darunter. »Wir hätten auch ein kleines Apartment nehmen können, klar, aber warum nicht so ein Haus? Ich wollte, daß wir es richtig schön haben.«

Drinnen begann Dan mit dem Auspacken; ohne nachzudenken, räumte er auch Fords Sachen ein. Der betrachtete die Szene verblüfft. »Warum packst du denn meine Sachen aus?«

»Es macht mir Spaß. Ich mag, was du auf der Haut hast.«

»Oh.« Ford nickte. Das rührte ihn irgendwie, wider Willen.

»Warum hast du den Anzug mitgenommen? Gehen wir in die Kirche?»

»Meinst du das Sportjackett? Nein, falls wir zum Abendessen ausgehen. Hast du etwa keins mitgenommen?«

»Nein.« Wieder dieses leichte Minderwertigkeitsgefühl.

Ford dachte einen Moment nach. »Na, dann besorgen wir dir eben eins.« Problem gelöst. »Soll ich mir die Küche vornehmen?« Dan lächelte; lieber weiterplaudern, auch wenn es ein bißchen ungeschickt ausfiel, nicht wahr. Ford trat zur Tür, hielt inne. »Es ist also in Ordnung für dich? Wir können bleiben, in diesem Haus?«

Plötzlich begriff Dan, daß die ganze Szene auf Angst gebaut war, *der dachte, ich würde mit meinem Koffer losmarschieren und mir eine andere Unterkunft suchen, das hat er wirklich geglaubt,* Dan lachte. »Natürlich können wir bleiben.« *Kindskopf.*

»Ach komm, laß uns an den Strand gehen.«

Vom Himmel herabströmende Sonnenwellen, ein Vorhang aus Licht. Hitze, in Wellen vom Sand hochsteigend, rollte in Wellen über sie hinweg, dahinter blaugrünes Wasser mit weißen Wellenkämmen. Dans Turnschuhfüße sanken mit jedem Schritt in die feinen weißen Körnchen, ein Rhythmus mit Gewöhnungsbedürftigkeit. Ford sagte: »Hier draußen besser nicht barfuß, ja? Höchstens am Wasser.«

»Es ist wunderschön.« Dan drehte sich nach allen Seiten um, ermaß die Weite. »Keiner hier.«

Ford klopfte ihm auf die Schulter und trottete zum Wasser, braungebrannter Schwimmer aus dem Bilderbuch der Träume. Dan lächelte in sich hinein. Die Brise zupfte an Dans weitem Hemd, zauste in seinen Locken herum. Scharf auf der Haut, die Hitze und der Wind, im Gesicht, auf den Armen, im Nacken. Dan schloß die Augen und seufzte glücklich. Linker Fuß hoch – Schritt – Einsinken – rechter Fuß hoch – Schritt – Einsinken. Erste Anzeichen der Entspannung meldeten sich.

Als bräche er aus einem Kokon der Stille hervor, den er selbst gesponnen hatte, drang plötzlich das volle Rauschen der Brandung in sein Bewußtsein, eine weich schäumende Welle nach der anderen, die beim Rückfluß über den Sand wisperten. Strand und Meer schwangen sich gemeinsam zum Horizont hin. Dan rollte seine Hosenbeine hoch, verstaute Turnschuhe und Socken in sicherer Entfernung vom Wasser und lief zu Ford, der durch das niedrige Wasser platschte. Der Junge, den er liebte, kam zum Vorschein, so einfach.

Am Horizont stieß der Blick, dem Küstenverlauf folgend, auf eine Stadt, halb verhüllt vom Dunst oder von tiefhängenden Wolken. Glastürme blitzten in den Farbnuancen des Himmels, erleuchtet von einer ersten rosaroten Flamme, wo die Sonne ihren Untergang begonnen hatte. Sie wateten immer weiter, an einem verlassenen Segelboot vorbei, dessen Segel im Wind dumpf gegen den Mast schlug.

Dan wäre gern Arm in Arm am Wasser entlanggeschlendert; aber Ford hatte ihm derartige Gesten in der Öffentlichkeit streng verboten. Selbst ein menschenleerer Strand galt bei dieser Abmachung als öffentlich. Trotzdem war er glücklich. »Ich bin froh, daß wir hergekommen sind. Daß wir es geschafft haben.«

»Ja, eine Zeitlang stand es auf der Kippe, ob ich in den nächsten Tagen ein paarmal Russells Schicht übernehmen mußte oder nicht; er hat eine schlimme Erkältung. Aber er hätte schon sehr viel kränker sein müssen, um mich von dieser Reise abzuhalten.« Schulterzucken.

»Werdet ihr beide in vier Wochen ans Grady zurückversetzt?«

»Ja. Es sind übrigens noch fast sechs Wochen.« Ford kickte ins Wasser. »Machst du dir deshalb Gedanken?«

Von mir wissen es alle im Krankenhaus, von dir nicht. »Und du?«

Ford zuckte wieder die Achseln. »Ein bißchen schon. Ich weiß nicht.«

Ford verhielt sich, als hätte Dan ihn des Verrats beschuldigt. »Für mich ist es schwieriger als für dich.«

Dan bahnte sich durch Schweigen einen Weg. Leichte Berührungen beim Gehen, Schulter an Schulter. Ford brütete. Er hatte etwas im Sinn, mehr als er aussprach. Dan drehte sich um und betrachtete das Strandhaus, groß und solide. *Lunar Cove.* Es forderte ihn heraus.

Nach dem Abendessen saßen sie auf der breiten Hollywoodschaukel der Veranda und tranken Armagnac. Der gefleckte Sandteppich der Dünenrücken leuchtete diffus in der sternenklaren Dunkelheit. Schemenhaft erhob sich ein dunkler Vogel mit ausgebreiteten Schwingen in den Nachthimmel. Dan schaute ihm nach, ob er zurückkehrte. Die Scheinwerfer eines Jeeps, der über den Strand fuhr, schlugen Lichtkreise. Dan war unwillkürlich stolz darauf, daß er neben dem attraktiven Ford vor dem größten Haus am Strand saß, obwohl kein Mensch zu sehen war, der ihn hätte beneiden können. Der Armagnac biß ihm mit seinem Nachtgeschmack in den Gaumen. Jeder Pulsschlag der Wellen lockerte die Anspannung des Stadtlebens. Im Schweigen sprachen ihre Körper.

Mehrmals patrouillierten Hubschrauber durch die tieferen Schichten der Wolken an der Küste entlang. »Hinter dem Horizont lauert bestimmt irgendeine feindliche Marine«, sagte Dan.

»Die suchen bestimmt nach Drogenschmugglern«, murmelte Ford, nachdem der dritte oder vierte Helikopter bedrohlich tief über sie hinweggeflogen war. Er legte seinen Kopf auf Dans Schulter, einen Augenblick lang, und seufzte: »Du und ich, wir sind die Herren des Strandes.«

»Was soll Dorothy nur sagen, wenn sie dieses Haus sieht? Ihr verhaltet euch sowieso dauernd, als wärt ihr in irgendeinem Konkurrenzkampf.«

Ford lachte. »Sie wird zum Makler rennen und fragen, ob es was Größeres gibt.«

Hast du schon mal mit Dorothy darüber geredet, wie es wird, wenn du ans Grady zurückkommst, Dan schluckte die Worte herunter. »Morgen abend sollten wir alle essen gehen, irgendwo an der Küste.« Sarkastisch fügte er hinzu: »Natürlich werden wir zwei Autos brauchen. Dorothy hat ja bestimmt auch ihren kleinen Sportwagen unterm Arm.«

»Na klar. Was sonst? Spricht doch nichts dagegen, zwei Autos zu nehmen.«

»Benzinverschwendung.«

»Du hast es aber heute auf mich abgesehen.«

»Ich finde es einfach zum Schreien, daß du und Dorothy beide mit euren Sportwagen angeben müßt, jedesmal, wenn wir gemeinsam was unternehmen. Garantiert wird sie ein kleines Rennen mit dir veranstalten, denk an meine Worte.«

Ford kicherte. Er stellte sein Glas auf das Geländer und sah prüfend über den Strand, als wollte er nach Spionen Ausschau halten. Darauf streckte er sich in der Schaukel aus, den Kopf in Dans Schoß. Ford war zufrieden mit sich. »Siehst du, ich habe nicht soviel Angst, wie du denkst.« Wieder dieses nachdenkliche Sondieren. Was wollte er?

Allmählich meldeten sich die Körper der beiden, unruhig und fordernd. Dan unterdrückte sein inneres Alarmsignal, das in solchen Momenten unweigerlich losschrillte, das unmerkliche Zusammensacken, wenn er Begehren verspürte; er holte tief Luft und konzentrierte sich auf das kleine Ritual, mit dem er beschlossen hatte, seine Angst vor der Lust zu bannen: Er starrte den grauäugigen Elfenkönig mit den verwuschelten Haaren unverwandt an und zog, mit Augen und Fingerspitze, Schläfen und Kieferknochen nach.

Fords Blick wurde schärfer, hungriger. Doch dann wandte er die Augen ab, und das Band zwischen ihren Körpern löste sich so abrupt auf, wie es entstanden war. Er schlug unvermittelt vor: »Gehen wir noch ein Stück?«

Dan zwang sich dazu, sofort aufzustehen, gar kein Zögern zuzulassen. Keine Verletzung. *Sag bloß nichts. Geh einfach vorwärts, auf das Wasser zu.* Fords weißes Hemd leuchtete im Mondlicht. Dan marschierte neben ihm her, atemlos, aggressiv fast. Wo war der Mann, der sich immer zurückzog, der kalt wurde, der Mauern hochzog?

Ford schlug die entgegengesetzte Richtung ihres Nachmittagsweges ein, die dunklere Seite des Golfs. Jetzt legte Dan eine Hand fest um Fords Schulter. Beim Gehen berührten sich ihre Oberkörper, und plötzlich stahl sich Fords Arm um Dans Hüften, fast scheu: »Von dir gibt es kein Loskommen, was?« Die tastende Frage machte Dan sprachlos. »Fast hatte ich beschlossen, mit dir hier herzukommen, damit wir uns trennen. Falls du hart bleibst und nicht bei mir einziehen willst. Ich dachte, ich wüßte genau, was ich sagen wollte, aber jetzt habe ich schreckliche Angst.«

Dan beeilte sich, eine Antwort zu geben, bevor es in ihm vereiste. »Du willst dich von mir trennen? Habe ich dich richtig verstanden?«

Ford schüttelte den Kopf. »Manchmal denke ich so, ich kann es nicht ändern.« Eine furchtbare Pause entstand. »Denkst du nie daran?«

»Nein.« Dan schloß die Augen, haßte plötzlich die Wärme dieses Arms um seine Hüften. Kurz davor, ihn wegzustoßen. Ford verstärkte den Druck seiner Hand. »Lauf nicht weg, ja?«

Was Dan erstaunte, war nicht sein Drang, die Flucht zu ergreifen. Sondern sein Drang zu bleiben.

Die Brandung zog ihnen angriffslustig den Sand unter den Fußsohlen fort. Dan seufzte. »Also nochmal von vorne. Du hast mich hier hergebracht, um dich von mir zu trennen, und das tun wir gerade?«

»Nein.« Fords Stimme ging im Rauschen unter.

»Warum sagst du es dann?« Der Arm des anderen hielt ihn immer noch fest, zog ihn wieder zum Gehen; im Mondlicht erkannte Dan das Entsetzen auf dem Gesicht seines Freundes. *Jetzt bloß nicht weglaufen.* Er fragte sich, wie sie so plötzlich bis zu diesem Punkt gekommen waren. Ford sagte nur: »Ich habe Angst. Deshalb.«

Entwaffnend einfach. Dan sah auf das Meer hinaus, die von unten beleuchteten Wolken am Himmel und dazwischen Sterngrüppchen. Er war verblüfft, weil er keine Angst hatte. Selbst jetzt nicht, wo es einen greifbaren Grund gab. Er konnte nicht anders, er war glücklich über ihre Nähe, über die lose Umarmung unter dem Mantel der schwarzblauen Nacht an diesem Strand, draußen, offen. Ford ließ es zu, und das zählte in diesem Moment.

»Wovor hast du denn Angst?«

»Vor dir.«

»Wieso?«

Ein leises Auflachen. Zum ersten Mal unliebenswürdig. Doch Ford nahm sich zusammen, kontrollierte den Tonfall seiner Stimme: »Das weißt du wohl wirklich nicht, was?« Er zog Dan in eine Umarmung, schaute sich dann um. Zuviel Licht. Er trat einen Schritt zurück. Erkannte, was er getan hatte, und steckte die Hände in die Hosentaschen.

»Gehen wir zurück«, kommentierte Dan den abgebrochenen Versuch. Der Heimweg zog sich hin, sie hielten größeren Abstand, als wären sie plötzlich empfindlicher geworden.

Im Haus erklommen sie gleich das obere Stockwerk mit dem Schlafzimmer, und auf dem Treppenabsatz drehte Ford sich um und betrachtete die Wohnlandschaft. »Morgen stellen wir die Klimaanlage auf KALT und machen ein Feuer im Kamin, ja?«

Die Lampen warfen Lichttrapeze an die Wände. Dan schob Vorhänge und Schiebetüren weit auf, daß der Wind durch den Stoff wirbelte, und trat hinaus. Außerhalb Fords Reichweite wäre er am liebsten zusammengebrochen, nun setzte sich doch die Panik durch. Ford knöpfte sich gerade das Hemd auf und ließ es über einen Stuhl fallen.

Doch als sich ihre Augen über die Entfernung ineinanderklinkten, war Dan nicht mehr außerhalb Fords Reichweite. Der große Mann kam heran, baute sich vor ihm auf. Das warme Licht floß liebevoll über die Wölbungen seines nackten Oberkörpers. Eine Einladung. Eine Liebeserklärung, deutlicher als mit Worten.

Das Begehren, dem Begehren nachzugeben, zündete in Dan, altbekannt, und es machte ihn müde. Fast nahm er es dem anderen übel, denn inzwischen kannte er die Grenzen dieser Einladung, die manchmal mehr versprach, als sie einhielt.

Doch Ford schaute unbeirrt. Dan griff zu. Unter seiner Handfläche zuckte ein Muskel, die Lust blitzte von Haut zu Haut. Ford vollführte seine Choreographie der Verlockung und Verführung. Dan ließ sich einmal mehr von der Schönheit verbrennen. Sie streichelten einander, bis sie es vor Erregung kaum noch aushielten. In dieser Nacht gönnten sie sich etwas Großzügigkeit bei ihren Zärtlichkeiten und vermieden den Zwang des allgegenwärtigen Kondoms.

Ein zittriger Frieden. Danach die lange Steppe der leeren Stunden; Ford schlief wie ein Stein, Dan lauschte endlos, ratlos dem Rauschen hinter den Dünen.

Er erwachte nach einem Traum, der ihn beinahe erstickte. Von oben lastete Licht auf seiner Brust, Fords Stimme, ein Mann am Fenster, und Dan so schwach, daß er die Augen nicht aufbekam. Der Schrecken blieb, auch nach dem Aufwachen. Ein Schatten am Fenster hatte ihn gelähmt, eine Männergestalt, die einbrechen, eindringen wollte. Wo war der Mann, wo war Dan, woher kam das Licht auf seinen Augen?

Als er schließlich ins Bewußtsein aufgetaucht war, bemerkte er den Schein, der vom Nebenzimmer hereinquoll, und dort sah er Fords nackten Arm, der sich über die Türschwelle streckte. Es war, als transportierte das Licht einen Schmerz herein. Dan schlüpfte geräuschlos zur Tür und stand überraschend vor Ford. Weiche graue Augen ohne Erstaunen. Verletzlich. Unwiderstehlich. Dan kniete sich hin. Ford strich ihm übers Haar. »Ich konnte nicht schlafen.«

»Ich habe schlecht geträumt. Richtig schlafen kann ich auch nicht.«

»Wir sind ganz schön im Eimer.«

Dan hätte die nächsten Sätze vorhersagen können. »Es tut mir leid, ich wollte dich nicht erschrecken. Du weißt doch, ich kann gar nicht…« Ford biß sich auf die Lippen. »Ich kriege es nicht mal raus.«

»Pschscht.«

Kopfschütteln. »Nein. Schweigen kann ich auch nicht mehr.« Ford wischte sich die Augen ab. Hilflos: »Wenn du eine Frau wärst, würdest du mich heiraten?«

»Und wenn du eine Frau wärst?«

»Antworte.«

Dan legte seine Lippen auf Fords Oberschenkel, spielte mit der Zunge im Flaum. Eigentlich eine unverschämte Frage. »Ja.« Pause. »Aber es würde trotzdem schwierig werden.«

»Aber du würdest es tun.«

»Ja.« *Sage ich das?* »Das will ich, jetzt.« *Ja.*

»Wirklich?« Ford schüttelte den Kopf, eine Bewegung, die mit einemmal ganz traurig wirkte. Dan umarmte ihn. »Wirklich, ich meine es ernst.«

»Warum willst du dann nicht mit mir zusammenleben, in meinem Haus? Das will *ich* – jetzt.« Die Worte sprudelten heraus. Darauf erschrockenes Schweigen.

Dan hätte loslachen mögen; *noch vor ein paar Stunden hast du gesagt, du willst etwas ganz anderes.* »Du weißt doch, ohne meine Katzen kann ich nicht bei dir einziehen.«

»Das ist ein Vorwand. Ich kann es nicht mehr hören.«

Er hatte recht. »Und was würdest du tun, wenn ich einzöge? Du hast doch jetzt schon so eine Heidenangst davor, was die Nachbarn denken könnten, daß du dich nicht mal im Vorgarten mit mir sehen läßt. Was soll denn passieren, wenn ich dort lebe?«

Ford wurde klein, als preßte ihn jedes Wort schmerzhaft zusammen, als wollte er am liebsten in der Wand verschwinden. An dieser Barriere hatten sie schon früher gestanden. *Wie kann ich mit dir in deinem Haus leben, wenn du weiterhin Versteck spielen willst? Es reicht nicht, ab und zu mit Dorothy Ballard zu reden. Wenn wir zusammenleben, werden es alle erfahren. Deine Eltern werden es erfahren. Deine Schwester wird es erfahren.* »Wie kommen wir über diesen Punkt hinweg?« Der große Junge fing an zu weinen. »Dan, wir schaffen es nicht, wenn wir nicht etwas unternehmen. Wenn wir nicht zusammenleben, bleiben wir auch nicht zusammen. Wir müssen etwas tun.«

Macht. Über ihn. *Er will es.* Zum erstenmal ließ Dan einen Spalt in der Mauer zu. »Glaubst du wirklich, das würde etwas bringen – wenn ich mit dir zusammenlebte?«

»Ja. Es würde mir dabei helfen, mit dir durch den Vorgarten zu gehen. Denn du würdest dort leben.« Die Stimme zitterte noch ein bißchen, aber er sprach weiter. »Und es wäre leichter, mit meinen Eltern zu reden. Über dich. Wie ich es schon vor Monaten hätte tun sollen.« Er schniefte. »Und vielleicht vertraust du mir dann genug, daß ich dir helfen darf, wenn du es brauchst.«

Deshalb waren sie hier, deshalb das große Haus, deshalb hatte er die Berührung auf der Veranda gewagt. Unvermittelt sprang Dan auf: »Komm, wir gehen nochmal raus, ja? Hier drin halte ich es nicht mehr aus, und schlafen will ich jetzt auch nicht.«

Dan steuerte die Verbindung zwischen ihnen; da sammelte sich eine neue Kraft, die aus dem Nichts zu kommen schien, greifbar. Schritte ohne Eile, ohne Bewußtsein der Zeit. Irgendwann nahmen sie den Faden wieder auf. »Wenn ich bei dir einziehe, kommen meine Katzen aber mit.«

»Ist gut«, murmelte Ford, ganz klein.

In ihrem Innern breitete sich eine Erleichterung aus, als rollte die Flut herein. Dan hatte sich einmal geschworen, niemals einen anderen Menschen zu brauchen; an einem Grab und einem Fluß hatte er gelobt, nie mehr von jemandem abhängig zu sein. Doch Ford in seiner Nähe überwand diesen Schwur, und das war jetzt nicht anders als in der Neujahrsnacht vor dem Kaminfeuer, im Restaurant bei ihrem ersten Rendezvous. Selbst schon im Fahrstuhl des Krankenhauses, als Ford noch nicht mehr war als ein hübsches Gesicht und ein lockender Körper.

Sie setzten sich in den Sand. Ford legte seinen Kopf in Dans Schoß. Zwei Männer, zärtlich miteinander, allmählich lockerten sich die Kleider, lehnten sich die Körper nach hinten, preßten sich die Beine aneinander, die Gesichter aufeinander, der Pulsschlag ging schneller. Dan ließ sich fallen, und diesmal waren Fords Hände zart und liebevoll auf ihm. Das Wasser schwappte um ihre Füße, der Sand strömte unter ihnen fort, zog sie unmerklich nach unten. Zur Landung in der Wirklichkeit.

»Also sollte ich bald mal mit meinen Eltern reden, oder?«

»Allerdings«, stimmte Dan zu. »Es wird Zeit.«

Ford

36

Auch nach der Floridareise flüchtete sich Ford mindestens ein dutzendmal in die Vorstellung, Dan zu verlassen oder ihn fortzuschicken. Das blieb stets eine vage Idee, in der konturlosen Zukunft, und sein reales, gegenwärtiges Bedürfnis nach Dan ließ nicht nach. Selbst in dieser Ungewißheit war es ihm oft lieber, sich in Dans enges Bett in der Wohnung zu verkriechen, egal, wie spät es war, als der Leere seines eigenen Hauses entgegenzutreten. Dann dachte er, eines Tages muß ich diesen Mann vielleicht aus meinem Leben vertreiben, und kuschelte sich an Dans Rücken, zerrte an seinen schwarzen Locken, zog das verschlafene Gesicht zu seinem eigenen. Oder er rief Dan drei-, viermal an einem Abend aus dem Krankenhaus an, nur um die samtweiche Stimme zu hören. Wenn er in Dans Nähe war, durchflutete ihn ein Gefühl, das er brauchte, ein hitziges Sehnen in der Magengrube.

Aber sie hatten zunehmend Schwierigkeiten im Bett, und sie konnten nicht darüber reden. Die ständige Anwesenheit der Kondome, die ununterbrochene Vorsicht bei der Liebe zermürbte sie beide. Manchmal lag Ford neben Dan, und ihm grauste vor jeder begehrlichen Berührung seines Freundes; vor jedem Anzeichen der Lust in ihm selbst. Ganz besonders aber haßte er den Augenblick, wenn er sich, auf der Höhe seiner Erregung, den verhaßten Lebensretter aus Plastik überziehen mußte, bevor er weitermachen durfte.

In einer Nacht nicht lange vorm Erntedankfest schliefen sie im Haus an den Clifton Heights, und Ford träumte von McKenzie, wie er in seinen Armen lag, in seinem alten Haus, vom nackten McKenzie, der fror, und Ford konnte ihn nicht wärmen, ganz gleich, wie sehr er sich anstrengte… Und plötzlich erwachte er und hielt Dan fest, drückte ihn an seinen Körper, träumte mit seinen Lippen in Dans Haaren. Doch dann schauderte ihn, und er lag bis zum Morgengrauen wach, zerschlagen und verängstigt, als wäre der Körper neben ihm schon in Zersetzung begriffen.

Kaum war Dan aufgewacht, fielen die beiden Männer übereinander her, ohne widerstehen zu können, eine Berührung führte zur nächsten, die Wellen der Lust schlugen über ihnen zusammen. Zugleich fühlte sich jeder Augenblick an wie Trauer. Ford zog die Schublade auf, wo die Kondome untergebracht waren, und gab Dan ein Plastikpäckchen; sein eigenes hielt er mit spitzen Fingern.

Dann kamen die glitschigen Plastikdinger zum Vorschein. Die beiden sahen sich an. Diesmal überwanden sie das Hindernis wieder. Immerhin.

Später saßen sie in dem verglasten Frühstücksraum, und Ford meinte: »Nächstes Wochenende könntest du einziehen. Theoretisch habe ich zwei freie Tage.«

Sie hatten länger nicht davon gesprochen, und Ford rechnete schon halb mit einer Zurückweisung; aber Dan überlegte: »Allein können wir meine Sachen nicht herschaffen, was meinst du?«

»Das weißt du doch. Du hebst mir keine Möbel.« Ford begriff, daß Dan nicht die einfache Lösung wollte, eine Firma beauftragen. Auch er sollte über seinen Schatten springen. »Ich kann Russell bitten, uns zu helfen. Ich brauche bloß einen großen Lastwagen zu mieten.«

»So riesig muß der gar nicht sein. Schließlich gibt es nicht viele Möbelstücke, die den Aufwand lohnen.«

Ford glaubte, er hätte sich verhört. »Das ist alles zu einfach.«

»Willst du lieber, daß ich Theater mache?« Dan schoß einen strengen Blick auf Ford ab.

»Nein.«

»Wie dir vielleicht aufgefallen ist, habe ich nicht mal die Katzen erwähnt.«

»Ist mir aufgefallen.«

»Ich habe mich nämlich durchgerungen. Du hast recht. Die Katzen werden nicht davon sterben, wenn sie auf der Veranda schlafen.«

»Ach, das hab ich dir doch bloß sechs Monate lang gesagt«, Ford starrte in seinen Kaffee und verbiß sich ein Grinsen des Glücks, »woher die Eile?« *Nächstes Wochenende. Hier.* Die Würfel waren gefallen.

Ford fragte Russell beim Mittagessen in der Cafeteria, ob er ihnen helfen könne, und er war sich bewußt, daß er seinem Kollegen mehr von sich preisgab als je zuvor. Russell nahm die Bitte mit ausgewogener Ruhe entgegen und fragte, mit nur einem Hauch von Unterton: »Bist du dir sicher, daß das eine gute Idee ist?«

Tatsächlich machte es Ford fast Sorgen, mit welcher Leichtigkeit Russell sein indirektes Geständnis aufgenommen hatte. Immer wieder fragte er sich, warum sein Kollege nicht überraschter gewesen war.

Am nächsten Samstag fuhr Ford einen orangefarbenen Lkw in handlicher Größe zu Dans Apartmenthaus. Schluß mit den Rissen in den Gipswänden, Schluß mit den winzigen Zimmern, Schluß mit dem schäbigen Mobiliar. Als Russell dazukam, waren Fenster und Wände schon leer. »Jetzt geht's los«, sagte Ford, als es klopfte.

Dan seufzte und sah sich um. »Bringen wir's hinter uns.«

Die Stimmen hallten von den harten Oberflächen wider. Die Katzen liefen miauend hin und her, rieben sich an Dans Knöcheln, starrten Ford verwundert an.

Russells Anwesenheit während der nächsten paar Stunden legte eine Schicht Unbeholfenheit über den ganzen Ablauf, aber auch eine Art Komplizenschaft. Dan putzte die Wohnung, während Russell und Ford die neutralen Pappformen hievten und auf der Ladefläche des Lastwagens verstauten.

Russell setzte einen Karton mit Taschenbüchern an die Innenwand des Lasters und schätzte: »So weit ich sehe, reicht eine Fuhre.«

»Denke ich auch«, stimmte Ford zu.

Russell richtete sich auf, stieg die Metallrampe herab, die in den Laster führte, und blickte die braun-grüne Novemberstraße entlang. Fichten flankierten die Grundstücke an ihren Ecken. Fast wie ein älterer Bruder sah er Ford in die Augen: »Das wird eine ziemliche Umstellung, wenn du jetzt einen Mitbewohner hast, nicht?«

»Das kannst du wohl sagen.«

»Weißt du, was auf dich zukommt?« Die Frage bezog sich auf unausgesprochene Aspekte von Dans Anwesenheit.

Ford nahm das inzwischen vertraute Gefühl hin, das er immer in solchen Offenbarungsmomenten hatte, als stünde er nackt auf der Straße. Er stellte sich Shaun Gould vor, wie sie vor ihm in ihrem Ledersessel saß. »Ja. Ich habe mich darauf eingestellt.«

»Das will ich auch hoffen.«

Etwas später kam Ford gerade allein vom Laster zurück und traf Dan und Russell an, die eine Pause machten und sich unterhielten. Russ erzählte, wie es war, einen Garten zu haben, wieviel Arbeit da drinsteckte. Dan meinte: »Jetzt weiß ich's. Gartenarbeit. Darum geht es. Ich soll einziehen, um Gartenarbeit zu machen.«

Ford schaltete sich ein: »Ja sicher. Dein neues Zimmer liegt gleich hinter der Garage. Hab ich dir das noch nicht gezeigt?«

Russell griff nach der nächsten Kiste und machte sich auf den Weg die Treppen hinunter. »Auf einmal leuchtet mir das Ganze ein.«

Mit jeder Minute sah die Wohnung öder aus. Kisten, kleine Möbelstücke, Lampen und Bilder verschwanden über die Treppe in dem Lastwagen. Die meisten der größeren Teile wie Bett und Sofa blieben zurück, Dan hatte das mit der Vermieterin ausgemacht. Fords Haus stand voll von schöneren Dingen, da waren sich die Freunde einig. Geschirr und andere Küchenartikel waren verkauft oder weggeworfen worden, oder sie blieben ebenfalls da. Dan konnte zu Fords Residenz kaum etwas beitragen. Letzten Endes dauerte das Beladen des Lastwagens nur wenig mehr als eine Stunde, und bald war jedes Zeichen von Dans Aufenthalt in diesen vier verwohnten Gipswänden verschwunden.

Dan setzte die Katzen in ihre Transportkisten, und das frenetische Kreischen und Kratzen erfüllte die Räume. Ford stellte sich neben Dan in die Sonnenstrahlen des Morgens. »Es fühlt sich an, als wäre ich schon vor Wochen hier ausgezogen«, sagte Dan etwas verloren.

»Bißchen gespenstisch, wie?«

»Ja.«

»Aber du willst keinen Rückzieher machen?«

»Nein, du?«

»Auf keinen Fall.« Vorsichtig standen sie da, weder aufeinander zu noch auf Abstand gehend, und lauschten auf Russells Schritte. Ford genoß den Augenblick, den sonnigen Morgen, die leergeräumten Zimmer, das Gesicht seines Geliebten neben ihm, das Herzklopfen und das Entsetzen jedes Glücksmoments.

37

In Druid Hills ging das Ausladen von Kisten und Möbeln zügig vonstatten, und als der letzte Karton auf dem Boden der Kammer stand, hielt Ford inne und spürte die Veränderung in seinem Haus. Von der Straße schien herbstliches Sonnenlicht herein und erweckte die warmen Farben der Holzpaneele und -schnitzereien, der Stofftapeten und der Möbel zum Leben.

Danach saßen Russell, Dan und Ford auf der Seitenveranda, in Korbstühlen, und machten ihr erstes Bier auf. Russell kickte seine Schuhe in die Ecke und streckte sich in der Sonne, die den Tag aufheizte. Dan hockte im Schneidersitz auf dem nächsten Stuhl. Ford, unsicher, saß neben ihm und wich dem Blick seines Kollegen aus.

»Du wirst dich verlaufen in diesen Riesenzimmern«, sagte Russell lässig zu Dan. »Ich habe mich immer gefragt, wozu McKinney ein dermaßen großes Haus braucht.«

Ford beäugte Dan, auf der Hut. »Ich hab's gekauft, um meinem Steuerberater einen Gefallen zu tun.«

»Es ist ein sehr schönes Haus.« Dans Ton erlaubte keinen Widerspruch.

»Aber den Garten würde ich nicht wollen«, wandte Russell ein, »wollt ihr den allein pflegen?«

»Ich lasse ihn meistens vor sich hinwuchern«, gab Ford zu. »Aber ich müßte mal loslegen. Meine Eltern machen sich über mich lustig, sie wissen genau, was überall gepflanzt ist und was man damit machen muß. In meinen Augen sieht alles nach Laub aus.«

»Deine Mutter hat doch bestimmt einen Gärtner«, meinte Russell.

»Einen Vietnamesen, der ein Händchen für Azaleen hat. Wir haben – sie haben den ganzen Vorgarten voller Azaleen. Das solltest du mal sehen.«

Russell sagte lachend zu Dan: »Nicht zu fassen, der Knabe«, und zu Ford: »Du weißt ja, wie du im Krankenhaus heißt: Old Savannah…«

»Ihr verzapft eine Menge Seifenblasen. Von New Jersey-Typen ist auch nichts anderes zu erwarten.«

»Dabei freuen sich doch alle darauf, wenn wir vom Egleston zurückkommen.«

»Meinst du?« Ford spürte Dans Blick auf sich ruhen. »Es gefiel mir gut am Grady. Ich gehe gern wieder dahin.«

Dan lächelte dünn. Russell sagte: »Das glaube ich. Wenn meine Freundin am Grady arbeitete, würde ich sie vielleicht auch ab und an zu Gesicht bekommen.«

Er bemerkte das wie nebenbei, so als wäre die Parallele für ihn tatsächlich exakt. Ford wehrte sich nicht gegen den kleinen Sprung der Angst in seinem Herzen. Eine Sekunde lang fühlte er sich, als würde Russell ihn verhöhnen. Doch als er nachschaute, fand Ford nur das übliche sarkastische Grinsen in Russells Zügen, das aller Wahrscheinlichkeit nach eine längere Lebensdauer haben würde als sein schütter werdendes braunes Haar.

Aus einem Bier wurden zwei und mehrere, und der Nachmittag bekam weiche Ränder. Russell legte keine Eile an den Tag, und Dan ermutigte ihn, länger zu bleiben, mit einer Selbstverständlichkeit, die Ford seltsam glücklich machte. Sicher, es hatte etwas Unheimliches. Aber er freute sich.

Da kam ohne Vorwarnung Dorothy Ballards kastanienbrauner Jaguar die Auffahrt hochgebraust. Dan lehnte sich vor, und plötzlich erinnerte er Ford zu seinem Vergnügen an seine Mutter in Savannah, die ihre Veranda und ihr Territorium mit ähnlicher Aufmerksamkeit im Blick behielt.

»Ich habe Dorothy eingeladen«, erklärte Ford. »Wir feiern nämlich: eine Willkommensparty für dich.«

»Du hast mir gar nichts von einer Party gesagt«, maulte Russell. »Ich hätte Kathleen einladen können.«

Dan starrte seinen Freund prüfend an. Fords Herz klopfte ein bißchen schneller. Er begriff, daß er eine gute Idee gehabt hatte, daß Dan gerührt war, und sagte einfach: »Ruf sie doch schnell an. Ich wette, daß Eva genug Essen für ein ganzes Regiment mitbringt.«

Russells Zustimmung ging in dem allgemeinen Hallo der Begrüßungen unter. Ford spürte Dans Empfindsamkeit an diesem Wendepunkt und wich fast nicht von seiner Seite. Eva umarmte Dan und streichelte ihm in ihrer typischen Vertraulichkeit über den Rücken. Dorothy lachte und klopfte ihm auf die Schulter, eine Geste, die er mit Umkleidekabinen und Kameraden assoziierte. Eine Sekunde lang sah Ford die Szene aus der Perspektive seiner Mutter, ihr Sohn unter Freaks und Monstern. Zwei Lesben und zwei Schwule, die sich gegenseitig zu ihren Abartigkeiten gratulierten.

Dorothy las seine Gedanken: »Du wirst dich daran gewöhnen. Ich hatte das ganze erste Jahr mit Eva Angst.«

»Ich weiß. Aber ich mache mir keine großen Sorgen.« Ford warf Dan einen schuldbewußten Blick zu. »Das Haus fühlt sich jetzt schon anders an, endlich gibt es hier noch etwas anderes außer Möbelstücken und mir. Ich weiß, es war richtig.«

»Schon der Familie Bescheid gesagt?« Dorothy ging auf den Hintereingang zu. Ford schlenderte mit: »Nein.«

»Solltest du bald tun.«

Er hielt ihr die Tür auf, doch in letzter Sekunde fiel ihm ein, daß sie das nicht mochte. »Ich habe noch keine Lust, mich mit meinen Eltern zu streiten.«

»Drängt dich Dan deswegen?«

»Nein. Ich glaube, er hat auch ein bißchen Angst.«

»Dan?«

»Ja, ich weiß.« Ford lachte. »Trotzdem.«

Dan und Eva kamen herein. Dan machte eine Bewegung in Richtung Garage. »Vorerst sind die Katzen da drin«, er beantwortete offensichtlich eine Frage von Eva, »ich hab sie aus ihren Kisten gelassen, und jetzt schnuppern sie herum und beschweren sich.«

»Ich wundere mich, daß sie dir nicht die Tür zerkratzen«, sagte Eva. »Meine Katze würde die Wände hochgehen, wenn ich sie einschließen wollte.«

»Deine Katze ist total verwöhnt«, schnappte Dorothy.

Eva sah sich mit verträumten Augen in der Küche um, als wäre Dorothys Stimme aus dem Nichts gekommen. Evas Wolke aus weißem Haar wehte in dem Luftzug aus der Klimaanlage. »Meine Katze fühlt sich einfach wohl mit sich selbst. Was man von deinem Hund nicht behaupten kann, der keine Weltanschauung besitzt.«

»Halt meinen Hund da raus!«

»Ich bin bloß froh, daß Ford keinen Hund hat«, bemerkte Dan trocken, als wären Eva und er allein in der Küche.

»Ja, Hunde sind eklig«, stimmte Eva zu. »Fressen alles, Hauptsache, es stinkt. Dazu kommt die Sache mit dem Jagdinstinkt. Meine Katze bringt mir kleine tote Eidechsen und Eichhörnchenteile und so was. Dorothys Hund bringt ihr nie was.«

Ford sagte: »Dans Katzen sind zu fett zum Jagen.« Er führte Dorothy in den Haushaltsraum neben der Garage und zeigte ihr die Tiere, nachdem er die Tür gut zugemacht hatte. Der fette Malcome hockte auf der Waschmaschine, sein gesundes Bein in die Luft gereckt, und putzte sein kleines Arschloch in aller Ruhe mit der Zunge. Roxanne sprang mit einem Satz unter das Bügelbrett und hinterließ lauter Katzenhaare auf einem von Fords Hemden.

»Hey du, runter da«, Ford zerrte rüde an dem Hemd. Roxanne polterte wenig anmutig herunter, sammelte sich dann und betrachtete Ford voller Verachtung, um herauszufinden, was er wohl als nächsten Angriff vorhatte. Ford ließ das Hemd auf einen Haufen Schmutzwäsche im Wäschekorb fallen, und Roxanne hüpfte prompt hinein und ließ sich gemächlich in der weichen Bettstatt nieder.

Dorothy prustete los. »Du kannst nicht gewinnen. Glaub's mir.«

»Denkst du, das halte ich aus?« Ford sah auf die Katze herunter.

»Steht zu hoffen.« Dorothy schubste Roxanne auf den Boden, Ford steckte die Wäsche in einen Schrank. Malcome musterte die Schranktür schläfrig, Roxanne tigerte auf und ab.

Ford kümmerte sich um das novemberliche Kochen draußen, installierte einen Holzkohlengrill fürs Barbecue. Ab und zu verharrte er kurz in Dans Nähe. Eva und Dan legten methodisch und ohne viele Worte die Steaks aus und packten die Kartoffeln in Folie. Dans knappe Anweisungen kamen mit seiner üblichen gelassenen Stimme. In der Küche herrschte mit einemmal eine Atmosphäre, wie sie Ford nur von den Partyvorbereitungen bei seinen Eltern kannte. Er dachte, dies ist jetzt auch Dans Küche. Überall im Haus stehen Kisten mit Dans Sachen. Im Haushaltsraum schlafen Dans Katzen. Hier leben wir jetzt zusammen.

Er sah Dan an, und sie küßten sich zart und liebevoll, kosteten das Gefühl aus.

Die Stille wurde nur durchbrochen vom leisen Echo der Stimmen im Wintergarten und dem Wirbeln der Eiswürfel in der Eismaschine. Die beiden Männer ließen voneinander ab. »Das solltet ihr mal öfter tun«, sagte Eva, die in der Zwischenzeit hereingekommen war, und Ford genierte sich und flüchtete.

Die eigentümliche Mischung der Menschen funktionierte mühelos. Kathleen, die mittlerweile eingetroffen war, sang mit Eva und

Dan beim Kochen alte Kirchenlieder in der Küche; Russell hörte sich die christliche Musik mit einer Spur Skepsis an. Dans Tenor und Evas Alt fügten sich zu einer Harmonie, die unter die Haut ging. Ford und Dorothy plauderten draußen beim Barbecue, erzählten sich Geschichten, untermalt von den Klängen aus der Küche. Der Einfluß von Freizeit und Bier, von Entspannung und Vertrautheit ließ den Nachmittag erblühen, wie Ford es sich nicht hätte träumen lassen; aus einem Akt, vor dem er sich lange gefürchtet hatte, war etwas Unbeschwertes geworden.

Sie aßen im Wintergarten, der den Glanz und die Wärme des Tages eingefangen hatte. Die Köche wurden gelobt, und am Schluß erhob Russell sein Bier und trank auf Ford und Dan: »Auf euch beide!«, nur ein wenig errötend.

Die Geste schuf ein plötzliches Schweigen. Ford bekam wieder Angst, doch Russell lächelte ihn nur an, und Ford schüttelte ungläubig den Kopf. »Danke.« Er hob sein eigenes Glas. Dan und er saßen gemeinsam in ihrem Haus, mit anderen Menschen, die sie mochten und annahmen. Das erschien fast unvorstellbar.

Der Augenblick ging bald in dem allgemeinen Durcheinander von Abräumen, Abwaschen und Aufräumen unter. Auf einmal klingelte das Telefon, Dan hob ab und sagte hallo.

Seine Züge verhärteten sich, und er hakte seinen Blick an seinem Freund fest. Ford wurde mulmig, er ahnte, daß ein unvermeidlicher Augenblick gekommen war, und da sagte Dan auch schon: »Sie sprechen mit Dan Crell, Mrs. McKinney. Ich bin Fords Freund. Wir haben schon miteinander telefoniert. Ja, er ist auch da. Ich gebe Sie weiter.« Er legte seine Hand über den Hörer und sagte, unnötigerweise: »Deine Mutter.«

Ford hörte den Klang der Worte, aber etwas in ihm weigerte sich zu begreifen. Er sagte sich, vielleicht sollte er das Gespräch lieber in einem anderen Zimmer annehmen, doch da hatte er den Hörer schon in der Hand, und seine Mutter sprach ihm ins Ohr. »Mein Gott, Ford, es klingt ja, als feiertest du eine Party!«

Blicke, auf ihn gerichtet. »Ich hab ein paar Freunde da.«

»Das ist ja wunderbar. Du erzählst so selten, daß du Gäste hast, ich dachte schon, du lädst nie jemand ein.«

»Nun, es kommt nicht sehr oft vor, aber heute ist ein besonderer Tag.« Ford bekam weiche Knie, aber von irgendwoher kamen ihm die Worte. »Wir feiern, weil Dan heute eingezogen ist. Zu mir.«

»Wer?« Er konnte regelrecht hören, wie ihre Stimme erstarrte.

»Dan. Der Mann, mit dem du eben gesprochen hast.«

»Er ist in dein Haus eingezogen?«

Tief Luft holen. »Ja.«

Zwischen Savannah und Atlanta gefror die Telefonleitung. »Ich bin etwas erstaunt«, setzte sie neu an, geschmeidiger. »Ich wußte nicht, daß du vorhattest, dir wieder einen Mitbewohner zu suchen.«

Die Worte klangen unschuldig genug, aber er kannte seine Mutter. In der Zwischenzeit hatte Dan es geschafft, das Gespräch mit den anderen wiederzubeleben, und Ford war in eine ruhigere Ecke gegangen. Das Gefühl im Magen schwoll an, als wollte es ihn ganz verschlingen; zur gleichen Zeit wurde er eigenartig distanziert, als wäre er im Krankenhaus und vor ihm läge ein schwerkrankes Kind mit einer Krise. »Ich hatte auch nicht vor, mir einen Mitbewohner zu suchen«, antwortete er.

»Was soll das heißen? Wenn du es nicht vorhattest, warum hast du jetzt einen?«

»Es hat überhaupt nichts mit Mitbewohnern zu tun. Ich wollte mit Dan zusammenleben. Seit sechs Monaten bitte ich ihn, bei mir einzuziehen.«

Sie lachte unbehaglich. Gleich würde sie abrupt das Thema wechseln. »Nun, mein Junge, ich sehe den Unterschied wohl nicht. Also, warum ich anrufe, ich wollte dich fragen, wann du zum Erntedankfest nach Hause kommst.«

»Ich komme zum Erntedankfest nicht nach Savannah, Mutter. Ich bleibe hier.«

»Hast du Dienst? Ich dachte, du hättest mir gesagt, daß du frei bekommst.«

»Ich habe auch frei. Hör mal, Mutter, ich kann jetzt schlecht reden.«

»Du willst sagen, du verbringst den Feiertag in Atlanta.«

»Kann ich dich nicht morgen anrufen, wenn nicht so viele Leute im Hintergrund sind?«

Stille. Dem konnte sie kaum widersprechen. »In Ordnung. Versuch bitte, nach der Kirche anzurufen. Aber Ford, wenn du keinen guten Grund hast, werde ich mich furchtbar aufregen, du weißt, wie wichtig das Erntedankfest für die Familie ist.«

Ford sagte leise: »Das verstehe ich, Mutter. Aber ich bin in Atlanta zu Hause. Verstehst du? Wir reden morgen.«

Ihr Abschied war nicht weniger frostig, und ihm graute schon vor dem morgigen Gespräch, als er den Hörer auf die Gabel legte.

Dan hatte die anderen ins Kaminzimmer gebracht, Ford konnte sie hören. Er straffte sich und ging hinüber.

Russell kam ihm zu Hilfe. Mit einem schlauen Grinsen sagte er: »Einen Moment lang hätte ich schwören können, daß du mit meiner Mutter redest.«

»Ehrlich?« Ford hatte einen trockenen Mund.

»Genau so klang es. Meine Eltern hassen Kathleen. Ich brauche bloß ihren Namen zu sagen, schon wird meine Mutter schwerhörig.« Er legte einen Arm um Kathleens Taille. »Mach dir nichts draus.«

Ford schickte nur das erwartete Ach-wird-schon-Grinsen an Russell ab; Kathleen strich ihm liebevoll über den Unterarm: »Ich ertrage Russells Eltern. Dan wird deine auch aushalten.«

Der Anruf hatte den Zauber des Nachmittags zerstört. Russell und Kathleen gingen bald, nachdem die Küche in einem ordentlichen Zustand war. Dorothy und Eva blieben noch und spielten ein paar Runden Rommé mit Dan und Ford. Die konventionellen Abläufe des Kartenspiels führten sie allmählich wieder ins Gespräch zurück, und Ford fühlte sich unsagbar viel wohler mit den Frauen und Dan als neben Russells eher traditioneller Männlichkeit. Das Geplauder wurde zum Geplänkel, gewürzt mit sexuellen Anspielungen. Als Eva gerade einen Satz Damen ablegte, fragte sie Dan: »Wissen deine Eltern eigentlich, daß du schwul bist?«

»Mein Vater ist tot. Aber meine Mutter weiß es. Ich hab es ihr erzählt, als ich noch auf dem College war.« Über Dans Gesicht legte sich jene besondere Ausdruckslosigkeit, die sich stets einstellte, wenn er von seiner Familie sprach, wie eine blankgewischte Tafel. Seine Verteidigungsmechanismen waren angesprungen. »Sie hat keine Schwierigkeiten gemacht. Aber wir reden nicht oft davon. Ich habe ihr von Ford erzählt, und sie meint, sie will ihn mal kennenlernen, aber ich weiß nicht so recht.«

Eva lachte, weich und gurgelnd. »Meine Eltern haben einen Anfall gekriegt, als ich ihnen von Dorothy erzählte. Ich hatte auch vorher schon Freundinnen, aber sie war die erste, von der ich ihnen erzählte. Ich hab es auch ziemlich blöd angefangen, am Geburtstag meines Vaters. Sie haben mich rausgeworfen. Beim nächstenmal habe ich Dorothy mitgebracht. Ohne Ankündigung, ich hab's einfach gemacht. Und da sie keine Zeit hatten, sich darauf vorzubereiten, lief alles ziemlich gut.«

»Na ja, mehr oder weniger«, korrigierte Dorothy, »die ersten paar Stunden waren ganz schön haarig.«

»Sie waren überrascht. Aber dann fing Dorothy an, mit meinem Vater Scotch zu trinken. Das hat ihn mächtig beeindruckt. Und als er hörte, daß sie Ärztin werden wollte, hat er sogar beschlossen, ernsthaft mit ihr zu reden. Er war bei der Armee, aber eigentlich wollte er immer Arzt werden.«

»Ich hab ihm gesagt, ich würde eine ehrbare Frau aus seiner Tochter machen.« Dorothy lachte dröhnend und mischte die Karten.

»Meine Mutter war auch beeindruckt, als sie hörte, daß Ford Arzt ist«, sagte Dan. »Wahrscheinlich denkt sie, normalerweise würde ich auf öffentlichen Toiletten rumhängen und Fernfahrer anfallen.«

Nachdem das Gelächter verebbt war, sagte Dorothy: »Meine Familie ist trotzdem nicht gerade begeistert, wenn ich Eva mitbringe. Sie wissen nicht, wie sie sich verhalten sollen.«

»In Dorothys Familie gibt es immer diese Riesenkräche, zum Beispiel, wenn sie versuchen, sich gemeinsam an den Tisch zu setzen«, berichtete Eva.

»Eine Schwester von mir leitet einen Chor bei den Fundamentalisten, und eine andere ist schizophren und hat sechs Kinder und einen Mann, der keine Arbeit findet. Die Chorleiterin haßt mich, weil ich lesbisch bin, und die Schizophrene haßt mich, weil meine Eltern stolz auf mich sind. Und mein Bruder ist wahrscheinlich schwul, aber er ist erst vierzehn und hält meistens den Mund. Also setzen wir uns zu den Mahlzeiten an einen Tisch und schreien rum und machen Szenen. Eva ist ganz wild darauf.«

»Aber wirklich«, sagte Eva.

Ford hatte das Gefühl, durch sein Schweigen aufzufallen. »Ich nehme an, meinen Eltern dämmert's langsam.«

»Denkst du?« fragte Eva. »Vertu dich mal nicht. Meistens muß man es ihnen vorbuchstabieren.«

Ford überlegte, ob Dan sie zu dieser Äußerung gebracht hatte. Und als wollte er diesen unausgesprochenen Gedanken beantworten, sagte Dan: »Das tut er doch schon, Eva.«

»Wenn du mich fragst, so deutlich klingt es nicht.«

»Nicht alles wird mit Worten gesagt.« Dan betrachtete die Thermopenscheiben und den Rasen dahinter. »Mrs. McKinney weiß genau, warum ich hier bin.«

Diese Feststellung wurde zu einer Art Schlußwort. Eva lehnte sich zurück und hängte schnell noch dran: »Eines Tages wirst du trotzdem direkt darüber sprechen müssen, früher oder später.«

Das Kartenspiel ging noch lange weiter, bis es dunkel war und das Licht der Straßenlaternen in weißlichen Schlieren die Bäume erhellte. Der lange Tag war vorüber.

Zum Abschied gab es lange Umarmungen an Dorothys flachem Sportwagen; und als Eva sich daranmachte, auf ihrer Seite des Cockpits in den Sitz zu schlüpfen, sagte sie: »Na, jetzt gibt es ein verheiratetes Paar mehr in dieser Welt. Gut gemacht.«

Ford freute sich über ihre Worte. Dan widersprach: »Wir sind nicht verheiratet.«

»Ach nein?« Eva war verblüfft.

»Nein.« Dans Stimme war fest. »Wir leben zusammen. In Fords Haus.«

Als die beiden abgefahren waren, schaute Ford seinen widerspenstigen Freund vorwurfsvoll an. »Eva wollte doch was Nettes sagen. Warum mußtest du ihr widersprechen?«

»Es ist Quatsch. Du und ich, wir möchten es vielleicht gern, aber wir sind weit davon entfernt, verheiratet zu sein.«

Die Worte verletzten Ford, aber er zuckte nur mit den Schultern und wandte sich ab. »Wahrscheinlich dachte ich, es sei anders.« Er ging wieder ins Haus.

»Warum müssen wir uns denn verheiratet nennen?« fragte Dan, als er ihm folgte und die Tür sacht hinter sich zuzog. »Wir sind zwei Männer. Können wir uns nicht irgendein anderes Wort einfallen lassen?«

»Was hast du denn gegen das Wort?«

»Meine Eltern waren verheiratet. Deine Eltern sind verheiratet. Soll unsere Beziehung so werden?«

Irgend etwas in den Worten und dem schroffen Ton machte Ford angst. Er versuchte, gegen den Scotch in seinem Kopf anzukämpfen und schaute Dan an. »Und warum ist es *mein* Haus?«

Der Knacks in seiner Stimme hätte Dan warnen müssen, daß dies die wichtigere Frage war. »Es ist dein Haus. Du bezahlst es.«

»Es ist unser Haus. Wir leben darin.«

Dan schüttelte den Kopf. »Es ist dein Haus. Die Abzahlung erledigst du. Ich lebe mit dir zusammen. Ich zahle dir Miete.«

»Ich habe nie auch nur ein Wort von Miete gesagt...«

»Das weiß ich. Aber ich werde dir etwas bezahlen. Ich kann hier nicht umsonst leben. Das ist nicht fair zu dir, und ich kann damit auch nicht umgehen.«

»Was meinst du damit, fair? Wenn du wissen willst, was ich als fair empfinde, frag mich doch mal. Ich habe genug Geld, es gibt keinen Grund für dich, mir irgendwas dafür zu bezahlen, daß du hier lebst.«

»Natürlich gibt es einen Grund. Ich kann es nicht zulassen, daß du mich wie eine Ehefrau aushältst.«

»Warum nicht?«

Dan sah Ford an, als wäre er wahnsinnig geworden. »Weil ich das nicht bin.«

»Warum mußt du das immer wiederholen? Warum mußt du über dieses Haus immer reden, als wäre ich dein Vermieter?«

Dan schaute zum Küchenfenster und schüttelte den Kopf. Ford rang nach Luft und betrachtete die schlanke Silhouette. Als sich Dan wieder umdrehte, sprach er mit bewußter Ruhe, balancierte auf der Welle seiner Angst. »Ich meine es nicht so, wie es jetzt klingt. Du bist nicht mein Vermieter. Aber ich lebe auch nicht bei dir, weil ich dann die Miete spare. Ich lebe mit dir zusammen, weil ich mir nie im Leben etwas so sehnlich gewünscht habe. Ich muß für mich einen Weg finden, wie ich gut hier leben kann. In diesem Haus. Zusammen mit dir und mit all deinem Geld.«

»Hör jetzt auf, von meinem Geld zu reden!« Ford war selbst verblüfft über das Echo seines Schreis. Aus Dans Gesicht wich alle Farbe. Wortlos drehte er sich um und ging hinaus.

Ford fand ihn in der Bibliothek, an der Tür. Seine Körpersprache signalisierte nur Entsetzen und Abwehr. »Entschuldige. Ich wollte dich nicht anschreien.«

»Schon gut.«

»Aber ich halte es nicht aus, wenn du mir dauernd mein Geld vorhältst. Es müßte doch egal sein, wieviel Geld ich habe.«

Diese Äußerung quittierte Dan mit Schweigen. Er verließ die Türschwelle und ging in den Raum, beugte sich über eine Porzellanlampe und schaltete sie ein; das Licht durchflutete den luxuriösen Raum. Polierte Möbel, dicker Orientteppich, exquisite Elfenbeinschnitzereien, allgegenwärtig und würdig. Dans Geste war unmißverständlich. »Es macht einen Unterschied. Tut mir leid. Aber es ist so.«

»Warum? Ich meine es ernst, ich möchte es verstehen. Warum macht es einen Unterschied, daß ich mehr Geld habe und du weniger?«

»Frag doch mal deine Eltern. Die können dir das nämlich beantworten.«

Ford sackte in den nächsten Stuhl und schloß die Augen. Plötzlich war ihm übel. »Warum tust du das? Willst du alles ruinieren, bevor es überhaupt anfängt?«

»Ich habe schon vorher versucht, davon zu sprechen. Aber du hast immer so getan, als machte ich Witze, wenn ich von Miete gesprochen habe, von meinem Anteil der Lebenskosten.« Nun wurde die melodische Stimme plötzlich stählern. »Ich muß meinen Anteil bezahlen. Begreifst du das nicht? Sonst kann ich nicht hier leben.«

Ford wurde es zuviel. Er sprang hoch und lief aus dem Zimmer. Ohne zu wissen, wohin er wollte, rannte er nach draußen, unter die

Bäume hinter dem Haus, in den gefleckten Schatten der Blätter, die von silbrigem Lampenlicht angestrahlt wurden. Er lauschte, fragte sich, ob er das getan hatte, um Dan auf die Probe zu stellen, ob er ihm wohl nachkommen würde. Er hörte nichts und entfernte sich weiter vom Haus.

Obwohl es so spät im Jahr war, sangen die Zikaden immer noch. Unter einer großen Eiche blieb er trübsinnig stehen. Die weiche Nachtluft beruhigte ihn langsam. Er sah, wie Dan aus dem Haus kam, zum geparkten Wagen ging, an die Hausecke trat, die Auffahrt hinunterschaute. Ford blieb atemlos hinter den Bäumen und Büschen verborgen stehen.

Nun, da der Streit überdeckt war und Dan durch sein Suchen ausgedrückt hatte, daß er sich Sorgen machte, konnte Ford wieder klarer denken. Er hatte zuviel getrunken, und die Heftigkeit seiner Reaktion rührte vielleicht daher. Aber er hatte sich den ersten Abend mit Dan in ihrem gemeinsamen Haus idyllisch vorgestellt, unvergleichlich in ihrer bisherigen Geschichte, wie den Anfang einer Ehe. Doch Ehe war ein Konzept, das Dan zu verachten schien.

Enttäuschung überrollte ihn wieder. Er stellte sich vor, wie er ins Haus stürmte, Dans Kisten, Katzen, Kleider in den Garten schleuderte, *wenn er nicht auf meine Weise mit mir zusammenleben will, dann lebt er eben gar nicht mit mir zusammen.* Die Worte der Auseinandersetzung, die so schnell aufgeflammt war, vermischten sich in seinem Kopf, Ford hatte sie kaum richtig mitbekommen. *Ich muß meinen Anteil bezahlen. Sonst kann ich nicht hier leben.*

Und die Stimme seiner Mutter am Telefon. *Ich dachte, du hättest genug von Mitbewohnern.* »Hab ich auch«, flüsterte er, als beantwortete er eine eben gestellte Frage. »Ich will keinen Mitbewohner.«

Was willst du denn? Es klang so wirklich, daß er sich beinahe umdrehte, um zu hören, woher die Frage kam, von Shaun Gould oder Dan oder Eva oder von seinem eigenen Gewissen. *Was willst du?*

Dan kam um die Ecke, auf die Hintertür zu. Auf der Schwelle, fast von der Dunkelheit verschluckt, rief er einmal leise: »Ford?«

Er fand Dan im Schlafzimmer, das Gesicht in den Kissen. Als er seine Hand auf Dans Schulter legte, murmelte dieser etwas, hielt den Kopf aber abgewandt. Ford erklärte: »Ich bin ein paar Schritte gegangen, um mich zu beruhigen.«

Weiteres Gemurmel, Richtung Wand. Ford berührte den Nacken, die weiche Haut. »Es tut mir leid, daß wir uns gestritten haben.«

»Mir auch.« Ford merkte der Stimme an, daß Dan geweint hatte und sich schämte. Er zog ihn liebevoll an sich, das Gesicht verbarg sich an seiner Schulter. »Ich weiß nicht, wie ich dir begreiflich machen soll, wie wichtig das für mich ist«, sagte Dan. »Ich will nicht, daß du mir eines Tages vorhältst, daß ich hier lebe. Du sollst nicht denken, ich wäre hier, weil es nichts kostet…«

»Still. Wir reden später darüber. Laß uns einen Haushaltsplan aufstellen, du bezahlst deinen Anteil, und damit hat sich's.« Dan drückte ihn so fest an sich, als wollte er Ford in seinen eigenen Körper hineinquetschen. »Ich will doch nur sicher sein, daß du nicht mein Mitbewohner bist. Ich will, daß du etwas anderes bist.« Mehr bekam Ford auch nicht heraus, ohne ins Schlingern zu geraten.

Vielleicht hätte der Abend in dieser Stimmung geendet, beide voreinander bloßgelegt und doch voller Vertrauen. Aber die Nähe führte sie weiter, und bald darauf zogen sie sich zärtlich und behutsam aus und begannen sich zu lieben. Das Begehren erwachte nur langsam in Ford, er verspürte ein merkwürdiges Widerstreben, das er zu ignorieren versuchte. Auch diesmal kamen sie nicht um den Punkt herum, wo die Notwendigkeit, sich vor dem Virus in Dan zu schützen, ihr Recht verlangte. Das Wollen und das Nichtwollen verstrickten sich ebenso wie ihre Glieder. Ford griff nach ihrem ständigen Begleiter, riß die Verpackung des Kondoms auf und starrte das dünne Latexding mit plötzlichem Ekel an.

Dan bemerkte, was passierte, und rückte von ihm ab. Sein Gesicht fiel zusammen, und er rutschte zur Seite, zusammengerollt wie ein Ball. Ford beugte sich perplex über ihn. Das Kondom rutschte ihm aus der Hand. Dan atmete flach. Ford schob sich langsam und zärtlich hinter Dan und umschloß ihn mit seinem Körper; er war dankbar, daß Dan diese Berührung zuließ. Sie sagten nichts. Das schlaffe Plastikröllchen lag zwischen den Laken, bis Ford es auf den Boden schnippte.

Am nächsten Tag, bei dem Telefonat mit seiner Mutter, rückte Ford von seiner Feststellung, Dan sei einfach jemand, den er im Haus haben wolle, nicht ab. Aber es kam auch kein weitergehendes Geständnis. Die Worte *Dan ist mein Geliebter* weigerten sich, aus seinem Mund zu kommen. Das Gespräch ging zu den Feiertagen über, und Ford erklärte, er wolle am Erntedankfest in Atlanta bleiben, um Schlaf nachzuholen. Aber Weihnachten werde er nach Hause kommen.

38 Über dieses dünne Eis bewegten sie sich auf den Winter zu. Ford hatte so viel zu tun wie noch nie. Jedes Jahr um diese Zeit suchte eine Grippewelle Atlanta heim, und diesmal war sie besonders bösartig. Ford war Tag und Nacht an den Betten der kranken Kinder, die in der größten Jauchegrube der ganzen Südstaaten leben mußten. Wenn er es schaffte, ein paar Stunden zu Hause zu verbringen, lag er im Bett und schlief oder klagte über seinen Schlafmangel. Wie es Dan in diesen Tagen ging, wußte Ford nicht. Zuweilen schien es so, als fürchtete sein Freund die Adventszeit, und jedes Weihnachtslied, jeder Tannenbaum in den Fenstern oder auch nur die bloße Erwähnung des Festes der Liebe brachten ihn maßlos auf.

Keiner von beiden erwähnte den Vorfall mit dem Kondom, das Thema war zu heikel. Überdies schien sich in den folgenden Wochen alles verschworen zu haben, um sie körperlich voneinander fernzuhalten, und ein grauer Schleier legte sich übers Haus. Wenn Ford eine Nacht da war, bemerkte er nicht das geringste Anzeichen, daß Dan ihn überhaupt noch begehrte.

Zwei Wochen vor Weihnachten lief Dan in eine offenstehende Schublade seines Schreibtisches im Krankenhaus und bekam eine innere Blutung im Kniegelenk, die sich sofort ausbreitete. Ford versorgte ihn, so gut er konnte. Nach den ersten Tagen riß die Wunde wieder auf, weil Dan zu früh versuchte, das Knie zu benutzen, und ihm blieb nichts anderes übrig als Ruhe und nochmals Ruhe, um den Heilungsprozeß zu fördern. In Dan kochte eine Wut auf kleiner Flamme, und Ford konnte es nicht begreifen. Zwar äußerte er seine Schuldgefühle darüber, daß er Ford zur Last falle, aber innerlich schien er seinem Freund die krankenschwesterliche Güte übelzunehmen.

So weit ergründete Ford die Probleme in seinen Gesprächen mit Shaun Gould, die er immer noch regelmäßig besuchte. Er hatte ihr von dem Vorfall mit dem Kondom berichtet, von ihren wachsenden Schwierigkeiten, sich auch nur zu berühren. Ihre Fragen entsprachen genau dem, was er von ihr erwartete, zumindest anfangs, und manchmal kam es ihm so vor, als könnte er gleich ein Band mit ihrer Stimme in seinem Kopf abspielen. *Wovor haben Sie Angst? Ist es Aids oder etwas anderes? Sie wußten von dem Virus seit Ihrer ersten Verabredung, warum macht es Ihnen jetzt Schwierigkeiten, ihn zu berühren?*

»Hören Sie eigentlich, was Sie sagen?« fragte Shaun. »Sie müssen darüber nachdenken, was es bedeutet. Sie müssen irgendwann entscheiden, ob Sie ihn wirklich wollen oder nicht.«

Fragen, auf die er keine Antwort wußte, er hatte kaum die Kraft, sich wirklich mit ihnen zu beschäftigen. Die Sitzungen endeten mit dem frustrierenden Bewußtsein, daß sie kaum vorankamen.

Sie schliefen weiterhin in einem Bett, selbst als Dans Knie in seiner empfindlichsten Phase war; Ford stellte fest, daß schon die Vorstellung, ohne Dan im Dunkeln zu liegen, von Dan getrennt, ihn in Schrecken versetzte. Ihre Angst vertiefte ihre Abhängigkeit. Und Dans Knieverletzung zog sich hin.

Einmal kam Ford nach Mitternacht zurück und traf Dan inmitten der ganzen Paraphernalien seiner Behandlung an, den Flaschen mit sterilem Wasser, den Butterflykanülen. Er war bleich wie ein Gespenst und den Tränen nahe, schaute nicht einmal hoch, als Ford eintrat.

»Was ist los?«

»Ich bin hingefallen. Es hat wieder angefangen zu bluten.«

Sorge, Angst und Zorn wallten in Ford auf, doch er hielt den Mund. Auf dem Kaffeetisch lagen fünf Nadeln, aus denen Blut quoll. Eine Abbindemanschette hing lose um Dans Oberarm, doch das Medikament war immer noch in den Spritzen, und Dans Haut war eine Landkarte aus Einstichen.

»Du hast keine Vene gefunden, was?«

»Nein. Ich versuch's gleich nochmal.«

»Sei nicht albern. Jetzt bin ich da. Ich mache es.«

Dan schloß die Augen, und Tränen rollten ihm die Wangen herab. »Nein, ich schaffe es. Ich muß mich nur einen Moment ausruhen.« Dan klang so verzweifelt, Ford wußte, wie zerbrechlich er in diesem Augenblick war. Er holte tief Luft und schluckte seine Ungeduld herunter. »Komm, laß mich dir helfen. Bitte.«

Dan schüttelte den Kopf. »Laß es lieber nicht drauf ankommen. Du weißt doch, daß mein Blut verseucht ist.«

In diesem eisigen Ton gesagt, traf die schlichte Feststellung tiefer als jegliche Beschuldigung. Aus dem verletzten Arm quollen Blutstropfen. Ford zuckte zusammen und merkte, wie die Wut in ihm überkochte. Er stand auf und stürmte in die Küche. Er wußte nicht mehr, in welchem Zimmer er war oder was er tat, ein Laut stieg in ihm auf, ein Zorn, der keine Worte kannte. Er hieb mit der Faust gegen Schranktüren, wischte mit großen Schwüngen Geschirr vom Tisch, Glas splitterte, und er schrie: »Ich halt das nicht mehr aus ich kann nicht mehr du bringst mich um«, so laut und unbeherrscht, wie er es sich in den schlimmsten Alpträumen nicht hätte vorstellen können, ein erdbebenartiger Wutanfall, bis er schließlich vor dem Spülbecken in sich zusammensackte.

Stille. Er lehnte sich an die hölzerne Tür des Unterschranks, der Griff drückte sich in seine Wange.

Kurz darauf ein Geräusch, ein unterdrücktes Keuchen. Ford schlug die Augen auf. Dan hielt sich schwankend an der Türklinke fest. Mit Mühe konnte er stehen, das Schlachtfeld aus Scherben war unmöglich zu überqueren. Sie sahen sich an. Ford murmelte: »Geh zurück aufs Sofa.«

»Nein.«

»Du sollst nicht auf deinem Bein stehen«, Ford Stimme erhob sich schon wieder, schneidend.

»Hilf mir«, sagte Dan, »dann bist du mich los.«

»Ich kann nicht.«

»Wenn du nicht hierher kommst, komme ich zu dir.«

Als wollte er beweisen, daß er es ernst meinte, machte Dan einen kleinen Schritt vorwärts. Es sah unvorstellbar mühselig aus. Nackte Füße landeten neben scharfen Scherben, Glas und Porzellan. Ford sprang auf. Dan wartete, hielt sich an der Kante der Arbeitsplatte fest, um nicht wegzuknicken. Das geschwollene Knie zitterte, abgeknickt, damit das Gelenk mit der Masse des frei fließenden Blutes darin zurecht kam, und jedes kleine Zucken spiegelte sich als Schmerz in Dans Zügen wider. Ford brüllte: »Bist du wahnsinnig? Bleib da weg!«

Die Wucht des Ausbruchs drückte Dan gegen die Schrankfläche, und beinahe wäre er wieder hingefallen. Ford kam hastig zu ihm, unter seinen Schuhen knirschte es. Er konnte sich nicht erinnern, je soviel Ablehnung zwischen ihren Körpern empfunden zu haben, seit dem Tag, als er Dan in seinem Büro besucht hatte, um das Briefchen mit dem abgesagten Rendezvous wiedergutzumachen. Er zog Dan an sich, damit er sich auf ihn stützte; Dan legte ihm einen Arm um den Hals und die Schultern. Gemeinsam kehrten sie langsam zu dem Sofabett im Wohnzimmer zurück, Ford bettete Dan behutsam auf die Kissen. Wieder sah er das verletzte Knie, den Arm voller Einstichwunden, dunkelrot und geschwollen.

Als er eine falsche Bewegung mit dem Knie machte, wimmerte Dan jäh auf, vor Schmerz brach ihm kalter Schweiß aus.

Ford schüttelte den Kopf. »Ich wollte heute früher zu Hause sein.« Von dem Anblick der jetzt nutzlosen Nadeln an den Plastikampullen, aus denen Flüssigkeit quoll, wurde ihm fast übel. »Dein Arm sieht schlimm aus. Wie oft hast du es versucht?«

»Zähl doch nach«, murmelte Dan mit geschlossenen Augen. »Noch einmal mehr, und ich hätte mir einen Strick genommen.«

Ford nahm noch einmal Anlauf. »Läßt du es mich versuchen?«

Dan seufzte. »Ja.«

Ford legte die Abbindemanschette an Dans rechten Arm. Er hielt sich gar nicht erst mit den kleineren Blutgefäßen an Dans Hand auf, sondern punktierte beherzt einen der kräftigeren Venentunnel innen im Ellbogen. Dan lag so still da, als hätte sein Herzschlag ausgesetzt. Ford wischte ihm die Stirn ab. Ganz langsam drang das Medikament in Dans Vene ein. Als die lange Transfusion fast zu Ende war, fragte Dan: »Was ist mit uns geschehen?«

Die Frage hing in der Luft. »Ich weiß es nicht«, entgegnete Ford. »Ich rede die ganze Zeit mit Shaun darüber, aber ich komme kein Stück weiter.«

»Warum redest du nicht mit mir?«

»Ich weiß nicht wie. Ich habe Angst vor dir.«

Dan lachte. »Das kann man wohl sagen. Aber neu ist das auch nicht.«

»Immerhin sprechen wir jetzt darüber.« Ford strich sacht über die empfindliche Stelle, wo die Nadel im Fleisch stak. »Was sollen wir tun?«

»Aufgeben. Uns trennen. Ich finde schon eine Wohnung.«

Die Endgültigkeit dieser Worte sickerte in Fords Kopf. »Das ist es, was du willst?«

Dans Lachen sprudelte wieder hervor, tief und dunkel, Ford spürte es, als wäre es sein eigenes. »Nein. Das will ich nicht.«

39

Dans Knie heilte gerade genug, daß er es über Weihnachten humpelnd zu seiner Familie schaffen konnte, und Ford brachte ihn zum Flughafen. Er selbst hatte Heiligabend Dienst, würde aber am ersten Feiertag nach Savannah fliegen, zu den üblichen Feierlichkeiten mit dem Clan.

Dan hatte Kleider und Geschenke in einen Koffer gepackt, den er mit dem schwachen Knie nicht allein bewältigen konnte, und Ford trug ihm das Gepäck zum Auto. Und erst als er mit dem schweren Koffer das Haus verließ, dämmerte ihm, daß Dan in wenigen Minuten weg sein würde. Er verstaute das Gepäck im Kofferraum, als sein Freund aus dem Haus kam, die Tür abschloß, vorsichtig einen Fuß vor den anderen setzte.

Ein verwaschener Winterhimmel hing tief über den breiten Spuren aus Asphalt. Sie fuhren schweigend. Die Autobahnbrücken schwangen sich empor wie in den Wolken darüber die startenden Jets.

»Ist alles in Ordnung?« erkundigte sich Ford unbeholfen.

»Ja, schon okay«, knurrte Dan. Die Distanz zwischen ihnen beherrschte alles. Ford steuerte in die Zone für Kurzzeitparker, fand keinen freien Platz und beschloß zu improvisieren; er ließ den Wagen im Halteverbot neben einem Fußgängerüberweg stehen, der in den nördlichen Terminal führte. So weit würde Dan gehen können, schätzte er.

Als er den Motor abstellte, drangen die Geräusche des Flughafens ungehindert in das Wageninnere. Plötzlich war Ford überzeugt, daß Dan wütend auf ihn war, daß sie gleich wieder streiten würden. Die Enge des Autos wurde beklemmend.

»Irgend etwas stimmt nicht«, tastete er sich schüchtern vor und unterdrückte den Impuls, aus dem Wagen zu springen und fortzulaufen. »Du bist wütend auf mich.«

Dan blinzelte ihn an. »Du Idiot.«

»Was ist? Ich merke doch, daß etwas nicht stimmt.«

Dan sah ihm in die Augen und umgriff mit kräftigen Fingern seinen Nacken, gleich unterm Haaransatz, energisch und sanft zugleich. »Was nicht stimmt? Ich will nicht weg. Ist das so schwer zu begreifen? Es ist wieder Weihnachten, und ich will nicht weg von dir.«

Weihnachten. Schmeichelnde Musik mit ihrem uneinlösbaren Versprechen rauschte sekundenlang herein, aus dem Radio eines langsam vorbeifahrenden Autos. Sie blieben eingezwängt sitzen, bis nichts mehr zu hören war. »Ich will doch auch nicht, daß du fährst«, protestierte Ford hilflos. »Wieso haben wir nicht daran gedacht?«

»Weiß ich doch nicht. Manchmal tun wir eben immer noch so, als wären wir gar nicht wirklich zusammen.«

Ein Auto nach dem anderen schlich vorbei. Dan lockerte seinen Griff, schlüpfte mit den Fingern unter Fords Hemdkragen. »Aber jetzt ist es wohl zu spät.«

»Hm.«

Trotzdem stiegen sie nicht aus, bis Dan sich einen Ruck gab: »Laß uns reingehen. Ich muß ziemlich weit laufen.«

Selbst in diesem zärtlichen Augenblick brachte es Ford nicht fertig, Dan zu küssen. Mit einem ganzen Pulk von Reisenden kamen sie durch die Glastüren ins Innere. Ford kümmerte sich ums Gepäck, begleitete Dan bis zum Gate.

»Ich ruf dich Heiligabend an.«

»Nach Mitternacht? Früher bin ich nicht zu Hause.«

Dan zuckte die Achseln. »Sonst hab ich ja nichts zu tun.«

»Viel wird im Krankenhaus wohl nicht los sein. Vielleicht komme ich tagsüber an einen Apparat. Hast du mir die Nummer deiner Mutter aufgeschrieben?«

»An der Pinnwand neben dem Telefon.«

Nun begann das Einsteigen. Ford und Dan standen auf.

»Wirst du abgeholt? Du brauchst Hilfe mit dem Koffer.«

»Ich habe Mom gesagt, daß ich kaum laufen kann, sie hat etwas arrangiert.«

Ford seufzte. Wieder hatte er Angst, in der Öffentlichkeit mehr zu tun, als Dan brüderlich zu umarmen. Und schon war Dan durch das Gate verschwunden.

Zu Hause lief Ford durch die einsamen Räume. Heiligabend, dachte er, machte sich einen Drink und setzte sich allein ins Wohnzimmer. Er war glücklich, als Dan vom Flughafen in Raleigh-Durham anrief, um ihm zu sagen, daß er sich einsam fühle. Glücklich, als Dan von zu Hause anrief, um ihm zu sagen, daß er gut angekommen sei. Irgendwann war er betäubt genug vom Alkohol, um sich ins Bett zu legen, und es kam ihm riesig und leer vor. Er schlief schlecht und starrte, immer wenn er aufwachte, in die Äste im Straßenlicht, die von winterlichen Böen gegen das Fenster gefegt wurden. Das totenstille Haus zerrte an seinen Nerven, und er war erleichtert, als noch vor Morgengrauen der Wecker klingelte.

40

Am ersten Weihnachtstag saß Ford vor einem Telefon im Ärztezimmer und wählte die Nummer von Dans Mutter in North Carolina.

Eine volle, etwas wehmütige Stimme meldete sich am anderen Ende. Ford sagte: »Sie müssen Dans Mutter sein. Jedenfalls klingen Sie wie er.«

Ihr Lachen hatte die gleiche Wärme und die gleiche verborgene Schärfe. »Sie sind Ford, stimmt's? Danny hat gesagt, Sie rufen vielleicht an.«

»Ja. Ich habe es erst jetzt zu einem Telefon geschafft.« Plötzlich fühlte Ford sich unsicher und überlegte, wieviel sie wohl wußte. Zögernd sprach er weiter, zog sich auf gesellschaftliches Terrain zurück, wo er sich sicherer fühlte. »Das hört sich ja an, als würden Sie gerade wunderbar feiern.«

»Ja, es ist ein schönes Weihnachtsfest«, stimmte sie zu. »Dannys Neffe krabbelt die ganze Zeit mit seinem neuen Roboter um ihn herum.« Sie sprach leicht, als würde sie schon seit Jahrzehnten am ersten Weihnachtstag mit Ford telefonieren. Doch dann wechselte sie den Tonfall. »Danny spricht von Ihnen, als wären Sie ein wirklich guter Freund.«

»Schön, das zu hören«, stotterte er.

»Wahrscheinlich möchten Sie gerne, daß ich ihn jetzt endlich mal an den Apparat hole, wie?« Sie lachte wieder und rief etwas in den Raum hinter ihr.

Während er wartete, überfiel Ford eine merkwürdige Hitze. »Hast du dich gut mit meiner Mutter unterhalten?« Schon war Dan da.

»Ja. Sie ist nett.«

»Ich glaube, sie ist neugierig.«

»Wirklich?« Ford machte eine Pause, legte Gewicht auf die nächste Frage. »Hast du ihr alles erzählt?«

»Ja.«

Danny spricht von Ihnen, als wären Sie ein wirklich guter Freund. Sie plauderten noch ein wenig, über Weihnachten, das Krankenhaus. Erleichterung bestimmte ihren Ton; was auch immer geschehen war, sie gehörten zusammen. Irgendwann erschien eine Schwester an der Tür, die nach Ford suchte, und das Krankenhaus trat wieder in den Vordergrund. Er sagte: »Ich muß leider aufhören.«

»Ich vermisse dich«, sagte Dan leise.

»Ich dich auch.«

»Du bist derjenige, der sagt, daß er aufhören muß. Ich lege nicht auf.«

Ford lachte, spähte zu der Uhr über der Tür. »Na gut. Dann muß ich es eben tun. Wir sehen uns in ein paar Tagen.«

»Ja.«

Endlich brachte er es heraus: »Ich liebe dich, Dan.«

»Ich dich auch. Sehr.«

Ford legte auf, plötzlich erschöpft, als hätte er einen Dauerlauf hinter sich.

Und prompt vergaß er, seine Familie anzurufen. Am Morgen würde er bereits in einem Flugzeug nach Savannah sitzen. Doch das entband ihn nicht von seinem Pflichtanruf mit Weihnachtsgeplauder. Er tat es von seinem Autotelefon aus, bei der Heimfahrt.

Auch an diesem Abend fürchtete er das leere Haus. Bevor er hineinging, setzte er sich in die Schaukel, die von der Eiche herabhing, und ließ die Füße über das Gras baumeln. Die Windungen der

Stimme seiner Mutter umschlangen seine Gedanken, er spulte die Sätze noch einmal ab. *Wir haben ja wohl ein Recht, unsere Meinung zu sagen, wenn es darum geht, wen deine Schwester heiratet.* Courtenay hatte sich geweigert, mit ihrem neuen Ehemann, den die Eltern ablehnten, im Haus der Familie zu übernachten. Diese eisige Angst in der mütterlichen Stimme, dieses chirurgische Schneiden. Ford sprang auf und ging hinein.

Ich möchte nach Hause. Doch das Zuhause, das er meinte, hatte er verloren. Seine Türen waren ihm verschlossen. *Ich möchte zurück an einen Ort, wo ich über all das nicht mehr nachdenken muß.* All das: Dan. Weihnachten. Das leere Haus. Das leere Bett. Und wer ich bin.

Er saß im Wohnzimmer, wartete, daß das Telefon läutete, hoffte, Dan würde anrufen. Doch sie hatten schon miteinander gesprochen. Es blieb still. Er schleppte sich ins Bett, rollte sich auf Dans Seite in die Laken, als könnte er ihn dort finden. Verlaß mich nicht, dachte er und hoffte, der Gedanke schaffte es bis nach North Carolina. Geh nicht fort.

41

Als Ford in Savannah ankam, standen seine Eltern zur Begrüßung am Flughafen. Daß sie sich beide Zeit genommen hatten, ihn abzuholen, machte ihn sofort mißtrauisch. Auf der Fahrt wurde ein scherzhaft plänkelnder Ton angeschlagen. Ford manövrierte sich vorsichtig zwischen ihren verbalen Paraden hindurch.

»Du mußt dir mal wieder die Haare schneiden lassen.« Mutter strich mit manikürten Fingernägeln über Fords Nacken. »Immer muß ich dich daran erinnern. Du brauchst jemanden, der sich um dich kümmert, Ford.«

»Ein Mann braucht so etwas«, pflichtete Vater bei. »Wer könnte es sonst aushalten, verheiratet zu sein?«

Mutter versetzte Vater verspielt einen Klaps auf die Schulter. »Du«, wies sie ihn zurecht. »Du würdest fast alles für mich aushalten.«

Mit täppischer Miene gab Vater zu, daß sie recht hatte. Ford fühlte sich unmerklich, unweigerlich in die Rolle des untergeordneten Zuschauers ihrer ehelichen Seligkeit gedrängt. Innerlich sträubte sich alles in ihm. »Ich kann mich ziemlich gut um mich selbst kümmern.« Er nahm Anlauf, mit pochendem Herzen, und fügte hinzu: »Außerdem ist ja noch Dan da.«

Vater fragte: »Dan? Dein Mitbewohner?«

Mutter schaltete sich sofort ein: »Ein Mitbewohner kann sich nicht so um dich kümmern, wie ich es meine.« Und schon wechselte sie, fröhlich und liebenswürdig, das Thema. »Du mußt deinen Onkel Paul besuchen, während du hier bist, Ford, er ist so furchtbar krank, und dein Vater meint, er könnte jederzeit von uns gehen.«

»Also, ganz so habe ich es nicht gesagt, Jeanine.« Vater warf Ford durch den Rückspiegel einen Blick zu, von Arzt zu Arzt. »Er hat Leberkrebs. Zu allem anderen. Du solltest ihn wirklich besuchen, wenn du es einrichten kannst.«

»Onkel Reuben regt sich schrecklich darüber auf«, erzählte Mutter weiter. »Onkel Paul konnte gestern abend nicht zur Weihnachtsfeier kommen, und Onkel Reuben hatte keinen, mit dem er sich streiten konnte.«

»Ich kann mir gar nicht vorstellen, wie der Abend ohne Onkel Paul ist.« Ford hörte nur halb zu.

»Onkel Reuben saß die ganze Zeit in der Ecke und wollte mit niemandem reden.« Das gepflegte Gesicht seines Vaters zeigte Spuren des Alters in den Augenwinkeln und dem weiß werdenden Haar. Der Gedanke machte Ford ein wenig traurig und weich. »Er ist gesund. Reuben hat nichts, er ist bloß alt. Der kann noch zwanzig Jahre leben.«

Früher Morgen in Savannah, das erinnerte Ford an lange zurückliegende Zeiten, den Weg zur Country Day School, den Blick in den Garten aus seinem Kinderzimmer, wenn er gerade aufgestanden war. Die vertrauten Straßen waren ein Widerhall seiner Vergangenheit und der Erwartungen, die es schon damals gab, waren die Kulisse für all das, was er hätte werden sollen: ein Teil dieser Stadt, Erbe ihrer oberen Zehntausend, Wächter eines Lebensstils. Dieser Gedanke übte immer noch Macht auf ihn aus, auch wenn er ihn abzuwehren suchte. Als sie in die Einfahrt bogen, dachte er an Dan, der in diesem Augenblick auf der Heimreise nach Atlanta war.

Der Versuch, das Bild seines Geliebten in diesen Wagen mit seinen Eltern zu schmuggeln, ließ sein Herz vor Schreck stolpern. Er fragte sich, ob er Dan jemals in dieses Haus bringen, ob Dan hier je willkommen wäre, unter diesen Menschen aus Fords Kindheit. Er konnte es sich nicht vorstellen.

Courtenay und ihr Mann Mike trafen ein, kurz nachdem Ford seine Reisetasche in seinem alten Kinderzimmer abgestellt hatte; er freute sich auf seine Schwester wie auf eine Verbündete. Kaffee wurde aufgesetzt, Bloody Mary gemixt. Die Familie begab sich schon in den zweiten Feiertag. Ford betäubte mit dem ersten Drink seinen Argwohn ein wenig und musterte zur Ablenkung Mike, Courtenays Schreiner, den sie nun geheiratet hatte. Er mochte den stämmigen braunhaarigen Mann. Mike war es von Anfang an gelungen, eine Mauer der Unempfindlichkeit gegenüber den kleinen Nadelstichen aufzubauen, die Mrs. McKinney stets für ihn bereithielt. Er fügte sich durch seine Geschäftigkeit in die Familie ein; an diesem Morgen schnitt er Zwiebeln und Kartoffeln klein, rührte Ei und geriebenen Käse zusammen, und seine starken Handwerkerarme bewegten sich sehnig beim Arbeiten. Ford fühlte sich von Mikes Männlichkeit angezogen, ein Gefühl, das nicht gerade seine Behaglichkeit steigerte.

Mutter lobte: »Mike kocht besser als die meisten Frauen, die ich kenne, Ford, es ist einfach unglaublich. Er ist fast so gut wie Großmutters Millie, jedenfalls beim Frühstück.«

»Mutter ist immer überrascht, wenn sich herausstellt, daß Mike mehr kann als grunzen«, bemerkte Courtenay trocken, und Mike lachte auf.

»Also bitte, Courtenay, du sagst die unmöglichsten Dinge!« Jeanine McKinney war pikiert.

Mike sprach mit einem leichten New England-Akzent. »Courtenay kann sich einfach nicht benehmen«, sagte er gutmütig. Seine Frau lehnte sich auf seine Schultern, während er Schinken in kleine Würfel zerschnitt. »Sie glaubt, sie kann einfach allen Leuten sagen, was sie denkt, wann immer sie Lust dazu hat.«

Mutter schnappte: »Nun, sie hatte jede Chance, anständige Manieren zu lernen. Wir haben versucht, ihr beizubringen, wie sie sich unter zivilisierten Leuten zu benehmen hat.« Sie sprach hell, fast ein wenig schrill, aber das merkte sie nicht. Schwungvoll rauschte sie aus der Küche in die sonnenbestrahlte Frühstücksecke vor dem Erkerfenster.

Courtenay zwinkerte Ford zu, quer über Vaters Weihnachtszeitung hinweg. »Gleich wird sie wieder mit meinem Debüt anfangen, wart's nur ab. Jede Wette.«

Vater kicherte und flüsterte: »Unter Garantie.«

Aus der Frühstücksecke zwitscherte Mutter mit ihrer seidenweichsten Cocktailpartystimme: »Ich wußte natürlich, daß irgendwas mit ihr schiefgegangen war, als sie sich weigerte, mit ihrer Klasse zum Debüt zu gehen. Keith meint, wir wären ein Jahr zu lange in Atlanta geblieben, als sie noch klein war. Aber Ford war noch älter, und er hat sich doch prächtig entwickelt.«

»Na, bis jetzt jedenfalls.« Courtenay warf Ford einen verschwörerischen Seitenblick zu.

Mutter stand blitzschnell in der Küche, in der Hand ihr Bloody Mary-verschmiertes Glas. »Was willst du bitte damit sagen?«

»Vorsicht«, warnte Mike vom Herd aus. »Courtenay ist gerade in die Startlöcher gegangen.«

»Überhaupt nicht«, widersprach Courtenay. »Ich wollte nur auf die Möglichkeit hinweisen, daß Ford sich eines Tages vielleicht als ebenso eigenwillig entpuppt wie ich. Wer weiß.«

»Da müßte er sich aber anstrengen«, Vater gab Courtenay einen Klaps mit der zusammengefalteten Zeitung. »Und selbst dann würde er Jahre brauchen, um dich einzuholen.«

Daß Courtenay so bedenklich nahe an die Enthüllung heranschlingerte, machte Ford nervös, und er warf seiner Schwester schnell einen warnenden Blick zu. An die Adresse aller Anwesenden gerichtet, meinte er, gespielt locker: »Courtenay kennt alle meine Geheimnisse.«

Doch diese Bemerkung traf bei seinen Eltern offensichtlich einen wunden Punkt. Mutter schaute Courtenay bedeutungsschwanger an und brummte: »Na, dann hütet sie die aber tadellos.« Gleich darauf schlug Vater ein anderes Thema an, indem er Ford nach seinem zweiten Assistenzjahr fragte. Ford ging darauf ein, mit der erwarteten Mischung aus Klagen, Enthusiasmus und Anekdoten; er unterstrich, wie hart die Belastungen des Programms waren, damit sein Vater den üblichen Vergleich zu seiner eigenen Zeit als Assistent ziehen konnte, damals, als die Bedingungen noch schwieriger waren. Dieses Gespräch war sämtlichen McKinneys zur Genüge bekannt, was zur allgemeinen Entspannung beitrug.

Das Frühstück plätscherte dahin, dann folgte eine kleine Extra-Bescherung für Ford. Von Mutter bekam er einen eleganten Seidenanzug, der ihm garantiert passen mußte, denn er war maßgeschneidert (Mr. Charles hatte Fords Größen in seiner Kartei). Sie hatte den Anzug mit ihrem üblichen Geschmack und dem genauen Wissen ausgesucht, was die Attraktivität ihres Sohnes unterstreichen würde. Natürlich nicht ohne Hintergedanken.

»Gut steht dir das«, bewunderte Courtenay. »Dieses Hellgrün ist genau deine Farbe.«

»In der Sekunde, als ich es sah, wußte ich, das war das Stöffchen, was ich wollte«, gurrte Mutter und strich Ford liebevoll über den Kragen. »Mein Sohn sieht blendend in einem Anzug aus, findet ihr nicht?«

»Er gefällt mir«, strahlte Ford. »Ich habe bloß keine Zeit, sowas anzuziehen. Nicht bei meinem Dienstplan.«

»Du wirst doch wohl den einen oder anderen Abend Zeit finden, um ein nettes Mädchen zum Essen auszuführen«, insistierte Mutter. »Eine von den Ärztinnen vielleicht. Das wäre doch was für dich.«

»Es gibt neuerdings eine Menge gutaussehender Frauen, die in die Medizin gehen«, bemerkte Vater, »das ist mir letztesmal aufgefallen, als ich in Atlanta war.« Er lehnte sich zurück und produzierte ein tiefes Glucksen. »Jeanine, ich brauche noch einen Drink. Gestern habe ich kaum was gekriegt, das muß heute anders werden.«

Die Familie hatte sich in die hinteren Räume des Hauses zurückgezogen, die lässigen Zimmer, wie Mutter sie nannte, um sich auf Vaters neuem Stereo-Vierkopf-Videorecorder alte Filme anzuschauen. Der Recorder konnte ein Bild vom laufenden Fernseher auf den Bildschirm holen, während ein Film vom Band lief. »Ich kann mir einen Film und ein Fußballspiel zur gleichen Zeit anschauen.« Vater war begeistert. »Ein tolles Ding. Ich werde lernen, wie man sowas programmiert. Und es hat einen guten Sound.«

»Wahnsinn«, sagte Ford trocken.

»Ich kann die Konzerte von Channel 8 aufnehmen, und das Orchester wird sich anhören wie live.«

»Nichts ist toller als ein Orchester im Fernsehen«, spottete Courtenay.

»Ich muß mir ja kein Orchester anschauen. Ich kann beim Fußball bleiben.«

Mike hatte sich die Gebrauchsanweisung durchgelesen. »Ist bestimmt nicht schwer zu programmieren. Soll ich die Uhr mal einstellen?«

»Klar. Ich sehe zu, dann weiß ich, wie es geht.« Sie knieten bei der großen Kiste nieder, wo Mike begann, den Gebrauch verschiedener Knöpfe zu erläutern.

Courtenay, einen Augenblick lang allein mit Ford, fragte halblaut: »Wie geht es Dan?«

»Gut. Wir haben gestern telefoniert. Er kommt heute nach Atlanta zurück. Sein Weihnachten war wohl ganz gut.«

»Und ihr lebt jetzt zusammen.« Courtenay schien selbst etwas Schwierigkeiten mit dem Gedanken zu haben. Ford bemerkte, daß sein Vater aufhorchte.

»Wir versuchen es.« Mit jeder Sekunde fühlte er sich unbehaglicher, brachte es aber nicht fertig, das Gespräch in andere Bahnen zu lenken. »Wir müssen uns halt noch aneinander gewöhnen.«

»An was gewöhnen?« rief Vater von seiner Videorecorder-Lektion herüber.

»Meinen Mitbewohner«, gab Ford zurück.

»Was ist mit deinem Mitbewohner?« Mutter kam mit Vaters frischem Drink zurück.

Vater antwortete: »Ford klagt über seinen Mitbewohner.«

»Er hat gar nicht geklagt«, widersprach Courtenay. »Ich hatte ihn nur gefragt, wie sie miteinander auskommen, jetzt, wo sie zusammenleben.«

Die Wortwahl kam Ford hoffnungslos verräterisch vor. »Ich habe nichts Schlechtes über Dan gesagt, nur, daß wir uns noch aneinander gewöhnen müssen.«

»Wieso? Was gibt's da zu gewöhnen?« Mutters Stimme wurde wieder eine Spur schriller.

Eine Sekunde lang hatte Ford den Impuls, die Frage zu beantworten. Sie wirklich zu beantworten. Doch er schluckte den Anlauf herunter und kam statt dessen mit einem lahmen »Ach nichts« heraus. Courtenay beobachtete ihn.

Mike flüchtete unter dem Vorwand, daß er seinen Drink im anderen Zimmer vergessen habe. Mutter gab Vater sein Glas, und sie stellten sich in üblicher Positur nebeneinander auf, Mutter unter Vaters schützender Schulter. Sodann hob sie eine Augenbraue in Fords Richtung, als Vorwarnung. »Ford ist sowieso zu alt, um Mitbewohner zu haben.«

»Er ist sparsam«, bot Vater an. »Er will die Kosten niedrig halten.«

Courtenay ließ Ford nicht aus den Augen. Er erinnerte sich, wie plötzlich er ihr vor einem Jahr alles gestanden hatte, und spürte, wie seine Eltern warteten. Courtenay schien auf dem Sprung, ihnen alles zu erzählen. Jetzt war es soweit. Es sah jedenfalls so aus. Er hätte die Bemerkung mit Leichtigkeit abbiegen können, ein Dutzend möglicher Antworten hätte die offensichtliche Frage, die diesem Gespräch unterlag, zerstreuen können, und Ford war erneut versucht, genau das zu tun. Doch er gab sich schließlich einen Ruck, beflügelt von dem ersten Schub des morgendlichen Alkohols: »Wann wollt ihr es eigentlich endlich kapieren?«

Vaters Blick wurde augenblicklich stechend. »Wer? Wir? Was sollen wir kapieren?«

»Dan lebt nicht deshalb in meinem Haus, weil ich einen Mitbewohner haben will. Das habe ich euch schon gesagt. Oder jedenfalls Mutter.«

Sie trank einen Schluck Bloody Mary und verweigerte jede Reaktion. Vater warf ihr einen Blick zu und konzentrierte sich wieder auf seinen Sohn. »Ford, was zum Teufel willst du damit sagen?«

Ford schüttelte den Kopf, sein Hals war zugeschnürt vor Angst.

Courtenay mischte sich wieder ein: »Wie viele Hinweise muß er euch noch geben?«

»Courtenay, du hältst dich da raus«, setzte Mutter an. Vater brachte sie zum Schweigen, indem er seine Hand auf ihre legte. »Vielleicht ist das eines der Geheimnisse, von denen sie vorhin sprach«, meinte er.

Courtenay antwortete: »Es müßte überhaupt kein Geheimnis sein, wenn wir nicht Angst gehabt hätten, daß ihr beide ausrastet...«

Ford wurde blaß. »Sei still, Courtenay, bitte.« Er holte tief Luft und schaute seine Eltern an. »Dan ist nicht mein Mitbewohner.« Er erkannte seine eigene Stimme kaum wieder. »Er schläft in meinem Zimmer. Bei mir. Seine Kleider hängen in meinem Kleiderschrank. Er bedeutet mir sehr viel. Habt ihr's jetzt endlich begriffen?«

»Ford...« Mutter ließ den Satz hilflos in der Luft hängen.

»Rede nicht mit ihm«, befahl Vater. Er sah sich im Zimmer um, als wären ihm in den letzten Sekunden alle Gegenstände darin fremd geworden. »Ich glaube es einfach nicht.« Böse, messerscharf, zischte er Ford an: »Meinst du ernst, was du da sagst? Dieser Mann ist ein Homosexueller, und du hast ihn in dein Haus gelassen?«

»Jawohl. Genau das will ich sagen.«

Zu Courtenay war Vater nicht weniger eisig. »Und du wußtest davon? Und hast uns nichts davon gesagt?«

»Natürlich nicht«, begann Courtenay.

»Halt den Mund!« Er zitterte vor Wut. Der Vater schaute vom Sohn zur Tochter. »Ihr seid nicht meine Kinder.«

Nach diesem Urteilsspruch stapfte er zur Tür und verschwand.

Mutter lief nach seinem grausamen Abgang vollkommen verwirrt hin und her. Ihr Gesicht löste sich auf, verlor die Kälte, mit der Ford gerechnet hatte, und sie fragte, traurig, schmerzlich: »Ford, wie konntest du das tun? Wie konntest du deinem Vater so etwas sagen?«

Wortlos und ohne Verteidigung stand er vor ihr. Schon war sie ihrem Mann gefolgt. Courtenay umarmte Ford, flüsterte ihm ins Ohr, *keine Angst, keine Angst, es wird schon wieder gut*, und er stand da in den Zimmern, wo er immer als der perfekte Junge gelebt hatte. In einiger Entfernung hörte er seine Mutter die Treppe hinunterrufen: »Keith? Keith, bist du da unten?«

42

Courtenay und Mike retteten Ford für ein paar Stunden; sie packten ihn in den Kleinbus, der sie von New England bis hierher gebracht hatte, und fuhren durch die Straßen, damit er sich erst einmal beruhigen konnte. Dann besuchten sie Großmutter Strachn.

Die Stadt war nahezu menschenleer. Courtenay zeigte Mike die Sehenswürdigkeiten in Savannahs altem Zentrum. Ford saß hinten, wo Mike normalerweise Holz und Werkzeuge transportierte, und hatte seine Ruhe. Er hockte auf einer Kiste, Ellbogen auf die Knie gestützt, und starrte ausdruckslos auf die vertrauten Umrisse von Häusern, Kirchen und Plätzen. Kleine Veränderungen in der Landschaft fielen ihm auf, die er, ohne nachzudenken, in die Geographiedatei seines Gehirns einsortierte. In der Ruhe nach dem Sturm war er zu sonst nichts in der Lage.

Nur langsam breitete sich eine gewisse Erleichterung in ihm aus. Dieser Ausbruch war so überfällig gewesen, daß er jetzt, wo es geschehen war, keine Ahnung hatte, wie er sich verhalten sollte. Er dachte daran, daß Dan bestimmt stolz auf ihn sein würde, daß er Dan so bald wie möglich davon erzählen mußte. Aber was immer er sich überlegte, das Bild seines Vaters, der wutschnaubend den Raum verließ, konnte er nicht abschütteln, ebensowenig das Wissen, daß er ihm irgendwann erneut gegenübertreten mußte. *Ihr seid nicht meine Kinder.*

Er hatte die Reaktion seiner Mutter genauso gefürchtet, doch sie hatte ihn überrascht. Natürlich war ihr klar gewesen, was das Zusammenleben mit Dan bedeutete, offensichtlich schon seit einiger Zeit. Aber sie hatte ihre Erkenntnis hübsch für sich behalten, und so war Vaters Verwirrung ebenso grenzenlos wie seine Wut. Die Gründe für ihr Schweigen konnte man sich leicht vorstellen. Fords Verkündung war ein Anschlag auf Vaters Bild seiner eigenen Männlichkeit: echte Männer haben echte Männer als Söhne. Vater verdiente es in seinen Augen nicht mehr, ein Mann genannt zu werden. Er würde nie wieder ganz sein.

Und wenn das stimmt?

Dann scheiß auf die Ganzheit! Diese Antwort hallte mit Dans, nicht Shauns Stimme, in seinem Kopf wider.

Erst bei Großmutter Strachn begann er, sich richtig zu erholen. Für sie war er weiterhin nichts als der gutaussehende Enkel, einer ihrer Lieblinge, und ihr Gespräch war der gleiche liebevolle Smalltalk wie immer.

Sie redeten schon eine ganze Weile, da drehte sich Großmutter zu Courtenay um und fragte: »Wie geht es denn eurer Mutter heute morgen? Wie ich sehe, ist Weihnachten fast vorüber, und sie hat mir nicht einmal die Ehre erwiesen, mich anzurufen.«

»Meine Güte, Großmutter, du hast uns alle doch gestern bei dir festgehalten bis in den frühen Morgen.«

»Sie hatte die Pflicht, anzurufen, und sie hat es nicht getan.« Großmutter reckte ihre Nase in die Luft. »Was anderes kann ich wohl kaum von ihr erwarten, sie ist ja viel zu beschäftigt, sich Sorgen darüber zu machen, ob ich Rose das Haus vermache, wenn ich sterbe, da kann sie schlecht einen Weihnachtsanruf machen.« Und sie fügte hinzu, als läse sie die Gedanken ihres Enkels: »Oder sich Sorgen darüber zu machen, ob Ford nun heiratet. Da hat sie ja auch eine Menge zu tun.«

»Ach, darüber hat sie mit dir geredet?« fragte Ford. »Ich dachte, sie wäre diskret.«

»Nein, nein, und ob sie davon redet.« Großmutter hatte sich augenscheinlich auch Gedanken darüber gemacht. »Warum sagst du deinen Eltern nicht endlich, daß du nie heiraten wirst, Ford?«

Die Frage stand in dem großen Raum, dem zweiten Salon, wo ein Kaminfeuer brannte. Mike duckte sich instinktiv, und Courtenay klappte den Mund auf. Ford antwortete: »Das habe ich ihnen schon ein dutzendmal gesagt, Großmutter. Sie hören mir nicht zu.«

»Meine Güte.« Sie lehnte sich zurück und betrachtete die Flammen. In diesem Augenblick wäre kein Mensch darauf gekommen, über ihr Alter oder ihre Gebrechlichkeit nachzudenken. Eher verkörperte sie einen Raubvogel, Schärfe und Wildheit. »Dann verdienen sie es nicht besser. Wenn ich mich nicht darüber aufrege, warum dann sie? Du bist mein Enkel. Wenn du nicht heiraten willst, dann tu es auch nicht. Wenn ich noch einmal vor der Entscheidung stünde, würde ich nicht heiraten. Schon gar nicht deinen Großvater.«

»Großmutter...« Courtenay setzte zu einem Vorwurf an, doch ihr wurde das Wort abgeschnitten.

»Nein, würde ich nicht. Sein Geld brauchte ich nicht, meine Familie hatte schon mehr als genug davon.« Großmutter schaute Ford durchdringend an. »Deine Mutter hat Angst, ich vererbe dir dieses Haus nicht, wenn du nicht heiratest. Sag ihr, ich hätte gesagt, das ist Unsinn. Sie hätte gern, daß ich nicht wüßte, wie geizig sie ist, aber ich kenne meine Kinder. Sag Jeanine, du erbst dieses Haus, egal, ob du verheiratet bist oder nicht. Und dann wird Rose darin leben. Verstanden? Sag ihr das.«

»Großmutter...« Auch Ford kam nicht weit.

»Nein, halt«, Großmutter unterbrach ihn, legte ihre trockene Hand auf Fords Pranke und lächelte böse. »Sag deiner Mutter, du wirst aber enterbt, *wenn* du heiratest. Sag ihr das. Und dann komm nochmal zu mir und erzähl mir, was sie darauf gesagt hat.« Sie lachte schallend über ihre eigene Boshaftigkeit.

Alle lachten mit. Und Ford bemerkte: »Du mußt aber über solche Sachen nicht nachdenken.«

»Du willst sagen, ich müßte nicht darüber nachdenken, wenn ich nicht so eine Tochter hätte wie Jeanine!«

Sie blieben bis in den frühen Nachmittag dort sitzen. Mittendrin entschuldigte sich Ford und ging in die kleine Nische in der Bibliothek, wo Großmutters Telefon stand. Als er die vertraute Nummer wählte, wappnete er sich für die Enttäuschung, wahrscheinlich war es noch zu früh, Dan war noch nicht zu Hause. Doch der Hörer wurde abgehoben, und die Stimme entfaltete sich durch die Leitung, über alle Entfernung hinweg, klang warm und voll in Fords Ohr.

»Hallo«, sagte Ford, »rate mal.«

»Ich weiß schon. Deine Mutter hat vorhin angerufen.«

Erst jetzt bemerkte Ford den angespannten Unterton. »Was wollte sie denn?«

»Sie wollte wissen, ob es stimmt, daß ich homosexuell bin, und was ich getan hätte, damit du glaubst, du wärst es auch. Das ist die Kurzfassung. Ach so, und dann kam dein Vater an den Apparat und drohte, er wollte ein paar Leute von Emory anrufen, die er kennt, und dafür sorgen, daß ich meinen Job verliere.«

»Ach du je«, sagte Ford, »das tut mir leid.«

»Muß es nicht.« Dans Gelassenheit behielt die Oberhand. »Ich bin stolz auf dich. Ich wünschte nur, ich könnte dir irgendwie helfen.«

»Zum Beispiel, indem du nicht mehr ans Telefon gehst. Wie wäre das fürs erste?«

Dan lachte. »Wahrscheinlich keine schlechte Idee. Wo bist du eigentlich? Du klingst besser, als ich dachte.«

»Bei meiner Großmutter. Courtenay und Mike sind bei mir. Aber du könntest einen Anruf vom Flughafen bekommen, falls ich beschließe, früher nach Hause zu kommen.«

»Dagegen hätte ich überhaupt nichts.«

Ford fragte nach Dans Knie, nach der Reise zu seiner Mutter, sogar nach den Katzen. Die Selbstverständlichkeit zwischen ihnen erstaunte Ford ein wenig. War es so einfach – hatte er nur endlich etwas sagen müssen? Diese Entscheidung treffen?

Er erzählte seiner Schwester von Mutters Anruf, nachdem sie sich mit einem Kuß auf Großmutter Strachns Papierwange verabschiedet hatten. Nachdem Courtenay die Neuigkeit verdaut hatte, meinte sie:

»Na, ich weiß ja nicht, ob das ein gutes oder ein schlechtes Zeichen ist. Wie hat Dan es aufgenommen?«

»Oh, ihm geht es gut. Denke ich. Er ist natürlich aus allen Wolken gefallen. Aber das geht mir genauso.«

Das Haus lag ausgestorben da, obwohl beide Autos der Familie friedlich auf ihrem Parkplatz hinter dem Gebäude standen. Mike entdeckte die beiden schließlich: sie saßen im Garten, dick eingepackt in Wintermäntel, vor ihnen standen Kaffeebecher und dazwischen auf einem niedrigen Eisentisch eine Thermoskanne und eine Flasche Scotch.

So saßen Dr. McKinney und seine Gattin Jeanine bis in die Nacht hinein und rührten sich nicht, damit auch ja keiner wagte, in ihre Nähe zu kommen. Schließlich ging Mutter ins Haus, und Vater fuhr weg.

Ford traf sie in der Küche. Sie brachte immerhin einen kurzen Blick fertig, mehr aber auch nicht. »Wo ist Vater?« fragte Ford.

»In der Praxis. Er hatte noch einiges zu erledigen.«

Ford steckte die Hände in die Taschen. »Quatsch. Er will nicht in meiner Nähe sein.«

»Dein Vater hatte noch einiges in der Praxis zu erledigen«, wiederholte sie mechanisch. »Du kannst ihm kaum vorwerfen, daß er sich im Augenblick nicht so schrecklich wohl in deiner Nähe fühlt.«

»Er könnte es versuchen. Irgendwann muß er es versuchen.«

»Warum?« Sie fuhr herum, blitzte ihn wutentbrannt an. »Warum soll dein Vater irgendwas versuchen? Warum versuchst du nicht zur Abwechslung mal was?«

Ein stumpfes, dumpfes Gefühl hüllte ihn ein, tröstlich fast. »Zum Beispiel?«

»Zum Beispiel, dich so zu verhalten, wie wir dich erzogen haben. Zum Beispiel, wieder zu Sinnen zu kommen. Was hat dieser Mensch getan, um dich derart zu beherrschen?«

»Wer, Dan? Dan beherrscht mich nicht.«

»Ich weiß nicht, wie du es sonst nennen willst. Er hat deinen Geist verdreht, er hat dich… pervertiert! Er hat dich vollkommen verbogen, so daß du jetzt glaubst, du wärst auch so ein krankes Geschöpf wie er.« Sie trat an ihn heran, umfaßte seine Schultern und sah ihm tief in die Augen. »Aber ich weiß, daß du das nicht bist. Ich bin deine Mutter, und ich weiß, du bist ein Mann, du bist nicht wie er, du bist keine abartige Mißgeburt, du bist mein Sohn, du bist ein gutaussehender Mann, und du willst so leben, wie es natürlich ist. Ich weiß, daß du das willst, jedenfalls wenn du wieder bei dir bist.«

»Mutter, ich bin bei Sinnen, ich bin nicht gestört oder irgendwas.«

»Sag das nicht!« Wieder blitzte sie ihn an, wich zurück. »Du bist noch angegriffen von dieser Krise oder was immer es war, und diese Therapeutin, zu der du gehst, hilft dir überhaupt nicht. Ich weiß nicht, wer sie ist, aber ich werde es herausfinden, und dann werde ich ihr meine Meinung sagen, denn wenn sie dich zu einem solchen Schmutz ermutigt, mit einem Mann zu leben und das natürlich zu nennen, also ich will dir sagen...« Sie schnappte nach Luft und sackte auf einem Stuhl zusammen. »Ford, du mußt dieses Geschöpf aus deinem Haus entfernen, oder ich weiß nicht, was ich tue.«

»Das kann ich nicht tun, Mutter.«

»Natürlich kannst du das!«

»Mutter, du hast mit ihm gesprochen, du weißt, daß er kein Monstrum ist.«

Sie hielt sich die Ohren zu. »Ich habe nicht mit ihm gesprochen, ich weiß nicht, wovon du redest.«

»Du hast ihn heute angerufen, das hat er mir gesagt.«

»Ich habe niemals mit dieser Person gesprochen. Niemals!« Plötzlich zischte sie drohend: »Hast du ihn von hier aus angerufen? Du hast diesen Mann von meinem Telefon aus angerufen?«

»Nein. Ich habe ihn angerufen, als wir bei Großmutter waren.«

Sie kreischte auf, fauchte ihm ins Gesicht: »Wie kannst du es wagen! Wie kannst du es wagen, diesen Mann vom Haus meiner Mutter aus anzurufen, wie kannst du es wagen!«

Sie war kurz davor, in hysterisches Geschrei auszubrechen, und Courtenay kam herbei, blieb unschlüssig in der Tür stehen. Ford wandte seiner Mutter den Rücken zu und sagte zu seiner Schwester: »Bring mich zum Flughafen, ja?«

»Wo willst du hin?« fragte Mutter. »Ford, wo willst du hin?«

»Nach Hause, Mutter.« Er sah sie nicht einmal an. Er hatte Angst, selbst die Fassung zu verlieren. Das Band zwischen ihnen schien gerissen, unwiederbringlich. »Nach Hause«, wiederholte er.

»Du kannst doch nicht einfach gehen.« Sie sagte es halbherzig, matt, wie ein Reflex.

»Doch, das kann ich.«

Letzten Endes, als sich herausstellte, daß alle Flüge nach Atlanta ausgebucht waren, fuhren Courtenay und Mike ihn in Großmutters Lincoln hin. Vier Stunden dauerte die Reise, Mike steuerte das große Gefährt über den hingeklotzten Jim Ellis Freeway durch kilometerlange düstere Sumpfgebiete, an den Lichtern von Macon vorbei und nach Atlanta. Ford hatte sich auf dem Rücksitz ausgestreckt wie in einer Wüste. Er klammerte sich an den Gedanken, daß er heute nacht noch zu Hause sein würde, in seinem eigenen Bett schlafen, bei Dan.

Als sie fast schon in Druid Hills waren, fiel ihm ein, daß er Dan gar nicht mehr angerufen hatte. Kein Licht brannte an der Vorderseite des Hauses, bis auf die traditionelle Laterne auf der Veranda, die immer an war, falls ein Fremder kam. Ford dirigierte Mike zum Parkplatz unter den Bäumen, hinter dem Haus.

Die Hintertür ging auf, Licht flutete hervor, Dan stand da. Ford sprang ungeduldig aus dem Auto, und Dan rief ihn, kam ihm entgegen.

Kurz bevor sie einander erreicht hatten, gab es einen Augenblick des Zögerns. Dan forschte in Fords Zügen, trat schließlich nah heran und umfaßte ihn. Mitfühlend, besorgt, aber auch mit einem Aufblitzen von Lust. Der Funke sprang über.

Courtenay und Mike stiegen ebenfalls aus, und Ford machte Anstalten, die Intimität aufzulösen. Doch Dans Hände hielten ihn fest, fast ohne Druck. So blieb Ford stehen und atmete die Luft des Ortes ein, wo er zu Hause war, den Geruch seines Geliebten.

»War es so schrecklich?« fragte Dan.

»Schlimmer.« Ford war von seiner eigenen Unerschütterlichkeit überrascht.

Nun klinkten sich seine Manieren wieder ein, und er stellte Courtenay und Mike vor. Immerhin hatte Dan einige Male mit Fords Schwester am Telefon gesprochen, und sie umarmten sich, wie es von Irgendwie-Verwandten zu erwarten war, eher hölzern. Mike schüttelte Dan die Hand, er wirkte leicht amüsiert, wie immer.

Sie setzten sich ins Kaminzimmer, und Ford und Courtenay schilderten den Ablauf des Zusammenpralls. Dan hörte zu und ließ die Augen nicht von Ford. Seine fürsorgliche Art half Ford bei der sanften Landung, die er brauchte. Nähe war möglich ohne Reibung.

Merkwürdigerweise schien Courtenay sich nicht besonders wohlzufühlen. Sie sprach höflich und unbefangen mit Dan. Sie beschrieb ihre Sicht der Auseinandersetzung mit ihren Eltern schwungvoll und leidenschaftlich genug, um Ford zu überzeugen, daß sie ihn wirklich akzeptierte als ihren homosexuellen Bruder. Nur war in Dans Gegenwart die Beziehung zwischen den beiden nicht mehr theoretisch. Vor ihr saß der Mann, mit dem Ford schlief. Courtenay überspielte dieses Gefühl, geschmeidig und mit McKinneyscher Routiniertheit. Ford merkte es trotzdem. Mike wohl auch, denn er schaltete sich ein und beschrieb, wie er diverse Begegnungen mit den McKinney-Eltern überstanden hatte.

Am Ende brachte Ford seine Schwester und ihren Mann im Gästezimmer unter und sagte gute Nacht. Sie küßte Dan artig auf die Wange, und einen Moment lang musterten sich die beiden aufmerksam, bevor Dan sich zurückzog. Mike, in der Tür stehend, stellte fest: »Ich mag ihn. Ein sympathischer Bursche.«

»Hm«, Ford kratzte sich gähnend am Kopf, »ich auch.«

»Das sieht man.« Courtenay winkte und fügte, beinahe überzeugend, hinzu: »Ich freue mich für dich.«

Dan lehnte, ernst und anmutig, an der Tür zum Wintergarten. Als er Ford hörte, zog er ihn sanft und begehrlich an sich. »Tut mir leid, daß es so furchtbar gelaufen ist«, wisperte er.

»Zumindest habe ich es jetzt hinter mir.« Ihr Pulsschlag wurde zu einem gemeinsamen Pendelschlag. »Ich bin zu Hause. Hier bei dir.«

»Ja. Fast zu schön, um wahr zu sein. Wann mußt du morgen ins Krankenhaus?«

»Mittags. Und dann drei Tage durchgehend.«

»Puh.« Dan schüttelte den Kopf. Ford ließ seine Hände den Rücken hinuntergleiten und straffte seinen Griff. »Hast du Silvester auch Dienst?«

»Leider.« Er erinnerte sich an den Jahreswechsel vor zwölf Monaten, in diesem Haus. Ford ließ seinem Körper die Zeit, sich aufzutun für den anderen.

»Wie geht es deinem Bein?« fiel ihm plötzlich ein.

Dan lachte. »Prima, willst du's mal sehen?«, und er führte ihn an der Tür des Gästezimmers vorbei auf ihr gemeinsames Bett zu. Ford genoß den Gedanken, daß seine Schwester und ihr Mann dort miteinander schliefen, und ein Zimmer weiter…

Dan versuchte nicht, sein Begehren zu kontrollieren, das war neu. Ford ließ sich von dieser Veränderung tragen. Wie eine feierliche Erklärung holte er wortlos das notwendige Kondom aus der Schublade und legte es offen hin, bestimmt. In dieser Nacht gelang ihnen die Liebe, ihre Vertrautheit ließ sie nicht im Stich.

43

Der Bruch mit seinen Eltern war ein Riß quer durch Fords Leben. Zwischen Vater und Sohn herrschte Funkstille. Wann immer Ford anrief, war seine Mutter am Apparat. Nach ihrem einen Ausbruch am Tag nach Weihnachten hatte sie zu ihrem üblichen, vernünftigen Ton zurückgefunden, ihrer distanzierenden Kühle. Wenn

Ford fragte, wird Vater heute mit mir sprechen?, dann erwiderte sie, nein, Ford, er ist gerade nicht da, ich denke, er kommt gleich wieder. Wenn Ford sagte, schöne Grüße an Vater, er soll mich mal anrufen, dann erwiderte sie, ach Ford, du weißt doch, daß er das vermutlich in der nächsten Zeit nicht tun wird. Wenn Ford fragte, wie lange soll das noch so gehen, dann erwiderte sie, du weißt doch, Ford, daß du deinen Vater enttäuscht hast, du hast uns beide enttäuscht, und damit wirst du leben müssen.

Von dort ging sie über zu Themen der Familie, den üblichen Alltagsdingen, Neuigkeiten aus Savannah, die Gesundheit seiner älteren Onkel, Tanten und Großeltern. Ihr Ton war ohne Sarkasmus oder Bitterkeit. Nur wenn er es wagte, Dan zu erwähnen, wurde sie eisig. *Ich möchte deinen Mitbewohner lieber nicht erörtern.*

Von seinem Vater kam nie ein Wort, kein Protest, keine Drohung, kein Zorn, kein Anruf, um Dan feuern zu lassen, kein Ultimatum. Nur Schweigen. Monate zog sich das hin, bis eines Tages sein Vater am Apparat war, nachdem Ford die altbekannte Nummer gewählt hatte.

»Hallo Vater«, sagte Ford atemlos.

Die Stille am anderen Ende der Leitung verriet Ford, daß sein Vater gerade alle Zugbrücken hochzog. »Hallo Ford. Schön, daß du mal anrufst.«

»Schön, daß du mal am Apparat bist. Wie geht es dir so?«

»Gut. Und dir?«

»Gut.« Ford mußte sich räuspern. Er beherrschte sich nur mühsam. »Irgendwie bist du in der letzten Zeit nie da, wenn ich anrufe. Richtet Mutter dir meine Grüße aus?«

»Natürlich tut sie das, Ford. Aber ich habe viel zu tun.«

»Das weiß ich. Wie läuft die Praxis?«

»Ganz gut. Soll ich deine Mutter jetzt holen?«

»Nein, ich würde gern mit dir reden.« Ford legte soviel Gefühl in die Bitte, wie er konnte.

»Ach, weißt du, Ford, im Augenblick ist mir nicht nach Reden. Ich rufe Mutter, warte eine Sekunde.« Und sachte wurde der Hörer hingelegt. Ford erstickte fast. Nach zwei Sätzen mit seiner Mutter erfand er irgendeine Entschuldigung und hängte ein.

44

An einem Sonntagmorgen im Spätherbst standen sie früh auf. Ford mochte es, wie Dan präzise die nötigen Handgriffe des Frühstücks in der Küche besorgte; seine blasse Schönheit glänzte im Sonnenlicht. Ford saß auf einem Hocker und gähnte: »Ich könnte mich richtig dran gewöhnen, jeden Morgen so aufzuwachen, zusammen mit dir.«

»Wir könnten ja zusammenziehen«, schlug Dan spitzbübisch vor. »Harte Nacht hinter dir?«

»Und ob.« Ford seufzte. »Ein kleiner Junge mit schlimmen Wunden am Kopf. Sein Vater behauptete, er wäre von der Toilette gefallen. Eine Schwester meinte, am besten sollte man den Vater auch ein paarmal auf den Kopf fallen lassen.«

»Und wie geht's dem Jungen jetzt? Schickt ihr ihn nach Hause?«

»Wissen wir noch nicht. Die Sozialarbeiter schauen sich den Fall an, aber als ich ging, war noch nichts entschieden.«

Ford musterte Dans umwölktes Gesicht. »Hey, alles in Ordnung mit dir?«

»Ach, es regt mich auf.« Dan starrte nach draußen. »War die Mutter auch da?«

»Nicht, während ich Dienst hatte.«

Es duftete nach Kaffee. An der Hintertür kratzten die Katzen, die auch frühstücken wollten. Ford ließ sie herein, sie huschten um seine Knöchel zu ihren Freßnäpfen im Haushaltsraum. Zurück in der Küche, hörte er Dan im Kühlschrank herumsuchen: »Wir müssen einkaufen. Kaum noch was da.«

»Laß uns das doch heute morgen zusammen erledigen. Ich habe Zeit bis Mittag.« Ford schaute an Dan vorbei in den offenen Kühlschrank. »Da ist doch eine Unmenge Zeug drin.«

Dan schnaubte. »Nichts, was du zum Frühstück essen würdest. Ich kenne dich.«

Ford lachte. Die Worte und ihre Einfachheit taten ihm gut. »Da hast du recht. Sag mal, hab ich dir erzählt, daß gestern meine Mutter angerufen hat?«

»Nein. Höchstpersönlich? Und hat sie auch verraten, was sie wollte?«

»Ja ja. Sie wollte mal wieder wissen, wie es mit dem Erntedankfest steht und wann ich dieses Jahr zu Weihnachten nach Hause komme. Als wäre nichts gewesen.« Ford ließ das eintretende Schweigen im Raum stehen, bevor er weitersprach. »Zum Erntedankfest habe ich Dienst. Das Problem ist schon mal aus der Welt.«

»Und Weihnachten?«

»Ich weiß nicht. Was meinst du?«

Dan schüttelte den Kopf. »Keine Ahnung. Ich müßte selber langsam meinen Flug buchen, aber ich habe mich noch nicht entschieden, wann ich fliegen will.« Er fing an, Früchte zu zerschneiden, Weintrauben und Kirschen zu waschen – für einen Obstsalat, der Fords Vorstellungen von gesunder Ernährung entsprach. »Wenn du die Wahrheit wissen willst, ich habe keine Lust, nach Hause zu fahren. Ich will hier bleiben, mit dir.«

Die schlichte Feststellung traf den wunden Punkt. Ford trat an Dans Seite. »Sollen wir das einfach tun?«

»Wenn ich nicht komme, wird meine Mutter ziemlich verletzt sein, da bin ich mir sicher«, sagte Dan zögernd und legte das Messer aus der Hand. »Aber ich sehe nicht ein, warum wir nicht zusammensein können. Weißt du noch, wie du mich letztes Jahr zum Flughafen gebracht hast?«

»Ja, ich wollte dich nicht fortlassen, das weiß ich noch.«

Dans Stimme war nur noch ein Flüstern, wie immer, wenn er unsicher war. »Ich glaube, ich könnte dich mitbringen. Meine Mutter hätte nichts dagegen. Wenn du kommen kannst.«

Der Gedanke verblüffte Ford. »Hast du mit ihr darüber geredet?«

»Nein. Ich wollte es zuerst mit dir besprechen.« Dan rührte betont gelassen in der Joghurtsoße herum.

»Und was ist mit meinen Eltern? Was sage ich denen?«

Er erwartete Zögern, aber Dan hatte die Antwort parat. »Sag ihnen das gleiche, was ich meiner Mutter sagen werde. Ich komme nicht, wenn du nicht mitkommst.«

Ford stöhnte und spielte mit den Fingern in Dans schwarzen Locken. »Klar. Ich fahre nicht nach Savannah, wenn du nicht mitkommst. Sag mir mal was Leichteres.«

»Wenn's was gäbe, ja.«

Ford stellte sich das Gesicht seiner Mutter vor, hörte im Geiste ihre seidenweiche Stimme, glatt und falsch, letztes Jahr zu Weihnachten. »Du weißt genau, wie meine Eltern reagieren werden.«

»Allerdings.«

»Aber du meinst, ich soll es trotzdem sagen. Und dann?«

Es knackte in diesem friedlichen Sonntagmorgen. »Sag du mir, was dann passiert, Ford.«

»Spiel nicht Shaun. Aber meinetwegen. Ich sage zu meiner Mutter, Mom, ich komme nicht nach Hause, es sei denn, Dan kommt mit. Mutter sagt, gut, dann bleib, wo du bist. Und ich muß mich entscheiden.«

Dans innere Anspannung steigerte sich, Ford konnte sie förmlich greifen. Inzwischen hatten sie gelernt, diese Momente auszuhalten; Dan zog sich nicht augenblicklich von Ford zurück, und Ford hätte es gar nicht erst zugelassen.

Schließlich schlug Ford vor: »Und wenn wir beide einfach hier bleiben? Wir können Weihnachten gemeinsam feiern, einen Baum aufstellen und den ganzen Adventskram aufhängen, einfach für uns. Und die Familien vergessen wir.«

»Ich glaube kaum, daß es uns dann besser geht. Wenn ich meine Familie vergessen könnte, hätte ich das schon längst getan.«

Ford hatte oft im Scherz davon gesprochen, Dans Mutter kennenzulernen, sich ihren Segen zu holen. Aber jetzt konnte er nicht so schnell mit. »Sind wir nicht unsere Familie füreinander, Dan?«

Dan überließ den Obstsalat seinem Schicksal. »Mir wird es leichter fallen, mich als deine Familie zu fühlen, wenn du mich immer noch haben willst, nachdem du gesehen hast, wo ich herkomme. Dann liegt mein ganzes Leben offen, und ich brauche es nicht aufzuspalten. Das glaube ich jedenfalls.« Er überlegte. »Wir können es verschieben, wenn du willst. Ich kann nicht einfach hierbleiben, das würde meiner Mutter das Herz brechen, aber ich kann noch einmal allein zu ihr fahren, dieses Jahr noch. Wenn du es unbedingt verschieben willst.«

Nun zögerte Ford. Schließlich schüttelte er den Kopf. »Nein, ich will nicht wieder am Heiligabend allein sein in diesem Haus. Nein.«

Er nahm Dan in die Arme, erleichtert über diese Entscheidung. »Also sagst du gleich deiner Mutter Bescheid, und sofort danach rufe ich meine an und bringe ihr die frohe Botschaft. Das wird lustig.«

»Vielleicht sollten wir trotzdem hinfahren«, schlug Dan kichernd vor. »Einfach aufkreuzen. Dann müssen sie sich mit uns beschäftigen.«

»Na, ich sehe schon ihre Gesichter vor mir.« Ford schauderte und lachte. *Den* Vorschlag vergaßen sie schnell wieder.

45

Ford saß im Gästezimmer des Wohnwagens auf der Kante des schmalen Bettes und wartete auf sein letztes Weihnachtsgeschenk.

»Ich hatte Angst, es dir zu geben«, gestand Dan. »Ich hatte Angst, du würdest es nicht wollen.«

»Was ist es denn?« Fords Stimme klang heiser. Er wickelte die samtbezogene Schachtel aus dem Papier.

»Mach es auf.«

Der goldene Kreis ruhte auf dem dunklen Satinbett. »Die Größe stimmt, müßte jedenfalls. Ich habe deinen Siegelring als Muster genommen.«

Ford starrte sprachlos auf die blitzende Oberfläche. »Er ist wunderschön«, begann er schließlich. »Mensch, Dan, ich hätte nie gedacht, daß du sowas machst.«

»Es zählt aber nicht, wenn du ihn nicht aufsetzt.«

Ford beäugte das kleine Stück Metall, als wäre es der Rand eines Abgrunds. Er suchte nach Worten, aber er brachte nur »Ist gut« hervor – und nahm den Ring heraus.

»Und, paßt er?« Dans Stimme schwankte.

»O ja. Paßt genau.« Ein dichtes Gewicht umschloß seinen Finger, hell blitzend. »Zu dumm, daß deine Schulter blutet«, Ford grinste ihn so dreckig an, wie er konnte. »Jetzt kann ich dich gar nicht so rannehmen, wie du es verdient hättest.«

Dans Lachen war jungenhaft und federleicht. »Kommt auf einen Versuch an.«

Dan

46

Unter dem Gewicht von Fords Arm trudelte Dan dem Tag entgegen. Das Morgengrauen kroch in das kleine Gästezimmer des Wohnwagens, und Dan wußte wieder, wo er war. Daheim, in den Gärten von Golgatha, am Tag nach Weihnachten.

Fords Atem kitzelte warm seine Schulter in dieser schmalen Kuschelkoje. Gleich mußten sie aufstehen und losfahren, wenn sie ihren Rückflug nach Atlanta nicht versäumen wollten. Doch ein paar Minuten gab sich Dan noch der Geborgenheit von Fords Wärme hin, im Haus seiner Mutter. Der goldene Ring saß wie selbstverständlich an der Hand seines Geliebten, dort, wo er in Dans Träumen immer hingehört hatte. Nicht aus blindem Vertrauen in die Geste der anderen, derjenigen, die heirateten. Sondern als ihr eigenes Zeichen, neu erfunden wie ihre Verbindung selbst, gegen Hindernisse und Widerspruch. Die einfache Tatsache, daß dieser Ring nun da war und daß Ford ihn auch trug, gab Dan eine gelassene Kraft.

Durch die geschlossene Tür drangen leise Morgengeräusche, Mom setzte Wasser auf. Vielleicht nahm auch Ford im Schlaf etwas wahr, er murmelte und zog Dan instinktiv an sich, während er langsam wach wurde. Als er die Augen aufschlug, war das erste, was er sah, die Augen seines Geliebten. Sie küßten sich glücklich, mit mulmigen Nachtmündern, Haut an Haut.

»Deine Mutter ist wach«, wisperte Ford.

»Hab ich gehört.«

Fords Hände um Dans Hüften. Nähe und Erregung. »Und wenn sie uns hört?«

»Na ja, die Wände sind ziemlich dünn.«

»Wie geht es deiner Schulter?« Fords Lippen streichelten über Dans Ohrmuschel.

»Tut ein bißchen weh. Bevor wir aufbrechen, sollte ich besser noch eine Spritze fertigmachen.«

Sie blieben noch eine Weile eng umschlungen liegen, dann befreiten sie sich aus den verknäulten Laken. Ford streckte den Arm aus, betrachtete das Ungewohnte an seiner Hand, schüttelte lachend den Kopf.

Von draußen rief Mom. Dan duschte, noch vorsichtig mit seiner Schulter, aber er spürte sie kaum noch. Er fühlte sich ganz. Morgen mit Goldrand. Er griff mit einem wohligen Seufzer nach der ersten Tasse Kaffee, während Ford bereits die Spritze vorbereitete.

»Guten Morgen«, sagte Mom, »wie geht's deiner Schulter?«

»Besser«, antwortete Dan.

Ford fügte im Tonfall des Arztes hinzu: »Und nun wollen wir dafür sorgen, daß es auch so bleibt.«

»Gute Idee«, meinte Mom trocken. Sie stand am Tisch und beobachtete Fords Hände bei der Arbeit. Sie konnte die Augen nicht von dem Ring lassen, über ihr Gesicht huschte eine ungewisse Empfindung nach der anderen.

Während Ford duschte, beendete Dan die medizinischen Vorbereitungen. Er schüttelte die Ampulle und sah seine Mutter an. »Ich habe ihm den Ring geschenkt.«

»Das ist nicht zu übersehen«, lächelte sie, mit dem Zerschneiden von Kartoffeln beschäftigt. »Ich habe schon ein merkwürdiges Gefühl dabei.«

Ein wenig von der Freude, die er fühlte, war ihm verdorben. »Es ist doch bloß ein Ring.«

Sie legte ihre Hand auf seine Schulter. »Du weißt, das stimmt nicht.« Mehr konnte sie nicht sagen; das Thema war stillschweigend beendet. »Ich bin froh, daß du jemanden hast, der sich um dich kümmert.«

Ford merkte nichts von dem, was vorgefallen war, und begann mit der Injektion. Die stille Transfusion und Moms deftige Essensvorbereitungen ergaben eine eigentümliche Mischung in der kleinen Küche. Danach räumte Ford den Tisch fürs Frühstück ab, und mitten beim Landschinken, den Spiegeleiern und Kartoffeln waren merkwürdige Laute aus dem Schlafzimmer zu hören.

»Das ist mein Mann, er wacht auf«, erläuterte Mom und trank einen Schluck von ihrem Kaffee. »In einer Minute wird er hier sein und den Fernseher anstellen.« Ein Anlauf: ihre letzte Gelegenheit, allein mit ihnen zu sprechen. »Ich habe mich wirklich gefreut, daß ihr beiden mit uns Weihnachten gefeiert habt.«

»Ich auch«, sagte Ford. »Vielen Dank, daß ich kommen durfte.«

»Und ich wünsche Ihnen, daß Sie alles mit Ihren Eltern klären können«, fuhr sie fort. Ihr Blick fiel wieder auf den Ring, und Ford und sie sahen sich an, lange, unbeirrt. Dan war erleichtert, daß sie Ford ihre Vorbehalte nicht merken ließ. Sie lächelte nur, als der Geliebte ihres Sohnes errötete und an dem goldenen Reif herumspielte.

Tatsächlich stand Ray kurz darauf in der Küche, brummelte guten Morgen und schlurfte zu seinem Thron; und tatsächlich erfüllte die Stimme der Frühnachrichten Sekunden später die Wohnung. Dieser Hintergrund überbrückte das Schweigen, den Moment der offengelegten Gefühle.

Ford stand als erster auf. »Wir müssen mal langsam losfahren, wenn wir rechtzeitig in Raleigh sein wollen.«

»Gepackt ist alles«, sagte Dan, »wir brauchen die Sachen nur noch in den Wagen zu laden.«

»Du meinst wohl, ich lade die Sachen in den Wagen.«

»Genau.« Dan grinste in seine Tasse, spähte zu seiner Mutter.

Ray blieb auch beim Abschied im Fernsehzimmer; er stand auf und schüttelte Ford die Hand; falls er den Ring bemerkte, zeigte er es nicht. Dan bekam die übliche knappe Umarmung, mit der sie sich immer begrüßten und verabschiedeten, er dankte den beiden für ihren Besuch und wünschte ihnen gute Reise. Mom brachte sie zum Auto. Unbeholfen standen sie draußen vor dem Wohnwagen herum, während die morgendlichen Vogelrufe die Luft erfüllten. Inzwischen war es richtig hell geworden, und die Gräber mit ihren Blumen und Jesusfiguren waren deutlicher auszumachen.

Schließlich sagte Mom lächelnd: »Also, es gibt Leute, die verstehen mich falsch, wenn ich das sage, weil wir doch auf einem Friedhof leben. Aber ich hoffe trotzdem, ihr Jungs kommt bald zurück und bleibt länger.« Der Abschied machte sie traurig, wie immer. Auch Dan hatte glänzende Augen. »Wir sind schon eine komische Bande, was?« murmelte sie und strich ihm übers Haar.

Eine Umarmung für Ford, ein Kuß für Dan, und die beiden Männer stiegen ein. Sie wartete draußen, bis der Wagen aus dem Tor gefahren war. Dan fühlte sich wieder wie ein Kind, als er die Hand hob, um der schnell kleiner werdenden Gestalt vor dem Wohnwagen zuzuwinken. Das Gefühl des Auseinandergehens schien endlos, als verabschiede er sich seit Jahren von ihr.

47

Heimwärts. Durch die Ebenen im östlichen North Carolina. Es ging schnell, sie waren über den Berg. Ford, präziser Doktor hinterm Steuer, grübelte. Dan, einmal geduldig, ließ die Meilen und die Stunden vorüberfliegen, bis er soweit war.

Kurz vor Smithfield begann er: »Gut, daß wir das getan haben. Deine Mom mag mich wirklich. Oder bilde ich mir das bloß ein?«

»Nein, sie hat es auch gesagt.«

»Dein Stiefvater war ein bißchen verkrampft am Anfang, aber dann kam er ganz gut damit klar. Daß wir zusammen da waren, meine ich.«

»Wenn Ray irgendwas zu meckern hätte, würde er sowieso warten, bis er mit Mom allein ist. Aber ich glaube, er fand es in Ordnung.«

»Sogar Cherise, alles in allem.« Ford lachte. »Aber weißt du was? Dieses Weihnachtsfest wäre perfekt, wenn wir jetzt nach Savannah fahren könnten.« Die nachfolgende Pause wirkte kalkuliert.

Dan biß an. »Na, es hindert uns doch nichts daran.«

Das Schweigen wurde dichter, und Dan fragte sich, ob er die Signale des anderen mißverstanden hatte. »Meinst du das ernst?« hakte Ford nach. »Denkst du, wir sollten einfach so hinfahren?«

»Hört sich jedenfalls so an, als ob du das möchtest. Und was sollen sie auch tun? Uns aus dem Haus werfen?«

»Zum Beispiel.«

Dan zuckte die Achseln. »Das werden sie sowieso mindestens einmal machen. Also bringen wir es am besten gleich hinter uns.« Tief in ihm begann es zu singen. »Wenn wir ihnen die Möglichkeit lassen, richtig fies zu werden, dann haben sie sich vielleicht auch schneller ausgegiftet.«

»Vielleicht hast du recht.« Ford grinste, zum ersten Mal bei diesem Thema. »Mein Vater hat ein Gewehr, nachher schießt er noch auf dich.«

»Ach, ich wollte schon immer jung sterben.«

»Wenn sie uns rausschmeißen, fahren wir in unser Strandhaus. Ich habe die Schlüssel noch.«

»Ihr habt ein Strandhaus?«

»Klar. Auf Tybee Island.« Ford lugte unsicher zu Dan hinüber.

»Natürlich. Hätte ich mir ja denken können.« Seufzen. »Ach, ich glaube, ich könnte mich aufopfern und ein paar Nächte am Meer verbringen.«

Ein Leuchten ging über Fords Gesicht. »Bestimmt? Du findest die Idee gut?«

»Ich bin bereit, deinen Eltern gegenüberzutreten, sobald du es bist. Ich weiß, daß es nicht sehr angenehm wird, wenn wir uns zum ersten Mal begegnen, und ich erwarte keine Wunder. Aber ich sehe auch keinen Grund, wieso wir es verschieben sollten.«

Ford rechnete im Kopf. »Das heißt, ich kaufe zwei Flugtickets nach Savannah, wenn wir am Flughafen ankommen?«

»Gibt es Flüge zu dieser Jahreszeit?«

»Ach, irgendwas finden wir schon.« Ford fiel noch etwas ein. »Aber ich bezahle, ja? Diese Reise sollte dich nun wirklich nichts kosten.«

»Allerdings.«

Ford starrte ihn ungläubig an, um sicherzugehen, daß dieses Zugeständnis wirklich so glatt verlaufen war. Raleigh kam näher. Ford packte das Steuerrad fester, und der Goldring blitzte.

»Findest du die Idee auch wirklich gut?« fragte Dan.

»Gut?« Dan hatte Zögern erwartet, aber Ford antwortete schnell und mit spürbarer Erleichterung. »Es wird allerhöchste Zeit.«

48

Am Flugplatz begann ein Tauziehen am Ticketschalter, weil die Maschine nach Savannah schon abflugbereit war. Dan befürchtete schon, es wäre nichts zu machen; doch der Doktor legte sein weltgewandtestes Gehabe an den Tag, und bald schon hetzten sie in eine kleine Abflughalle zu einem Shuttleflug, der sie nach einem Zwischenstop in Myrtle Beach zu ihrem Rendezvous mit Fords Vergangenheit bringen sollte.

»Ich hoffe, wir kriegen ein Auto, wenn wir ankommen«, brummte Ford, »man weiß ja nie, zwischen den Jahren.«

»Kauf doch einfach eins«, sagte Dan mit Pokerface.

Ford warf ihm bloß einen warnenden Blick zu. Der Steward riß ihre Bordkarten ab, sie stiegen ein.

Dan saß am Fenster und betrachtete die Start- und Landebahnen. Große silberne Propeller begannen sich zu drehen, als die Kabine verschlossen wurde. Er lehnte sich an Fords Schulter und sagte: »Ich weiß ja nicht. Besonders wohl fühle ich mich nicht in so einem Propellerding.«

»Wird schon gutgehen.« Ford erwiderte den Druck.

Der Steward, so kosmetisch, wie von ihm erwartet wurde, beugte sich zu ihnen herunter: »Wenn es Ihnen zu eng wird, können Sie sich gern ausstrecken, wir haben eine Menge freier Plätze.«

»Nein, nein«, sagte Ford, »wir mögen es eng.«

Dan kicherte. Wir schaffen uns einen Wohnwagen an, dachte er übermütig.

Natürlich begriff der Steward nichts, verbarg seine Verblüffung aber und bot ihnen etwas zu trinken an. Ford zögerte, und Dan lehnte ab, für sie beide. »Laß uns lieber anstoßen, wenn wir das Schlimmste hinter uns haben, ja?«

49

Als Ford und Dan mit dem Mietwagen in Savannah einfuhren, war es kurz vor der Cocktail Hour. Auf den alten Straßen und Plätzen herrschte wenig Verkehr. Irgendwann hielt Ford an, in einer kleinen Straße in der Nähe eines baumbestandenen Platzes, legte seine Hände aufs Steuer und starrte ungläubig vor sich hin.

Dan bekam es mit der Angst zu tun. Er betrachtete die umstehenden Häuser, alle waren riesig und sahen nach Geld aus; er versuchte, das richtige durch Telepathie oder Einfühlung zu erkennen. Er wußte ja nur, daß im vorderen Garten Azaleen wuchsen, und dieses Kriterium erfüllten sämtliche Gärten hier.

»Welches ist es?« fragte er schließlich, und Ford, wo immer er gerade gewesen war, kehrte zurück, machte eine Bewegung. Ein großes weißes Gebäude, üppig, aber ansonsten nichts Besonderes; eine Fassade mit hohen Fenstern, eine elegante Veranda vor einem adrett manikürten Rasen, ein Meer von Azaleen, dazwischen andere Pflanzen. Das Haus, umgeben von einem schmiedeeisernen Zaun und hohen Ziegelsäulen an den Ecken und dem Tor, sagte etwas aus über den Wohlstand seiner Besitzer, doch die diskrete Opulenz blieb kalt und wenig phantasievoll. Die Farbe war weiß, sonst nichts. Die Fenster, von außen gesehen, waren von schweren, üppigen Vorhängen eingerahmt, sonst nichts. Wie Fords Haus in Atlanta: alles mit Perfektion ausgeführt, aber abweisend.

»Großes Ding.«

Mit weißen Knöcheln umklammerte Ford das Steuer und schaute auf den Bau, als könnte er die Wände durchdringen.

»Sind sie zu Hause?«

»Ja. Die Autos sind da.« Er drehte an dem Ring an seiner Hand.

»Du kannst ihn absetzen, wenn du willst«, bot Dan an. »Wenn es dir so leichter fällt.«

Ford schüttelte rasch den Kopf. Betrachtete Dan, forschend. »Bist du bereit? Jetzt können wir unsere Meinung noch ändern.«

Dan lachte auf, schaute das Haus wieder an. Wenn er lang genug hinstarrte, würde es ihn überwältigen. »Nein. Wir tun es.«

Ford atmete aus. »Gut. Also los.«

Dan öffnete seine Tür und stieg in die kalte, klamme Luft hinaus. Ford folgte ihm, langsamer. Das ist mein Auftritt, dachte Dan, jetzt bin ich dran. Ford hat uns hierhergebracht, doch was immer jetzt passiert, liegt bei mir. Ford ist hier Kind.

Es war, als hätte das Haus Augen und beobachtete jeden Schritt, bewertete jeden Atemzug. Je näher sie kamen, desto deutlicher wurde die Größe des Gebäudes, lange Fensterreihen, steile Stufen, die zu einer hohen Veranda führten. Die einschüchternde Tür mit ihrem Messinggriff. Ford sagte, mit aschgrauem Gesicht: »Ich mußte hier noch nie läuten« und tat es. Warten.

Dans Herz fing an zu rasen, als die große Tür sich mit einem Schwung auftat. In unerwarteter Entfernung erblickte er die elegante Dame, die aufgemacht hatte, mit grauschwarzem Haar, zu einem strengen Dutt gerafft. Fords graue Augen doppelten sich in ihrem Gesicht mit den gemeißelten hohen Wangenknochen einer Glamourdiva. Makellose Haut mit kleinen Spuren des Alters. Sie trug einen Hauch Lippenstift, sonst war sie ungeschminkt, und ihre langen Wimpern blinzelten in matter Überraschung. Als sie eine manikürte Hand zum Dutt in ihrem Nacken hob, hatte sie die ganze Situation schon überschaut. »Ford.«

»Hallo Mutter«, sagte Ford tonlos. »Wir sind doch zu Besuch gekommen.«

»Was für eine Überraschung.« Sie wandte sich Dan zu, Kühle kroch über sie. »Sie müssen Dan sein.«

Er streckte seine Hand aus, sie die ihre. »Ja«, erwiderte er, erstaunt, daß seine Stimme nicht schwankte. Er beherrschte seinen Atem, sein Herz schlug gleichmäßiger. »Angenehm.«

Sie trat wortlos zurück und ließ die beiden durch, ohne sie tatsächlich hereinzubitten. Dan überschritt die Schwelle, und das Haus umschloß ihn augenblicklich mit seinem Marmoratem, oben hingen glitzernde Kronleuchter und fingen südliches Sonnenlicht in der Luft ab. Portraits alter Männer starrten von leuchtendweißen Wänden, einige in Öl, andere auf gelbbraunen Fotografien. Sie machte eine anmutige Geste auf den Salon zu, und Dan folgte ihrer Bewegung in ein helles, geräumiges Zimmer hinein. Auf einem gesichtslosen Möbelstück und einem Bibliothekstisch standen gerahmte Familienfotos im Dutzend. Eine Verstärkung des Alte-Männer-Bataillons überblickte den Raum von den Wänden her. Die Bilder bedrohten Dan, aber er zog seinen Verteidigungsschild hoch. Ohne Groll. Er sah der Frau ins Gesicht, die ihn gegen ihren Willen in ihr Haus gelassen hatte. Sie stellte sich mitten ins Zentrum des Salons, so daß das Tageslicht sie bei ihrem Drama gut ausleuchtete. Sie achtete darauf, stehen zu bleiben, damit die Männer ihre Mäntel nicht auszogen.

»Seid ihr von Atlanta hergefahren?« fragte sie glatt.

»Nein«, antwortete Ford, »wir sind aus North Carolina hergeflogen.«

»Ich wünschte, du hättest vorher angerufen«, sagte sie.

»Warum?«

Die einfache Frage brachte sie etwas aus dem Konzept, und sie wich dem Blick ihres Sohnes aus. »Dies war ein schweres Weihnachtsfest für uns. Zum ersten Mal warst du nicht da. Und nun tauchst du einfach mit einem Gast auf.«

»Dan ist kein Gast.« Gereizt. »Ist Vater da?«

»Nein, er ist in der Praxis.«

»Ich dachte, ich hätte sein Auto gesehen«, erwiderte Ford. »Er soll Dan kennenlernen.«

Wieder wirkte sie unsicher, daß Dan plötzlich Mitgefühl empfand. Nichts in ihrem Leben hatte sie auf einen solchen Augenblick vorbereitet. »Es tut mir leid«, sagte sie, »aber du weißt, daß das keine besonders gute Idee ist.«

Ford wurde noch blasser. Sein Mund krampfte sich zu einer Linie des Zorns zusammen. Bevor er etwas sagen konnte, mischte sich Dan ein: »Ich würde Dr. McKinney sehr gern kennenlernen. Es wäre mir eine Ehre.«

Die Maske verrutschte. Ihr Lächeln wurde sehr dünn unter der Anstrengung, es aufrechtzuerhalten. »Es tut mir außerordentlich leid.«

Ford hatte sich inzwischen wieder unter Kontrolle: »Ich rufe ihn an«, und verließ das Zimmer.

Mrs. McKinney schrie auf: »Wage es nicht, Ford!« Ihr Gesicht glühte vor Wut. Dan schluckte. Ford gefror auf der Türschwelle.

Aus dem hinteren Teil des Hauses war eine weitere Stimme zu vernehmen. »Mutter, wer ist da? Warum schreist du?« Courtenay kam in den Salon. Zuerst erblickte sie Dan und blieb stocksteif stehen. Als sie Ford entdeckt hatte, ging eine Welle des Begreifens über ihr Gesicht. »Mutter, warum hast du denn nicht gesagt, daß Ford hier ist?« Sie rannte durch das Zimmer und fiel Ford um den Hals, der sie an sich drückte. »Wie schön, daß du gekommen bist, ich dachte schon, ich würde dich gar nicht sehen.« Gleichzeitig winkte sie Dan zu: »Hallo. Willkommen.«

In ihrer Gegenwart fand Ford die Sprache wieder. »Wir haben heute morgen beschlossen, herzukommen. Und jetzt ist Vater nicht da.«

Courtenay sah ihn verblüfft an. »Natürlich ist er da. Unten in seinem Bastelkeller.«

Sie sahen vom einen zum anderen und zu ihrer Mutter.

Mrs. McKinney blieb gelassen. »Wo immer euer Vater ist, er möchte ganz sicher nicht gestört werden.«

»Ich finde, das sollten wir ihn entscheiden lassen«, verkündete Courtenay, nahm Dan lächelnd seinen Mantel ab und sagte: »Den hänge ich erstmal auf, gib mir deinen auch, Ford.«

Sie berührte liebevoll seine Hand und verschwand. Ihre Stimme war zu hören, die nach ihrem Vater rief. Ford ließ sich in den nächsten Sessel fallen. Dan blieb mit dem Rücken zur Fotoausstellung der Familiengrößen stehen.

Mrs. McKinney setzte sich ebensowenig. Ihr Gesichtsausdruck ähnelte dem ihres Sohnes, mit leicht angeknackster Fassung. Sie holte hörbar Luft und kniff die Augen zusammen. »Ich kann es nicht glauben, daß du deinem Vater das zumuten willst. Du weißt ganz genau, was wir von alldem halten. Dein Vater ist beinahe außer sich...«

Als Dr. McKinney auftauchte, brach sie ab.

Er kam um die Ecke, stand mitten im Zimmer und musterte Dan. Und Dan musterte ihn. Es sah fast aus wie ein Wettkampf unter Kindern, die sich gegenseitig herausfordern, wer als erster wegguckt. Einen Moment lang war menschliche Neugier zu verspüren, dann drehte sich Dr. McKinney seinem Sohn zu und sprach zu seiner Frau. »Ford ist also da. Und er ist nicht allein gekommen.«

Ford war aufgestanden, als sein Vater den Raum betreten hatte, und stand nun vor ihm. »Ich habe Dan mitgebracht. Meinen Freund Dan. Ich möchte, daß du ihn kennenlernst. Dan, das ist mein Vater.«

»Ich freue mich, Sie kennenzulernen, Dr. McKinney. Wir haben einmal am Telefon miteinander gesprochen.«

»Ach ja?« Fords Vater betrachtete ihn abweisend. »Ich kann mich nicht erinnern.

»Doch. Letzte Weihnachten.«

Der ältere Doktor wischte seine Hände an einer dunklen Arbeitsschürze ab. Nicht etwa für einen Händedruck. Zu Ford gewandt, sagte er: »Du bist also hier. Was willst du?«

Ford schluckte. »Ich wollte, daß ihr euch kennenlernt. Das ist alles.«

»Tja«, spitz, »wir haben ihn gesehen. Jetzt schaff ihn wieder weg.«

»Vater«, Courtenays Stimme wurde schriller, »tu das nicht.«

Dr. McKinney blieb kühl. »Geht dich das irgend etwas an, Courtenay?«

»Bitte«, setzte sie noch einmal an.

»Halt den Mund.« Eisig. »Du bist hier auch zu Gast, vergiß das bitte nicht.«

Mrs. McKinney hatte sich wieder etwas gefangen und sagte fast flüsternd zu Dan: »Ich glaube, es wäre besser, wenn Sie jetzt gingen.«

Jetzt war Ford dran. »Wenn Dan geht, dann nicht allein.«

Die Worte stürzten in eine absolute Stille hinein. Ford schaute Dan an und ging durch den Raum zu ihm. Selbstsicher. Er legte eine Hand um Dans Schulter, auf den Nacken mit der weichen Haut, nah, unmißverständlich intim. Fords Vater erbleichte.

»Raus hier«, zischte er. »Verlaß dieses Haus auf der Stelle.«

»Wir werden gehen«, erwiderte Ford, »aber vorher solltest du uns beide noch einmal gut ansehen. Dies bin ich, und dies ist Dan. Ich werde mit ihm mein Leben verbringen. Wenn du noch irgendwas mit mir zu tun haben willst, solltest du lernen, damit zu leben. Wenn du mich nämlich zwingen willst, zwischen ihm und euch zu wählen, dann entscheide ich mich jetzt. Ich gehe mit Dan.«

Mrs. McKinney knickte in der Mitte ein, stützte sich auf ihren Mann, und ihre Augen füllten sich mit Tränen. Dr. McKinney verhärtete sich, sein Blick wurde stumpf, als wäre die Welt verschwunden. »Ich brauche mir einen solchen Unsinn nicht anzuhören«, schnaubte er. »Ich rufe die Polizei, die wird euch rauswerfen.«

»Tu, was du willst, Vater. Du brauchst die Polizei nicht, damit wir gehen, aber wenn du Lust hast, ruf sie an.« Fords Stimme zitterte, sein Griff um Dans Schulter wurde fester. »Aber bevor ich gehe, sollst du auch wissen, daß es mir leid tut, wenn ihr enttäuscht seid. Ich weiß, daß ihr euch etwas anderes für mich vorgestellt habt. Aber ich bin glücklich. Wenn euch das nicht reicht, kann ich euch nicht helfen. Ich liebe Dan, und wir sind glücklich. Ich wünschte, ihr würdet ihn ein wenig kennenlernen, denn ich weiß, ihr würdet ihn mögen. Seine Familie hatte keine Schwierigkeiten, mit mir Weihnachten zu verbringen. Sie haben mir eine Chance gegeben. Ich verstehe nicht, warum ihr das nicht könnt.«

»Ich auch nicht.« Courtenays Stimme war kaum zu hören.

Danach war es totenstill. Nur noch Herzklopfen. Bis Dr. McKinney mit unverstellter, schmerzverzerrter Stimme fragte: »Warum tust du uns das an?«

»Das tut ihr euch selbst an.«

Dan schloß die Augen. Der Moment hatte etwas Endgültiges. Als er sie wieder aufschlug, blickte er in Fords trauriges Gesicht. »Komm, Danny, wir gehen.«

Sie traten an dem Paar vorbei, das erstarrt dastand. Courtenay holte ihre Mäntel. Dan hastete nach draußen, an die frische Luft. An der Tür wandte sich Ford noch einmal um und sagte zu den beiden Rücken: »Das ist nicht das Ende der Welt. Ich hoffe, ihr hört mich.«

Mrs. McKinney hatte angefangen zu weinen, an der Schulter ihres Mannes. Dieser zischte, kaum hörbar: »Raus hier.«

»Ja, sofort.« Ford holte Luft, selbst den Tränen nahe. »Wir sind heute nacht im Strandhaus. Wenn ihr es euch anders überlegt, ruft an.«

Die Tür fiel ins Schloß. Ford stand mit hängenden Armen auf der Veranda. Courtenay umarmte ihn, und Ford klammerte sich an sie, als würden, wenn er sie losließe, all seine Bindungen zu ihr, zu seiner Familie, zum Haus sich in Luft auflösen. »Es ist gut, ist ja gut«, tröstete Courtenay ihn leise, als er zu schluchzen begann. »Es ist vorbei.«

Sie brachte die beiden zum Auto. Ford drückte Dan an sich, einen Arm um seinen Geliebten gelegt. Courtenay entdeckte den Ring an seiner Hand und sagte: »Sieh mal einer an!«

»Tja«, Ford lächelte schüchtern. »Was sagst du dazu?«

Sie sah erst ihn, dann seinen Freund an. Dan hatte Ungewißheit erwartet, wie bei seiner Mutter, aber ihr Blick war fest. »Ihr zwei habt ganz schön was geschafft.«

50

Auf Tybee Island standen zwei Männer im scharfen Wind, die Sonne ging feuerrot unter.

Ford schaute auf die unruhige See hinaus. Stand da, als hätte er den sicheren Hafen nun erreicht. Dan wartete. Streckte seine Hand aus. Und hier, am Strand vor all den Häusern der Nachbarn mit ihrem Meerblick, hier legte Ford seine Arme um Dan.

Eng umschlungen, nicht ganz frei von der kleinen Spur Wachsamkeit, der sie nie entfliehen konnten, wissend. Sie schlenderten, mal Arm in Arm, mal nebeneinander, wenn Leute kamen. Ihre Verbundenheit war so deutlich, daß es nicht mehr darauf ankam, sie zu demonstrieren. Jeder, der sie sah, mußte es wissen. Sie fühlten sich fast nackt bei dieser Gewißheit.

Schließlich erreichten sie die Wellenbrecher im Süden der Insel, wo der Atlantik gegen die im Wasser aufgehäuften Betonklötze prallte und zu hohen Schaumfontänen explodierte. Nacht. Irgendwo am östlichen Himmel stieg der Orion auf. Als der Strand schwarz verhangen und leer war und der Wind seinen nächtlichen Biß bekam, machten sie sich widerstrebend auf den Rückweg. Schritt für Schritt über den Sand. Sie brauchten keine Worte. Ein Versteck finden. Zuflucht.

Das Strandhaus war nah, hinter dem verdunkelten Leuchtturm von Tybee. In einiger Entfernung und doch sichtbar segelte ein Schiff zur Flußmündung, in Richtung Savannah. Nicht weit von ihnen spazierte ein anderes Paar am Meer entlang. Vielleicht auch zwei Männer, oder zwei Frauen?

Ford zog Dan an sich. »Das war hart heute.«

»Es hätte noch schlimmer kommen können. Aber jetzt ist es vorbei. Courtenay hat recht.«

»Glaubst du, es hat etwas genützt?«

Das Horn des Schiffes tutete über die Wellen. Aneinandergelehnt im Wind standen die beiden Männer, unter den Sternenwirbeln am Himmel. Es gab keinen Grund, sich zu bewegen, wo genug Bewegung in der Welt war. Ein Fetzen Musik flatterte vorüber, ein winziges Stückchen Weihnachten. Dan sang leise mit, kaum hörbar, aber er wußte, Ford hörte zu. Das Lied trieb davon. Vor ihnen krachte das Wasser wie weißes Feuer auf den Sand. Schließlich wurde die Kälte zu stark für die Hitze ihrer Körper. Sie betraten das Haus. Das Lied klang immer noch in Dans Kopf; er sang leise weiter. *To save us all from Satan's power when we were gone astray.* Sie suchten beieinander Zuflucht, lauschten den Wellen. *O tidings of. Comfort and Joy.*